Rizzoli best

Walter Veltroni

Noi

Rizzoli

ISBN 978-88-17-03554-5

Prima edizione: agosto 2009

A Vittorio Foa

Anche nei tempi più oscuri abbiamo il diritto di attenderci una qualche illuminazione. Ed è molto probabile che essa ci giungerà non tanto da teorie o da concetti, quanto dalla luce incerta, vacillante e spesso fioca che alcuni uomini e donne, nel corso della loro vita e del loro lavoro, avranno acceso in ogni genere di circostanze, diffondendola sull'arco di tempo che fu loro concesso di trascorrere sulla terra.

Hannah Arendt,
Prefazione a *Men in Dark Times*, 1968

La nostra terra cominciò col fuoco, si compì con l'acqua, e crebbe con la sua infinita varietà di vegetazione. Gli animali evolsero in una infinita varietà di forme. L'uomo lottò per capire, possedette immaginazione, sopportò la coscienza di sé, sperimentò dentro di sé lo spirito. Possiamo non essere fedeli a una simile ascesa?

Florida Scott-Maxwell,
The Measure of My Days, 1968

Quando vai ad arare, se vuoi fare il solco diritto, punta l'aratro verso la stella.

Proverbio arabo

1943
L'estate

Giovanni avrebbe passato ore a guardarlo. Era incantato dalla magnifica perfezione di quell'oggetto. Una concessione alla meccanica, e dunque al progresso, in quell'isola senza tempo che è Villa Borghese. L'idrocronometro del Pincio era diventato per lui una meta fissa. Quell'anno la scuola era finita prima del solito, a causa della guerra. Al mattino si svegliava presto, quando Cesare e Francesco, i suoi due fratelli gemelli, uscivano rumorosamente per andare a scaricare cassette di frutta ai Mercati generali. Si alzava che il padre era già al lavoro e la madre a fare la fila con la tessera in mano, per cercare di conquistare un po' di carne o di zucchero. Così lui si ritrovava solo. Gli piaceva, quel modo di cominciare la giornata. Si sentiva padrone, a quattordici anni, del suo tempo. Si sentiva padrone di quel luogo, anche solo per poche ore. Al loro rientro, tutti gli altri membri della famiglia sarebbero stati più importanti di lui.

Allora apriva la finestra e per un po' stava a sentire le voci della piazzetta del quartiere. Ormai le conosceva a memoria. Riconosceva il modo di salutarsi e poteva prevedere le frasi, sempre le stesse, con le quali la gente del rione rendeva omaggio a un nuovo giorno. Qualche volta sorrideva prima che le pronunciassero, quelle frasi. In fondo l'idea che fuori ci fosse quel mondo sempre uguale mitigava la sensazione di solitudine che la casa deserta induceva. Giovanni si preparava una tazza di orzo accompagnata da un piccolo pezzo di pane, che tagliava a fette per farlo durare di più. Da quel tozzo una volta era riuscito a tirar fuori addirittura ventidue fettine. Il che prolungava la rassicurante possibilità di pensare, mangiandolo, che ce ne fosse ancora.

Giovanni aveva fame, come tutti. E quando d'inverno era a scuola aveva freddo, come tutti. Durante le lezioni lui e i suoi compagni battevano i piedi sul pavimento per riscaldarsi. A quelli del piano di sotto poteva sembrare una disciplinata marcia da sabato fascista. Invece era il solo modo per evitare i geloni. I professori capivano e, in verità, battevano i piedi anche loro. Perché il freddo, cattivo ma equanime, non conosceva gerarchie.

Ma quella mattina, il primo giorno di giugno, faceva caldo. Molto caldo. Dalla finestra, mentre si sporgeva con la tazza in una mano e una fetta di pane nell'altra, poteva vedere il suo piccolo mondo. Le botteghe, le donne che cucivano sedute sulle sedie portate da casa, i bambini che giocavano a nizza.

Sembrava tutto normale, in quell'inizio di estate del 1943. Ma lui sentiva che non era così, che di lì a poco non sarebbe stato così. Si era abituato a convivere con una minaccia sottile, invisibile, costante. Persino a casa sua, dove a ricordarglielo c'erano quei fogli di carta azzurra incollati all'interno delle finestre per evitare che le luci della sera fossero viste dagli aerei nemici. Ma era solo una minaccia remota, un rischio lontano. Roma era la città del papa. E, come non bastasse, era la città del Colosseo. Dunque, come tutti dicevano, nessuno avrebbe mai bombardato il Vaticano o il Foro Romano.

Giovanni uscì di casa e, arrivato in fondo alle scale, rivolse un cenno di saluto al portiere che proprio in quel momento stava facendo un nuovo buco alla cintura.

«Caro Giovanni, siamo arrivati davvero al foro di Mussolini.»

Lui sorrise, prese la sua Bianchi Viaggio, saltò in sella e partì. Era la cosa che più gli piaceva al mondo. Pedalare, con il gusto di guadagnarsi luoghi lontani, faticando. Pedalare, con il rumore della bicicletta, ora a ruota libera, che fende l'aria. Andare, il vento in faccia e tra i capelli. Andare, perché ovunque c'è qualcosa da scoprire.

Andare, perché Giovanni aveva voglia di capire. Di conoscere, conquistare. Era curioso. Curioso di quel tempo febbricitante. Curioso della sua stessa paura, sospesa nell'aria come i fiocchi di neve che aveva visto cadere, per la prima volta in vita sua, tre anni prima.

Era la notte della vigilia di Natale. Giovanni aveva scostato per un attimo la grande tenda che calavano al tramonto. «Mamma, nevica!» Erano rimasti così. Dietro quella finestra, al buio, a vedere i fiocchi, misti a pioggia, che scendevano. Il giorno dopo la piazzetta del rione era completamente silenziosa. Non poteva essere a causa del Natale. La gente del ghetto non aveva ragioni per festeggiare.

Ma lui e la sua famiglia erano cattolici. E per loro, quei quattro centimetri di neve a terra sembravano, in quel giorno speciale, un segnale speciale. Tutto era bianco, come la tonaca del papa. La mattina, davanti a quello spettacolo di candido silenzio, si inginocchiarono tutti, su ordine del padre. E pregarono. Il ragazzo fece l'errore di sempre, alla fine. Si segnò con la sinistra. Non gli entrava proprio in mente.

L'incanto di quella notte era stato però rapidamente consumato. Le notizie dal fronte, le difficoltà di trovare qualcosa da mangiare, avevano cambiato l'umore, anche in famiglia.

Quel giorno Giovanni non voleva pensarci. Mentre attaccava la salita del Pincio, ritto sul sellino, doveva immaginare che tutto fosse normale, semplice, aperto. Che il suo futuro fosse bianco come quella neve a Natale e non nero come l'oscuramento. Saliva orgoglioso, con i pedali che ogni tanto gli sfuggivano, sbucciandogli la caviglia.

Saliva potente, perché sapeva dove andare. Lasciò alla sua sinistra la giostra in legno, ché non poteva permettersi neanche un giro, e raggiunse il suo obiettivo. Quando si fermò e appoggiò la bici alla panchina verde, proprio sotto il busto di Dante, si sentì contento.

Ora percepiva solo il rumore del suo respiro e quello dell'acqua che scorreva. E pensò. Pensò che quel rivolo usciva da un tubo grazie a un complesso sistema di vaschette, molle, bilancieri, pendoli, e così attivava il movimento delle lancette con una precisione che toglieva il fiato. La natura, incontrandosi con l'intelligenza dell'uomo, trasformava l'acqua in tempo. L'idrocronometro univa poeticamente tre movimenti: la cascatella, le lancette e quel signore – proprio quello che sta cominciando a correre e si tiene il cappello pigiato sulla testa – che ha gettato un'occhiata all'orologio ad acqua e ha accelerato il passo. In definitiva è un ruscello d'acqua che provoca la corsa di un uomo. Movimento per movimento. In mezzo, la geniale fatica del cervello umano.

Immerso in questi pensieri, Giovanni completò la sua mattina perfetta. Dal piccolo portapacchi della sua Bianchi slegò un blocco per disegni. Dal taschino della camicia estrasse una matita. Si sedette sulla panchina. Sentiva solo il rumore dell'acqua dell'orologio e le voci dei bambini che giocavano a palla poco lontano. Era il momento di realizzare un altro prodigio: trasformare il movimento di quei bambini in un'immagine. E poi portarli a casa e chiuderli in un cassetto. E ancora ritrovarli tra qualche anno, adulti sulla carta. E rivedere esattamente quell'attimo, il ragazzo più grande, calzettoni giù, che tira in porta con una rovesciata acrobatica. Bambini per sempre. Una irripetibilità, quel gesto, resa eterna. Meravigliosa, come l'acqua che fa correre i signori con il cappello pigiato sulla testa.

Ma l'acqua era scorsa tanto da spostare il tempo al punto che Giovanni aveva scelto per andare via. Guardò l'idrocronometro, ripose la matita nel taschino, legò di nuovo con lo spago il blocco dei disegni sul portapacchi della sua Bianchi Viaggio.

Fin da quando era piccolo sua mamma diceva che era «curioso come uno scimpanzé». Il che lo aveva, a conferma, molto incuriosito. Cosa facevano mai gli scimpanzé per essere un leggendario esempio di curiosità? Lo aveva chiesto al maestro delle elementari. Che, per tutta risposta, gli aveva rifilato una bruciante bacchettata sulle dita.

Comunque la mamma non sbagliava. E con la gamba destra sospesa in aria nell'atto di scavalcare la canna per raggiungere il pedale, si guardò intorno un'ultima volta.

Giovanni usava solo la matita nera, ma era un maestro dei grigi. Quel colore era per lui tutti i colori. Ne poteva fare tante tonalità diverse. Aveva imparato, da solo, a dosare l'inclinazione della matita e la pressione delle dita in modo tale che nessun grigio fosse uguale a un altro. Quando finiva il disegno, lo vedeva in grigio ma lo leggeva a colori. Sapeva perfettamente che quella tonalità particolare voleva dire giallo e quell'altra rosso. E poi, aveva pensato, il grigio è il punto di sintesi tra il giorno, bianco, e la notte, nera. Forse tra il bene e il male, almeno come venivano rappresentati sul libro di catechismo.

Giovanni aveva percepito che qualcosa stava cambiando. Lo si avvertiva persino leggendo le barzellette sul «Corriere dei Piccoli», quelle che fruttavano, agli autori che le inviavano su cartolina, un compenso di 30 lire. Quelle barzellette invece di farlo ridere gli facevano venire una grande tristezza: «Tonino mi segue al rifugio, con la faccina pallida. Lo incoraggio, ma egli afferrato alla mia gonna, solleva i suoi occhietti lacrimosi e mi dice: "Mammina, stringiti a me e non aver paura"» oppure «Teresa lascia aperta sbadatamente la porticina della gabbia e i due canarini volano via. Pierino se ne accorge e dà l'allarme: "Mammina, i canarini sono... sfollati"».

La gente parlava male del fascismo e del duce. Gli rimproveravano la guerra che l'Italia stava perdendo e la fame che strizzava a tutti lo stomaco. Una volta in un bar aveva sentito uno dire sottovoce a un altro: «L'hai saputa l'ultima? Sai quali sono i quattro pilastri del regime? Fascismo, aeronautica, marina, esercito: F.A.M.E.». Ma nessuno dei due aveva riso. Forse, pensava Giovanni, questo è il tempo del grigio. Il tempo in cui il nero non basta più e il bianco non è sufficiente.

Anche i capelli di suo padre erano diventati grigi. Ogni volta che tornava a casa, Alfredo chiamava a raccolta i figli e la moglie, Maria, e parlava. Aveva cominciato a farlo da un po' di tempo. Era da dieci anni a servizio, come maggiordomo, di un alto gerarca del fascismo, ministro del duce, che abitava in una grande casa del quartiere Coppedè, sorto negli anni Venti tra via Po e via Arno. A Giovanni quel nome faceva molto ridere e gli sembrava strano che un rione si chiamasse come l'architetto che lo aveva progettato. E quando il padre gli descriveva il quartiere, a lui sembrava di sognare. Avrebbe voluto avere tutte le matite del mondo, tutti i grigi del mondo per disegnare ciò che il maggiordomo, fortunato, vedeva ogni giorno.

Per prima cosa gli interni dell'appartamento del gerarca: le maioliche di smalto colorato in cucina, il parquet di legno in soggiorno, i mosaici pompeiani nei bagni. E poi gli oggetti: il grammofono, la libreria con le ante in vetro e sugli scaffali tante bottiglie di tutti i colori che contenevano liquidi di tutti i colori. Ma Alfredo raccontava soprattutto, con un misto di sorpresa e rapimento, l'atmosfera magica di quel quartiere. A Giovanni, abituato alle stradine e ai vicoli del ghetto e agli arredi umili e spogli, sembrava un mondo irreale, un mondo di fantasia.

Sensazione che trovava conforto in un altro racconto,

che si era fatto ripetere mille volte. Nel quartiere Coppedè, che lui da piccolo chiamava Coccodè, esisteva un villino delle Fate. Una meraviglia misteriosa e incantata che aveva popolato le sue fantasie infantili e che, diceva, ancora stregava i suoi pensieri. Sembra ci fossero dipinti di persone illustri, ritratti di Dante Alighieri, api e putti, stemmi di casati, immagini di navi, aquile, leoni, cavalli, uva e angeli. E poi Romolo e Remo e la lupa. Una enciclopedia in muratura. E poi, poco distante, un altro edificio che tutti chiamavano il palazzo del Ragno.

Giovanni avrebbe dato ogni cosa per vedere quei luoghi che gli suscitavano un senso di inquietudine. Ci si entrava attraverso un arco, come nell'antica Roma. E proprio lì, nel palazzo degli Ambasciatori, un edificio imponente costruito un anno prima della marcia su Roma, c'era la residenza del gerarca dove Alfredo si spaccava la schiena ogni giorno, da dieci anni.

Giovanni la sera spesso si addormentava pensando a quell'universo sconosciuto e affascinante. Cercava di capire cosa c'entrassero Dante e Romolo con una costruzione moderna. Concludendo questi pensieri notturni in due modi. Con una considerazione razionale: forse quell'architetto, inventando un mondo a parte, aveva voluto usare il passato come un catalogo, un repertorio da restituire ai contemporanei. La seconda conclusione era un gesto: portava, istintivamente, la mano all'altezza del petto, cercando la sua matita. Il suo ruvido pigiama grezzo aveva un taschino all'altezza del cuore. Ma era vuoto.

Era ancora lì, sotto l'orologio ad acqua, con la gamba in aria in direzione del pedale quando si accorse che i bambini avevano smesso di giocare al pallone e si erano seduti, le gote rosse e i capelli bagnati di sudore. Parlavano tra loro. Uno, all'improvviso, si alzò e cominciò a urlare:

«Eccoli, arrivano».

Aveva spalancato le braccia e ora le teneva rigide muovendole come le ali di un aereo. Un altro, come fossero d'accordo, mise le mani quasi giunte al petto e simulò, con la bocca, il rumore di una mitragliatrice.

«Ti prendo, ti prendo, cretino di un americano.»

Il primo bambino si fermò e restò immobile. Aveva lo sguardo improvvisamente trasformato. Un misto di paura e durezza si scagliava fuori da quegli occhi innocenti. Guardò il ragazzino-mitragliatrice e gli sibilò:

«Il cretino sei tu. Non prenderemo mai niente. Dobbiamo solo sperare che non vengano».

Con il che girò le spalle agli amici e cominciò a correre forte, quasi scappasse da qualcosa. Fu quella, per Giovanni, la conferma del valore di quello che lui chiamava «lo sguardo finale».

Era un'abitudine che aveva preso un giorno al ghetto. Aveva disegnato, seduto a terra con le spalle appoggiate al muro di un palazzo, quelle scene di vita quotidiana che tanto gli piacevano. Era soddisfatto di sé. Il disegno assomigliava molto a quello che i suoi occhi vedevano. Era riuscito a rendere bene il movimento della gente che si incrociava salutandosi, le teste reclinate all'indietro, il sorriso un po' sbarazzino delle ragazze con i vestiti a fiori, i bambini che giocavano, una macchina scura che passava, i panni stesi. L'unica nota di fantasia era l'aggiunta di se stesso, alla finestra della sua casa, che guardava fuori. In fondo non c'era nulla di disonesto in questo. Sarebbe stato lì, come al solito, se non avesse deciso, questa volta, di disegnare dal livello della strada. Ma in quella scena c'era qualcosa che lo aveva turbato, che non riusciva a razionalizzare.

Come se i suoi occhi avessero rilevato un'anomalia ma si fossero dimenticati di recapitarla al cervello. Come se, tra tutti quei movimenti normali, ce ne fosse uno diverso. Lo aveva visto, lo sapeva. Ma non lo aveva capito. Solo dopo, quando risalì a casa e si mise nella posizione che aveva aggiunto – lui, alla finestra, che guarda – riuscì a decifrare con chiarezza la sensazione che, in quella scena di vita quotidiana, ci fosse qualcosa di sfuggente, di sgusciante. In un angolo della piazza, un gruppo di ragazzi stava uscendo dal ristorante del Fantino, muovendosi con la stessa circospezione con cui li aveva visti entrare. Con loro c'era una giovane, una sola. Era anche lei in sintonia con il carattere furtivo di quel piccolo corteo. Eppure, ora Giovanni lo capiva, indossava, insieme a un abitino colorato in contrasto con il grigio dei suoi amici, un sorriso fiero, quasi altezzoso. Di lei, nel quartiere, si diceva che fosse una traditrice, una spia, «una ebrea che si era messa con i fascisti». Lui non sapeva se era vero o se invece, come sosteneva il padre, erano malignità di donne meno belle e meno disponibili di lei. Però ora, razionalizzando quella sensazione, aveva forse messo a posto un tassello della piccola storia. La piccola storia di una piccola piazza, in un piccolo rione, in una grande città, in una gigantesca confusione in cui non si capiva più chi avesse ragione e chi torto. O, per dirla con Giovanni, chi fosse il bianco e chi il nero.

Anche Alfredo era confuso. Per anni fascista sincero e convinto ora, a casa, si lasciava andare a qualche dubbio e a qualche inquietudine. Li riferiva a voce bassa alla moglie e ai due figli grandi mentre Giovanni, curioso, ascoltava dietro una porta. In fondo Alfredo stava seguendo, come una decalcomania, le mutazioni dell'umore e dei sentimenti del gerarca presso cui serviva con infinita devozione e senso del dovere.

Lui ascoltava i discorsi, mentre portava il tè e i pasticcini. Erano frammenti, il tempo di fare il giro degli ospiti, di offrire un bignè, di porgere un tovagliolo. Ma prima di tornare in cucina aveva percepito almeno uno stato d'animo, un clima. E man mano che passavano i giorni della guerra, l'orizzonte, nel palazzo degli Ambasciatori, si faceva sempre più scuro.

Il gerarca, prima impeccabile nella magnifica divisa che Alfredo si garantiva fosse costantemente ben stirata e inamidata, ora appariva al suo maggiordomo, non di rado, in abiti borghesi, dimessi. Qualche volta persino in vestaglia. La situazione, raccontava Alfredo in casa, aveva cominciato a cambiare da quando era apparso chiaro che stavano perdendo la guerra. I rovesci in Africa, la disfatta di El Alamein e la caduta di Tripoli a gennaio avevano reso coriandoli quei sogni di impero che avevano entusiasmato l'Italia. Poi, alla fine dello stesso mese, a Stalingrado i nazisti erano stati sanguinosamente respinti. Gli italiani si erano battuti con coraggio, in condizioni spaventose, come lo stesso gerarca disse una sera a un dirigente del fascio, ma i tedeschi ci avevano tradito due volte: mostrando una debolezza militare che avevano occultato agli italiani e maltrattando, nella spaventosa fuga nella neve, i soldati italiani che cercavano rifugio nei loro camion e presso di loro. Dunque la guerra sarebbe stata devastante.

Alfredo riferiva di quante mogli e madri di soldati dispersi in Russia o caduti si recassero piangenti al domicilio del gerarca. Speravano in un aiuto per ritrovare il loro figlio o marito. Oppure chiedevano lavoro per una sorella o un cognato rimasti vivi, perché la famiglia doveva pure campare. Una volta lui stesso era dovuto andare a piazza Mincio, nel cuore del quartiere, perché una donna minacciava di uccidersi se non avessero ritrovato il figlio. Era in mezzo alla piazza, nell'emiciclo della fontana delle Rane. Aveva gli occhi spenti. Si voleva uccidere per tristezza più che per rabbia. Stringeva nelle mani le lettere di suo figlio dalla Russia e ne mostrava una foto sgualcita, lui bambino, scattata il giorno della Prima Comunione. Alfredo aveva convinto quella buona donna a consegnargli il coltello e a farsi accompagnare a casa dai militi che erano accorsi. La lama rifletteva violentemente i raggi del sole. Alfredo la pensò immersa nella carne e nel sangue di quella donna dagli occhi sconfitti. E si fece invadere dal suo dolore.

E poi la fame, le file, la borsa nera. Di questo, solo di questo, si parlava a casa del gerarca. Che una volta aveva chiamato il suo maggiordomo, nel quale riponeva una fiducia cieca, e gli aveva fatto delle domande sullo stato d'animo della gente.

«Dimmi con sincerità: cosa pensa ora il popolino della guerra e del duce?»

Alfredo era molto imbarazzato. Lui in piedi, la giacca bianca con i bottoni dorati, impeccabile come sempre. Il gerarca disfatto sulla sedia del suo studio, tutto legno e libri, la barba lunga. Ma il loro aspetto non corrispondeva al loro posto nella scala sociale. E Alfredo non sapeva cosa rispondere. Si fidava anche lui di quell'uomo, al quale era lealmente affezionato. Eppure tutti dicevano, in giro, di stare attenti. Ogni parola, ogni sguardo, ogni critica potevano essere, in quei giorni, gli ultimi. Il maggiordomo si muoveva, perciò, con circospezione. Non voleva mentire, non voleva dire tutta la verità. Aveva bisogno di un grigio.

«Vedete, eccellenza, il popolino giudica sulla base delle cose concrete. Guarda come mangia. Se mangia. Nei mercati non si trova nulla. Ancora più della guerra è la fame che fa arrabbiare la gente.»

«Dimmi, come è il pasto di una famiglia come la tua? A proposito, tu continui a portare a casa un po' delle nostre cose?»

«Certo, eccellenza. E non finirò mai di ringraziarvi, per la vostra bontà. Sapete, siamo cinque in famiglia. Ma posso dire come è un pranzo a casa di mio cognato. Purtroppo con centocinquanta grammi di pane al giorno e un etto di carne a settimana non si sfama una persona. Allora si prende il "ricettario autarchico" e si comincia a inventare: la marmellata senza frutta, la minestra di bucce di mele o di piselli, il caffè fatto con la cicoria, purè di scorza macinata di cocomero. E poi, eccellenza, anche i gatti...»

«Anche i gatti, Alfredo?»

Il maggiordomo abbassò la testa. Anche il gerarca abbassò la testa. Alfredo la rialzò per primo e scrutò quei capelli grigi e quegli occhi scavati tra le rughe. Gli guardò le mani e gli sembrò, per un attimo, che tremassero.

Un flash della memoria gli restituì i giorni del '33 in cui lo aveva assunto. Erano proprio in quella stanza. Nelle identiche posizioni che occupavano in quel momento. Lui era il simbolo della vittoria, dell'audacia, della sicurezza. Era fiero, compatto, diretto. Aveva addosso quella speciale polvere magica che riposa sugli uomini che hanno meritato fortuna e successo. E quella casa era apparsa ad Alfredo il migliore dei mondi possibili: ogni sera venivano in visita i gerarchi più importanti, quelli che si vedevano sul balcone di Palazzo Venezia a fianco del duce. E industriali, avvocati, notai, professori e divi del cinema e della canzone. C'era un'aria di festa permanente, una specie di primavera. Fuori nascevano strade nuove, palazzi nuovi, industrie nuove. Tutto sembrava nuovo. E perfetto. Il popolo si sentiva riscattato. La borghesia era entusiasta di se stessa. Roma era dolce. Che gli oppositori fossero al confino o in carcere era un problema che non poteva riguardare il maggiordomo. Lui certo non avrebbe potuto risolverlo.

Ma ora tutto è cambiato. Tutto scuro, duro. C'è un clima di sospetto e di odio, dovunque. Alfredo alzò la testa e, per una volta nella vita, decise di fare come si sentiva e non come gli sembrava opportuno. Quel flash della memoria gli aveva fatto male al cuore e al cervello. Ora la casa era vuota. Tutto quello che dieci anni prima sembrava nitido, luminoso, certo, ora era confuso, livido, provvisorio.

Il gerarca riceveva di meno. E, ormai, quasi solo colleghi di partito e di governo con i quali si chiudeva nello studio a discutere. Nella casa non risuonavano più le parole e la musica di *Parlami d'amore Mariù!*: «Tutta la mia vita sei tu! Gli occhi tuoi belli brillano, fiamme di sogno scintillano! Dimmi che illusione non è». Ora dallo studio provenivano spesso voci concitate, ed era il nome del duce, per Alfredo sacro, a echeggiare, intriso di rabbia, in ogni stanza.

Alfredo decise di fare di testa sua.

«Eccellenza, se posso permettermi io una domanda, è finito tutto?»

Il gerarca alzò lo sguardo su Alfredo, che si sentì gelare. Lo fissò, più smarrito che adirato.

«No, Alfredo. Non è finito tutto. Non tutto. Ora vai.»

Il maggiordomo fece un cenno mentre nella testa gli frullava l'agghiacciante idea di aver commesso il più grande errore della sua vita. Il più grande errore di quel tempo: dire quello che pensava. Anche un dubbio, in quei tempi, poteva essere fatale. Avvertiva un brivido nella schiena, mentre girava le spalle al gerarca. E il brivido si fece stalattite quando sentì la voce, dietro di lui: «Alfredo, voglio dirti una cosa...». Il maggiordomo trasalì e pensò al peggio.

«Sei un brav'uomo.»

Alfredo percepì una vampata di calore al viso. Disse, compito e a voce bassa: «Grazie». E uscì. Mentre chiudeva la porta sussurrò le parole che avrebbe voluto avere il coraggio di pronunciare a voce alta.

«Anche voi, eccellenza. Anche voi siete una brava persona.»

Giovanni inforcò la bicicletta, e si accorse di essere partito, quasi inconsapevolmente, a razzo. Si dirigeva, pedalando con furia, verso la corsa tormentata del bambino che faceva l'aereo. Prima di raggiungerlo poté guardarlo da dietro. Le scarpe avevano ciascuna un bel buco in mezzo alla suola. I pantaloni erano tenuti con lo spago ma la maglietta, a righe, con tutti i colori dell'arcobaleno, era allegra e ottimista. Quando lo raggiunse, si voltò. Vide il suo faccino contratto in uno sforzo severo e terribile. Avrà avuto dieci o undici anni.

I loro occhi si incrociarono. Giovanni scorse sulla guancia del ragazzino una goccia che luccicava al sole. Si sarebbe chiesto, girando la testa e riprendendo a pedalare forte, se fosse sudore o una lacrima. E poi si sarebbe chiesto, curioso come era, se fosse una lacrima di rabbia o di paura.

Ora Giovanni aveva una meta precisa. Doveva incontrarsi con alcuni suoi compagni di classe. Con loro giocava a calcio, a nascondino, a tamburello. Ragazzi del suo quartiere, perlopiù. Solo due venivano dalla periferia. Si erano dati appuntamento per quel primo giorno di giugno in un luogo dove sapevano sarebbe successo qualcosa che meritava la loro presenza.

In città le voci circolavano in fretta. «Hai saputo

che...» era una specie di giornale radio che andava in onda ventiquattro ore su ventiquattro. Così Giovanni si era fatto scaltro. In piazza, nelle botteghe, per strada sapeva riconoscere i portatori di informazioni vere dai ballisti, che raccontavano fandonie. Di solito quel circuito di comunicazione funzionava perfettamente. Per un riflesso naturale di saggezza, le bugie non avevano vita lunga. Si fermavano ai più gonzi, che le ripetevano fino a farsi dire, da qualcuno che ci teneva a manifestarsi più informato di tutti, uno stentoreo «Non è vero, è una balla».

Invece le notizie vere, fresche, volavano come gli aquiloni. Di bocca in bocca, di casa in casa. Come quella che, forse quindici giorni prima, Giovanni aveva ascoltato affacciato alla finestra. Due uomini, sotto il suo portone, dicevano che alla Stazione Ostiense stavano arrivando gli sfollati da Civitavecchia. Giovanni, era di domenica, aveva sceso a perdifiato le scale ed era montato sulla Bianchi. Aveva trovato i suoi amici a casa o per strada e, in un gruppo di otto, tutti in bicicletta, erano partiti per la Stazione Ostiense, che lontana non era poi tanto. Arrivati lì, si erano fermati di colpo. Ognuno mise un piede a terra, quasi simultaneamente. E rimasero muti. C'erano grandi camion sui quali saliva, silenziosa, questa folla grigia, quasi nera. Famiglie con enormi borse e fagotti legati con la corda. Qualche donna più anziana teneva sotto il braccio foto incorniciate. Una, mentre attraversava il piazzale, si gettò a terra. Il fagotto si aprì e uscì la sua casa: piatti e vestiti, lettere e scarpe. Era lì, in ginocchio, e urlava. E urlando si strappava i capelli, che venivano via a ciocche.

I ragazzi si guardavano impressionati e cercavano di avvicinarsi. Ma la polizia, quasi volesse nascondere tutto quel dolore, teneva la folla lontana. Una delle donne sfollate, salendo sul camion, guardava verso la gente assiepata oltre le braccia giunte dei poliziotti e urlava: «Ci stanno bombardando, hanno fatto una strage. Mio marito è rimasto sotto. State attenti. Adesso tocca a voi». Giovanni avrebbe trattenuto nella mente tutti i dettagli di quella scena. E per disegnarla, la sera, aveva rivisto ogni immagine di quel giorno, il suo primo vero incontro con la guerra.

Ma ora, mentre pedala, improvvisamente capisce che cosa lo aveva colpito in quel bambino che correva al Pincio. La maglietta con tutti i colori dell'arcobaleno. L'aveva vista lì, sul Piazzale Ostiense. Era uno dei bambini che, stretto alla madre, veniva issato dai militari sui camion. Ecco. Questo è il fotogramma: un bambino con la maglietta a colori che sgambetta alla ricerca del predellino del camion mentre un soldato, divisa grigioverde, e una mamma, divisa da guerra scura di dolore, se lo passano come un pacco.

Giovanni era arrivato a via del Corso e poteva già scorgere, in fondo al rettilineo, piazza Venezia. Da lì avrebbe fatto l'ultimo sforzo per giungere alla sua meta. Prima però, sotto Palazzo Venezia, doveva incontrarsi anche con gli altri ragazzi.

La polizia non amava gli assembramenti sotto il palazzo del duce ma ai ragazzini era consentito sostare. E così, mentre aspettava gli altri, si fermò a pensare a quel balcone, alle adunate, ai discorsi. Si ricordò dell'ultima volta che Mussolini si era affacciato. Era meno di un mese prima, ma sembrava fosse passato un secolo. Il duce aveva chiamato tutti a raccolta per l'anniversario dell'entrata delle truppe in Addis Abeba. C'era tanta gente, pressata. E Giovanni quel giorno cedette, mentre il duce garantiva:

«Io so, io sento che milioni e milioni di italiani soffrono di un indefinibile male che si chiama male d'Africa. Per guarire non c'è che un mezzo: tornare. E torneremo».

In verità, il male di cui gli italiani soffrivano in quel momento era un altro. E così Giovanni, sul «Torneremo», svenne. Il suo ultimo ricordo, prima di perdere i sensi, fu l'immagine di un'enorme graticola di polli arrosto, che congiungeva i lati opposti di piazza Venezia. Giovanni svenne, ma nessuno se ne accorse. Rimase così, inerte, tra la folla tanto pigiata da impedirgli di poter correttamente cadere.

Quando ci furono tutti, Giovanni partì per primo. Imboccò via dell'Impero e poi la salita del Campidoglio. Giunti sulla piazza, rimasero estasiati. C'era tanta gente, operai, vigili, enormi gru, una grande agitazione. Arrivarono al momento giusto, proprio mentre alcuni addetti, con particolare scrupolo, tiravano su Marco Aurelio usando delle corde. Sembrava un giocattolo. L'imperatore, a gambe larghe, volteggiava, ondeggiando pericolosamente sulla piazza. I ragazzi si erano seduti su un gradino e guardavano da sotto in su. Attraverso i forellini provocati nel bronzo dall'usura del tempo, passavano sottili spade di luce che ferivano i loro occhi.

Quando papà Alfredo lo aveva portato la prima volta in quella piazza meravigliosa, gli aveva raccontato una leggenda: «Si dice che se il Marco Aurelio diventerà dorato, allora sarà la fine di Roma e sarà la fine della civiltà». E gli aveva citato a memoria una poesia del Belli:

E si ttu gguardi er culo der cavallo,
e la faccia dell'omo, quarche innizzio
già vvedrai de scappà ffora er giallo

Quanno ppoi è tutto d'oro, addio Donnizzio,
se va a ffà fotte puro er piedistallo
chè amanca poco ar giorno der giudizzio.

Ora il cavaliere lasciava il cavallo. Come la guerra aveva separato le madri dai figli in Russia, come aveva separato la moglie sfollata dal marito morto sotto le macerie, così ora separava, dopo secoli di storia, Marco Aurelio dal suo maestoso animale. Li portavano al sicuro, l'uno lontano dall'altro, nel ventre del palazzo del Campidoglio.

Perché lo facevano se Roma, città del papa e del Colosseo, non sarebbe mai stata bombardata? Già, perché? Giovanni se lo chiese, mentre osservava la corazza dell'imperatore. Sotto i raggi di quel sole sembrava diventare, a poco a poco, di un colore maestoso e squillante. Sembrava dorata.

Una gru. Ecco quello che ci sarebbe voluto. L'aveva guardata a lungo, quel giorno in Campidoglio. La gru che è più forte di tutto. La gru che può prendere gli oggetti e farli volare da un luogo all'altro.

Una volta Giovanni l'aveva persino sognata. Aveva sognato che non c'era l'oscuramento. Che lui era nella sua stanza, da solo. Che la notte era stellata e tiepida. E che il braccio della gru era talmente vicino alla finestra da consentirgli di salire sul cestello. E lui, in pigiama, lo faceva. La gru era enorme. Enorme e silenziosa. Giovanni si accucciava nel cestello, come a ripararsi da qualcosa. Poi, lentamente, il braccio cominciava a sollevarsi. E lui si alzava in piedi per guardare fuori.

Il cestello si muoveva alto sui tetti di Roma. Era una sera da sogno, tutte le case illuminate. E le stelle e la luna sembravano a portata di mano. Qualche volta la leva si alzava e si abbassava con un movimento veloce e dolce, come quello del braccio di un ballerino. Nel sonno Giovanni aveva sentito quel vuoto nello stomaco che si produce in casi del genere. Ma mai paura. Mai, perché c'era la luce. E la gru era docile, disciplinata, servizievole. Con un movimento della mano – destra, sinistra, diritto – poteva guidare l'immenso braccio a suo piacimento.

Voleva arrivare a casa del suo amico del cuore, Mario.

Mario viveva poco lontano dalla stazione. Una volta giunto a piazza Vittorio, dove abitavano dei parenti di sua madre, chiese alla gru di alzarsi. Voleva cercare il quartiere di Mario. Pensò al nome del quartiere. Vide una stella cadere in un luogo. E decise che avrebbe dovuto portarsi fin lì. La gru, invisibile agli altri, cominciò a muoversi, flessuosa, tra le piccole vie. Finché, vicino a una grande ciminiera, Giovanni scorse una finestra aperta con un ragazzo appoggiato al davanzale che guardava il cielo.

Mario era un tipo solitario, poco ciarliero. Però era simpatico, dolce e soprattutto era un amico. Giovanni lo aveva scoperto quando un gruppo di ragazzi più grandi voleva togliergli la bicicletta e Mario, che era più robusto, gli aveva urlato: «Pedala, vai via. A loro ci penso io». Era scappato e, voltandosi, aveva visto Mario che rispondeva a spintoni agli spintoni degli altri. Poi il più grosso, il più bullo, gli aveva dato uno schiaffo. Uno di quelli a mano aperta. Che fanno male. Giovanni era tornato indietro. Aveva trovato Mario rigido, che fremeva di rabbia. Ma non piangeva. Si erano abbracciati. E lui gli aveva detto, semplicemente: «Grazie, sei un amico».

Quella notte magica Giovanni voleva prenderlo, ospitarlo nel suo cestello e portarlo a volare su questo cielo romano. Lo vide alla finestra, lo chiamò. Lui non rispondeva. Allora chiese alla gru, con un giro della mano, di scendere. Si trovò faccia a faccia con lui, che non lo poteva vedere. Guardò la sua stanza. C'erano i libri, un letto, un tavolino, un abat-jour. Null'altro.

Sul tavolo, soltanto i bastoncini dello shangai intrecciati in modo inestricabile. Era il loro gioco preferito, ci passavano ore. Era tutto un muoversi dolcemente, in modo lieve, per evitare che un urto potesse spostare i bastoncini, rendendo inutile la mossa. Mario era bravissimo. E ora Giovanni capiva perché: era il suo solo gioco, l'unico passatempo. Riportò gli occhi sul viso di Mario. Sulle guance gli scendevano in silenzio delle lacrime. Non si poteva dire che piangesse, questo no. Anzi sembrava sereno, quasi sorridente. Guardava le stelle, la luna, il cielo nero. Ma quelle lacrime scendevano. Sempre di più, sempre più veloci.

A questo punto Giovanni si era svegliato. Ma quella notte capì che di una gru c'era bisogno.

Una domenica il padre tornò a casa con un pacco, sorrise al figlio. Gli disse di avvicinarsi. Il gerarca aveva avuto, per i suoi bambini, due regali uguali. E uno aveva pensato di darlo ad Alfredo. Quanto tempo era che Giovanni non scartava un pacchetto? Aveva, in quegli anni duri, persino smesso di sperarlo, di sognarlo. Sapeva che il problema era trovare le uova, il caffè, la farina. Altro che regali.

Tutti i membri della famiglia avevano sospeso le loro attività e lentamente si erano avvicinati al ragazzo che in ginocchio apriva, con delicatezza, il suo pacco. Alzò lo sguardo e vide otto occhi sulla sua testa. Si sentì emozionato, privilegiato e importante. Non riuscì a trattenere un grido. Erano due scatole di meccano, il suo sogno.

E quella notte, nella sua stanza oscurata, cominciò a esaminare i pezzi e a progettare la costruzione di una gru. Solo così, forse, avrebbe potuto aprire la finestra. E avrebbe potuto, finalmente, guardare da vicino le stelle.

«Eccellenza, se posso permettermi io una domanda, è finito tutto?»

Quando Alfredo era solo, in quel mese di giugno, nel palazzo degli Ambasciatori, gli sembrava che quelle parole rimbombassero in ogni stanza. Da un po' di tempo, poi, la sera nel suo letto faceva fatica a prendere sonno. Aspettava che Maria dormisse e poi si girava supino, con gli occhi aperti a scrutare il buio. Pensava. E quando la paura del futuro gli aggrediva la gola, andava in cucina, beveva un bicchiere d'acqua e poi girava per la casa. Voleva guardare la sua famiglia, ciò a cui teneva di più al mondo. Voleva essere certo che tutti fossero lì, sicuri, salvi. Guardava Cesare e Francesco, i due gemelli. Erano due bravi ragazzi, molto diversi. Anche nelle idee. Anzi, sembrava che per ciascuno di loro il modo di affermare la propria identità fosse quello di esaltare, radicalizzare le differenze.

«Altrimenti», diceva Francesco «come faremmo? Già noi due siamo vestiti uguali, abbiamo la stessa voce... Se Cesare e io avessimo anche le stesse idee chi ci riconoscerebbe l'uno dall'altro?»

La mattina, presto, andavano a fare i facchini ai Mercati generali e così riuscivano anche a trovare qualcosa in più da mangiare. Qualcosa oltre il consentito dalla tessera. Ma ai figli Alfredo aveva insegnato che mai avrebbero dovuto fare la borsa nera. Che era illegale, condannata dal regime e soprattutto ingiusta. Alfredo aveva un alto senso dello Stato, delle leggi, dell'onestà, del diritto. Per lui il fascismo era stato questo: una rivoluzione del popolo contro il vecchio Stato corrotto e inefficiente. Un nuovo ordine che doveva garantire a tutti la possibilità di mangiare e di lavorare, rispettando le leggi e i principi morali.

Anche a Giovanni, che dorme nella sua piccola stanza disseminata di disegni e pezzi di meccano, Alfredo aveva trasmesso questi insegnamenti. Ora lo vede sereno, immerso nei suoi sogni. Ma sa che è un ragazzo speciale al quale non la si dà a bere facilmente. Lui non lo ha visto il fascismo come piaceva ad Alfredo, non ha vissuto l'età d'oro. E ora al padre ribatte citando le sconfitte in guerra, la corruzione dei potenti di cui parlano tutti, la fame che fa stringere i buchi della cinta.

«È questo il fascismo, papà?»

«È finito tutto?»

E se fossero la stessa domanda?

Ogni tanto Alfredo resta solo, nel grande appartamento del palazzo degli Ambasciatori. Quando il gerarca è via con la famiglia e i camerieri sono fuori per il giorno libero, lui è padrone assoluto di tutte quelle stanze, di cui controlla l'ordine perfetto.

Un giovedì in cui non c'era nessun altro a casa, Alfredo entrò nello studio del gerarca. Lo muoveva un'ansia che lui giustificava moralmente a se stesso con il dovere, per i suoi figli, di sapere se davvero «tutto è finito».

Cominciò a fare ciò che non avrebbe mai pensato di fare. Guardò sul tavolo, nei cassetti, tra le cartelle. Lo faceva come lo può fare un maggiordomo scrupoloso. Ogni cosa guardata e toccata veniva poi rimessa precisamente al suo posto in maniera che nulla sembrasse violato. Trovò in un cassetto una cartellina con su scritto «Ministero dell'interno» e sotto, a matita, «Rapporti di giugno». Cominciò a guardarli, prendendoli alle estremità con i suoi guanti bianchi. Erano note della polizia politica, incaricata di sondare l'umore della gente. Nulla di diverso, in fondo, dalla domanda che il gerarca, forse umiliandosi, aveva rivolto al maggiordomo ritenendolo più attendibile delle indagini di uomini che Alfredo immaginava in trench scuro e cappello scuro. Il primo secco rapporto di quel mese era del 3 giugno:

> I continui bombardamenti delle nostre città italiane, da parte dell'aviazione nemica, hanno terrorizzato le nostre popolazioni le quali non vedono altro di buono che la pace e sperano nella clemenza del nemico, che, dicono, non avrebbe alcun odio verso di noi.
> Le chiacchiere che si sentono sono innumerevoli, e la massa non si rende conto il perché si debba combattere contro un nemico così superiore in tutto, di armi e di uomini, di noi.

Il giorno dopo una mano, forse diversa, compilava una nota riguardante «qualche aspetto dell'attuale momento politico». Un testo che ad Alfredo fece venire la pelle d'oca:

> Siamo ormai in piena stagione e dai mercati mancano frutta e verdura. Per l'acquisto del minimo necessario alla vita quotidiana occorre poi fare estenuanti «file» che cominciano all'alba (per un poco di pesce appena commestibile anche prima dell'alba!) e, svolgendosi di banco in banco, di negozio in negozio finiscono dopo il mezzogiorno con risultati sempre più scarsi ed esasperanti.

Dove si nasconde il resto, anzi, il meglio delle derrate disponibili? La risposta è sulla bocca di tutti pronta e documentata: alle borse nere.
Ora è scomparso persino il vino che, però, pagandolo il doppio del suo prezzo di calmiere, è rintracciabile ovunque.
La gente è furiosa per questa situazione che considera intollerabile e insostenibile. Inveisce contro il Regime, la sua burocrazia ed il suo preteso disordine ai quali attribuisce in parte la responsabilità della medesima, inveisce contro i tedeschi (la cui provocante arroganza, si dice, non ha più limiti) ai quali attribuisce l'altra parte accusandoli di portarvi via le derrate.
Gli incidenti d'ogni genere si moltiplicano, i nervi sono tesi a fior di pelle e vi sono da aspettarsi manifestazioni di ben più vasta portata.

Ma il rapporto che più lo impressionò, specie per la parte finale, fu quello del 18 giugno:

Tutti ce l'hanno contro il Fascismo in genere e contro il Duce in specie.
È subentrata in tutti la convinzione che la guerra sia stata voluta dal Duce, e oggi, un senso di odio è sorto contro di Lui e contro il Fascismo.
Il fenomeno va sempre più generalizzandosi e appare particolarmente grave in quanto gli stessi fascisti sparlano del Duce. Lo accusano di ambizione smodata, di cecità, di incomprensione e di cattiveria.

Fino a qualche tempo fa c'era sempre qualcuno che osava schierarsi in difesa del Fascismo. Oggi – nelle famiglie – si parla liberamente, senza sottintesi. E le donne sono le più accanite e le più avvilite.
Dovunque si sente dire e ripetere che occorre farla finita col Fascismo e che è del tutto inutile proseguire una guerra mantenuta in piedi soltanto per difendere i Mussolini, i Ciano, i Petacci, ecc.
I più acerbi ed i più avviliti parlano di rivoluzione liberatrice. E ci sono alcuni i quali arrivano al punto di invocare lo sbarco degli angloamericani perché la si faccia finita con il Fascismo.
Se vi portate al circolo delle Forze Armate, nell'ora di pranzo, questi discorsi li sentirete fare nei vari tavoli, senza sottintesi e senza perifrasi.
I bollettini italiani non interessano più. Per avere le notizie della guerra, tutti ascoltano le trasmissioni dei nostri nemici, i quali fanno breccia nell'animo di tutti e alimentano l'odio verso i tedeschi e verso Hitler.
Tutti sono convinti che una ulteriore resistenza è pazzesca, ma tutti ritengono che una pace separata dell'Italia equivarrebbe a mettere la nostra nazione in mano ai tedeschi.
Anche nei riflessi del Sovrano e di Casa Savoia si sentono apprezzamenti poco lusinghieri e niente affatto concordi con quel sentimento sabaudo che ogni italiano sentiva radicato nel cuore.
Da parte militare s'invoca una dittatura

militare facente capo al Principe di Piemonte o al Maresciallo Badoglio.
Da parte militare e da parte civile s'invoca la soppressione del Partito. Su questo argomento posso dirvi che l'aspirazione è collettiva.
Queste impressioni ho voluto segnalarvi nella loro evidenza o nella loro cruda verità.
Tacendo mi sarebbe sembrato tradire il mio riservato mandato.
E non crediate che nelle mie parole vi sia frutto di esagerazione.
È verità nuda e cruda, quella verità che non ammette perifrasi o infingimenti.
In questi ultimi giorni ho avuto occasione di recarmi a Torino, a Bologna ed a Firenze. Dovunque ho trovato concordanza di pensieri, ma tutti nel senso dinanzi descritto.

Le ultime parole sembrarono ad Alfredo quelle di un uomo impaurito. Un uomo combattuto tra un dovere di lealtà: dire la verità, qualunque sia, al proprio superiore; e il timore di subire persecuzioni o persino di essere licenziato o arrestato.

Il rapporto successivo diceva esattamente il contrario e Alfredo cominciava a spiegarsi perché il gerarca avesse alla fine interrogato uno come lui. La mano che aveva scritto queste righe doveva essere alla fine di un braccio con la camicia nera...

Le loro impressioni delineano il quadro dello stato d'animo generale rispetto alla guerra come confortante da ogni punto di vista. Il Governo ha già vinto nella co-

scienza di tutti (eccezion fatta dei traditori) la battaglia della resistenza ad oltranza. Il segreto di tale vittoria che del resto la gente in buona fede non aveva posto in dubbio è Mussolini; è l'aria di calma assoluta, che da Lui si diffonde nelle sfere dirigenti e da queste agli strati più profondi del popolo. Quali che possono essere le prove che sopravverranno nessun dubbio circa la lealtà patriottica e fascista della collettività nazionale.
Si strilla un po'(non si mormora) quando capita; ci si lamenta di questo e di quello, non manca ogni tanto il piccolo sfogo; ma si crede ancor più ciecamente in Mussolini, si odiano ancor più terribilmente gli angloamericani e si aspettano con fiducia gli avvenimenti che cambieranno la dura situazione militare italiana.
C'è in ognuno la romana determinazione del Duce, la tetragona volontà mussoliniana di agire e di vincere.

Alfredo ripose la cartella. Si dovette sedere, per una volta, sulla sedia del gerarca. Dopo aver letto tutto questo si era convinto che sì, «tutto è finito». E che i giorni che venivano sarebbero stati caldi, bollenti. Come questa estate che toglie il fiato.

«Se suona la sirena, andate al rifugio, di corsa.»

Quando Alfredo dava ordini, tutti in famiglia dovevano ubbidire. Abituato per il suo lavoro a riceverne, aveva sviluppato una certa naturale autorevolezza nello stabilire regole indiscutibili. Nel suo tono si combinavano fermezza, rigore, convincimento e, soprattutto, la certezza che lui sapesse qualcosa in più di tutti gli altri. Ma questo nuovo ordine suonava contraddittorio rispetto ai precedenti, pronunciati in casa fino a quella prima settimana di luglio.

Alfredo aveva sempre detto alla sua famiglia di ignorare le sirene. Se suonavano di notte, potevano voltarsi dall'altra parte e continuare a dormire. Roma, era l'implicito messaggio contenuto nelle sue parole, è al sicuro.

Pio XII stenderà certamente le sue ali protettive sulla capitale. Giovanni aveva raccolto alcune voci in una bottega di ferramenta dove cercava delle piccole chiavi per regolare il sellino della bicicletta: gli italoamericani, particolarmente influenti a New York, avevano chiesto a Roosevelt di non bombardare Roma in cambio del loro sostegno alle elezioni. La mamma, che faceva la bidella in una scuola del quartiere, aveva sentito dal direttore che il mondo si sarebbe rivoltato, cattolici in testa, se una sola chiesa fosse stata bombardata, se un solo bene archeologico fosse stato cancellato.

Dunque tutti, in città e in famiglia, avevano fatto propria la convinzione che, per paradosso, proprio il centro del potere del regime fosse al riparo da quelle incursioni aeree sulle grandi zone urbane, che costituivano la forma nuova della guerra moderna. Alfredo aveva accreditato questa tesi raccontando in casa del saluto del federale di Milano in visita al gerarca. Era uno strano tipo, un piccoletto che strizzava il suo grasso in una divisa di un paio di misure più piccola del necessario. Al padrone di casa che lo accoglieva disse: «Saluto il fortunato camerata. Fortunato perché sei ministro, perché vivi in questa meravigliosa casa, ma soprattutto perché non devi metterti l'elmetto e raccogliere macerie, vivendo nella città del papa».

Dunque perché ora questo cambio repentino? Cosa aveva saputo il papà dal gerarca? Giovanni avrebbe voluto chiederlo ma sapeva che era inutile. Così, la prima domenica di luglio, quando la sirena suonò si precipitarono tutti al rifugio. Che in realtà era una cantina, nulla di più. La madre di Giovanni aveva confezionato, seguendo le indicazioni dell'Unpa, l'organizzazione che era sorta per proteggere i civili dai bombardamenti, una borsa che teneva sempre vicino alla porta. Conteneva una coperta, gli zolfanelli, un fiasco d'acqua.

Quando gli altri inquilini li videro comparire ebbero un sussulto, conoscendo il mestiere e le entrature di Alfredo.

«Anche voi qui?» disse preoccupata una donna vestita di nero. A quei tempi la confidenza di un maggiordomo a servizio dai potenti era più importante e credibile delle notizie dei giornali e della radio.

Il palazzo era al confine del ghetto. La maggioranza degli inquilini era cattolica, e solo due famiglie ebree. E così una luce fioca e ondulante illuminava alternativamente una donna che sgranava il rosario e un uomo con la kippah che baciava il Talled e recitava i salmi. Intorno un'umanità di bambini che giocavano e di adulti che ostentavano sicurezza parlando di calcio e magnificando le doti di Amadei, Piola e Biavati. Le madri sferruzzavano nervose, per adattare al figlio minore il maglione o i pantaloni del maggiore. E parlavano di cibo. Parlavano di prezzi della borsa nera. Parlavano dei mercati dove non si trovava più nulla. Parlavano dell'ora in cui era meglio uscire per guadagnare un buon posto in una inutile fila. Non si trovava più il sale e qualcuno usava le sardine per rendere più saporito altro cibo. Qualcun altro diceva che bisognava prendere il trenino e andare in provincia dove i contadini vendevano o barattavano generi commestibili in discreta quantità. C'era chi aveva venduto una catenina d'oro per un po' di carne e di zucchero. Erano i discorsi del ricovero. In attesa di un bombardamento che, si era sicuri, non sarebbe mai venuto.

Poi c'era Amleto, un uomo di quarant'anni, che veniva chiamato dai bambini del quartiere «il matto». Era un povero cristo che soffriva di una sindrome ossessivo-compulsiva. Era lì, davanti alla lampadina del rifugio che oscillava, e ripeteva incessantemente, come una litania, «smettimi da qui».

Giovanni disegnava. Quell'ambiente così scuro, con quella illuminazione che creava ombre e luci in modo così netto era l'ideale per il suo nero e grigio. Ormai nella sua stanza, nel cassetto, c'erano almeno venti blocchi da disegno pieni di quelle immagini. Giovanni pensava che così avrebbe reso immortale la sua vita. Pensava che quello che stava vedendo e vivendo sarebbe rimasto con lui per sempre. Anzi, pensò, «la prossima volta che scendo nel rifugio li porto con me, non si sa mai». Considerava quei disegni una parte di sé, forse la più importante. Aveva deciso che non li avrebbe mai più guardati fino al momento in cui avesse compiuto diciotto anni. Come la realtà che i suoi occhi vedevano, anche i disegni avevano una loro irripetibilità. Il professore di latino gli aveva insegnato che il verbo «ricordare» significa riportare al cuore. Per lui questi disegni dovevano servire a riportare al cuore la vita che aveva vissuto, quando tutto fosse finito. Sì, perché Giovanni si accorgeva di vivere in un tempo precario, di attesa.

Gli sembrava di essere uno dei milioni di italiani restati, come equilibristi, a metà strada su un filo sospeso tra due alti palazzi. Tornare indietro, girandosi, non si può. Andare avanti è difficile. Ma un giorno tutto finirà. Un giorno mamma Maria non si dannerà l'anima per trovare una ciriola e si potranno tenere le luci accese e le finestre aperte. Un giorno la gente smetterà di vivere nella paura. Quel giorno verrà. E quel giorno Giovanni potrà riguardare i suoi disegni in un altro modo. Li potrà usare per ricordare ciò che, per fortuna, non ci sarà più.

E Giovanni vuole portare i suoi disegni in giro per il mondo. Quando accende la radio la sera, appena il quadrante delle stazioni si illumina, Giovanni inizia a sognare. Gira la manopola e tra mille misteriosi gracchi sente le voci che arrivano da lontano. E più sono «sporche» e più gli piacciono. Parlano lingue sconosciute e forse chi pronuncia quelle parole in quello stesso momento sta guardando fuori dalla finestra e vede il sole. Forse lì non c'è la guerra e si vive sereni. Forse si mangia normalmente. Forse chi parla ha gli occhi a mandorla o un colore diverso della pelle. La radio è il vascello, la locomotiva, la mongolfiera di Giovanni. Lo porta lontano da qui. Lontano da questo buio. Lontano dalla voglia di un po' di cioccolata e di un gelato al fresco la sera.

Una domenica, forse all'inizio dell'anno, erano tutti a casa. Era il giorno di riposo di Alfredo e tutta la famiglia era riunita. Alle 19 cominciò alla radio il concerto dell'orchestra Angelini. Alfredo era insolitamente di buon umore. Si avvicinò alla radio, alzò il volume. La musica entrò nelle tre stanze della loro casa. In cucina la sentì Maria che stava preparando la cena, la sentì Giovanni nella sua stanzetta e anche i due gemelli che erano lì, nel salotto che era anche la loro stanza da letto. A un certo punto l'orchestra attaccò un brano ballabile, qualcosa che a Giovanni ricordò *Ho un sassolino nella scarpa* di Natalino Otto. Fatto sta che Alfredo liberò dalle sedie il piccolo spazio di fronte alla grande radio. Lo faceva muovendosi da ballerino. Una seggiola lì, oplà, e un'altra qui. Poi sempre ancheggiando si avviò verso la cucina. Si avvicinò da dietro a Maria che si schermiva dicendo: «Alfredo, che fai?». La voltò verso di sé, le sfilò il grembiule da cucina dalla testa e la strinse forte.

Maria rideva, da quanto non lo faceva? Alfredo si era messo nella parte del conquistatore. Lei era tutta rossa e lui la faceva volteggiare, come fosse una farfalla. I due gemelli si guardarono e anche loro, ridendo, cominciarono a ballare. Seguivano il ritmo dei genitori muovendosi in sincronia: se il padre e la madre si piegavano a sinistra loro andavano a destra: lo spazio non permetteva di più. Giovanni li guardava incantato. Quella allegria era una magnifica sorpresa, una esplosione di colore. Per la prima volta, mentre disegnava, sentì che in quel momento i grigi non sarebbero bastati. Avrebbe avuto bisogno dei pastelli colorati del figlio del gerarca.

L'orchestra cambiò brano e attaccò *Notte e dì*. E Alfredo cominciò a cantare, come fosse Jone Cacciagli. I gemelli lo seguirono. E anche Giovanni, per un attimo, sospese il disegno. «Notte e dì soli soli, con le mani nelle tue mani fino all'alba dell'indomani.» Maria si era stancata e li guardava, i suoi quattro uomini, che cantavano muovendosi all'unisono. Era divertita, orgogliosa. Se si poteva essere felici, in quel tempo, Maria stasera sentiva di esserlo, proprio.

Una sera di metà luglio Alfredo chiese al gerarca di poter uscire per comperare una medicina. Aveva voglia di restare un po' solo. Fece il giro di piazza Mincio, costeggiò il palazzo del Ragno osservando quella vetrata con l'animale disegnato che appariva non più un gioco ma un presagio. Poi si fermò davanti al villino delle Fate. Osservò la lupa, gli affreschi, la meridiana che campeggiava sul lato destro dell'edificio. Era una di quelle sere romane che ti rapiscono, quando il caldo della giornata finisce e rimane nell'aria un'atmosfera, degli odori, un silenzio inspiegabili a chi non li abbia vissuti. Pensò che tutta quella normalità non avrebbe mai potuto essere stravolta. Che era un cattivo pensiero, che quella piazza ora silenziosa, quel villino, quella lupa non avrebbero potuto conoscere violenza e sangue. Era tutto troppo bello, in quel tramonto, perché potesse finire. Quella quiete fu spezzata da un severo e raggelante battito d'ali. Alfredo si voltò e la vide. Come un presagio o un annuncio funesto, sulla vasca superiore della fontana appoggiò i suoi artigli una grande aquila. Arrestò il movimento delle ali, un impasto poco rassicurante di grigio e marrone, e sgranò i suoi occhi freddi su quelli del maggiordomo. A vederli, in quella piazza silenziosa e deserta, sembravano duellanti. Solo uno, tra loro, però aveva paura. Paura del significato di quella presenza che lo paralizzava.

La sera prima il gerarca aveva ricevuto un suo amico, federale di Forlì. Era stata una cena drammatica per Alfredo. In questi casi lui, uomo di fiducia del padrone di casa, dopo aver servito in tavola, tra una portata e l'altra, si metteva nell'angolo più vicino alla porta. Doveva essere pronto se i commensali avessero chiesto acqua o vino, o avessero vuotato il piatto. Così Alfredo ascoltò. Se prima la riservatezza, la fiducia nel presente, la concentrazione sul lavoro annullavano il significato delle parole che lui sentiva, ora era tutto diverso. Alfredo cercava risposte alla sua domanda: «Eccellenza, è tutto finito?». E alla domanda che discendeva dalla prima e che per lui stava diventando una ossessione: «E ora che ne sarà di noi?». Quando diceva noi si riferiva alla sua famiglia, a quella brava donna che si ammazza di fatica fra la scuola e la casa, ai loro tre ragazzi. «Che ne sarà di noi?» pensava Alfredo quando infrangeva ogni regola del suo codice morale, quando sbirciava i rapporti della polizia politica, quando ascoltava le invettive del gerarca contro il duce, quando, come ora, tendeva l'orecchio per capire di cosa parlassero i due uomini seduti alle estremità del lungo tavolo.

«Ti rendi conto di cosa ha fatto Ciano? In questi tempi in cui la gente non trova la farina e neppure il sale, ha ospitato una cena a Palazzetto Venezia con lasagne alla bolognese, pollo al forno con patatine, orata ai ferri, vini francesi e tutta Roma lo sa. È giusto che la gente ci maledica se ostentiamo di poterci permettere un lauto pasto, in tempi in cui trovare il cibo è diventata per tutte le famiglie la più profonda delle angosce. Il fascismo fa fare la fila, il fascismo consente la borsa nera, il fascismo copre i privilegi e la corruzione dei suoi capi, il fascismo manda a morire i nostri figli. È questo che la gente pensa. E, posso dirtelo? Ha ragione. Il duce non si rende conto. Hitler lo ha portato in un vicolo cieco e lui si dibatte come un pipistrello in una stanza. Non ha più gli occhi per vedere.

«E te ne dico un'altra. Ti ricordi la visita del ministro

degli Esteri Matsuoka in Italia due anni fa? Era venuto fin qui per rinsaldare i rapporti dell'Impero del Giappone con Germania e Italia. Arrivò alla stazione, fu portato all'Excelsior. Doveva vedere il duce il giorno dopo. Ma si dà il caso, purtroppo, che sullo stesso piano fosse alloggiato l'esuberante camerata Max Mugnani, uno di questi fascisti ricchi e viziosi, donnaiolo micidiale, uomo corrotto e senza scrupoli. E, soprattutto, schiavo della cocaina. Insomma, quella notte Max organizza una bella orgia nel suo appartamento, allo stesso piano di Matsuoka. A un certo punto ubriaco ed ebbro di ogni cosa esce dalla sua stanza, non sazio, per cercare nuovi compagni di giochi. Allucinato si aggira per il corridoio. Davanti a una porta vede un paio di stivaletti neri, lasciati lì per essere lucidati. Per farla breve, il brillante camerata entra nella stanza, trova il giapponese che dorme e se lo issa sulle spalle. Lo porta in mezzo all'orgia, lo riempie di cocaina. E la mattina dopo il segretario del potente ministro dell'Impero lo trova semisvenuto, con al petto un reggiseno e delle macchie di sangue sul pigiama. Eccolo il fascismo. Ecco i nostri alleati. Neanche una guerra tra condomini possiamo vincere. Amico mio, diciamoci la verità, temo siano gli ultimi giorni di questo regime. È stato grande. Ma ora è una tragedia e una farsa insieme.»

Alfredo avrebbe voluto strapparsi i bottoni dorati, la giacca bianca, i guanti immacolati per correre a casa. Voleva far ordine nel suo disordine. Voleva dare forma alle sue paure. Invece doveva stare lì, impettito, in quell'angolo. E aspettare.

Giovanni, era domenica, andò al cinema con il suo amico Mario. Il padre gli aveva trovato, tramite il carabiniere che scortava il gerarca, due biglietti per il cinema Salone Margherita a via Due Macelli. Lo aveva detto a Mario che era impazzito di gioia alla notizia. Lo aveva raggiunto in bicicletta ed erano entrati nella sala. Non avevano potuto scegliere il film. Si erano trovati davanti a una commedia brillante, *Quarta pagina*, interpretata da una delle più belle attrici del momento, Valentina Cortese. La luce si spense e iniziò lo spettacolo. Giovanni e Mario volevano godersi ogni momento, raccontare ogni cosa in famiglia e così divorarono tutto: i titoli di testa, il nome del regista Manzari, degli sceneggiatori Fellini, Zavattini, Betti, Steno, Marotta, le musiche di Derevitsky e Cicognini.

Uscirono dalla sala, al tramonto, emozionati. Arrivarono a Trinità dei Monti. Si affacciarono alla balaustra. Roma era davanti a loro. Meravigliosa sotto il sole rosso di quell'ora. Tranquilla, silenziosa. Sembrava che dormisse, mentre finiva quella calda domenica di metà luglio.

Maria svegliò Giovanni. Era già tornata dalla fila per la spesa e voleva andare fuori Roma a cercare della caciotta, latte e uova da una famiglia di contadini, parenti di un'altra bidella della scuola. Era ancora presto. Giovanni aveva dormito con la canottiera e basta. Faceva troppo caldo. Un po' si imbarazzò quando la mamma lo scosse per dirgli che era ora di alzarsi. Lui si girò nel letto, strinse le gambe per coprirsi e ascoltò le disposizioni per la giornata.

«In cucina c'è un po' di pane per la colazione. Papà e i tuoi fratelli sono al lavoro. Tu alle undici devi andare a piazza Vittorio dalla zia, ti darà un po' di farina. Io spero di tornare per l'ora di pranzo. Altrimenti ti arrangi.»

Giovanni fece di sì con la testa. E intanto ripensava alla sera precedente. Al film, una di quelle storie di ambiente borghese che gli piacevano tanto, un mistero racchiuso nella scomparsa di un cassiere di banca, forse ucciso per essere derubato di quattrocentomila lire. L'unico indizio, un messaggio di annunci matrimoniali. Una trama che aveva immensamente appassionato Mario e che era una manna per la curiosità di Giovanni. Ma più del film gli erano piaciuti quei cinque minuti a Trinità dei Monti. Prima di addormentarsi aveva provato a riguardare quella scena e aveva deciso di disegnarla. E il disegno era rimasto sul tavolo, ancora incompleto.

C'erano due ragazzi in sella alle loro biciclette, visti di spalle, che osservavano il panorama del centro di Roma. I due erano nella medesima posizione: braccia sul manubrio, un piede a terra, la schiena dritta, la testa alta a scrutare via Condotti e la folla, come tante formiche nere, che sciamava. La luce era quella del tramonto e per Giovanni questa era stata la cosa più difficile. Quel rosso caldo aveva emozionato lui e Mario, li aveva lasciati senza parole. Avrebbe trovato il grigio giusto? Sarebbe bastata, questa volta, una delle tonalità che sapeva inventare per raccontare quell'incanto? La stanchezza era sopraggiunta troppo decisa per poter sciogliere l'interrogativo. Il disegno era rimasto a metà, come il sonno interrotto di quel lunedì di luglio.

Giovanni decise di alzarsi e affrontò le stazioni della personale via crucis che per lui era il risveglio: si sedette sul letto, con le braccia tese appoggiate al materasso, poi andò in bagno, si lavò con il sapone che la madre rimediava mescolando il grasso di maiale con la soda caustica. Per vestirsi non c'era molta scelta. Un paio di pantaloncini corti blu e una maglietta gialla furono l'unica possibilità del giorno. Il resto – la camicia verde e i pantaloncini grigi – erano in terrazza a prendere il sole. Si avviò in cucina dove, sul tavolo, campeggiavano un bicchiere pieno a metà di latte e due fettine di pane nero. Però Giovanni si fermò, si diede un colpo sulla fronte e tornò sui suoi passi. Rientrò nella sua cameretta, tanto piccola da poter contenere solo il letto e un tavolino, e si mise in ginocchio. Alzò lo sguardo verso la madonnina, giunse le mani all'altezza del petto e cominciò «Ave Maria, piena di grazia…». Alla fine si fece il segno della croce, con la sinistra, come al solito, ma non se ne accorse. Il padre voleva assolutamente che la preghiera fosse detta prima di fare colazione. Giovanni l'aveva interpretata come una sollecitazione a ringraziare Dio per il cibo ricevuto. E, tra sé, aveva pensato che lui era disposto anche a cinque *Padre Nostro* e sette *Credo in Dio Padre Onnipotente* purché per colazione ci fossero biscotti e cioccolata.

Si affacciò alla finestra della cucina. La scena della piazza era sempre la stessa, a qualsiasi ora la si vedesse. Cambiavano forse i protagonisti, qualcuno era al lavoro e qualcun altro a cercare cibo, ma il «movimento» era sempre quello. Mentre beveva il latte Giovanni volgeva lo sguardo e ritrovava, rassicurato, quella normalità che gli sembrava un'eccezione, in quel tempo convulso. Quando ebbe finito si chiuse la porta dietro le spalle e uscì. Si fermò come al solito alla bottega del sor Settimio che gli rifilava, di nascosto, un dolcetto ogni giorno più insipido. All'inizio era una pasta al cioccolato, ora un impasto duro dal sapore amarognolo. Ma Giovanni non voleva mortificare la generosità del sor Settimio. Sul bancone, come sempre, una copia del «Messaggero». Giovanni chiese il permesso e prese il giornale. Si sedette fuori, come era abituato a fare, spalle al muro, e cominciò a sfogliarlo. Aveva tempo, prima di andare a piazza Vittorio. Guardò l'elenco dei «Teatri, cinema e concerti», che accendeva i suoi sogni. Un giorno, pensò, voglio andare in ciascuna di queste sale e fare la classifica degli spettacoli che mi sono più piaciuti. Scorse l'elenco dei film e notò, con disappunto, che la maggior parte erano tedeschi. Lesse il bollettino demografico, un bel riquadro a centro pagina, diceva che i nati erano 93 e i morti 41. Di fianco, l'elenco dei prezzi massimi.

Veniva l'acquolina in bocca solo a leggere tutto quel ben di Dio: biscotti (ventuno lire per cento grammi), pasta, riso, albicocche, carciofi, cocomeri, ciliegie, lamponi, pesche, peperoni, pomodori; anche le arance «ovali e tardive». Giovanni lesse che tra i prezzi massimi c'era anche quello della «pasta glutinata, iperglutinata e naturalmente integrata per regimi dietetici». L'idea che qualcuno, in quei tempi, facesse la dieta lo fece sorridere. Ma la sua attenzione fu catturata da una notizia a una colonna, sotto «i vivi e i morti».

C'era scritto «Sparisce la fortuna a via della Cuccagna»: «Di passaggio a Roma l'ingegnere quarantenne Vinicio Mancinelli, nato e residente in Ancona, usciva ieri mattina dai gabinetti di toletta in via della Cuccagna 15. Dopo circa dieci minuti il Mancinelli si accorgeva che gli erano scomparse 445 lire, somma che egli portava in una tasca dei pantaloni. Nella certezza che il denaro gli fosse caduto in quei locali tornava in via della Cuccagna dove la custode, tale Caterina Falloni, fu Luca, di anni trenta da Teramo abitante in via del Fico 15 fingeva di cadere dalle nuvole ed escludeva che l'ingegnere potesse avere perduto il denaro lì dentro. Ma l'ingegnere ha tenuto duro e chiamato un carabiniere che era di servizio in quei pressi. Questi provvedeva a telefonare alla vicina caserma. Sotto la minaccia di vedersi scoperta la Falloni si affrettava a tirare fuori il denaro trovato e a restituirlo al Mancinelli. Ma troppo tardi, ché i carabinieri sopraggiunti l'hanno tratta in arresto».

Il titolo, ironico e ammiccante, faceva pensare a una notizia spensierata. A Giovanni sembrò invece tragica. Pensò a quella donna, che certo aveva sbagliato. Veniva da Teramo, non aveva più il padre che Giovanni immaginava morto nella Grande Guerra al fronte. Ora era stata sbattuta in carcere per 445 lire.

Tornò con lo sguardo alla colonna dei prezzi massimi e cercò quelli dei vestiti da donna. E concluse che con i soldi rubati, Caterina Falloni fu Luca si sarebbe a malapena potuta consentire un abito a giacca di terza categoria, la penultima. E ora Giovanni la immaginava dietro le sbarre, su un pagliericcio, per un abito a giacca di infima fattura. E allora provò un acuto risentimento per Vinicio Mancinelli di Ancona, che si poteva fare ridare i soldi e basta.

Preso da questi pensieri, non si era accorto che il tempo passava. Chiese l'ora a Settimio. Scoprì che erano le dieci e mezzo. Era l'ora di partire. Doveva essere alle undici a piazza Vittorio. Guardò il sole e si disse che raramente aveva sentito tanto caldo come oggi, lunedì 19 luglio 1943.

Pedalare con quel sole era duro. La città sembrava sciogliersi, come l'asfalto sotto i piedi. Sembrava avere la febbre. Il sor Settimio aveva detto, mentre si asciugava la fronte con lo stesso tovagliolo che teneva sul bancone, che eravamo addirittura a quaranta gradi. Eppure Giovanni era felice, con la borraccia verde che il padre gli aveva acquistato da Lazzaretti. Si sentiva molto importante quando si fermava e, come un ciclista del Giro d'Italia, mandava giù nella gola quell'acqua fresca. Quel giorno imitò il gesto che aveva visto fare a Magni una volta. Mise la borraccia sul collo, sotto la nuca, e s'inondò d'acqua. La maglietta gialla si infradiciò. Ma lui si sentì appagato.

Attraversata la piazzetta sul retro della sua casa, svoltò in via del Portico d'Ottavia e proseguì per via della Reginella. Erano bellissime quelle strade con i calzolai e i cordari che lavoravano all'aperto, la gente che si chiamava da una finestra all'altra, le voci che echeggiavano nell'aria. Raggiunse piazza Mattei. Si fermò a guardare per un attimo la fontana delle Tartarughe e pensò a quella delle Rane, nel quartiere dove lavorava suo padre. Imboccò via dei Funari e poi via Caetani. Arrivò in via delle Botteghe Oscure, con il grande palazzo del Fascio sulla destra. In piazza Venezia gettò uno sguardo al balcone. Davanti a Santa Maria di Loreto staccò una mano dal manubrio, la sinistra, per farsi il segno della croce. Via Panisperna, Santa Maria Maggiore e finalmente a destinazione. Aveva fatto tante altre volte delle commissioni per la mamma. Sapeva che in tutto erano meno di tre chilometri e che in quasi mezz'ora si arrivava.

La zia Carla abitava in via Leopardi, all'angolo con la piazza. Di quel poeta Giovanni aveva studiato a scuola versi che gli erano sembrati bellissimi. Ci aveva pensato la sera prima, mentre provava a disegnare la città al tramonto. Gli venne in mente il professore che li scandiva passeggiando tra i banchi e pretendeva che i ragazzi declinassero: «Sempre caro mi fu quest'ermo colle, e questa siepe, che da tanta parte». Ora ripetete. Giovanni e Mario, che stavano nella stessa posizione di banco ma in file opposte, si erano guardati e avevano sorriso mentre declamavano anche gli altri versi.

Aveva ripetuto la poesia fra sé e sé fino al «naufragar m'è dolce in questo mare», scandendola due righe per due, dall'inizio di via Leopardi all'angolo con piazza Vittorio, dove c'era il palazzo della sorella della mamma, al numero 54.

La portinaia, china sulle ginocchia, stava pulendo le scale. Giovanni sentì che la zia scendeva dall'appartamento al primo piano. Lo aveva visto arrivare dalla finestra e salutato con un gesto della mano per dirgli di aspettarla in strada. Si scusò con la custode, superò lo scalino dove la donna lavorava e si avvicinò a Giovanni. Aveva in mano un grande pacco. Diede un bacio al nipote e gli porse la farina.

Fu in quel momento, in quel preciso momento, che Giovanni sentì quei due suoni. Non sarebbe mai riuscito a ricordare quale dei due squarciò l'aria per primo. Se il sibilo della sirena o lo scoppio delle bombe. Il pacco della farina volò in aria, per la paura o lo spostamento d'aria, e ricadde sul marciapiede. La portinaia aveva cominciato a urlare e la zia Carla aveva trascinato Giovanni nella casa della donna. Era un ambiente piccolo; una bambina, avrà avuto due o tre anni, piangeva e strillava, mentre la nonna, una vecchia piegata su se stessa, sussurrava «Gesù, Giuseppe, Maria».

Le bombe si sentivano nitidamente, precedute da un fischio terribile. Giovanni pensò ai suoi. Gli scoppi sembravano vicini. La zia diceva: «Stanno bombardando la stazione». Se era così, dovevano essere tutti in salvo. Il papà al quartiere Coppedè, i fratelli ai Mercati generali, la mamma a Palestrina. Ma se invece fosse stato un bombardamento a tappeto? Se gli americani avessero deciso di radere al suolo Mussolini e Palazzo Venezia? Carla urlava che gli americani avevano avvertito, la notte prima avevano lanciato dei volantini per dire ai cittadini di andare via ma i fascisti li avevano fatti sparire. Le bombe cadevano come neve, un fiocco pesante dopo l'altro. Tra un ciclo di scoppi e l'altro c'erano delle pause. In una di queste la zia disse che doveva andare a prendere Lucia, la figlia, che era da un amichetto a giocare. Era dalla parte opposta al rumore dei bombardamenti ma chi poteva sapere dove potevano arrivare?

Si raccomandò che Giovanni l'aspettasse lì. Sarebbe tornata in un quarto d'ora, venti minuti al massimo. Lui ubbidì e rimase in quel piccolo appartamento, pieno di gente perché era al piano terra e dunque considerato sicuro. Tutti urlavano, qualcuno piangeva. Entrò un uomo, gli occhi fuori dalle orbite. «Stanno bombardando San Lorenzo, la stanno distruggendo.» Ognuno allora gridò il nome di un parente, di un amico che stava al di là della ferrovia.

Giovanni pensò a Mario, al suo amico Mario. Lo pensava là sotto, lo immaginava morto. No, che scappava, no, che aveva perso i suoi ed era solo. Il ragazzo aspettò ancora un poco. Ogni tanto qualcuno usciva ma sentiva troppo vicino lo scoppio delle bombe. E allora rientrava dando notizie sempre più allarmanti: «Si vede una nuvola alta un chilometro», «No, se ne vedono due, tre, mille».

La zia non tornava, forse bloccata dagli scoppi, e allora Giovanni decise. Decise che non poteva lasciare Mario solo. Approfittò di un momento di confusione e uscì. Nessuno se ne accorse. Prese la bicicletta, che era tutta bianca di farina. Osservò il pacco dissolto a terra e pensò che delusione sarebbe stata per la madre vederlo tornare a mani vuote. Entrò nel giardino di piazza Vittorio. Qualcuno, sotto i portici, gli urlò: «Dove vai disgraziato?». Ma lui si fidava di se stesso. Sapeva che stava facendo qualcosa di rischioso. Ma sapeva anche che stava facendo qualcosa di giusto. Sarebbe stato prudente, ma doveva andare.

Percorse a perdifiato i viali del parco della piazza e poi si diresse verso via Principe Amedeo. Sembrava che le bombe avessero conosciuto un limite fisico, che ci fosse come un muro in cielo che aveva risparmiato proprio la piazza e i portici. Ma quando arrivò a via Principe Amedeo, all'angolo di via Mamiani vide la guerra in volto.

Ed era un volto orrendo, anzi un volto che non c'era più. Un soldato era di guardia, a un edificio di Stato. Una scheggia aveva tagliato via la parte superiore della garitta e con essa la testa del soldato. Ma il corpo era rimasto in piedi, immobile nel casotto distrutto. Le mani del soldato erano innaturalmente serrate sul fucile, esposto come fosse un presentat'arm. La testa era finita sull'insegna di un negozio di abiti da sposa. Un bambino, quasi una riproduzione in miniatura di Giovanni, la guardava fisso, come fosse un film o un cartone animato. Era perduto, solo. Era immobile, con le manine nelle tasche. Dalla sua bocca usciva un urlo agghiacciante, una sola nota, fissa, continua, che non finiva mai. Qualcuno gli mise una giacca davanti alla bocca e lo portò via da lì, correndo. Una donna si genufletteva davanti a quel corpo inanimato, come fosse già una reliquia da onorare. Giovanni non riusciva a smettere di guardare. Era di sale, di pietra, di gesso. Non poteva staccare gli occhi da quella immagine.

Ma lo fece quando due braccia potenti lo strattonarono. Qualcuno gli gridava qualcosa che lui non era in grado di sentire. Ricorda i lineamenti distorti di quell'uomo con la bocca aperta. Ricorda di aver fatto in tempo a prendere la bicicletta mentre lo portavano di corsa verso un palazzo. Scesero le scale. Entrarono in una cantina, che chiamavano rifugio. L'uomo lo scagliò lì dentro e urlò di nuovo, come se dovesse andare a cercare altri pazzi da salvare. Giovanni girò lo sguardo attorno a sé. Nessuno piangeva, neanche i più piccoli. Erano tutti in silenzio. Aspettavano il rumore delle bombe, per decretarne la vicinanza. Sembravano tutti come quei bambini che si fanno raccontare per la millesima volta la storia di Biancaneve e della strega cattiva sapendo che a un certo punto arriva l'orribile domanda «Specchio, specchio delle mie brame, chi è la più bella del reame?». La strega cattiva in questo rifugio ha la forma di una bomba che sembra una supposta, e la voce è quel sibilo cattivo e il suo contrario, quel boato grosso che significa morte e distruzione.

A quanti metri di distanza sono? I vetri vibrano e anche nel palazzo sovrastante si sentono le finestre volare e i calcinacci cadere a terra. Tutto trema, anche Giovanni. In quel silenzio ora è lui l'unico a piangere. Si sente solo, tra quegli sconosciuti. Non vuole farsi vedere. Non vuole farsi sentire. Piange con la faccia contro un muro grezzo, freddo, che sobbalza a ogni bomba e al conseguente spostamento d'aria.

Giovanni continuava a pensare alla sua famiglia e a Mario. Lì dentro dicevano che le bombe erano tante ma tutte in quella zona. Chi aveva messo la testa fuori, in una pausa, sosteneva che gli aerei sembravano migliaia e avevano oscurato il cielo. E che le nuvole nere si vedevano solo a sinistra, verso San Lorenzo e non a destra, dove era Palazzo Venezia. Qualcuno allora urlava che a pagare era la povera gente e non quel puzzone che la guerra l'aveva voluta e la stava perdendo. A Giovanni, che si distraeva ascoltando, era sembrata una frase giusta.

Entrò l'uomo che lo aveva tirato via dalla strada e sbattuto, salvandolo, in quella cantina. Era imponente, aveva due grandi spalle e trascinava una gamba. Si guardò intorno.

«Dov'è il ragazzo con la bicicletta?»

In effetti Giovanni non aveva mai lasciato la sua bici. E anche mentre piangeva, la sua mano sfiorava tutti i pezzi della sua unica compagna, lì dentro. Toccava la canna, il sellino, i pedali, la catena, la ruota, il manubrio. Prese la borraccia e bevve nell'unico luogo al mondo in cui mai avrebbe pensato di usarla.

«Sono qui» disse con un filo di voce. L'altro si avvicinò, lo sguardo severo.

«Ma sei pazzo ad andare in bicicletta sotto le bombe? Potevi rimanerci.»

Giovanni disse solo: «Lo so, scusatemi». Poi si alzò e abbracciò quell'estraneo, stringendolo forte. E mentre era a contatto con quella canottiera bianca, immaginava fosse la divisa da lavoro del padre. Sentiva il sapore della polvere e vedeva, dal basso verso l'alto, i capelli del suo salvatore imbiancati dai calcinacci. Anche l'uomo lo strinse. Lo alzò da terra. Sembrava fortissimo.

«Passerà, finirà, vedrai. Ora stai qui.»

Lo rimise seduto, vicino alla Bianchi Viaggio e raggiunse sua moglie e la loro bambina che, per sfuggire a quel disastro, giocava al dottore con una bambola di pezza. Passarono ore così. Poi i rumori cessarono. E le sirene suonarono la fine dell'allarme. L'uomo disse a Giovanni: «E tu ora che fai?».

«Vado a casa.»

«Dove abiti?»

«A via Leopardi» mentì.

«È vicino. Vai, ma stai attento.»

«Grazie, non vi dimenticherò» aggiunse, composto. E sapeva che, questa volta, stava dicendo la verità.

Appena fuori, la luce del sole in quel cielo meravigliosamente azzurro gli ferì gli occhi. Sarebbe dovuto andare a destra invece volse lo sguardo a sinistra. Vide che lì il cielo era nero. Si sentivano sirene e gente che urlava in ogni dove. Girò il manubrio della Bianchi verso via Giolitti e l'arco di Santa Bibiana. Era una strada che conosceva. Quando andava a giocare con Mario si davano appuntamento al di là dell'arco. La prima volta il suo amico lo aveva aspettato in sella alla bici come fosse un imperatore a cavallo: «Questo è San Lorenzo, il mio quartiere» gli aveva detto con un gesto largo del braccio che sembrava invitare Giovanni a entrare, come fosse sull'uscio della sua casa.

Doveva cercarlo, aveva il dovere di farlo. Così cominciò a volare per quelle poche centinaia di metri. Se avesse avuto le ali avrebbe impiegato più tempo. Guardava a terra per evitare i calcinacci e poi alzava la testa perché voleva vedere come era ridotto il regno del suo amico. Superò l'arco di Santa Bibiana e sentì il cuore uscirgli dal torace, cadere per terra, sporcarsi di quel sangue e di quei calcinacci. Lo vide rotolare, rantolare.

Tutto era distrutto. I palazzi sventrati. Scese dalla bicicletta, che ora teneva stretta al fianco. E camminava con lei. Come se la volesse compagna, più che mezzo di trasporto. Il bombardamento era finito da poco e le persone stavano uscendo dai rifugi, ufficiali e occasionali. Appena la gente metteva la testa fuori cominciava a urlare, a chiamare nomi. Tutti iniziavano a correre, quasi saltando sui marciapiedi dissestati e fangosi, con l'acqua che scorreva dalle condutture collassate. Ognuno voleva raggiungere la propria casa, alcuni erano già in piedi sulle macerie dei palazzi crollati. Ci si voltava per chiedere aiuto, da sotto si sentivano voci e lamenti.

Nessuno si curava di lui, in quella confusione. Camminava piano, come al rallentatore. Girò subito a destra, su via degli Equi. C'erano due cavalli bianchi morti. Distesi uno su un fianco, uno supino con le zampe in aria. Avevano addosso dei fiocchi bianchi. Poco lontano, una carrozzella divelta. Giovanni pensò che forse quella mattina due giovani si erano uniti in matrimonio e separati nella morte.

Osservava allucinato le donne in ginocchio che piangevano, i vestiti strappati. A via dei Latini tutti lanciavano uno sguardo in alto e poi urlavano. Giovanni alzò piano la testa, con una lentezza incalcolabile. Al primo piano c'erano delle persone affacciate, forse erano corse alla finestra durante lo scoppio della prima bomba. Le schegge gli avevano tagliato la testa ed erano rimaste lì, con le mani sui fili dello stenditoio. Sul collo segato di una donna si erano posati un paio di occhiali, piovuti lì chissà da dove.

Poi qualcosa di inaspettato, che il ragazzo avrebbe rivissuto migliaia di volte nella sua vita.

Un bambino si avvicina, lo tira per la maglietta, Giovanni si piega, lo guarda. Ha il moccio che scende copioso, la polvere gli ha fatto i capelli bianchi come fosse un vecchio. Giovanni lo accarezza, il piccolo apre la bocca ma non riesce a parlare. Gli chiede se ha perso mamma e papà, lui non sembra capire, ha solo gli occhi che implorano qualcosa e quella bocca aperta che vorrebbe gridare.

«Ti ricordi dove abiti?»

Il bambino non risponde. Si butta a terra in ginocchio e resta fermo così, con i capelli bianchi e, ora Giovanni lo vede, pezzi di cemento conficcati nei piedi nudi che sanguinano. Giovanni non sa che fare, si guarda intorno. Si china, prende il bambino in braccio sollevandolo da terra. Chiede a uno che sta togliendo una trave in cima a una casa distrutta:

«Sa a chi posso dare questo bimbo? Si è perso e non riesce a parlare».

L'uomo neanche si gira, ha altro da fare. Gli dice, di fretta:

«Prova con padre Libero, l'ho visto passare di corsa. Andava verso via dei Rutoli».

Giovanni ringrazia e comincia a correre. Il bimbo gli

aveva passato le braccia attorno al collo e ora ballonzola con lui che, con l'altra mano, continua a non mollare la bicicletta. Quando arriva nella strada vede un sacerdote che sta impartendo una benedizione. Si avvicina, il bimbo sempre più stretto. Vuole parlare ma si ferma. Davanti al prete c'è una botteguccia. Lì dentro, seduto, quasi fosse precipitato dal cielo su quella sedia, c'è un uomo con addosso il grembiule da calzolaio e una scarpa in mano. Sembra pronto per consegnare al cliente una suola riparata. Sembra che stia per spostare la mano e prendere il panno di camoscio alla sua sinistra. Sembra un uomo vivo. Infatti ha gli occhi aperti. Ma è morto.

Giovanni attese che padre Libero dicesse «Amen». E si avvicinò. Lo tirò per la tonaca, come il bimbo aveva fatto con la sua maglietta gialla. Il prete si girò, vide questo ragazzino con in braccio un bambino che gli stringeva il collo.

«Padre, questo bimbo si è perso. Non riesce a parlare.»

«È un tuo parente?»

«No, non lo conosco. Io sono di un altro quartiere.»

«E allora perché sei qui?»

«Cerco un mio amico che vive dalle parti della ciminiera. Che faccio con il bimbo?»

Padre Libero si voltò, come cercasse qualcuno. C'era un prete più giovane, che portava l'acqua santa. Gli disse in un modo che a Giovanni sembrò un po' sbrigativo:

«Occupatene tu. Fattelo dare che lo portiamo all'Unpa o dai soldati».

Il prete giovane si avvicinò e fece per prendere in braccio il bimbo. Che tolse la testa dalla spalla di Giovanni e la fermò esattamente all'altezza del viso del ragazzo. Lo guardò con occhi che sembravano implorare di tenerlo. Fu un attimo, lungo una vita. Il prete giovane mise le sue mani sotto le ascelle del piccolo e Giovanni lo sentì stringere ancora di più, quasi disperatamente, le mani al suo collo. Il prete tirò, forzando. Il bambino mollò la presa e fu depositato a terra. Il prete gli diede la mano e lo portò via, con incedere veloce. Il bimbo lo seguiva affrettando il passo coi suoi piedini nudi e feriti. Prima che girasse quello che una volta era un angolo si voltò e fece ciao con la mano a Giovanni. Che ricambiò, ma aveva dentro il cuore un buco grande come un oceano.

Tenendo sempre stretta a sé la bicicletta, continuò a camminare in quell'inferno. Voleva trovare Mario. Il riferimento era la ciminiera. Quella che vedevano quando studiavano insieme, prima di giocare a shangai e mangiare quel piccolo pezzo di castagnaccio che la mamma di Mario procurava per le loro occasioni speciali. Come il braccio della gru si muoveva, flessuoso, nei vicoli del quartiere così Giovanni, quasi seguendo quel tragitto, si mise alla ricerca di Mario. Alzò la testa, per trovare la ciminiera. Immaginava fosse venuta giù. Era il picco del quartiere, il puntale di San Lorenzo. Da lì uscivano i fumi della birra prodotta nello stabilimento della Wührer. Giovanni guardò in alto, mentre camminava. Vide un cielo pieno di polvere, che oscurava l'azzurro. E vide case distrutte, squartate. Una era crollata dividendosi esattamente a metà e ogni piano appariva impudicamente scoperto. Ogni stanza era visibile e a Giovanni questo sembrò un ennesimo oltraggio delle bombe. La vita messa a nudo. C'era un canarino in gabbia, che oltre le sbarrette guardava il cielo e non più il muro. Una donna anziana, seduta su una sedia in un salotto a metà, sotto la foto del marito o del padre, gridava che la venissero a prendere o si sarebbe buttata di sotto.

Continuando a camminare, ecco la ciminiera. Ebbe come un moto di sorpresa e di gioia. Le bombe erano entrate nei rifugi, avevano squarciato le cantine, sembrava inseguissero le persone mentre si nascondevano nel ventre della terra ma avevano salvaguardato la vetta di quel quartiere di povera gente innocente. Sperò che quella zona fosse stata risparmiata e che Mario si fosse salvato.

I cadaveri erano ovunque. Notò che il caso ne aveva disposti tre come fossero una croce, due in verticale e uno in orizzontale. Qualcuno era coperto da lenzuoli bianchi intrisi di rosso. Altri venivano depositati al momento, come fossero pacchi ingombranti. Alcuni erano morti asfissiati e i soccorritori tentavano inutilmente di togliere, forzando le mascelle serrate, le palle di polvere e cemento che avevano ucciso il loro respiro. Giovanni notò un paio di scarpe come le sue, proprio come le sue. Ne vide prima la suola e poi la parte superiore, risalendo fino al volto di un bambino che aveva solo mezza faccia. Altri corpi di ragazzi, piccoli cadaveri, erano sparsi nella fila. Erano vicino a quelli dei grandi. La differente lunghezza di quelle carni era la differenza della quantità di mattine e notti che ciascuno aveva vissuto. La vita misurata. Non per anni, ma per centimetri. Alcuni di loro, suoi coetanei, Giovanni se li immaginava in classe, mentre gli passano il vocabolario, o al parco dei Daini mentre dribblano un difensore. C'erano anche delle bambine, con la gonna a merletti, una aveva il cerchietto insanguinato sulla testa. I corpi di due anziani erano abbracciati, inestricabili; un milite aveva la divisa squarciata e un buco nel cuore, che non c'era più. Giovanni vide i soldati alzare la faccia al sole e tergersi la fronte con il braccio, c'erano suore senza velo sulla testa, i lunghi capelli pieni di polvere sciolti sulle spalle, i resti di un mercato sparsi dovunque. Un ben di Dio inimmaginabile che ora era solo una macchia di colore – il rosso delle arance e dei pomodori, il giallo dei limoni, il verde dell'insalata – in quel grigio di macerie. Un bambino stava correndo incontro al padre che, fino a un minuto prima, lo chiamava disperato girando la testa in tutte le direzioni. Quando l'uomo vide il figlio istintivamente gli diede un ceffone. «Dove ti eri cacciato?» E poi lo abbracciò singhiozzando.

A Giovanni sembrava di vivere un incubo. Dai camion che portavano via i morti colavano rivoli di sangue. Mentre un automezzo si stava cominciando a muovere, balzò giù una ragazza che urlava: «Sono viva, lasciatemi scendere». Incontrò un corpo, inebetito, che camminava completamente nudo, forse spogliato dallo spostamento d'aria delle bombe. Un uomo a via dei Sabelli stava ritto sulle macerie della sua casa. Con il capo e gli occhi rivolti verso il cielo, urlava a squarciagola, mentre si strappava la camicia sul petto: «Prendete anche me, vi prego. Avete ucciso tutti. Fate un atto di pietà».

Si sentì il rumore di un crollo in via degli Apuli. Giovanni corse lì e si trovò davanti a uno spettacolo che non avrebbe immaginato: nevicava. Evidentemente il crollo aveva aperto un materasso. E nell'aria volavano migliaia di piume, che si posavano sul viso di chi cercava, urlando, la madre, il figlio, la moglie.

Giovanni ritornò sui suoi passi, a via dei Sabelli fumavano le macerie del riformatorio. La gente inveiva contro il direttore del carcere che non aveva voluto aprire le celle e lì sotto erano morte, come bestie, decine di ragazzi. Si fermò davanti alla saracinesca di una officina rientrata come se un pugno di acciaio l'avesse colpita allo stomaco. La gente assiepata fuori diceva che molti operai si erano rifugiati lì ed erano morti schiacciati.

Ora Giovanni la vedeva, la ciminiera. Ma troppo bene. Non c'erano più i palazzi che costringevano ad alzare gli occhi per cercarla. Non c'era neanche più lo stabilimento della birra e chi ci lavorava adesso era sdraiato, in una fila ordinata, sotto lenzuoli diventati grigi. Ora era tutto libero. Giovanni cercò di capire, in quella confusione, quale potesse essere stata la casa di Mario. Cercò di orientarsi e intanto unì la sua voce a quella degli altri che gridavano.

«Mario, dove sei? Mario rispondimi, sono Giovanni. Mario, mi senti?»

Si fermò dove pensò che potesse essere stata la casa del suo amico. C'era gente che scavava, a mani nude. Lui ci pensò un attimo. Appoggiò la bicicletta per terra e si lanciò anche lui sulle macerie. Faceva quel che poteva. Intanto chiamava Mario e guardava in ogni foro. Spostando un pezzo di cemento vide, sparsi, alcuni bastoncini spezzati dello shangai. Allora urlò, con tutto il fiato che aveva, il nome del suo amico. Poi finì le energie e si inginocchiò sulle macerie, piangendo. Odiò la guerra, le bombe, gli americani, il duce.

La gente attorno a lui faceva lo stesso. Un uomo portava in braccio un bambino morto, e urlava: «Guardate, lo hanno mitragliato, perché? Cosa c'entriamo noi?». Chi scavava malediceva il duce, che se ne stava chiuso a Villa Torlonia o a Palazzo Venezia, mentre i poveracci venivano ammazzati «per la sua guerra».

«Ci hanno fatto morire di fame e ora ci fanno morire di bombe. È lui che dovrebbero bombardare» disse una donna in faccia a un milite che non sapeva cosa fare e non fece niente.

Giovanni aveva gli occhi pieni di lacrime e di polvere. Si voltò verso destra, come seguendo un richiamo, e vide confusamente qualcosa muoversi in lontananza. Lui era in alto, sulle macerie, ma gli sembrò che sulla strada qualcosa si stesse velocemente approssimando. Era tutto sfuocato e il sole forte, unito alla polvere, rendeva irriconoscibile quella figura in movimento. Era una forma nera, il pulviscolo ne rendeva indistinguibili i contorni. Giovanni prese un lembo della sua maglietta gialla e si stropicciò gli occhi. Quando li riaprì vide, ai piedi delle macerie, un ragazzo che lo guardava. Era tutto bianco, come un angelo. Gli stava dicendo, a voce bassa:

«Giovanni, sono qui».

Quello fu il momento più bello dei suoi quattordici anni di vita. Scese, tenendosi con le mani ai calcinacci e scivolando con il sedere, verso Mario. Lo abbracciò, diventando anche lui bianco. Piansero, stretti. Mario si era salvato perché era andato con la mamma a giocare da un cugino e alle prime bombe erano scesi in cantina. La mamma si era sentita male e lui ora faceva la spola per raccontarle quello che succedeva, come un messaggero in una guerra cruenta.

Restarono così, a scavare con le mani l'uno di fianco all'altro, per molto tempo. Era metà pomeriggio quando si sparse la voce che il papa sarebbe venuto in visita a San Lorenzo. Mario corse ad avvertire la madre, a chiedere se poteva andare anche lui con il suo amico. Giovanni, mentre lo aspettava, puliva la bicicletta dalla polvere e si guardava nel frammento di uno specchio rotto trovato tra le macerie. Non era la stessa persona che quella mattina lo osservava dallo specchio di casa mentre si rassettava i capelli. Ora sembrava un giovane clown triste, aveva la faccia e i capelli coperti di un bianco malato, gli occhi arrossati dalla polvere, le mani gonfie e ferite. Sembrava un vecchio, dopo solo sette ore.

Ma quelle sette ore erano state un giorno, un anno, una vita. Aveva passato in rassegna, accelerati come nelle comiche di Ridolini, tutti gli orrori possibili. Aveva superato tutti i corsi di laurea in sofferenza e angoscia. Aveva varcato i più impervi saliscendi di montagna migrando dal dolore per il bimbo senza parole a quel «Giovanni, sono io». Era caduto e si era rialzato. Aveva visto uomini senza testa e uomini con la testa volata via sulla scia dei bombardieri, come quel pugile, gloria del quartiere, che cercava, scavando con le mani, di salvare la moglie e la figlia. E quando le aveva trovate, con una trave nel petto e una scheggia nel cuore, era uscito di senno. La follia della guerra era tutta lì: nello strazio di quell'uomo forte e buono e nei capelli inopinatamente bianchi di un ragazzo di quattordici anni.

Mario tornò. Insieme si avviarono verso il cimitero. Passarono per il piazzale del Verano che era ridotto una groviera. I binari del treno sembravano gli shangai di Mario, le vetture erano trapanate come dei colabrodo da aerei che avevano mitragliato da molto, troppo vicino. Alla fine di viale Regina Elena si fermò una macchina. Scese il papa, tutto vestito di bianco, si fece avanti tra la gente che gli toccava la veste candida e gli sfiorava e baciava la mano. Si avvicinò alla chiesa di San Lorenzo fuori le mura, sventrata dalle bombe.

Giovanni e Mario si davano il turno, in piedi sul sellino della bicicletta, per seguire dall'alto la scena. Le teste ondeggiavano intorno a quell'abito bianco, che scintillava in un oceano di polvere e calcinacci. Un papa i due ragazzi non l'avevano mai visto. E mentre era il suo turno e Mario reggeva la bicicletta, a Giovanni venne l'istinto di toccarsi all'altezza del cuore. Ma nella maglietta gialla il taschino non c'era. E dunque non c'era la matita. Allora Giovanni si sforzò di fissare quell'immagine nella memoria. Una chiesa semidistrutta, una marea di gente che si muoveva come scossa da un vento invisibile, camicie fuori da pantaloni strappati, donne con grembiuli sporchi issati sulla testa come fossero veli.

E il fumo, gli incendi e un suono che Giovanni non potrà mai riprodurre. I nomi che risuonano da un lato all'altro delle strade, delle piazze, del quartiere. Sarà un disegno difficile, stasera. Tutti i grigi possibili, sotto un cielo nero, attorno a un solo vestito bianco.

Il papa si inginocchiò. Mario, salito lui sul sellino, tendeva l'orecchio e ripeteva a Giovanni quello che il Papa diceva.

«Ora sta pregando. Dice, mi pare, De profundis clamavi ad te o qualcosa del genere.»

Poi il papa si rialzò, sussurrò qualche parola alle persone più vicine, ai parroci della zona accorsi, e risalì in macchina.

Giovanni e Mario, mentre la folla sciamava in tutte le direzioni, videro un capannello all'ingresso del cimitero. Donne e uomini tremanti si raccontavano una storia. Una famiglia, alle undici, stava entrando al Verano dopo aver comprato i fiori alle bancarelle sul piazzale. Erano quattro persone: i genitori e una bambina che teneva per mano il fratello più piccolo. Proprio in quel momento un sibilo e poi lo scoppio. Lo spostamento d'aria strappò l'uno dall'altro, li fece volare in direzioni diverse. La bambina si ritrovò incolume. Si alzò e cominciò a camminare, chiamando i suoi familiari. Trovò prima il padre, morto, con le gambe tagliate. Poi riconobbe il vestito di sua madre, ma dentro non c'era quasi più nulla. Poi sentì il pianto di un bambino e vide il suo fratellino che urlava e la chiamava. Lei si precipitò verso di lui. In un istante piombò su di loro un angelo in volo. Era un angelo di marmo, staccato da una tomba. Era tutto intero, meno un'ala. La bambina lo aveva avvertito passare e poi abbattersi su suo fratello e ucciderlo, frantumandosi in mille pezzi. Lei era stata colpita da una scheggia e ora era ricoverata all'ospedale. La scena l'aveva vista il signore che la raccontava. Un uomo elegante e sconvolto che mentre parlava si spolverava il Borsalino e si asciugava le lacrime.

Per Giovanni e Mario l'idea che un angelo con un'ala sola potesse avere ucciso, schiantandosi su di lui, un bambino scampato a una bomba fu, di quella giornata terribile, l'orrore più grande, più insopportabile.

I ragazzi varcarono il cancello, incrociarono una donna che guardava il cimitero sventrato e ripeteva sottovoce «Hanno ucciso pure i morti». C'erano tombe scoperchiate e ossa sparse tra il verde e l'asfalto. Giovanni si girò intorno smarrito. A un certo punto, lontano, vide una figura che gli sembrava familiare. Un uomo alto, un po' curvo su se stesso, con grandi mani e un modo di camminare che avrebbe riconosciuto tra un milione. Disse a Mario di tenergli la bicicletta e si avvicinò, prima a grandi passi, poi correndo, a quell'uomo che vagava tra le tombe alla ricerca di qualcosa.

«Papà.»

L'uomo si voltò e trasalì. Corse anche lui verso Giovanni. Si abbracciarono e tutti e due dissero, insieme:

«Cosa fai qui? Stai bene?».

Giovanni raccontò la sua storia e indicò Mario che, mentre si avvicinava, fece un cenno con la mano al padre del suo amico. Il maggiordomo era stato inviato di corsa al Verano dal gerarca perché controllasse lo stato della tomba di famiglia. Ad Alfredo non era sembrato sorpreso di quanto stava accadendo e neppure preoccupato. Ma una frase aveva fatto sobbalzare quell'uomo semplice che di lì a poco si sarebbe sentito importante.

«Ti ricordi, Alfredo, la domanda che mi hai fatto qualche tempo fa? Mi avevi chiesto se tutto era finito. Io ti risposi di no.»

Poi si era fermato un attimo. Si era avvicinato alla finestra dalla quale si vedeva la grande nuvola nera in lontananza.

«Oggi sì. Oggi è finito tutto. A San Lorenzo è finito tutto.»

Maria li aveva aspettati alla finestra, tutti. Era ritornata con il suo bottino di guerra: due caciotte, dodici uova, un chilo di patate. Per strada le avevano detto del bombardamento e lei naturalmente si era messa in agitazione. Aveva cercato la sorella ma le linee telefoniche erano saltate in mezza Roma. Non le restava che aspettare, divorando il cuore. I primi a rientrare erano stati Cesare e Francesco, ma di loro non era preoccupata.

Poi, dalla salitina che portava all'ingresso della loro casa, sbucarono due figure che sembravano Don Chisciotte e Sancho Panza. Alfredo teneva una mano sulla spalla di Giovanni che trascinava, come un cavallo stremato, la inseparabile Bianchi Viaggio.

Maria non gridò, come avrebbe voluto, il loro nome. Non pianse, come avrebbe voluto, tante lacrime da riempire il mare. No, li vide e sorrise, semplicemente sorrise. Quel sorriso voleva dire: «Ecco, ora tutti i pezzi sono al loro posto. Può spirare il vento più forte, possono alzarsi le onde più alte, possono brillare nel cielo i fuochi d'artificio più violenti ma, alla fine, i tasselli del mio mosaico si ricompongono sempre».

Maria era una donna gagliarda. Era lei che teneva tutti i fili di quelle vite. Era lei che si moltiplicava e si divideva, lei che si alzava nel cuore della notte per andare a mettersi in coda per lo zucchero e il sale, lei che tornava in tempo per svegliare i figli e preparare la colazione. Era lei che correva a scuola, sorrideva ai bambini che entravano e agli insegnanti, portava il caffè al direttore all'ora precisa in cui lo esigeva e poi aspettava la campanella e restava a pulire perché tutto, il giorno dopo, fosse perfetto. Era lei che tornava a casa, rigovernava, cominciava a preparare la cena e si assicurava, non che ce ne fosse bisogno, che Giovanni studiasse. Poi portava in tavola, sparecchiava ed era pronta per andare a dormire.

Non un minuto di ogni giorno, di ogni settimana, di ogni mese, di ogni anno era per se stessa. Lei era per tutti. Ma non per sé. Ogni tanto, quando la sera era sola in bagno, si fissava nello specchio. Cercava di capire come stava cambiando, come quella vita la stesse trasformando, da quella ragazza sensuale che aveva fatto innamorare Alfredo. Con gli occhi scorreva il suo viso, teneva il conto delle rughe e poi alzava, regolarmente, le mani con il dorso rivolto verso lo specchio. Erano quei solchi, quella pelle ruvida che le davano la fitta più lancinante. Le veniva in mente quando Alfredo gliele carezzava mentre ballavano, nel dancing all'aperto di piazza Esedra.

Per sé, Maria, da ragazza non aveva immaginato molto di più. In fondo si era realizzato il sogno di cui parlava con sua sorella: aveva per marito un brav'uomo, e tre figli che non le davano pensieri. Uno, in particolare, Maria amava e seguiva con più sollecitudine. Perché era il più piccolo e perché le assomigliava di carattere.

Quando entrava nella cameretta di Giovanni per rimetterla a posto, Maria si fermava a guardare quei disegni in bianco e nero che popolavano ogni angolo della stanza. E allora pensava che sì, in fondo, un cruccio lo aveva. Non era la bidella il lavoro che sognava quando passeggiava con le ragazze della sua famiglia e catturava gli sguardi e i complimenti dei giovanotti che passavano. La sarta era quello che avrebbe voluto fare. Avrebbe voluto disegnare i cartamodelli che vedeva sulle riviste dal parrucchiere del quartiere, e poi scegliere la stoffa, scegliere come tagliarla, come cucirla, come abbinare ai vestiti qualche accessorio. Scegliere, una parola che il vocabolario della sua vita aveva saltato.

Ora la sua creazione più strabiliante, l'autore di quei disegni così strani e belli, era salvo e stava tornando a casa. Quando Giovanni arrivò sul pianerottolo si gettò tra le braccia della madre e singhiozzò a lungo, come per liberarsi da un peso. Lei lo strinse forte, gli tolse la polvere bianca dai capelli e dalla maglietta gialla, lo sollevò in braccio grande com'era.

Maria capì che il figlio aveva voglia di raccontare quello che aveva vissuto. Non lo rimproverò di essere andato a San Lorenzo, non era il momento. Udì, con le mani sul viso, storie di persone decapitate, di grandi uomini impazziti, di cavalli morti a gambe per aria, di angeli assassini. Tutti in famiglia lo ascoltavano in assoluto silenzio. In fondo quel dolore e l'esserne unico testimone gli aveva fatto salire un gradino importante nelle gerarchie tra fratelli. Anche perché Cesare e Francesco avevano trovato subito il modo di litigare sulla responsabilità di quella carneficina.

«Il tuo duce ci ha portato fin qua. Il governatore di Roma non aveva detto che l'Urbe eterna non sarebbe mai stata violata? Vallo a dire a San Lorenzo se hai il coraggio. E dov'è quel fifone che manda gli altri a morire? Perché non ha fatto come il papa? Erano giorni che gli americani avevano avvertito: bombarderemo, colpiremo le stazioni e le strutture industriali. Ma i fascisti non volevano che la gente si salvasse. Sapevano che avrebbero bombardato ma avevano bisogno del maggior numero di vittime. Carne da macello, come quei poveri disgraziati mandati a morire in Russia. Come tutti noi che non mangiamo più. E vuoi saperla tutta? Come gli ebrei, i nostri vicini. Che cosa hanno di diverso da noi? Sai che ti dico?

Che questo bombardamento avrà avuto un merito: mandare a casa quel pazzo.»

«Ma che diavolo dici, Francesco? Si ammazzano migliaia di persone per cambiare un regime? Sono gli americani che vogliono il più alto numero di morti perché l'opinione pubblica si rivolti contro il fascismo. Lo hanno detto, non è un mistero. E che bisogno c'era di mitragliare a bassa quota la povera gente che fuggiva? I tuoi americani non erano i maestri della civiltà? Il duce ci porterà a vincere, stanne sicuro.»

Alfredo fece un urlo secco, senza possibilità di replica.

«Ora basta. Giovanni ha visto tutto quel macello e voi state qui a litigare. Smettetela, almeno per rispetto dei morti.»

Nessuno, in effetti, replicò. Ma tutti pensarono la stessa cosa: che quel modo imperioso e solenne nascondeva la difficoltà, per Alfredo, di dire la sua. Non per codardia, ma per confusione. Perché gli stava cadendo addosso tutto quello in cui aveva creduto e che lo aveva esaltato per vent'anni.

Maria, invece, ormai odiava Mussolini. Lo odiava, dopo averlo idolatrato, dal momento in cui aveva approvato le leggi razziali. Nella sua scuola, da un giorno all'altro, aveva dovuto accompagnare fuori dalla classe e dall'istituto bambine e bambini ai quali era affezionata. Ragazzi che facevano la prima o la quinta, separati dagli amici, solo perché erano ebrei. Aveva ancora negli occhi una bambina bellissima, con i capelli neri come la pece, che si era attaccata alla porta dell'aula e urlava: «Cosa ho di diverso? Sono come gli altri. Sono come Maddalena! Sono come Anna!». Da quel giorno, Mussolini con lei aveva chiuso.

Giovanni quella sera crollò, vinto dalla stanchezza e dalle emozioni.

Sognò un grande mare blu. Lui ci volava sopra, veloce. Era a pelo d'acqua, avvertiva l'aria fredda sul viso ed era assalito da un odore salato. Si sentiva libero, felice di poter dirigere se stesso, mantenendo la traiettoria, schivando isolotti con virate repentine che dischiudevano, ogni volta, nuovi orizzonti. Ma, a un certo punto, dietro un promontorio, il mare era cambiato colorandosi di rosso e l'aria si era fatta rovente, come se l'acqua fosse fuoco. Poi era diventato grigio e l'odore si era fatto nauseabondo. Giovanni allora cercava di alzarsi, di allontanarsi guadagnando quota, mirando il cielo. Ma non ci riusciva. Era come se qualcosa lo imprigionasse. Impedisse i suoi movimenti. E allora anche il cielo cambiava colore, in sincronia con quello del mare. E tutto diventava una massa indistinguibile.

L'ultima cosa che Giovanni ricorda di quel sogno è di aver improvvisamente smesso di vederlo in soggettiva e viverlo in prima persona. Ora lo sguardo che osservava era lontano, e aveva davanti a sé tutta la scena. Si vedeva, in verticale, un ragazzo con una maglietta gialla che si dimenava, come stesse arrampicandosi su una superficie scivolosa. Tutto era dello stesso colore, una massa informe senza più confini. E quel ragazzo cercava un equilibrio, affondando le mani su un cielo gelatinoso e agitando le gambe, nella paura di cadere in un mare che sembrava piombo.

Si svegliò urlando. Un urlo terribile, una voce che sembrava la sua da neonato. Quel grido volò fuori dalla finestra che la madre gli aveva aperto, prima di uscire, per combattere il caldo afoso. Uscì e paralizzò la piazzetta. Bottegai che stavano tirando su la saracinesca alzarono la testa, sorpresi e atterriti.

Il sor Settimio ci mise un attimo. Individuò la direzione dalla quale l'urlo era venuto. Guardò la finestra aperta e sentenziò:

«È Giovanni, il ragazzo che ieri è andato all'inferno ed è ritornato».

Giovanni staccò una foglia dalla cascata di edera rampicante che scendeva dal muro al quale era appoggiato. Voleva respirare il suo profumo. E voleva passarsela sul viso, come per rinfrescarsi, nel caldo terribile di quella mattina. Si sentiva stranamente felice, nonostante quello che era successo. Gli piaceva da matti stare lì, a piazza Margana, a parlare con Mario delle cose del mondo. Il suo amico con la madre si erano trasferiti da uno zio a via dei Delfini. Ma non proprio a casa sua, era troppo piccola, e allora venivano ospitati nella carrozzeria. Dovevano svegliarsi prima che aprisse e potevano ritrovarsi lì solo quando chiudeva. Per il resto della giornata la mamma andava a fare le pulizie a casa di una signora e Mario poteva stare con Giovanni e raccontargli, ad esempio, di quelle notti trascorse a guardare le macchine smontate, di quante volte si metteva al volante di una Topolino e si sentiva grande e immaginava di andare a fare un giro fuori porta con il suo amico del cuore. Aveva voglia di correre verso i ventuno anni, di diventare adulto. Anche perché, in realtà, gli sembrava di esserlo già. Stava vivendo un tempo in cui tutto quello che la vita consegna più avanti – la morte, il dolore, la perdita delle cose e delle persone – a lui era stato già recapitato in abbondanza. E invece quello che rende unico il tempo dell'infanzia e dell'adolescenza – la spensieratezza, il gioco fine a se stesso, l'assenza di inquietudini – a lui, come a tutti i suoi coetanei, era stato negato. Gli sembrava un mondo senza ragazzi, un mondo di bambini invecchiati.

Piazza Margana è un minuscolo spiazzo incastonato nel cuore di Roma. È un azzardo e una esagerazione chiamarla piazza ma certo per loro due era diventato il luogo del fresco, al riparo dell'edera e dei loro discorsi. Si sedevano per terra e parlavano. Parlavano della scuola, della loro classe, delle pagelle e dei professori. Parlavano di calcio e di fumetti. Parlavano dei loro genitori e del loro futuro.

Di San Lorenzo non parlavano, no. Era la prima domenica dal bombardamento e avevano una gran voglia di dimenticare, di rimuovere quelle ore che certe volte gli sembravano il peggiore degli incubi

Una volta, solo una volta, Giovanni era ritornato con le parole in quel mondo sottosopra. Voleva raccontare a Mario la storia del bambino che non parlava. Era, aveva pensato, la prima volta nella sua vita che si sentiva responsabile di qualcuno più piccolo di lui. E da lunedì si chiedeva se avesse fatto la cosa giusta. Se aver lasciato quella creatura a padre Libero fosse quello che un grande avrebbe fatto con lui. Quando ci ripensava, sentiva quelle braccia strette al collo e vedeva ancora, come al rallentatore, la testa del bimbo che si gira e la mano che lo saluta, piano piano. A quel bambino Giovanni aveva dato un nome. Per lui era Mowgli, il personaggio del *Libro della Giungla* che più gli era piaciuto. Come lui era solo, perduto in un mondo che non poteva padroneggiare. E la sua impossibilità di parlare era, in fondo, come la differenza di linguaggio tra Mowgli e i suoi amici animali.

Mario lo aveva ascoltato, serio. Ma teneva lo sguardo fisso sul muro del palazzo di fronte. E quando Giovanni concluse, come lui temeva, con la domanda: «Pensi che abbia fatto bene?» respirò forte. Cosa doveva fare, dire la verità, come è giusto fare con un amico? Dirgli che lui

Mowgli lo aveva visto, il giorno dopo, mentre vagava per il quartiere, tenuto per mano da una crocerossina, un cartello al collo con scritto «Bambino muto causa bomba. Lo conoscete»? Doveva dirgli che ogni tanto delle persone, che portavano al braccio una fascia con tante stellette quanti erano i caduti della famiglia, fermavano il bimbo, lo guardavano in volto tenendolo per le spalle e poi lo lasciavano sussurrando, disperati: «No, non è mio figlio»?

Mario girò la testa e disse, con tono sicuro:

«Hai fatto l'unica cosa che potevi fare. Vedrai che avranno ritrovato i genitori».

E poi, per distrarlo, gli raccontò che la sera dopo il bombardamento, mentre lasciava il quartiere, aveva visto una scritta su uno dei muri delle case distrutte: «Mejo li americani su la capoccia che Mussolini tra li cojoni».

Sorrisero insieme. Poi Giovanni, senza guardare l'amico, gli chiese:

«Dimmi le cinque cose che vuoi fare quando tutto sarà finito».

Mario abbozzò un mezzo sorriso e cominciò a pensare.

«Voglio andare a Napoli a vedere il golfo. La seconda... Voglio restare solo in una pasticceria chiusa. Poi voglio un treno elettrico. Siamo a tre... Voglio andare al campo Testaccio a vedere la Roma. Voglio usare la carta azzurra dell'oscuramento per disegnarci sopra i giocatori della nazionale.»

Gli sembrava di aver completato bene la lista. Allora si rivolse lui a Giovanni:

«E tu?».

«Dunque. Avere un buono per comperare tutti i polli possibili e immaginabili. Lavorare due mesi in una gelateria e farsi pagare in natura. Una bici con il manubrio da corsa. La scatola di pastelli a colori che ha il figlio del gerarca dove lavora mio padre. E poi vorrei vedere il mare, non ci sono mai stato.»

Giovanni si fermò e poi disse:

«Posso aggiungerne una?».
«Certo, ma poi pure io se no sei avvantaggiato.»
«Vorrei ritrovare Mowgli. E tu?»
«Vorrei avere un fratello.»
«Ce l'hai. Sono io. E siccome lo sono davvero, ho una cosa per te. Anche se non l'hai messa tra i cinque desideri. Aspetta.»
Mario lo vide dirigersi verso la bici che era appoggiata a un lampione. Andò al portapacchi e tolse un involucro coperto con la carta del giornale.
«Il pacchetto non è granché.»
Mario lo prese, lo aprì. Dentro c'era la scatola di shangai di Giovanni, quelli con i quali gli aveva insegnato a giocare e trasmesso la passione.
«Sono tuoi» gli disse. «Ci tengo. E non te li perdere nella carrozzeria.»

Alla stessa ora Alfredo si stava preparando per la passeggiata della domenica con Maria. Aveva messo il vestito della festa e si stava lucidando le scarpe. Maria era appena uscita dal bagno e aveva detto al marito, con uno sguardo ironico:
«Ho deciso di partecipare al concorso "5000 lire per un sorriso" della Gi.Vi.Emme. Vinco sicuramente, così andiamo a Cattolica e mi posso comprare un po' di Crema Lanson per le mie povere mani».
Alfredo stava mettendo la brillantina quando il telefono squillò. Era la cameriera della casa del gerarca che gli diceva, con voce concitata, di andare subito perché sua eccellenza aveva bisogno di lui. Alfredo provò a obiettare ma l'altra gli fece capire che non era proprio il caso. Scagliò il cappello a terra e disse a Maria che lo chiamavano al lavoro. Era mortificato e le propose di uscire ugualmente da sola. Maria tolse il vestito buono, senza parlare, e rimise il grembiule.
«Non ti preoccupare, non fa niente. Ho tanto da mettere a posto.»

Al palazzo degli Ambasciatori trovò un gran trambusto. Le cameriere gli passavano davanti senza nemmeno salutarlo, i bambini correvano su e giù urlando il nome di cose che non trovavano. La signora gli disse trafelata:

«Alfredo, meno male che siete arrivato, andate da mio marito».

Lui percorse il corridoio e gli sembrò diverso da quello che per dieci anni, ogni giorno, aveva solcato a passi regolari per garantirsi che ogni stanza, le tante che si affacciavano su quel lungo rettilineo, fosse in ordine. Di quell'infilata di porte la cosa che amava di più erano i vetri, con le loro picchiettature di tutti i colori gli apparivano come una anticipazione del paradiso. Ma ora c'erano valige dovunque e pacchi fatti alla bell'e meglio che sembravano sbattuti a terra da una mano inconsapevole della bellezza di quel luogo. Quando arrivò allo studio e bussò lievemente sul vetro a disegno di pavone, Alfredo capì che quello era un giorno importante. E se lo era per il gerarca lo era anche per lui. E se lo era per lui lo era anche per la sua famiglia. Dunque dalle parole che avrebbe pronunciato l'uomo oltre quel vetro dipendeva la sorte di Giovanni, di Cesare, di Francesco e di Maria.

La maniglia si aprì dall'interno perché fu lo stesso gerarca a farlo entrare. Era in abiti borghesi, sudava e non nascondeva la sua agitazione.

«Alfredo, Mussolini è stato messo in minoranza al Gran Consiglio. Oggi credo che il fascismo cadrà. Io voglio mettere in salvo la mia famiglia, subito. Non so cosa potrà accadere nelle prossime ore. Ma certo non è aria per chi ha avuto responsabilità in questi anni. Io aspetto. È mio dovere. Ma Leda e i ragazzi voglio che partano subito. Se tutto va bene torneranno. Altrimenti li raggiungerò io. Se riuscirò... Comunque, loro devono essere al sicuro. È giusto così. A loro non si può imputare nessun errore, nessun delitto. Se qualcuno ha sbagliato e deve pagare, quello sono io. Loro non c'entrano nulla. Partiranno subito con l'autista e la macchina di servizio. A te devo chiedere di aiutarli a prepararsi. E poi... Poi ti devo domandare una grande prova di lealtà e di fedeltà. Se le cose precipitano io dovrò fuggire. Lo farò in borghese, camuffato. Ma ho bisogno di te. Ho bisogno che tu guidi l'altra macchina, la mia. So che ti espongo a qualche rischio ma non so come altro potrei fare. Andiamo in un casale in campagna. Tu ti fermi qualche giorno, vediamo che succede e poi torni. O torniamo. Te la senti?»

No che non se la sentiva. Gli sembrava assurdo che proprio lui, che aveva fatto il maggiordomo e badato solo a essere corretto sul lavoro, dovesse rischiare. Aveva ragione a pensare che dalle parole del gerarca sarebbe dipeso il futuro della sua famiglia. Valeva per loro quello che valeva per la moglie e i figli del gerarca. Cosa diavolo c'entravano? Per far fuggire sua eccellenza magari Giovanni si sarebbe trovato senza padre. Per sé non aveva paura. Ma gli sembrava ingiusto che l'avesse chiesto a lui. Perché non a uno di quei coraggiosi giovanotti in camicia nera che lo veneravano mostrando il pugnale?

Il gerarca capì che Alfredo era combattuto e giocò così la carta più pesante.

«Ti ricordi quando tuo figlio Cesare è stato male di polmoni e io ho mosso mari e monti per farlo curare e trovargli quella medicina rara? Allora io ero potente e tu avevi bisogno di me in un momento di difficoltà. Stanotte o domattina potrebbe essere il contrario.»

Ad Alfredo non era mai venuto in mente di essere potente. E che il gerarca non lo prendesse in giro: l'unica potenza di Alfredo in quel momento era la sua debolezza, la sua necessità di obbedire o di sottostare al ricatto che l'altro gli stava facendo.

«Va bene, come volete, eccellenza.»

«Ora, dopo aver aiutato mia moglie con le valige, vai pure a casa. Se ci sono novità io ti chiamerò per dirti se partiamo e a che ora. Ma bada, può accadere in qualsiasi momento della notte. Ah, ovviamente ti raccomando di non dire niente a nessuno.»

Per Giovanni la giornata era finita con una magnifica partita di calcio al parco dei Daini, il grande spiazzo che confina con la Galleria Borghese. Una piazza di polvere meravigliosa dove anche Alfredo e il padre di Mario avevano dato i primi calci. E proprio Alfredo raccontava sempre ai suoi figli di uno che giocava con loro, ragazzi, e che era molto più grande, tanto che tutti lo chiamavano «Papà». Era uno che correva con il risvolto dei pantaloni tirato su e fermato con una molletta dei panni. Una volta, giocando nella parte alta del parco, aveva mandato il pallone su un albero. Quello era sempre il momento più drammatico. Bisognava individuare dove si era fermata la palla, e di solito era la posizione meno facilmente raggiungibile, e decidere come recuperarla: il lancio di un sasso per muovere la sfera magica il tanto necessario a far sì che scendesse; l'uso di un ramo o qualsivoglia bastone che aveva il fine di disarcionarla dai rami che la incastravano; la salita del più atletico dei giocatori spesso con scarsi risultati soprattutto in discesa; il potente e collettivo scrollamento dell'albero. Nel caso del funambolico rinvio di «Papà» fu scelta quest'ultima strategia. Si attaccarono in dieci al fusto e cominciarono a spingerlo tutti nella stessa direzione. Scorsero in effetti qualcosa scendere ma il primo ad accorgersi che non del pallone si trattava ma di un pesante mattone fu proprio l'anziano calciatore che lo prese in pieno sulla fronte. Stramazzò al suolo e fu portato via a braccia, nella soffocata ilarità degli astanti.

Ma quella volta Giovanni non mandò il pallone altro che nella porta avversaria. E Mario, da par suo, evitò che la squadra subisse gol, volando tra i pali come Sentimenti IV. I due amici avevano letto insieme *La squadra di stoppa*, un libro per ragazzi di Emilio De Martino, e Mario si era molto identificato con Anfossi, il portiere che era bravo tra i pali e sfortunato nella vita. Un po' come lui. Avevano smesso di giocare solo perché il sole stava tramontando. Per loro, come per tutti i ragazzi che da generazioni erano passati di lì, quello spiazzo senza un filo di verde era meglio di Wembley. E passare il pomeriggio lì era un modo, forse il modo, di essere felici.

Quando Giovanni tornò a casa trovò un clima diverso dal solito. La domenica era il giorno dell'allegria. Invece il padre era su una sedia, la testa china ad ascoltare la radio. La madre sbrigava quasi meccanicamente le cose di cucina. I gemelli stavano sbattuti sui loro lettini, uno leggeva *Ivanhoe* e l'altro «La Domenica del Corriere». Ma c'era un insolito silenzio. Dopo cena era come se Alfredo non volesse andare a dormire. Di solito si metteva subito il pigiama a righe e dava la buonanotte a tutti.

Stasera no. Stasera non ha neanche tolto la cravatta. E non si muove dalla radio che guarda come fosse uno schermo del cinema. Sta suonando l'orchestra del maestro Zeme. Ma stavolta Alfredo non si muove al ritmo, non invita Maria a ballare. Anzi, sembra che il mondo esterno gli sia estraneo, come un fastidio.

Poi la musica si interrompe. E si sente prima un cicalino e poi una voce dire: «Attenzione! Attenzione! Sua Maestà il Re e Imperatore ha accettato le dimissioni dalla carica di Capo del governo, Primo ministro e Segretario di Stato presentate da Sua Eccellenza il Cavaliere Benito Mussolini e ha nominato Capo del governo, Primo ministro e Segretario di Stato Sua Eccellenza il Cavaliere Maresciallo d'Italia Pietro Badoglio». Al primo «A-tten-zione» tutti in casa avevano smesso le loro attività e si erano avvicinati alla radio. Alfredo aveva fatto un gesto, come infastidito, per dire di far piano. Quando alla fine del comunicato partì la marcia reale, si sentì come uno scoppio, come se avesse segnato la nazionale, come se fosse finita la guerra. Francesco aprì le persiane, incurante dell'oscuramento, e vide nella piazzetta decine di persone che si gettavano per strada dai portoni. Chi usciva guardava sorridendo in alto, verso le finestre. Finalmente illuminate.

Cesare piangeva in un angolo. Francesco invece era alla finestra e rispondeva con sorrisi e saluti ai sorrisi e ai saluti della gente del quartiere. Maria si aggirava smarrita dicendo ad Alfredo:

«E ora, che succede?».

«Ora è un disastro» aveva risposto il marito che si era spostato, con la stessa espressione di prima, verso il telefono. Giovanni guardava confuso questa scena in cui anche la sua famiglia si stava dividendo; era come se un fulmine si fosse abbattuto proprio lì, spaccando a metà la casa. Chi gioiva e chi piangeva, chi aveva paura e chi ritrovava fiducia: un annuncio alla radio aveva cambiato in un attimo la vita di quella piccola comunità, come la stava cambiando, in mille direzioni, in ogni casa italiana. Francesco si girò e disse alla madre:

«Mamma io vado, voglio vivere questa serata» e volò via prima che potesse ascoltare Maria dire:

«Stai attento, testa a posto».

Alfredo sembrava inebetito, un uomo senza parole che a Giovanni apparve per la prima volta improvvisamente vecchio. Era assorto in pensieri lontani, sembrava un naufrago, qualcuno cui avessero scoperchiato la casa. Suonò il telefono e Alfredo rispose al primo squillo. Alzò la cornetta e disse «Pronto?» con la voce che gli tremava.

Ascoltò in silenzio il suo interlocutore e rispose, come rassegnato: «Va bene, all'una». Poi guardò Maria e le chiese di seguirlo in cucina.

Le raccontò la richiesta del gerarca e il modo in cui gliela aveva motivata, ricordando la malattia di Cesare. Maria ascoltò in silenzio. Si girò, prese uno straccio e cominciò a pulire il tavolo che era pulito. Faceva dei giri con il braccio teso, tutti uguali. Forse gli stessi che stava facendo il suo cervello. Si fermò all'improvviso, gettò con violenza lo straccio su una sedia, quasi spaventando Alfredo, e sbottò:

«No, tu non ci vai. Tu non parti di notte con uno che deve scappare perché è stato complice di questo schifo. Come si è permesso di chiederlo a te? Tu che c'entri? Hai lavorato al suo servizio per dieci anni. Sei stato leale e fedele. Hai taciuto anche quando vedevi cose che non ti piacevano. Non sei mancato un giorno. E ora ti chiede di rischiare la vita per lui? E se lo riconoscono? Se lo arrestano o lo linciano tu ci vai di mezzo. Lui è stato zitto quando hanno cacciato gli ebrei dalle scuole, è stato zitto quando siamo entrati in questa maledetta guerra, ma tu? Tu sei un povero cristo che ha lavorato come un mulo per lui. E se ti ricorda il favore che ci ha fatto per Cesare, tu gli devi dire che quello era un ragazzo ammalato di tisi e non un gerarca in fuga. E che poi lui è il potente e tu sei il maggiordomo, e c'è una bella differenza. No, tu da qui non ti muovi».

«Maria, io devo andare. Non posso lasciarlo solo. È un uomo fatto a modo suo, ma gli sono affezionato. Ho passato tanti anni con lui. Era alla comunione dei nostri figli, è sempre stato così premuroso con loro. Io ho visto crescere i suoi bambini e non riesco a pensare che possano stare senza di lui per colpa mia. E poi negli ultimi tempi non era più d'accordo con Mussolini. Lo sentivo gridare contro di lui...»

«Sì, ma gridava in casa, non aveva il coraggio di farlo fuori. Perché non voleva rischiare. E ora vuole che rischi tu.»

«Credi che non abbia fatto anch'io tutti questi ragionamenti? Ora verrà il tempo delle vendette. Io rispetto gli antifascisti, hanno rischiato e pagato. E ora hanno vinto loro. Ma vedrai quanti cambieranno casacca e diranno il contrario di quello che dicevano fino al cicalino di quella maledetta radio. E io ho quasi più paura di loro che degli antifascisti veri. Vuoi che non abbia pensato a te e ai ragazzi?»

«Ecco, pensa a noi. Se ti succede qualcosa, che facciamo? Cosa sarà di Giovanni e dei gemelli? E, per una volta, possiamo parlare anche di me? Pensi che con lo stipendio da bidella io possa far mangiare tutti? E poi che ne sappiamo cosa accadrà dopo stasera? Tutti festeggiano, ma io ho paura. E poi non riesco a immaginare questa casa, la mia vita, senza di te.»

«Maria, vedrai che non succederà niente. Non è che possono stare già in tutte le strade. Ma che faccio, lo lascio lì da solo? Sanno dove abita, questo sì, e se lo vanno a cercare?»

«Ma perché, non ha la patente? Non può guidare lui l'auto? Forse darebbe anche meno nell'occhio. No, ci sono troppi rischi.»

Ci fu un silenzio che sembrò durare un giorno e una notte. Alfredo si alzò, si avvicinò alla moglie, la abbracciò forte. Lei non capiva che cosa significasse quel gesto. Lo capì quando il marito, senza una parola, tornò nel soggiorno e strinse a sé anche Cesare e Giovanni al quale prese la testa e carezzò a lungo i capelli. Maria intanto aveva sentito venir meno le forze e si era accasciata davanti alla porta della cucina appoggiandosi con un braccio teso a terra. I ragazzi non capivano. Videro il padre chiudere la porta dietro di sé e la madre battere i pugni sul pavimento, in silenzio, senza lacrime.

Poi Maria si riprese, si rialzò e disse a Giovanni di scendere a cercare Francesco e di riportarlo a casa. Certo Cesare non poteva farlo. E il ragazzo, senza fare domande, si precipitò per le scale. Arrivò nella piazzetta dove tutti si abbracciavano e c'era chi piangeva di felicità e chi ballava. Un abitante del quartiere, che da ragazzo aveva fatto il mangiafuoco in un circo, si stava esibendo al centro di un cerchio di persone che, tenendosi per mano, si muovevano in tondo. Lunghe lingue di fuoco uscivano da quella bocca, tra gli applausi e le grida della gente. Un uomo anziano camminava urlando: «Sono ebreo, e me ne vanto» e lo ripeteva a squarciagola. Dalle finestre erano spuntate bandiere italiane e qualcuno incitava ad andare a Palazzo Venezia. Mentre cercava Francesco, Giovanni era sempre più attratto da questa sensazione di frenesia che gli era estranea. Aveva conosciuto l'ordine e la disciplina delle adunate, la severità della scuola, il dovere come regola. Ora scopriva che esisteva un'altra festa possibile, un'altra gioia possibile. Esisteva questo felice baccano, questa totale libertà, la possibilità nuova di dire ciò che si voleva, come si voleva e quando si voleva. Si poteva ballare, in una notte d'estate. Fino a prima di quell'annuncio alla radio bisognava stare serrati con le finestre azzurrate. Allora è questa la libertà.

A Giovanni piaceva. Si stava quasi dimenticando del dramma della sua famiglia quando vide Francesco nella bottega del sor Settimio. L'oste aveva aperto tutte le bottiglie di vino disponibili e nell'aria c'era una magia di sudore e allegria nella quale suo fratello sembrava, bello com'era, un angelo controluce. Aveva ragazze attorno e in mano un bicchiere di vino bianco. Cantavano l'inno di Mameli e brindavano. Giovanni attese che finissero, non voleva disturbare Francesco. Quando tutti, bicchieri in alto, ebbero gridato con un misto di rabbia e gioia quel «Sì» che segue il «Siam pronti alla morte, l'Italia chiamò», si fece avanti timidamente. Toccò sulla spalla Francesco che si voltò, lo vide, sorrise e lo abbracciò.

«Sei venuto anche tu a festeggiare la libertà?»

«Be'... sì, anche. Ma mamma dice di venire subito su.

Deve essere successo qualcosa di grave. Papà è uscito senza dire niente e lei è preoccupata. Ti prego, torna a casa con me.»

Francesco spostò la sedia, si alzò, salutò e prese per mano il fratello avviandosi verso casa. Erano bastati pochi minuti e a Giovanni sembrò che qualcosa fosse cambiato. Nella piazza sembrava esserci più odio che festa, più urli che risate. Passando vide un giovane che inveiva contro Mussolini e ne calpestava il ritratto. Era paonazzo e sputava sulla fotografia e sui vetri rotti della cornice. Mentre entravano nel portone, ricordò dove gli sembrava di averlo visto. Assomigliava al loro istruttore alle adunate. Quello però aveva i baffi ed era il più severo nei confronti di chi non faceva bene il saluto al duce. Pensò che, certamente, si stava sbagliando.

Francesco salì le scale a due a due, mentre Giovanni accelerava dietro di lui. A casa la madre informò i figli di quello che era successo. Francesco inveì contro il gerarca e sbatté a terra un tavolino per la rabbia. Cesare sembrava l'ombra del ragazzo baldanzoso e sicuro di sé che aveva mostrato di essere prima di quel 25 luglio. Giovanni non aveva detto niente. Si era messo nella sua stanza a giocare con il meccano. Aveva rovesciato per terra tutti i pezzi delle due scatole, la 1 e la 1A, che il gerarca aveva dato a suo padre per lui. Voleva costruire una gru, ma con quei pezzi se ne poteva fare solo una molto elementare. Per quella a cui pensava lui, quella del sogno, ci volevano, diceva il catalogo, almeno le scatole fino alla 4A. Il manuale era bellissimo. Nella prima pagina c'era scritto AMI-LAC, Articoli Metallici Ingegnosi – Leonida Alemanni Casalpusterlengo. Avrebbe voluto conoscerlo, il signor Leonida, avrebbe voluto andare a Casalpusterlengo, che non sapeva dove fosse, e chiedergli che gli regalasse un po' di quegli «Articoli Metallici Ingegnosi», così lui avrebbe realizzato il primo sogno della sua vita: fare una gru come quella che aveva inventato dormendo. Giovanni non voleva pensare a quello di cui aveva parlato la mamma. Lui voleva solo essere sicuro che la prossima domenica papà sarebbe stato a casa e lui sarebbe salito su quel lettone e li avrebbe fatti ridere, i suoi genitori.

Maria aveva chiesto a Francesco di uscire di nuovo, di capire che aria c'era in giro. Di sentire dai suoi amici se stavano cercando i gerarchi. Il ragazzo disse di sì e aprì la porta di casa. Ma si trovò davanti il padre, appoggiato allo stipite della porta. «Papà», «Alfredo», Cesare alzò gli occhi bagnati, Giovanni fece cadere una ruota di metallo e tutti si mossero in direzione di quella porta aperta e di quell'uomo che non riusciva a entrare.

«Maria, preparami un caffè. Non ce l'ho fatta. Mi sento uno schifo. Cosa sarà di lui ora?»

Il telefono squillò in quel momento. Maria disse, pronta: «Non rispondete».

E l'ultima immagine Giovanni se la ricorda in modo strano, come fosse muta e inquadrata dall'alto. Vede il padre con le mani sulla testa e lo sguardo nel vuoto. Vede la madre in cucina che non riesce a mettere il caffè nella macchinetta per quanto le tremano le mani. Vede Francesco che si avvicina alla finestra e guarda in strada. Vede Cesare che si chiude in bagno e si guarda allo specchio, senza parlare. Vede se stesso tornare nella sua stanza e dare un calcio a quella imitazione di gru che stava costruendo. Come colonna sonora, solo un telefono che squilla senza sosta. E su questa scena si fa buio, perché Giovanni si addormenta.

Era bello il cavallo bianco di cui si occupava Alfredo. Giovanni era entusiasta quando poteva saltargli in groppa e fare qualche passo al trotto, mentre il padre teneva le briglie. Era tornata un po' di serenità in famiglia da quando Alfredo aveva cominciato a lavorare nel piccolo circo di Ostia. Nei primi giorni dopo il 25 luglio per un po' era rimasto chiuso in casa. Poi, con i due figli grandi, era andato a scaricare la frutta ai Mercati generali. Mentre trasportava, straccio sulla spalla, delle pesantissime cassette di cocomeri, Alfredo non poteva non pensare a quando li serviva, perfettamente tagliati, ai grandi pranzi del palazzo degli Ambasciatori. E a come la sua vita fosse rotolata in giù se aveva dovuto sperare in una raccomandazione dei figli per portare anche lui qualche lira a casa.

Non aveva saputo più nulla del gerarca e neppure aveva trovato notizie sui giornali che sfogliava dal sor Settimio. Una settimana dopo l'appuntamento mancato, era andato con Giovanni nel quartiere Coppedè. Erano montati, insieme, sul tram affollato che aveva preso, ogni giorno, per dieci anni. E come sempre erano rimasti in piedi sul predellino, bene attaccati alla sbarra di ferro per non cadere.

Giovanni aveva immaginato tante volte quel quartiere, ma quando lo vide ne rimase stregato. Il grande arco, i palazzi affrescati, i colori sulle facciate, la fontana delle Rane. E quel silenzio elegante, così diverso dal brulicare di voci e rumori della loro piazzetta. Il portone del palazzo era aperto e il portiere, riconosciuto Alfredo, lo fece salire al primo piano. Quell'uomo solerte faceva le scale ripetendo: «Che disastro, che disastro. Sembravano delle furie». Neanche lui sapeva nulla del destino del gerarca e della sua famiglia. Ma in verità sembrava solo interessato a garantirsi che il maggiordomo non dicesse a nessuno, «perché lui non voleva altri guai», che lo aveva fatto entrare in casa. Aprì la porta e si fermò lì. Alfredo si coprì il viso con le mani. Era tutto distrutto, tutto fatto a pezzi. C'erano schegge dovunque. I meravigliosi vetri picchiettati erano in frantumi sul pavimento, i libri buttati giù dagli scaffali, i quadri a terra con le cornici spezzate, le bottiglie colorate ridotte in frammenti impastati di liquore. Giovanni seguiva il padre guardando ogni cosa e quando lui aprì una porta tra una stanza e l'altra gli chiese: «È qui che lavoravi, papà?». Alfredo annuì con un cenno della testa. Avevano rotto piatti e bicchieri, e qualcuno aveva conficcato un coltello in una stampa di Roma appesa a una parete della stireria. Gli armadi erano vuoti, tutti gli abiti che non erano entrati nelle valige erano stati portati via. Alfredo entrò nella stanza dei bambini e provò un groppo alla gola nel vedere che tutte le loro cose erano sparite e che a terra erano rimasti brandelli delle loro piccole esistenze: i quaderni di scuola, i giornali a fumetti, le riviste di calcio e di ciclismo. Giovanni si chinò e sollevò qualcosa. Poi guardò il padre e gli chiese, imbarazzato: «Pensi che questi possa prenderli? Piuttosto che lasciarli qui... Quando i ragazzi tornano li restituisco, promesso». Alfredo prese nelle mani la scatola di pastelli a colori Giotto che il figlio gli stava porgendo. Li osservò e gli disse di tenerli. Ma doveva considerarlo un prestito, solo un prestito.

A Ostia erano ospiti di una sorella di Maria che viveva lì, la zia Gina. C'era già stato un bombardamento a maggio e si pensava che gli alleati non avessero molto altro da distruggere. Era stata Gina a trovare per Alfredo un impiego come factotum in un piccolo circo che si sarebbe fermato a Ostia nel mese di agosto. I due gemelli erano invece rimasti a Roma, continuando a lavorare ai Mercati.

La prima cosa che Giovanni pensò, sceso dal treno, è che il mare aveva un odore. Stava ancora camminando sui binari quando lo sentì entrare nelle sue narici. L'aria era già il mare. Non avrebbe potuto descriverlo, quel magnifico profumo che lo invadeva. Ma era inebriante, un odore ruffiano, che seduce e catapulta in un mondo nuovo. C'era una luce tiepida, quella del tramonto, che accompagnava i passi del ragazzo, con un raggio di sole che sembrava un «occhio di bue», quei riflettori che seguono gli attori a teatro nei loro movimenti. Giovanni si guardava attorno. Per tutto il viaggio aveva pensato a quella distesa che avrebbe incontrato e che aveva conosciuto solo nei sogni. L'aveva visto al cinema ma il mare in bianco e nero fa paura o tristezza. Era convinto che sarebbe stato il colore dell'acqua a stregarlo. Ma già ora, prima di uscire dalla stazione, quel profumo inaspettato, mai narrato, inedito alla sua vita era un modo, per il mare, di farsi sapientemente introdurre. Come un preludio o un antipasto racchiudeva dentro di sé la meraviglia dell'annuncio. Era come l'un-due-tre degli starter quando l'atleta è ai blocchi di partenza. Era come chiudere gli occhi perché sai che tuo padre sta per metterti tra le mani un pacco con il giocattolo che hai sempre sperato di avere.

Fuori, sul piazzale, Giovanni chiese il permesso ad Alfredo. La strada era diritta, le auto rare. «Stai sul marciapiede, però.» Il ragazzo non fece in tempo a sentire la raccomandazione. Cominciò a correre, correre verso il mare. Correva sorridendo. Correva veloce, correva verso un odore e un colore, quell'azzurro che ora vedeva nitidamente. Sentì come se stesse nascendo di nuovo, come se quell'acqua fosse il suo ambiente naturale, il luogo dove tutto, di lui, aveva tratto origine. Come aveva fatto a vivere senza il mare? Senza che i suoi occhi potessero bere quell'azzurro, senza che il suo cervello potesse conoscere quegli spazi immensi? Ricordò la poesia di Leopardi, quella che aveva lasciato nell'aria prima che la farina e le bombe esplodessero. Eccolo, l'infinito. Ora lo conosceva. Man mano che i suoi passi lo portavano vicino alla spiaggia, dagli angoli dei suoi occhi sfuggivano, come cancellati, i palazzi e gli incroci. Spariva il grigio e davanti a lui restava solo la grande distesa blu.

Scansò con una virata brusca il cameriere di un bar che era uscito improvvisamente dal locale con un vassoio, toccò da dietro con la mano, senza farsi vedere, il palloncino che un bambino teneva saldamente. E poi si fermò, al limite dell'asfalto, a un soffio dalla spiaggia. Mise le mani sui fianchi e si piegò su se stesso. Un po' per riprendere fiato. Ma soprattutto perché voleva che «lo sguardo finale» di quella corsa fosse ben preparato. Perché questa volta era anche il «primo sguardo» della sua vita sul mare a figura intera.

«Buongiorno, mare» pensò mentre alzava la testa. Lo faceva piano, ma non vedeva l'ora di finire. Quando fu ritto si sentì grande e potente. Erano loro due, uno di fronte all'altro. Le piccole onde e il suo respiro diventavano un rumore esattamente nello stesso istante. Si erano già messi in sincronia, senza conoscersi. Giovanni pensò ai pesci, alle balene, alle tartarughe e agli squali. Pensò che lì sotto c'era una vita non diversa da quella che c'era sopra. Che lì sotto si mangiava, si nasceva, si moriva, si faceva l'amore. Pensò ai marinai che escono di notte e si orientano con le stelle. Pensò ai sommergibili e al sangue delle battaglie navali che doveva aver sporcato l'azzurro. Pensò ai galeoni affondati e al duce che nuotava, con una ridicola cuffietta sulla testa.

Ma più di ogni cosa, era il filo dell'orizzonte a farlo innamorare di quell'istante. Lì la terra faceva una curva. Ma Giovanni sapeva che quel punto non esisteva, era un puro concetto, una seducente astrazione.

Fu in quel momento, di fronte alla grande distesa e in mezzo ai suoi pensieri sull'infinito, che sentì qualcosa di cui si vergognava. Sentì che proprio la tragedia che lui e la sua famiglia avevano vissuto gli regalava ora la realizzazione di un sogno. Senza l'orrore non sarebbe stato lì, in quel momento, felice.

Ripensò a una storia sui tulipani che gli aveva raccontato Francesco, che era un vero appassionato di ogni tipo di scienza. La bellezza di quel fiore, oltre la sua forma perfetta, è nelle screziature dei colori. Più il tulipano, aprendosi, mostra esplosioni di colore e disegna forme inedite, più è prezioso. Si raccontava della bellezza incredibile del *Semper Augustus*, un fiore in cui al bianco di base dei petali sembra essersi sovrapposto un rosso fuoco di meravigliosa intensità.

Per fare queste striature i produttori avevano escogitato le idee più folli. C'era chi cospargeva di colori un'aiuola di tulipani bianchi pensando che la pioggia avrebbe portato la tinta nella terra e modificato, attraverso le radici, il bulbo. La verità è che i tulipani cambiavano colore a causa di un virus. Il colore di un tulipano, gli aveva descritto meticolosamente Francesco, è dato da due fattori: quello di base, che è sempre giallo o bianco, e un altro che si chiama antocianina. Il virus alterava la misura del secondo elemento e così rendeva irregolari le combinazioni dei colori. La malattia del fiore lo faceva, a un tempo, più bello e più fragile, perché intaccava la forza del bulbo. Così, quando nascevano, venivano immediatamente distrutti. I fiori più affascinanti erano i più deboli.

Quel virus aveva modificato una legge evolutiva. Non era mai successo che una malattia rendesse più bello il corpo che attaccava. In quel momento la guerra, il peggiore di tutti i virus, stava rendendo possibile a Giovanni vedere ciò che non aveva mai visto, conoscere una meraviglia paragonabile al *Semper Augustus*. Ma, come quel fiore, fragile. Tremendamente fragile.

Una volta sistemate le cose nel piccolo appartamento di via Celli, Giovanni chiese il permesso di andare in riva al mare, prima che facesse buio. Frugò nella sua valigia e poi partì, percorrendo il rettilineo, poche decine di metri, che portava al lungomare Toscanelli. Arrivò sulla spiaggia e sentì che la sabbia era tiepida. Si tolse i sandali e si sedette. Provò per la prima volta il contatto con quella specie di farina che si attaccava ai piedi e che però dava una dolce sensazione, come fosse velluto. Avrebbe guardato quel mare per sempre. E per farlo prese il suo blocco da disegno e cominciò. Ma si accorse che questa volta, ora, i grigi non bastavano più. Allora aprì la scatola dei pastelli, scelse con cura. E disegnò quella distesa. Per la prima volta la vita che avrebbe ricordato non era più in grigio ma aveva quel colore. Quello del mare. Quell'azzurro che gli sembrava cambiasse tutto.

A Giovanni il circo faceva una gran tristezza. C'era stato una sola volta, a nove o dieci anni, e aveva pianto tutto il tempo, senza farsi accorgere. I genitori erano così fieri di averlo portato in quel luogo di festa che lui non voleva certo deluderli. Però non poteva vedere quegli animali in gabbia costretti a fare sempre la stessa cosa, sotto il ricatto di una frusta o di una ricompensa. Gli sembravano tristi, annoiati. Gli sembrava che il loro mondo, la foresta o la savana, li richiamasse e che loro fossero sequestrati, imprigionati, costretti a far ridere o meravigliare un pubblico di bambini con le noccioline in mano. Il leone si aggirava in quella gabbia come un prigioniero in cella, senza neanche il privilegio di poter leggere o pensare alle cose sue. I suoi spazi naturali erano infiniti, i territori della sua corsa non conoscevano confini. E, soprattutto, non era solo. Ora invece aveva davanti un buffo tipo tarchiato con dei baffetti a manubrio che gli dava degli ordini, perentori. Ordini a un leone, assurdo.

E poi c'erano le scimmie che, essendo l'anello di congiunzione, agli occhi di Giovanni manifestavano una palese insofferenza per quelle regole alle quali erano costrette a sottostare, pur di mangiare. Immaginava la storia di quelle sventurate ave, catturate con una rete nella foresta, portate in qualche mercato e vendute al primo organizzatore di circhi che passava. Costrette a ripetere sempre lo stesso gesto, fino alla perfezione, per ottenere una banana o qualcosa di simile. E gli sembrava che le scimmie, desolate, avessero scritto in faccia: «Che bisogna fare per mangiare».

E poi c'erano i clown, che gli mettevano addosso una gran malinconia. Perché erano eccessivi, facevano un gran baccano e si disperavano per far ridere. E quando non ci riuscivano a Giovanni sembravano intristirsi. E l'immagine di un clown triste, quella tristezza che gli era sembrato di scorgere sul viso di uno di loro che dopo mille cadute e rumori strani non aveva fatto sorridere la platea, gli era rimasta dentro come il simbolo della frustrazione e del disagio. Quella sera, tornato a casa, aveva disegnato il circo. Ma agli animali non aveva fatto gli occhi e i pagliacci sorridevano sempre.

Ora, a Ostia, proprio al circo passava molte ore. Ma stava con i cavalli e si era messo in testa di consolarli, di parlare con loro e carezzarli per scusarsi della condizione in cui gli umani li costringevano. Era un piccolo circo, con una piccola tenda e poche attrazioni. E lui immaginava Carnera, il cavallo bianco che suo padre rigovernava, correre felice in spazi smisurati, agitando la criniera bruna. E allora glieli raccontava quegli spazi, gli diceva che un giorno l'avrebbe portato a vivere la sua vita, a sentirsi libero.

Aveva fatto amicizia con i clown, due brave persone la cui condizione psicologica non era diversa da quella di tutti gli altri. Bisognava campare, specie in quei tempi bui, e almeno questo lavoro li faceva stare a contatto con i bambini. Loro pensavano, e speravano, di renderli allegri. Erano persone buone che, anche senza il naso rosso e il vestito sgargiante, amavano il loro pubblico e volevano dare un briciolo di allegria in una stagione di guerra e di ansie.

A Giovanni piacevano molto gli acrobati. Loro sì, potevano essere liberi. Liberi di volare sulla testa delle persone. Avrebbe dato tutto per vivere quell'attimo: quando lasciato un trapezio, in attesa di incontrarne un altro, l'acrobata si trova nell'incantevole condizione di conoscere il vuoto del volo, la vertigine di sentirsi airone, l'illusione fantastica di essere un gabbiano, però pensante e cosciente della meraviglia.

Una volta suo papà lo aveva portato all'aeroporto dell'Urbe, dove conosceva un guardiano, e a Giovanni era stato permesso di andare oltre una rete dalla quale vedeva gli aerei sollevarsi in volo e passare, con la loro pancia, sopra la sua testa. Era stata una grande emozione. Gli piaceva il loro colore, e quello della pista. Erano tutti grigi, sarebbero stati perfetti per i suoi disegni. L'unica cosa che stonava, per lui, era il rumore. Il suo sogno era un volo silenzioso, con il rumore del vento e una certa confidenza con gli uccelli nel cielo. Non una anomalia tecnologica, ma una variante della natura discreta, non chiassosa.

Il soggiorno a Ostia, vacanza per Giovanni e lavoro per il padre, si prolungò anche all'inizio del mese di settembre. Le scuole, per la guerra, avrebbero riaperto più tardi e così Maria poteva stare con loro, salvo qualche ritorno a Roma per aiutare i gemelli nelle cose di casa.

Quel mercoledì era stato un giorno come gli altri. La mattina al mare, il pomeriggio al circo. Poi Giovanni era tornato a casa. Il padre era al lavoro. La zia e la madre preparavano la cena sentendo la radio, c'era Gino Bechi che cantava «Vieni c'è una strada nel bosco, il suo nome conosco, vuoi conoscerlo tu? Vieni, è la strada del cuore, dove nasce l'amore e non muore mai più». La canzone fu sfumata e si sentì un cicalino, «quel» cicalino, e poi una voce stentorea che dichiarava: «Il Governo italiano, riconosciuta l'impossibilità di continuare l'impari lotta contro la soverchiante potenza avversaria, nell'intento di risparmiare ulteriori e più gravi sciagure alla nazione, ha chiesto un armistizio al generale Eisenhower, comandante in capo delle forze angloamericane. La richiesta è stata accolta.

Conseguentemente, ogni atto di ostilità contro le forze angloamericane deve cessare da parte delle forze italiane in ogni luogo. Esse però reagiranno ad eventuali attacchi da qualsiasi parte provengano».

Quando Gino Bechi riprese «Laggiù tra gli alberi intrecciato con i rami in fior c'è un nido semplice che sogna il tuo cuor», Maria e sua sorella si guardarono interrogative. Poi dalla finestra di fronte si sentì un urlo, questa volta di gioia, «È finita, la guerra è finita!». Le due donne si abbracciarono e poi strinsero anche Giovanni che non capiva bene ma capiva. Era finita. Finiti i bombardamenti, finita la fame, finite le file, finito l'oscuramento, finita la paura.

Come era successo qualche mese prima, si cominciò a sentire un gran vocio per strada e poi Giovanni vide ragazze che sventolavano il tricolore e ragazzi che le cingevano, prendendole al volo, per baciarle. Vide soldati che sorridevano e anziani che piangevano. Vide una madre che sventolava la foto del figlio gridando: «Ora tornerà».

Poi si sentirono chiamare:

«Maria, Giovanni, uscite».

Lei disse «Alfredo», prese un giacchetto, si ravviò i capelli, diede la mano al figlio e si precipitarono fuori. Davanti alla porta della palazzina Giovanni sobbalzò. C'era il padre in sella a Carnera.

«Lo spettacolo è stato sospeso. Mi hanno dato il permesso di prendere il cavallo. Voglio fare un giro con Giovanni. Salta su.»

A lui non parve vero. Si fece aiutare dalle braccia forti del padre e quando fu lassù gli sembrava di dominare il mondo. Attorno c'era solo musica e gente festante. Qualcuno aveva messo l'altoparlante del grammofono vicino alla finestra e si diffondeva una musica travolgente che pareva scritta per l'occasione. Era Dea Garbaccio che intonava «Rosamunda, Rosamunda che magnifica serata, sembra quasi preparata da una fata delicata. Mille luci, mille voci, mille cuori strafelici sono tutti in allegria, che felicità». La gente sembrava impazzita. Finirono sulla spiaggia, di notte. A vederla doveva essere una scena buffa: un cavallo bianco con la criniera bruna, in sella un uomo grande e un ragazzo magro, davanti al mare silenzioso.

Alfredo smontò dal cavallo, lo legò, fece scendere Giovanni e si incamminò con lui sulla sabbia. Lo portò dove il mare sfiorava la terra e gli disse di sedersi.

«Ricordati stasera per sempre. È finito un incubo. Comincia una nuova vita per tutti. Quello che hai visto a San Lorenzo non succederà più. Ora verrà la pace e torneremo a vivere. Sono stati tempi in cui nessuno era più se stesso, per sopravvivere ognuno di noi ha dovuto fare cose che non voleva. Ha dovuto subire dei torti, ha dovuto fare dei torti. Non ci sono state più bussole, non ci sono stati più valori ai quali fare riferimento. L'unica cosa che contava era farcela, salvare se stessi e la propria famiglia. Anni di odio e di furbizia. Anni nei quali c'erano pericoli dappertutto. Onestamente, io, lo sai, sono stato fascista e lo sono stato con il cuore e il cervello. Volevo che ci fosse ordine, ma anche un regime che parlasse di noi, della povera gente. Mussolini all'inizio sembra questo. Ma poi è diventato un'altra cosa. E io ci ho messo troppo tempo ad accorgermene. Le uniche persone che rispetto davvero oggi sono i soldati andati a morire al fronte e gli antifascisti finiti in prigione per le loro idee, senza compromessi e senza essere voltagabbana. Come in fondo sono anche io, che ho gettato il distintivo nel bagno il 25 luglio. Ma io non avevo capito. Non mi sembrava di essere nel diritto di avere dubbi. Nella vita non ti fidare mai di quello che appare. Fatti sempre domande e non aver paura delle risposte.»

Poi gli strinse la testa tra il torace e il braccio e gli carezzò i capelli. A Giovanni sembrò che fosse quel gesto, che fossero quelle parole e non l'annuncio della radio a far cominciare per lui una nuova vita.

Il giorno dopo, tramite un appuntato, arrivò un messaggio da Aldo, il marito della zia, che era carabiniere in servizio a Roma. Gina, preoccupata, ne parlò subito con Maria.

«Non capisco più nulla. Aldo dice che il re e Badoglio sono scappati e che i tedeschi stanno occupando Roma e ci considerano nemici. Dice che né loro né l'esercito hanno avuto ordini su se e come difendere la città. Che c'è un gran caos, gente che si toglie la divisa e scappa. E tedeschi dovunque. Ma allora non è finito proprio niente?»

In quel momento ritornò Alfredo che era andato a cercare dello zucchero.

«È pieno di tedeschi.»

Allora capirono che no, non era finito proprio niente.

Roma era entrata nell'autunno da qualche giorno, ma sembrava un inverno tra i peggiori. C'era un clima cupo, di sospetto, di paura. Tutto era come prima, peggio di prima. Altro che l'inizio di una nuova vita. Al ritorno da Ostia Giovanni aveva avvertito nel rione un clima diverso, la gente si salutava a malapena, era sfuggente, fredda.

Era un sabato, l'ultimo di settembre. Maria era uscita presto a cercare cibo per la famiglia. Ormai a Roma non funzionava quasi più nulla. La città soffriva il disordine civile e il controllo straniero, una combinazione devastante. E la fame si faceva sentire, sempre di più. Ora Alfredo non portava più nulla che avanzasse dalla tavola del palazzo degli Ambasciatori. Era tornato ai Mercati generali, insieme ai gemelli. E lì erano anche quella mattina. Giovanni a casa giocava con il meccano. Aveva fatto tanti sforzi ma la gru non era quella che voleva. Con Mario si erano visti, quando era tornato da Ostia, ma avevano smesso di andare al parco dei Daini, perché c'erano gli sfollati e non se la sentivano di giocare al pallone in mezzo a quei poveracci che cercavano di sopravvivere. Così quasi tutti i giorni Mario andava da lui per parlare e passare un po' di tempo con il meccano.

Quella mattina Giovanni era solo e un po' annoiato e aspettava con ansia che la mamma tornasse. La porta si aprì, lui accorse e vide entrare prima una piccola valigia e poi una bambina con i capelli neri come la pece. Maria richiuse in fretta la porta e gli disse:

«Lei è Giuditta, ti ricordi? Te ne avevo parlato».

Giovanni non fece in tempo a rispondere perché la madre gli abbozzò un movimento delle sopracciglia come a dire: «Lascia perdere, ti spiego dopo». Poi aggiunse:

«Viene a stare un po' con noi. Ma non devi dirlo a nessuno».

Giovanni osservò a lungo la bambina, che avrà avuto dodici anni. Era bella, l'aria timida e gentile. Si era intanto ricordato del racconto di sua madre, di quella bimba ebrea della sua scuola che si era attaccata alla porta della classe e non voleva andare via. Era lei, Giuditta. Come mai era lì?

La spiegazione fu data in una riunione di famiglia che si svolse nel pomeriggio, mentre Giuditta faceva il bagno. Si chiusero tutti e cinque nella stanza dei genitori e Maria cominciò a parlare. Alfredo e i ragazzi erano appena rientrati e non avevano ancora visto la ragazzina.

«Vi devo dire una cosa. Da oggi ospiteremo, non so fino a quando, quella ragazzina ebrea della scuola di cui vi ho parlato tante volte, quella che non voleva lasciare la classe. In questi anni, da quando è andata via, io ho continuato a vederla. Sono andata spesso a casa dei genitori, due brave persone. Oggi quando ho suonato al campanello li ho trovati in una terribile agitazione. Sembra che ieri i nazisti abbiano chiamato il capo della comunità per dirgli che se non gli fanno avere, in trentasei ore, cinquanta chili d'oro arresteranno duecento capi famiglia ebrei. La madre stava cercando tutto l'oro che aveva, hanno deciso di dare anche i gioielli di famiglia. Tutte le famiglie ebree del quartiere sono terrorizzate. Il padre mi ha detto che non si fida dei nazisti, che ha saputo da suoi amici che in Polonia hanno rastrellato molti giudei e li hanno portati nei campi di lavoro. E hanno preso anche le donne e i bambini. Lui ha paura che succeda anche qui. Così mi ha chiesto se potevo nascondere sua figlia per un po' di giorni. Io ho detto di sì. E vi prego di dirmi anche voi di sì. Per me è diventata come una figlia, la figlia femmina che non ho avuto, ed è una creatura innocente. Non voglio che finisca in un campo di lavoro, non voglio che veda il padre arrestato. Vi prego, accettatela.»

Francesco disse subito:

«Per me va bene, ma dove la mettiamo?».

Maria stava per rispondere quando Cesare disse:

«Mamma, lo sai come la penso, però se me lo chiedi tu, lo faccio».

Tutti guardarono il padre e attesero il suo parere, che faticava ad arrivare.

«Maria, ti rendi conto in che guaio ci cacciamo? E se i nazisti davvero la cercano? E se poi scoprono che è nascosta qui? Allora saremo noi gli arrestati e la bambina con noi. Non le verrà risparmiato l'orrore e la nostra vita sarà distrutta.» Poi prese il fiato e proseguì. «E poi, ti ricordi qualche mese fa? Quando io dovevo e volevo fare una cosa molto meno pericolosa e tu mi hai implorato di non farla per la sicurezza della famiglia? E ora non sono più alti i rischi? Qui abbiamo a che fare con i nazisti, non con l'eventualità di un posto di blocco di italiani partigiani. No, io non sono d'accordo.»

Ci fu un gelo. Giovanni non sapeva se doveva dire anche il suo parere, ma evitò.

La madre aveva uno sguardo deciso.

«Va bene, Alfredo. Ti ricordi quella sera? Alla fine tu hai fatto come volevi, sei uscito. Io non te l'ho impedito. Poi sei tornato perché ci avevi riflettuto e avevi cambiato idea. Facciamo lo stesso. Tu ora mi lasci fare. Se ci ripenso, la riporto dai suoi genitori. Ma se me lo vuoi impedire, allora la porterò fuori Roma io. E resterò con lei, fino a che serve.»

Fu a quel punto che si aprì la porta e apparve Giuditta.

Era tutta arruffata, i capelli lunghi e ricci che sembravano già asciutti, un asciugamano addosso, le guance rosse per il caldo. Disse:

«Oh, scusate, pensavo ci fosse solo Maria. Piacere, io sono Giuditta e perdonate il disturbo».

Quando la porta si richiuse, Alfredo guardò severo la moglie.

«In che casino ci stiamo infilando. Mi raccomando, nessuno dica mai nulla. Ne va della sorte della nostra famiglia.»

Maria si alzò sullc punte per dargli un bacio sulle gote, ma lui si scansò e proseguì verso il soggiorno.

Per Giovanni andare in bicicletta significava sentirsi vivo. Era come una parte di sé, come se le due ruote fossero gambe, oppure ali. Era il suo unico modo di conoscere liberamente ciò che era fuori dall'orizzonte della sua famiglia, della sua casa, del suo quartiere. Quando si teneva forte al manubrio e frenava in discesa, con il ciuffo che gli si alzava per il vento, si sentiva il padrone del mondo. La bicicletta era libertà e scoperta. Giovanni pensò che forse proprio per questo i nazisti ne avevano paura. Pensò che quel senso e quella possibilità di libertà fossero incompatibili con le scarpe chiodate e le marce al passo dell'oca e quegli elmetti squadrati e truci come la croce uncinata, che gli metteva il gelo addosso. Pensò che la bicicletta era una libellula e i nazisti un elefante e che la prima avrebbe sempre vinto sul secondo. Per questo il comando tedesco di Roma aveva imposto il divieto di circolazione ai mezzi a due ruote dalle cinque del pomeriggio alle cinque e trenta della mattina successiva. Mai più quei tramonti rossi da Trinità dei Monti, mai più le partite di calcio al parco dei Daini. Giovanni sentiva che anche lui, un ragazzino, stava perdendo una parte della propria libertà.

Così passava molto più tempo a casa. Ma non gli dispiaceva. Quelle stanze non erano più vuote, dal momento in cui era arrivata Giuditta. La mattina, quando tutti erano fuori, Giovanni si occupava di lei. I due anni di differenza tra loro segnavano un confine molto netto tra l'essere bimbi e l'essere ragazzi. E allora spettava a lui preparare il latte e il pane e portarglielo, non senza difficoltà, nella stanza dei genitori, dove era stato aggiunto un lettino. La svegliava chiamandola sottovoce, dolcemente. E la guardava, con quella massa di ricci sparsi sul cuscino e quell'aria innocente e indifesa. Lui non aveva potuto parlare, quella sera, ma se lo avesse fatto avrebbe detto che aveva ragione la madre e che lui, proprio lui, si sarebbe occupato di farla sentire meno sola, in una famiglia che non era la sua.

Quando era arrivata la notizia che gli ebrei ce l'avevano fatta a raccogliere i cinquanta chili d'oro, si era sparsa una certa euforia nel rione. Chi aveva dato tutto quello che aveva si felicitava con gli altri, come se avesse vinto qualcosa. Forse, pensò Giovanni, avevano ragione perché avevano vinto la loro vita. Però pensò anche che in fondo avevano dovuto pagare per sopravvivere, per salvare le famiglie e questo gli sembrava inconcepibile. Maria, dopo essersi consultata con i genitori che abitavano in un palazzo a cento metri, decise però che era meglio che Giuditta restasse ancora fuori casa. Lei, ma soprattutto il padre, non si fidavano dei nazisti.

Ormai la mattina Giovanni non vedeva più nella piazzetta quel movimento di persone e di parole che lo salutava serenamente a inizio giornata. Tutti erano tesi, cupi, chiusi nei loro ambienti. Quel luogo di vita e di relazioni sembrava cosparso di cemento, imprigionato come la bicicletta, come i leoni nella gabbia. Quando apriva la finestra sentiva un silenzio pesante e ripensava a quello stesso luogo, la sera del mangiafuoco e del vino a volontà.

Giuditta non poteva uscire, nessuno doveva sapere che era lì. Aveva portato le sue bambole da casa e passava il tempo con quelle. Costruiva delle storie che Giovanni ascoltava incantato. Lui non aveva la minima idea di come si giocasse con quelle bambine di pezza. Per lui esistevano il piccolo cacciavite e la piccola chiave inglese del meccano. E lui le storie le sapeva disegnare, non inventare. A casa di un suo amico, una volta, aveva giocato con i soldatini. Ed era rimasto colpito dal fatto che insieme alle piccole sagome che sparavano o lanciavano bombe a mano, ci fossero molte figure di barellieri e crocerossine, di feriti e di medici. Che cioè neanche un gioco riuscisse a mascherare la guerra vera, fatta di sangue che scorreva, di braccia amputate e di morti.

Giuditta ogni tanto piangeva. Giovanni lo sapeva. Di solito lo faceva in bagno, quando in casa non c'era nessuno se non lui. E allora si metteva con le spalle appoggiate alla porta, quasi a proteggerla, ed era pronto a entrare per confortarla. Il ragazzo aveva immaginato le parti rovesciate, aveva pensato a se stesso in una casa sconosciuta tra persone sconosciute per un tempo sconosciuto. Per immedesimarsi in Giuditta, aveva anche voluto guardare la sua stanzetta come se fosse l'ultima volta, come se dovesse anche lui partire, fuggiasco, per un posto del mondo infinito. Provò una forte stretta al cuore e questo gli rese più facile condividere le ragioni di quel pianto discreto, nascosto, rispettoso.

Le bambole di Giuditta vivevano un mondo di sogni, su una nuvola rosa che sembrava marziana in quel tempo plumbeo. Giovanni la ascoltava, mentre lei, muovendo le braccine di quei corpi inanimati, metteva in scena delle grandi storie familiari in cui c'era sempre una mamma premurosa, una figlia che poi diventava una mamma premurosa perché aveva incontrato un principe e con lui era fuggita per mondi meravigliosi. Ma il principe non si vedeva mai, perché le bambole erano tutte femmine e lei doveva supplire con l'immaginazione all'assenza di un bambolotto di sesso maschile. Ogni tanto qualcuno moriva ma poi ritornava. Nelle storie di Giuditta solo chi partiva non rientrava mai, sembrava che il viaggio, e non la morte, fosse l'unica cosa irreversibile.

«Pensi che tornerò a casa?» aveva domandato una mattina entrando nella stanza di Giovanni che stava disegnando.

«Certo, bisogna solo che passi questo momento» la rassicurò lui.

«Vuoi che ti racconti come è la mia stanza? Mi aiuta a non dimenticarla.»

E mentre descriveva il suo lettino e le tendine rosa, e la piccola toletta e l'armadio con i vestiti, pettinava dolcemente la sua bambola preferita, che aveva i capelli come lei, neri e ricci.

Passavano le ore insieme così, a raccontarsi i loro mondi, le loro scuole, i loro amici, i loro giochi, le loro paure. Fu Giuditta a far capire bene a Giovanni cosa erano state le leggi razziali.

«Ti rendi conto? Non solo hanno cacciato me dalla scuola, ma mio padre che lavorava al Registro delle auto è stato licenziato e anche mia mamma ha dovuto smettere di insegnare. Noi non possiamo fare nulla, dobbiamo solo andare via. Se sei ebreo non puoi avere una tabaccheria, non puoi fare il soldato, non puoi essere proprietario di niente. E non puoi lavorare nelle banche, nelle assicurazioni, negli uffici. Non possiamo avere la radio né andare sui mezzi pubblici. Papà mi ha detto qualche tempo fa che hanno persino approvato una legge che ci impedisce di allevare i piccioni o di gestire una scuola di cucito. Che male possiamo fare ai piccioni? E adesso ci vogliono portare via l'oro e poi vorranno portare via anche noi. Papà non lo sa, ma io l'ho sentito quando parlava con Maria. Io so perché sono qui.»

Giovanni sentì il bisogno di abbracciarla e di stringerle la testa al petto come faceva suo padre con lui, quando voleva consolarlo.

«Tu non ti devi preoccupare. Qui sei al sicuro. Tutto il

rione sa che noi siamo cattolici, molti mi hanno visto il giorno della prima comunione, sanno che mamma va in parrocchia. Tu resterai qui finché tutto non sarà finito. Ci sono io a proteggerti.»

Giuditta alzò la testa, non piangeva. Guardò Giovanni negli occhi in un modo che provocò al ragazzo una fitta che non aveva mai provato prima in vita sua. Una fitta che non sapeva localizzare, ma che sentiva profonda, quasi liquida.

«Io non ho solo paura per me. Ho paura per mamma e papà che sono restati in casa. E per la nonna che è tanto anziana. Pensa che abbiamo cercato di insegnarle a dire un cognome diverso se arrivassero i nazisti. Lei deve dire di chiamarsi Fanelli, ma non ne vuole sapere. Un po' si dimentica e un po' si rifiuta. Quelli sono capaci di prendersela anche con lei. Li odio. Come odio quei mascalzoni dei fascisti che denunciano gli ebrei ai nazisti. Ho sentito mamma che diceva a una signora del quartiere che si fanno pagare 5000 lire per un adulto e 3000 per un bambino. E che con sei, sette ebrei si possono comprare casa.»

Da quando ospitavano Giuditta, Alfredo era stato tassativo: a casa non doveva entrare nessuno. E così Giovanni aveva smesso di vedere Mario. Al pomeriggio, quando rientrava la mamma, non si poteva uscire per il divieto e per il coprifuoco, e al mattino non si sentiva di lasciare sola Giuditta. Mario gli mancava. E lui era stato costretto ogni volta a inventare delle scuse finché il suo amico aveva smesso di proporre appuntamenti e giochi insieme. Piazza Margana era un ricordo lontano, come i sogni che avevano promesso a se stessi.

Ora l'edera era solo quella disegnata sui fogli che Giovanni faceva vedere a Giuditta e che lei trovava bellissimi. Li sfogliava mentre il ragazzo le preparava il pranzo. Erano centinaia, come un infinito album di foto. C'era tutta la vita di Giovanni là dentro. Aveva voluto sapere ogni cosa di San Lorenzo anche se lui aveva fatto sparire i disegni con gli uomini decapitati alle finestre, per non impressionarla. Le aveva parlato di Mowgli e di Mario e degli shangai. Lei era estasiata e diceva:

«Sei un vero artista, farai carriera».

E a Giovanni piaceva tanto che si parlasse del futuro, che si immaginasse un tempo per ora sconosciuto. Gli sembrava che fosse come prima di addormentarsi, quando si sa che il giorno dopo finirà la notte e sorgerà il sole.

Quando mangiavano insieme, soli in casa, pensava che in fondo avere una famiglia propria doveva essere così e che non provava nessun imbarazzo a stare con questa persona che fino a un mese prima non conosceva. Si sentiva grande e protettivo. Non era riuscito a proteggere Mowgli, lo avrebbe fatto con Giuditta. E poi lei era così bella, così dolce.

Una mattina, dopo la colazione, gli disse:

«Oggi devi fare una cosa per me».

E sorrideva con un'aria maliziosa che a Giovanni piacque molto. Lo portò nella stanza dove il ragazzo dormiva e gli sussurrò:

«Oggi voglio che mi fai un ritratto».

Giovanni rimase un po' interdetto.

«Ma io non ne ho mai fatto uno! Lo hai visto, sono capace solo di disegnare paesaggi o di raccontare con la matita le cose che succedono. Rischio di fare una schifezza e tu sei troppo bella perché possa sciuparti.»

Giuditta arrossì ma non allentò la presa.

«Dài, provaci, ti prego. Ma fallo a colori, non con quel solito grigio.»

E fu così che Giovanni ci provò. Per due giorni Giuditta si fece bella, al mattino, indossò il vestito più elegante che aveva e si fece ritrarre, quasi immobile, da quel disegnatore di paesaggi. Mentre era lì pettinava la sua bambola e parlava, raccontava, immaginava. Smettevano quando Maria stava per tornare e allora spargevano i libri sul tavolo, spostando tutti i bozzetti che Giovanni aveva fatto, per mostrare che stavano studiando, come da raccomandazione.

Una sera, era un venerdì, Alfredo propose, dopo cena, di giocare a tombola. Non avevano certo i fagioli e usavano come segnalini dei piccoli pezzi di carta. Giuditta si entusiasmò all'idea e rideva di cuore ogni volta che uno dei gemelli dava le definizioni dei numeri: «77 le gambe delle donne, 47 morto che parla». Giovanni si sentiva un po' strano. A un certo punto si rese conto che tutto quello che avveniva attorno a lui era solo un rumore di fondo, separato dalle facce che aveva di fronte. C'erano dei suoni che lui non distingueva e delle figure colorate che gli sembravano confuse. C'era una sola cosa nitida, era Giuditta. E ogni volta che lei copriva un numero con quei piccoli frammenti bianchi lui era felice. Non sentiva più nulla, vedeva solo lei. Avrebbe voluto più di ogni cosa che vincesse, che urlasse «Tombola» e lo abbracciasse. Invece fu Francesco ad alzare il braccio e dire che ce l'aveva lui il 16. Poi aggiunse, guardando il calendario alla parete:

«Che strano, domani è il 16».

Quella notte si sentirono nel rione dei colpi di mitragliatrice. Alfredo si alzò di scatto, scostò la tenda ma non vide nessuno e ritornò a dormire. Poi, alle quattro e mezza, si avviò al lavoro con i gemelli. Dopo un po' anche Maria andò in cucina per prepararsi un caffè d'orzo. Improvvisamente sentì un rumore di camion e delle voci dure, concitate. Si mise dietro i vetri e spense la luce. Fuori pioveva. Dalla finestra poteva dominare tutta la piazzetta. Vide parcheggiati degli automezzi neri. Vide dei soldati tedeschi scendere e dirigersi verso i palazzi intorno. Un attimo dopo sentì una vocina.

«Maria, che succede?»

Si voltò e vide Giuditta che si stropicciava gli occhi.

«Non lo so, fai piano, vestiti senza accendere la luce. Io chiamo Giovanni.»

Ora erano tutti e tre dietro quello spiraglio di finestra e guardavano fuori. Giuditta sapeva che se avessero bussato, lei doveva nascondersi sotto il letto di Giovanni. Per strada si vedevano le prime persone. Avevano una valigia in mano e l'aria smarrita. C'erano anziani che facevano fatica a camminare, bambini buttati giù dal letto. Qualcuno tentava di fuggire ma veniva ripreso e colpito sulla testa con il calcio del fucile. Una donna aveva un bambino al seno e implorava un soldato tedesco di lasciarla andare. Lui la prese di peso e la caricò sul camion. Chi usciva dai palazzi aveva un foglietto giallo in mano e dei fagotti. Si sentivano le urla di un padre che diceva: «No, lui no, è un bambino, lasciatelo andare», la voce di una donna anziana che chiamava qualcuno, forse nascosto, perché il padre o il nonno era caduto dalle scale. Si sentivano, distinti, ordini impartiti in tedesco, con un suono simile a una raffica di mitra. Maria e i ragazzi capirono che stavano salendo nel loro palazzo. Sentirono passi duri come martellate sugli scalini. Giuditta corse a nascondersi e Giovanni si garantì che non fosse visibile calando il copriletto sul lato. Avevano tutti il cuore che batteva a mille e il fiato strozzato in gola. La voce della signora Calò risuonò come un urlo lancinante nella tromba delle scale. Erano le due famiglie ebree in quel condominio. Li sentirono e li videro portare via tutti insieme, nessuno escluso. Il sor Settimio, grande com'era, veniva trascinato come un sacco fuori dalla sua bottega sull'acciottolato della piazzetta.

Cessati i rumori, Giuditta tornò alla finestra con gli altri. C'era una domanda che tutti avevano dentro di sé e che nessuno faceva. La risposta fu in un grido soffocato: «Mamma». Maria le mise una mano sulla bocca mentre con gli occhi sbarrati guardavano la piccola famiglia di Giuditta, madre padre e nonna, salire sul mezzo nero a forza di spinte e di calci.

Il camion partì e allora Giuditta corse al suo nascondiglio e si rintanò lì sotto. Non voleva che nessuno la toccasse, piangeva di terrore, senza far rumore. Quando i tedeschi andarono via si fece convincere da Maria a uscire. La madre di Giovanni le aveva detto che forse i genitori erano stati portati via solo per un controllo. La casa era rimasta buia. La bambina aveva perso la nozione del tempo. Maria lo capì e, nonostante fossero le due del pomeriggio, le disse: «Ora dormi, che è ancora notte». E si mise sul letto con lei, stringendola forte. Anche Giovanni si addormentò.

E quando si fece sera chi avesse potuto vedere quella casa silenziosa, avrebbe potuto descrivere questa scena: una donna che dorme impegnata in un abbraccio vuoto, una bambina con ricci meravigliosi che, tenendo una forbice in mano, taglia, con un gesto ripetitivo e meccanico, i lunghi capelli della sua bambola. E, nella sua stanza, seduto, appoggiato al tavolo con la testa sulle braccia, un ragazzo addormentato. Davanti a lui un disegno, che pare appena finito. È il ritratto, a colori, di una bambina che sembra più grande dei suoi anni. Per terra, una gru del meccano a cui manca una ruota e un quaderno di scuola su cui sono scritti il suo nome e il suo cognome: Giovanni Noi, III C.

Fuori, nella piazzetta, un silenzio che fa paura.

1963
La primavera

«Alberto, vieni un attimo?»

Il ragazzino smise di leggere la storia di Pugacioff, proprio mentre il cane della steppa dava una bella sistemata al perfido Bombarda, chiuse il giornalino a fumetti e fece passare dieci secondi, il tempo minimo per dimostrare che non era vero quello che invece era assolutamente vero: il momento in cui Andrea lo chiamava era il più bello della giornata. Lui lo aspettava fiducioso, non voleva dar fastidio al fratello più grande che aveva le sue letture, i suoi giochi, i suoi pensieri. Tra loro c'erano cinque anni di differenza che non li facevano sentire né tanto vicini da dover litigare per le stesse cose della vita ma neanche così lontani da trovarsi confinati in galassie separate. Andrea aveva tredici anni e cominciava a coltivare passioni tutte sue e persino ad avere segreti che un po' dispiacevano ad Alberto.

E quando usciva per andare a giocare con gli amici nel parco che si vedeva dal minuscolo balcone della loro casa di via Grancini a Milano, al più piccolo sembrava che quella momentanea solitudine non fosse sopportabile. L'appartamento era grande e vuoto. Si erano trasferiti a Milano da due anni, seguendo il lavoro del padre. Ma la casa, da qualche mese, sembrava silenziosa, spenta. Nella piccola camera in fondo al lungo corridoio c'era la nonna

Maria che cuciva. Lei viveva tra le tagliatelle che preparava a mano e i maglioni del figlio e dei nipoti, che meritavano sempre un rammendo o l'onta di una toppa di stoffa sui gomiti troppo lisi. La nonna aveva anche due specialità tutte sue: sapeva fare dei ricami, che poi incorniciava, di fiori bellissimi e di animali colorati. I suoi occhi si stavano consumando in quel lavoro di precisione e di miniatura che ai nipoti sembrava impossibile da realizzare e che era il principale orgoglio di quella donna buona e stanca.

Ma a godere del maggior successo in casa era la seconda specialità: il budino al cioccolato. Richiedeva una preparazione lunga, meticolosa, sempre uguale nei gesti e nei tempi. Alberto e Andrea la seguivano totalmente rapiti, come stessero vedendo Michelangelo creare sotto i loro occhi. Il momento topico era lo scolo del magico impasto nelle formine di latta che sarebbero poi state destinate dalla nonna a una funzione per loro misteriosa e inspiegabile. «Deve riposare» ripeteva sottovoce come se davvero non potesse disturbarlo, il budino che dorme. C'era dunque dell'umanità in quel nettare, in quell'oro nero fuso. Prima di farsi mangiare, che era il senso stesso della sua natura, doveva prepararsi, farsi bello. Non c'era evidentemente ricetta migliore di un po' di quiete e tranquillità. Ma proprio nell'attimo in cui il budino si metteva nel suo letto, per i ragazzi scattava l'apoteosi. La pentola veniva ricollocata sul fornello spento e con il cucchiaio e con le dita si poteva, autorizzati, raccogliere tutto quello che si era depositato sulle pareti, sul fondo, sui bordi. Era una epifania, quel liquido tiepido e pastoso che si fermava lungamente nella bocca e scendeva giù solo quando aveva depositato il suo sapore: un incontro delle meraviglie del mondo, cioccolata, zucchero, latte, uova.

Alberto si mosse, contento di raggiungere il fratello. Prese la rincorsa all'inizio del corridoio e si lanciò per poi fermarsi in scivolata, gamba destra avanti, di fronte alla stanza di Andrea.

«Finalmente, siediti. Ti va di giocare con le macchinine?»

Senza attendere la risposta, Andrea aprì lo sportello basso del suo armadio ed estrasse una scatola circolare, una volta contenitore di un grande panettone Alemagna, nella quale erano messi, alla rinfusa, soldatini e automobiline. Ne dispose una parte sul pavimento. Alberto si mise a cercare la sua Corgi Toys preferita, una Ford Thunderbird Hardtop rosa con il tettuccio nero, che lui teneva con grande amore nella sua scatoletta di origine, una di quelle confezioni gialle e blu capaci come poche altre cose di accendere il suo desiderio quando le vedeva esposte nelle vetrine dei negozi di giocattoli. Andrea scelse invece una Citroën Ds verde e nera perché una volta, su una vera automobile di quello stesso colore, un amico del padre lo aveva fatto mettere sulle sue gambe al posto di guida e lui aveva visto emozionato salire, al momento dell'accensione, l'imponente muso tondeggiante.

Spesso giocavano anche con i soldatini. Il gioco consisteva nel costruire storie e scene di quella quotidianità che li affascinava assai più dell'avventura. Così un soldatino con il vestito blu dei nordisti poteva diventare padre di famiglia e una indiana squaw la moglie. Oppure un antico romano e una guardia della regina Elisabetta, con il gigantesco colbacco nero, potevano essere due amici che andavano in gita.

Ad Andrea non piaceva l'idea di usare quegli omini di plastica per fare la guerra, non gli piaceva che, con quei rumori della bocca che simulavano raffiche di mitragliatrice, si dovesse fantasticare di qualcosa che era terribilmente reale, come la morte di padri e di figli. Faceva solo una eccezione. Quando gli regalavano dei soldatini della Seconda guerra mondiale allora sì, costruiva delle scene di guerra che finivano, inevitabilmente, con la vittoria degli alleati e la sconfitta dei nazisti. A quegli uomini con l'elmetto squadrato si doveva una parte dei disastri della sua famiglia. Aveva percepito, ma non sapeva bene, che era stato per colpa loro che la famiglia della mamma non c'era più. E aveva percepito, ma non sapeva bene, che proprio per questo la sua mamma si era ammalata, e perciò da Milano era tornata a Roma, per curarsi. E allora Andrea, con la inconsapevole complicità di Alberto, abbandonava le sue storie familiari e precipitava volentieri nel clima cupo, agonismo e niente risate, di una guerra per gioco. E sterminava i nazisti. Senza ferocia, ma con un senso di sollievo.

Un pomeriggio pioveva forte e in casa c'era quell'aria mesta e di penombra di giornate così, quando il cielo è di cattivo umore. C'era silenzio, neppure la nonna faceva rumore. Alberto stava leggendo l'«Albo dell'Intrepido» e «Tiramolla» nella sua stanza e Andrea non aveva voglia di sterminare nessuno. Ma neanche di giocare alle famiglie immaginarie. Ogni tanto infatti gli prendeva una specie di imbarazzo, specie con il suo fratellino, perché nelle loro storie, che evidentemente mimavano la loro vita reale, la mamma non c'era mai. Si andava con la Thunderbird o la Citroën a prendere papà alla Soprintendenza alle Belle Arti, dove lavorava, si portava la nonna a esporre e vendere i suoi ricami, si andava a fare un picnic, ma dalla mamma non si andava mai, di lei nei loro giochi non si parlava. Era stata come inghiottita dal silenzio, risucchiata in un buco dal quale il padre diceva che sarebbe tornata, che stava per tornare. Lo diceva da mesi, ma la sua parte del letto matrimoniale era sempre intonsa e la domenica i bambini avevano smesso di precipitarsi lì come facevano prima perché gli veniva una insolita tristezza. Sembrava che ci fosse metà stanza, metà sorriso, metà vita.

Il padre andava spesso da lei. Riportava da Roma delle lettere, scritte a macchina, nelle quali la mamma raccontava la positiva evoluzione della sua malattia, si informava della salute e dello studio dei figli, dedicava un pensiero dolce alla nonna Maria e prometteva che presto sarebbe tornata. Mille volte Andrea aveva chiesto al padre di portarlo con lui e mille volte aveva ricevuto un affettuoso ma fermo rifiuto. Una volta per ragioni di studio, un'altra perché Alberto non poteva restare solo, oppure perché lui aveva dei complicati incontri di lavoro al ministero. Quelle lettere i due ragazzi se le erano divise a metà, nei loro cassetti c'erano quei fogli di carta che si concludevano sempre allo stesso modo: «Aspettatemi, se quando torno non vi trovo tutti con una rosa in mano mi arrabbio davvero. Vi voglio bene, cuccioli. Mamma».

Quando il padre era fuori, magari per un sopralluogo con il soprintendente, i ragazzi ne approfittavano per vagare nella stanza dei genitori. Aprivano l'armadio, sfioravano come passandoli in rassegna i vestiti della madre. Alberto li avvicinava al viso, per misurarne la leggerezza e per cercare quel profumo che stava dimenticando. Sul comodino la mamma aveva lasciato i suoi libri. Andrea ogni tanto veniva qui, si sdraiava al suo posto e leggeva qualche pagina di quelle storie. Sapeva che per lei erano materiali di studio, come i volumi su Lorenzo Lotto che il padre lasciava sempre aperti. Era ricercatrice, e il nome di quel mestiere piaceva ai ragazzi. Gli sembrava che su di lei gravasse un impegno misterioso e importante, che avesse qualcosa da scoprire. E sapevano che si scopriva solo indagando, solo superando i limiti fin lì conosciuti. Vedevano la loro madre come una esploratrice, come una persona che si sporge alla finestra per cercare il nuovo.

Andrea aveva trovato dei fogli battuti a macchina, delle parole in tedesco con la traduzione in italiano e un appunto della madre: «Durante il Terzo Reich la dittatura era entrata nella vita dei cittadini anche mentre dormivano. Questo è il sogno di una casalinga, una donna semplice, presa dal clima di apologetica mitizzazione del peggior criminale della storia. "Tornando dalla spesa vedo che per strada si accingono a ballare – come in Francia il giorno della Bastiglia – perché è festa per commemorare l'incendio del Reichstag. Ovunque si vedono falò. Ci sono dei quadrati cintati di corde, e le coppie scivolano sotto le corde come i pugili. A me sembra tutto orribile. Poi qualcuno mi afferra da dietro con mani robuste e passando tra le corde mi trascina sulla pista da ballo. Appena iniziamo a ballare mi accorgo che è Hitler, e tutto mi pare bellissimo"».

Aveva voglia di farsi dire di più, Andrea. E si sarebbe informato del fioraio più vicino. Con Alberto sarebbero stati pronti, quel giorno.

Andrea amava annoiarsi. Era il momento in cui doveva inventare giochi e fantasie, ogni volta diversi. Si annoiava per divertirsi. La sua professoressa di disegno, che in pochi mesi lo aveva conquistato, gli insegnava a coltivare l'immaginazione. Gli diceva: «Solo un bambino creativo è un bambino felice». Un giorno aveva portato gli alunni al parco e da un piccolo ponte che sovrastava un corso d'acqua li aveva invitati a lanciare in aria delle piccole strisce di carta che gli aveva fatto preparare nelle lezioni precedenti. Ai ragazzi entusiasti, mentre le striscioline colorate volteggiavano, aveva detto una frase che Andrea teneva scolpita nella memoria: «Guardate, stiamo facendo vedere l'aria».

Un pomeriggio, come sempre piovoso, si era messo alla finestra, deciso a restarci finché non avesse contato dieci uomini con l'impermeabile grigio e dieci donne con l'ombrello chiaro. Chissà chi, delle due squadre, avrebbe vinto.

Il papà gli aveva regalato, tempo prima, un libro che lo aveva stregato. Aveva una bella copertina bianca ed era illustrato con disegni colorati e semplici che gli mettevano allegria solo a guardarli. Ma Andrea era innamorato delle parole, delle rime di quelle poesie che gli sembravano dire qualcosa di più di quanto sembrasse. Quando le leggeva gli veniva voglia di fare mille cose, di accendere la mente e farsi portare nei luoghi dove non poteva andare. Si sentiva un po' come uno dei personaggi di quelle storie: «Giovannino Perdigiorno, ha perso il tram di mezzogiorno, ha perso la voce, l'appetito, ha perso la voglia di alzare un dito, ha perso il turno, ha perso la quota, ha perso la testa (ma era vuota), ha perso le staffe, ha perso l'ombrello, ha perso le chiavi del cancello, ha perso la foglia, ha perso la via: tutto è perduto fuorché l'allegria».

Ogni tanto era anche lui Perdigiorno, ma, anche se un po' si vergognava, si era convinto che quelle, proprio quelle, fossero le ore migliori della sua piccola vita.

Era buonissimo l'odore della Coccoina. Era un positivo effetto collaterale del gioco che più piaceva ad Andrea. Un gioco che si poteva fare da soli, anzi si doveva fare da soli. Gli dispiaceva escludere Alberto, ma quella era una cosa per grandi.

Occorrevano tempo e concentrazione. La prima condizione era avere una copia non sgualcita del «Corriere dei Piccoli». Poi forbici, del cartone non troppo rigido e il barattolo grigio di quella meravigliosa crema bianca dall'odore inconfondibile. Andrea sapeva che il magico pennellino riposto nell'apposito scomparto di ogni confezione circolare tratteneva, indurendola, un po' di colla e a ogni nuova applicazione bisognava passare e ripassare finché non fosse sciolto anche il più piccolo grumo. Adorava quella cerimonia e i suoi rituali, compiuti sempre con meticolosa precisione. Un errore, nella curva del taglio o nella sagomatura del cartoncino, poteva essere fatale e segnare la prematura conclusione dell'attività dell'atleta.

C'era un momento dell'anno, a metà maggio, che Andrea attendeva con particolare ansia. Erano i giorni del Giro d'Italia. E l'inizio di quella gara era per lui il segnale che due cose stavano accadendo: era davvero cominciata la primavera e la scuola stava per finire. Passava delle giornate monografiche in quel periodo: la lettura della «Gazzetta dello Sport» durante l'ora di pranzo, la trasmissione del Giro in tv, il *Processo alla tappa*. Poi Andrea ripeteva la gara del giorno decidendone lui l'esito. Infatti dal «Corriere dei Piccoli», che per lui era la Bibbia, aveva accuratamente ritagliato le figurine disegnate dei corridori, le aveva appiccicate sul cartoncino Bristol e disposte sul tavolo da pranzo per la partenza della tappa. Da quel momento lui era dio e padrone del destino di quegli uomini che avevano perduto sovranità sul loro futuro. Erano lì, sempre nella stessa posizione, sempre con la stessa espressione, in attesa che Andrea decidesse la loro sorte. Il ragazzo aveva i suoi favoriti, ovviamente. E in generale non erano i più forti, i grandi, ma quelli della fila successiva, quelli che potevano esplodere da un momento all'altro ma difficilmente lo facevano. Quell'anno, ad esempio, aveva deciso di non tifare per Balmamion e Adorni, troppo facile, ma per i pur bravi De Rosso e Zancanaro.

Per lui ogni giorno era una prova. Una prova di onestà e di obiettività. Fosse stato per lui, avrebbe fatto vincere tutte le tappe ai suoi preferiti e invece no, anche soffrendo, sapeva di dover garantire un corretto svolgimento della gara. Spesso aveva voglia di barare con se stesso ma poi non lo faceva. Si affidava al caso, un lancio di dadi, e rispettava il fato. E così De Rosso e Zancanaro vincevano poco anche nel suo mondo ma poteva capitare, e questo gli piaceva, che fossero un Ronchini o un Battistini o un Carlesi a indossare la maglia rosa alla fine. A lui bastava riempire pagine di quaderno con classifiche, tempi, punteggi del gran premio della montagna e individuare la maglia nera, l'ultimo della lista, al quale guardava con simpatia e solidarietà. Avrebbe passato ore con quelle figurine, quelle magliette disegnate con maestria da un signore che il padre conosceva e che si chiamava in un modo strano, Crepax. Gli piacevano i colori, il verde della Legnano e il rosso con le strisce gialle e blu della Cynar. Il suo sogno sarebbe stato vederli tutti insieme, trovarsi lì dove sfrecciava quella massa di maglie diverse, con il rumore del vento tra i raggi delle bici e le urla della folla. Quando guardava la tv, ogni tanto gli sembrava fosse a colori e si immedesimava, invidiandolo, in quel ragazzino, suo coetaneo, che veniva inquadrato regolarmente mentre un po' scarmigliato e sguaiato teneva una mano sulla spalla del vincitore della tappa e con l'altra salutava sorridendo la telecamera.

Alberto, invece, soffriva un po' quando, arrivata la primavera, Andrea usciva con i suoi amici milanesi. Appena sentiva la porta di casa chiudersi alle spalle del fratello maggiore, correva al balconcino per seguirlo con gli occhi mentre attraversava il cortile. Sperava sempre che alzasse la testa in su, che gli facesse un sorriso o un cenno con la mano. La loro casa di via Grancini era al sesto piano di un palazzo alto, che faceva coppia con un altro identico, posto esattamente di fronte. In mezzo, un grande spiazzo con delle aiuole verdi dove i bambini si trovavano per giocare purché, rispettando le ferree regole del condominio, non facessero rumore.

Il loro appartamento era proprio all'angolo e dal balconcino, sporgendo un po' la testa, si poteva vedere buona parte del grande parco dall'altra parte della strada. Così Alberto accompagnava Andrea con lo sguardo mentre usciva dal cancello e incontrava gli amici. Ormai li conosceva e aveva imparato a tenere il registro mentale dei presenti e degli assenti. In fondo era contento che suo fratello non si sentisse più tanto solo come ai tempi del loro arrivo in città. In quei giorni, la sera a cena il più grande raccontava al padre e alla madre come facesse fatica a entrare in relazione con i suoi compagni di classe che, conoscendosi da anni, lo facevano sentire estraneo, quasi straniero. Ogni tanto lo prendevano in giro e certe volte gli veniva da piangere per quanto soffriva la solitudine.

Poi Giorgio, uno del primo banco, un giorno aveva proposto ad Andrea di andare a giocare a casa sua. Non abitava lontano, dal suo appartamento si vedeva la Fiera. La madre di Giorgio aveva accolto Andrea con grande curiosità, facendogli tante domande sulla sua famiglia, sul lavoro del padre, su come si trovava a Milano, se rimpiangevano Roma. E lui rispondeva educato, mentre in camera da pranzo la signora allestiva una merenda leggendaria con i biscotti Strudel e una tazza di fumante Ovomaltina. Quei pomeriggi d'inverno erano pian piano diventati una consuetudine, i due ragazzi passavano ore con il Totopoli, un gioco da tavolo con i cavalli, e il lie-detector, una prova di talento investigativo fondata su una piccola scatola di plastica capace di individuare se i personaggi disegnati su figurine cartonate dicevano il vero o il falso. Tutti quei tipi assai singolari avevano una caratteristica particolare, come «il labbro inferiore grosso» o «le sopracciglia affollate».

Il padre di Giorgio era un brav'uomo. Tornava a casa la sera tardi, lavorava come un mulo. Aveva messo su una piccola azienda di scatole per il detersivo Tide e per vari altri prodotti. Infatti, in casa, abbondavano le sorpresine che per altri bambini erano un miraggio.

Nei mesi successivi ad Andrea capitava di restare a cena da loro e di condividere, con grande curiosità, i discorsi che si facevano in famiglia. Se a casa sua, la sera, il padre parlava del restauro del Cenacolo o dei problemi dell'Accademia di Brera, alla tavola di Giorgio si discuteva invece di affari, commesse, macchinari, operai. Gli sembrava che lì ci fosse la vita vera, una febbre che lo interessava, e che tutto apparisse più veloce e vivo dei quadri di suo padre.

«È questo il momento di spingere, ora tutto è possibile» diceva soddisfatto il papà di Giorgio quando si assicurava ordinativi importanti e nuovi contratti. Come quella sera in cui raccontò che la ditta Algida gli aveva affidato una commessa eccezionale: doveva fabbricare un nuovo tipo di coppetta di cartone, con un buco sul fondo. In modo che il cliente potesse mettere un dito sul foro, sollevare la parte inferiore e così mangiare, senza perdere nulla, quell'impasto meraviglioso di panna e frammenti di cioccolato o di fragola che si chiamava Coppa Olimpia. Per festeggiare annunciò l'acquisto di una Ford Taunus bianca con la quale la famiglia avrebbe viaggiato stando comoda e sicura. Fu una cena indimenticabile.

Quando arrivò a casa, ancora ebbro di quel clima di festa, trovò un gran silenzio. La porta gli era stata aperta dalla nonna Maria che, prendendolo per mano, lo aveva condotto, senza far rumore, nella sua stanzetta, in mezzo ai ricami incorniciati e ai giornali del tempo di guerra. Gli aveva detto che era successo qualcosa al nonno materno e che il papà e la mamma erano partiti in gran fretta per Roma. Non sapeva altro ma gli raccomandò di stare tranquillo. Una frase che, da quella sera, Andrea imparò a interpretare al contrario. Quando qualcuno te la diceva, era proprio il momento di preoccuparsi.

Tornò in camera sua e, per convincersi che non fosse successo nulla, si immerse nella lettura delle avventure a fumetti del pilota automobilistico Michel Vaillant, il suo eroe, il suo mito. Storie che poteva leggere decine di volte e gli sembravano sempre nuove. Ma quella sera non riusciva a vedere la pista di Francorchamps e l'azzurro delle monoposto con la V cerchiata in evidenza. Non le vedeva perché pensava ad altro, immaginava cose terribili e la mamma che piangeva e si disperava.

Si alzò dal letto, aprì piano la porta, sgusciò lungo il corridoio e si diresse verso la stanza di Alberto. La porta era socchiusa, la luce spenta. Però si sentiva un rumore, come un suono compresso. Si abituò al buio e si avvicinò al letto del fratello. E allora capì che, faccia contro il cuscino, stava singhiozzando. Gli toccò la testa, Alberto sobbalzò.

«Mamma?»

«No, sono io, che è successo?»

Il bambino si passò la manica del pigiama sul viso.

«Non lo so, eravamo a cena quando è suonato il telefono. Ha risposto papà che è rimasto senza parlare e ha fatto segno a mamma di avvicinarsi. Si è messo una mano sugli occhi e le ha passato la cornetta. Lei ha fatto un urlo terribile, una voce che non sembrava la sua, e si è buttata a terra, con il telefono sulle gambe piegate. Si sentiva qualcuno che continuava a gridare: "Dovevo dirtelo, dovevo dirtelo". Papà allora mi ha portato qui e mi ha detto che nonno aveva avuto un incidente e che loro forse dovevano partire subito. Io gli ho chiesto se era morto e lui mi ha risposto che non lo sapeva, che era grave, non ho capito. Poi mi ha messo il pigiama, mi ha detto di dormire e ha chiuso la porta. Io invece sono rimasto sveglio e ho cercato di ascoltare cosa dicevano. Ma si sentiva solo la mamma che urlava: "Non ce la faccio, non ce la faccio" e papà che cercava di consolarla. Secondo me era rimasta a terra, perché papà le ripeteva: "Alzati, mettiti sulla poltrona". Dopo sono andati dall'altra parte della casa e non ho sentito più nulla. Mamma è venuta a salutarmi prima di andar via. Io facevo finta di dormire, come mi aveva detto papà. Lei mi ha dato un bacio, ma mi è rimasta la guancia bagnata.»

Doveva appena aver segnato un gol, Andrea. Dall'angolo del balcone Alberto non riusciva a vedere la porta avversaria ma aveva sorriso quando suo fratello era tornato esultando nella propria metà campo e aveva abbracciato Giorgio. Aveva una maglietta dell'Inter su cui la nonna aveva cucito un perfetto numero 11 e giocava con i calzettoni arrotolati alle caviglie come Mariolino Corso. Stonavano solo i pantaloncini, erano grigi, erano quelli che portava anche per andare a scuola. Quando giocava a calcio era egoista, non passava mai la palla, e tendeva sempre a tirare in porta lui. I suoi compagni lo rimproveravano ma riconoscevano il suo talento. Lo chiamavano Angelillo perché quel giocatore era passato dall'Inter alla Roma percorrendo in senso inverso il tragitto della vita e del tifo calcistico di Andrea: era come lui uno strano incrocio, un «romista». Lo rispettavano tutti, anche perché era proprietario del pallone. La sfera era marrone, di cuoio, con una cucitura robusta che bisognava evitare di colpire con la testa e che andava spesso unta con una specie di grasso di balena. Quando tornava a casa, tenendola sotto il braccio, Andrea sembrava un cacciatore con la sua preda.

Erano passati pochi mesi dalla sera della telefonata e Alberto e Andrea non avevano più rivisto la madre. Doveva esser grave se non li avevano mai portati a trovarla e se, a parte le rituali rassicurazioni paterne, niente faceva immaginare che stesse per tornare. Non le avevano più parlato neanche al telefono, ma le avevano scritto insieme delle lettere. Di risposta alle sue. Le davano al padre che le portava a Roma. Quando Andrea chiedeva notizie alla nonna, aveva la sensazione di aver detto la cosa sbagliata nel luogo sbagliato nel momento sbagliato. Lei sobbalzava e si chiudeva dietro mezze frasi, tanto generiche da apparire vuote.

Aveva parlato una sola volta, pochi giorni dopo il dramma della telefonata. Il maggiore dei ragazzi la raggiunse in cucina, aprì lo sportello dove riposava un giacimento di zollette di zucchero, ne prese una e si voltò chiedendole freddo:

«Il nonno è morto, vero?».

Maria si passò un braccio sulla fronte prolungandone la corsa fino all'inizio dei capelli grigi, lo guardò, gli carezzò la testa dolcemente e gli disse:

«Sì, Andrea. È morto, ha avuto un incidente».

Quando l'anziano giocatore, ritto in mezzo al campo, consegnò una maglietta granata al più giovane che gli tendeva la mano, lo stadio di San Siro esplose in un applauso che non finiva mai. Tra gli spettatori seduti vicino ad Andrea e Alberto, qualcuno piangeva a dirotto. Anche il loro papà era commosso mentre il mediano del Torino Enzo Bearzot affidava a Sandrino Mazzola la maglia numero 10, quella indossata da suo padre Valentino nelle partite che avevano preceduto il tragico schianto a Superga dell'aereo con a bordo tutta la squadra.

«Sapete ragazzi, io l'ho visto giocare, era un fenomeno. Ricordo ancora il giorno dei funerali, non c'era la televisione e in tutte le piazze d'Italia avevano installato degli amplificatori che diffondevano la trasmissione della radio. Non posso dimenticare la voce del cronista che scandiva i nomi della formazione mentre ad una ad una gli passavano le bare davanti. Tutti, in quel momento, declamavamo a voce alta insieme a lui: Bacigalupo, Ballarin, Maroso, Grezar, Rigamonti, Castigliano... Poi disse qualcosa che fece piangere l'Italia intera, disse che in quella piazza c'era una "fiaccolata di fazzoletti bianchi".»

Anche in quel momento San Siro sembrava precipitato nella commozione e sugli spalti le bandiere delle due squadre sventolavano insieme, come fossero unite. Era l'ultima giornata del campionato e ai due ragazzi non sembrava vero che il padre li avesse portati allo stadio proprio quella domenica speciale. La storia delle persone, delle generazioni sembrava congiungersi attraverso il cotone di una maglia granata e un abbraccio tra un vecchio e un giovane atleta. E questo avveniva nel giorno dello scudetto dell'Inter, il primo dopo nove anni, il primo di Alberto e Andrea tifosi consapevoli.

Dopo la partita, il padre li riaccompagnò a casa in mezzo ai nerazzurri che riempivano festanti le strade. Raccontarono tutto alla nonna Maria che li stava a sentire, come sempre, mostrando un interesse eccezionale, e reale, per qualsiasi cosa riguardasse quei due nipoti per i quali era stata richiamata in servizio come mamma di riserva. Gli aveva preparato un tè e del pane con delle fettine di cioccolato bianco e nero, quelle che volevano sempre quando erano piccoli. La mamma le comprava con loro dal droghiere che le tagliava da forme circolari, simili a quelle della mortadella. In tv era già iniziato *Tutti in pista*, un programma sul circo presentato da Walter Marcheselli. Il circo a loro metteva tristezza ma il conduttore del programma, con quei due grandi baffi, portava una ventata di allegria e di energia. Squillò il telefono, cosa che non capitava spesso, e i due fratelli come al solito fecero la corsa per arrivare primi alla cornetta. La curva dalla sala della tv per imboccare il lungo corridoio era quella decisiva, chi era in testa là difficilmente veniva superato. E in testa si piazzò Andrea.

«Pronto?»

«Ah, Andrea, ciao, sono lo zio Francesco. C'è papà?»

«No, ci ha riportato a casa dopo la partita ed è andato a fare una passeggiata.»

«Cercalo e fammi chiamare qui a Roma.»

«Zio, come sta la mamma?»

«Molto meglio, Andrea. L'ho visitata ieri e l'ho trovata in ottima forma. Non può ancora tornare ma manca poco. Di questo volevo parlare con tuo padre. Vedi se lo trovi perché poi devo uscire. E abbraccia la nonna per me.»

Andrea corse a dirlo a nonna Maria che gli diede il permesso di prendere la bicicletta e di cercare il padre nel quartiere. Si precipitò giù per le scale e uscì come un bolide dai box. Alberto dal balcone lo seguiva con lo sguardo e intanto cercava anche lui, fin dove arrivavano i suoi occhi, di scorgere la figura del padre. Andrea iniziò a girare nelle strade intorno. Spingeva sui pedali e intanto muoveva la testa in tutte le direzioni, si sentiva investito di una missione e di una responsabilità più grandi di lui. Attraversò i giardini fino a via Alberto da Giussano. Poi girò la bici e setacciò panchina per panchina tutto il parco, che conosceva assai bene perché ci giocava a pallone. Costeggiò il lato esterno del suo palazzo in direzione di via Panzini, ricordandosi del bar all'angolo con via Ippolito Nievo, dove ogni tanto, d'estate, si fermavano a prendere un ghiacciolo Arcobaleno o un'aranciata San Pellegrino, quella del Carosello con il Maestro Bombardone che eseguiva *Banana Boat*. Vide prima il colore nero nel bicchiere, un chinotto o forse una spuma, e poi, mentre si avvicinava velocemente, risalì con lo sguardo dal bicchiere alla mano, al braccio, alle spalle e infine lo mise a fuoco, impegnato in un sorriso che in quel momento gli apparve insulso. Stava raccontando al barista di quando la folla aveva invaso il campo di San Siro e Guarnieri era stato quasi spogliato dai tifosi. Il ragazzo frenò bruscamente e smontò dalla bici per appoggiarla ai tavolini all'esterno del locale; fu allora che il padre si voltò.

«Papà, vieni a casa, devi telefonare subito allo zio, che poi deve uscire. Ti deve dire una cosa bella e importante.»

L'uomo posò di scatto il bicchiere sul bancone, un po' di liquido scuro schizzò fuori e sembrò restare sospeso in aria, quasi solidificandosi.

«Passo dopo» bofonchiò al barista e, uscito dal locale, chiese al figlio cosa fosse successo. Il ragazzo rispose che gli sembravano buone notizie. Non sapeva se salire sulla bici o camminare di fianco al padre, trascinandola con sé. Decise di fare così ma il padre cominciò a correre veloce e lui allora lo inseguì sulle due ruote. Alberto li vide sbucare di colpo, due frecce, avvertì la nonna e corse ad aprire la porta; un modo per potersi rendere utile anche lui, in un momento così frenetico.

Nonna Maria cercò di allontanare i nipoti dal telefono, che però si trovava in una posizione strategica, proprio al centro del corridoio, cioè nel cuore della casa.

Il padre concluse la telefonata sorridendo. Spiegò ai figli che in effetti la mamma stava meglio e aveva espresso allo zio il desiderio di vederlo. Dunque l'indomani sarebbe partito. E, come prevenendoli, disse ai due bambini che non gli chiedessero di andare con lui. Non era ancora il momento, anche lo zio lo aveva detto. Andrea provò a obiettare, ma il padre lo zittì con una occhiataccia.

C'era un clima leggero in casa, quel pomeriggio. Come la sensazione che una lunga notte stesse per finire. La nonna aveva promesso un budino, questa volta alla crema, per la sera. Alberto prese da parte Andrea, lo portò nella sua stanza e gli disse, come se volesse piangere e non avesse il coraggio di farlo, che non ce la faceva più a stare senza la mamma, che aveva bisogno di lei, che non si fidava più delle promesse che tutti gli facevano. Dicevano che lei stava meglio, ma lui non riusciva a parlarci da mesi. Andrea lo abbracciò, si sentiva molto fratello grande, e gli disse che aveva risposto lui allo zio e che le cose dovevano proprio stare così. Lo tranquillizzò, anche se pensava che il bambino non avesse tutti i torti.

Poco dopo il padre uscì, voleva andare al bar a pagare e fare una passeggiata prima di cena. Andrea tornò nella stanza dei genitori, mentre dalla cucina saliva un meraviglioso odore di uova e di zucchero. Stare un po' a contatto con i luoghi e le cose della madre lo rassicurava. Aprì lo scomparto dell'armadio dove teneva le camicette, le carezzò. Poi guardò la scatola dei suoi braccialetti e ne mise uno, come per sentire il contatto della sua carne.

Muovendosi silenzioso nella stanza colpì col piede la sedia sulla quale era la borsa del padre, che si rovesciò e vomitò una gran quantità di carte. Andrea si piegò per rimetterle dentro, cercando di salvaguardarne l'ordine preciso. Il suo sguardo fu attirato dalle parole che concludevano uno di quei fogli. «Aspettatemi, se quando torno non vi trovo tutti con una rosa in mano mi arrabbio davvero. Vi voglio bene, cuccioli.» Ce ne erano altri, con le stesse parole. Ma non erano scritte a macchina. Era una calligrafia che conosceva. Non era quella della madre. Era quella di suo padre.

Andrea aspettò che il padre rincasasse. Aspettò anche che Alberto, «Topolino» aperto a metà sul torace, si fosse addormentato. Il bambino aveva chiuso gli occhi con pensieri brutti nella testa. Il papà gli aveva dato un bacio e lo aveva rassicurato che si sarebbero visti presto. Alberto però avrebbe voluto dire molte cose e soprattutto sapere della mamma, sapere come stava davvero e quando sarebbe tornata. Invece non disse nulla, porse la guancia e si arrabbiò con se stesso per essere così piccolo.

Andrea entrò nella stanza del padre che si stava preparando per partire.

«Papà?»

L'uomo alzò la testa dalla valigia che stava riempiendo.

«Sì, Andrea, che c'è?»

«Papà, io vengo con te. Non sono più un bambino e non ce la faccio a restare qui senza te e senza mamma. La voglio rivedere, insieme a te, voglio abbracciarla. Non mi puoi lasciare qui ad aspettare. Alberto è piccolo e può stare con la nonna ma io non ce la farei mai. Io vengo con te.»

«No, ti capisco ma non si può. Non posso avere un'altra responsabilità, un'altra preoccupazione. È vero che sei il più grande, ma sei sempre un ragazzo. Il viaggio è lungo.»

«Proprio per questo, papà. Come farai da solo? Io ti posso fare compagnia e possiamo parlare un po'. Mi piacerebbe tanto. Non lasciarmi qui ad aspettare.»

«Mi dispiace Andrea, non me lo chiedere. Mi farebbe piacere stare con te, tanto. Ti prometto che quando tutto sarà finito faremo un viaggio insieme, io e te.»

Andrea chinò la testa, gli veniva da singhiozzare ma non poteva farlo, dopo aver sostenuto di essere grande e maturo. Così represse quell'oceano che gli era salito dal cuore agli occhi e inghiottì sentendo un sapore amaro.

La mattina dopo, alle sei, il padre si alzò. Guardò alla finestra, si annunciava una splendida giornata di sole. Improvvisamente tutto gli sembrava nitido, aperto. Francesco gli aveva dato la notizia che sperava da mesi di sentire. Sua moglie aveva chiesto di lui, aveva di nuovo voglia di vivere, aveva fretta di essere presto libera. Libera da quelle regole, da quei tempi preordinati, da quelle cure asfissianti. Libera da quelle persone che non avevano nulla da dirle e le sembravano solo confermare il suo disagio, il suo essere altro da quello che era sempre stata. Forse era un modo per dire a tutti che era tornata la donna di sempre. La immaginò mentre si faceva bella, bella come lui la ricordava, per farsi vedere dal sole e dalla gente. Si vestì, come rassicurato dai suoi stessi pensieri, chiuse la valigia dopo essersi ricordato del pennello da barba e della Citrosodina per il suo mal di stomaco e si fermò in cucina, dove sua madre gli aveva preparato il caffè. Lo buttò giù in fretta, non voleva far tardi. Salutò la madre che lo seguiva inondandolo di raccomandazioni e si avviò verso la porta di casa.

Il corridoio era ancora avvolto nella penombra, ma ne percepì subito la presenza, a qualche metro da lui. Stava davanti all'ingresso, in una posizione che al padre sembrò molto fiera, quasi di sfida. Aveva la sua valigetta in mano e un berretto in testa.

«Non ti faccio uscire se non mi porti con te.»

«Dài, smettila, fammi passare. Ti ho già spiegato perché non posso.»

«Me lo hai detto, non me lo hai spiegato. Prova a pensare a te bambino. Saresti rimasto qui senza far niente? Ti ricordi quello che ci hai raccontato di quegli anni? Di quello che facevi? Se tu a quattordici anni potevi andare da solo in bicicletta a San Lorenzo tra i bombardamenti, io non posso accompagnare in auto mio padre che va a trovare mia madre? E poi devo dirti una cosa. Secondo me le lettere della mamma sono scritte da te, non da lei.»

«Che dici? Ti sbagli di grosso.»

«Sono sempre battute a macchina, mai con la sua calligrafia» disse Andrea con sottile misura, non volendo usare tutte le carte. Stava giocando con il padre come il gatto con il topo, e un po' gli dispiaceva.

«Lei preferisce così, sono più chiare.»

Andrea inspirò tutta l'aria che poteva.

«Papà, ieri sera sono cadute delle carte dalla tua borsa. Erano gli stessi testi delle lettere di mamma. Ma scritte a mano, da te.»

L'uomo deglutì, a disagio per quell'evidente ribaltamento dei ruoli.

«Che c'entra... Lei me le detta e io le batto a macchina. È così che vuole, credimi. A proposito, che ci facevi nella mia stanza?»

«Giovanni Noi», la voce di nonna Maria risuonò alle loro spalle «Andrea ha ragione. Io lo so. So cosa avresti fatto in condizioni identiche. Ti saresti nascosto nel bagagliaio pur di esserci. Nessuno ti poteva dire di aspettare, perché avevi una fretta terribile di vedere e di capire. Tuo figlio ha diritto di venire con te. Ad Alberto ci penso io. Farò tutto il possibile per farlo distrarre e divertire. Andate, vi prego, anche se Andrea perde qualche giorno di scuola non fa niente, bravo com'è.»

Giovanni sorrise guardando suo figlio impettito davanti all'uscio.

«Da quanto sci qui? Comc hai fatto a svcgliarti?»

«Ho deciso ieri sera. Ho fatto la valigia e mi sono sdraiato sul letto vestito. Appena ho capito che tu stavi in cucina con nonna mi sono messo qui. E da qui non mi muovo.»

Il padre si fece serio.

«No, tu ora ti muovi, eccome.»

Andrea fece di no con la testa: aveva finito gli argomenti, gli restava l'ostinazione.

Giovanni riprese.

«Tu ti muovi, e di corsa, perché altrimenti parto senza di te.»

Quella automobile l'avevano acquistata solo quattro mesi prima ma l'avevano ordinata quando la mamma era ancora a casa, senza dirle nulla. Erano andati i tre uomini della famiglia, in gran segreto, solo nonna Maria era informata, partecipe, complice. Anzi era stata proprio lei a dare a Giovanni l'idea; inseguiva con discrezione i desideri di quella che le sembrava ancora una ragazza e per la quale si sarebbe gettata in un cerchio di fuoco. Stentava a considerarla una nuora, per lei era sua figlia. Quando la chiamava «mamma», non rendeva omaggio a una tradizione un po' ipocrita nei confronti delle suocere ma diceva la più vera delle verità.

Carpì quel desiderio ascoltando la sua conversazione con un'amica. Davanti a una tazza di tè e a un vassoio di pasticcini, l'altra le raccontava di una Millecento nuova fiammante che il marito aveva appena acquistato insieme alla lavatrice, confidandole inoltre che avevano deciso di assumere una donna di servizio. Il settore dell'abbigliamento stava andando a gonfie vele e così il coniuge, proprietario di un grande negozio di maglieria, stava sbocciando, dopo tanta fatica, a nuova vita.

Una decappottabile era quello che sua nuora sognava, così aveva detto all'amica, un'auto con la quale poter viaggiare veloce guardando il sole e le nuvole, sentendo il vento sul viso e, aggiungeva, mostrando la sua bella famiglia. Maria sapeva che questo discorso la escludeva, le spider non hanno cinque posti, ma era orgogliosa e le sembrava di vederla, con il foulard azzurro in testa, annodato sotto il mento con quel fiocchetto che lei, tanti anni prima, le aveva insegnato a fare.

Lo disse a Giovanni che fece e rifece i conti, poi decise che si poteva rischiare. Su «Quattroruote» guardò modelli e prezzi, prese informazioni sulla valutazione dell'usato per la sua Seicento verdolina con le portiere controvento. Convocò i figli e sua madre e disse loro di chiudere gli occhi e aprire le mani. Sentirono dei fogli di carta rigida sul palmo aperto, furono autorizzati a tornare a guardare e la videro, sulla copertina di un elegante dépliant. Giovanni aveva deciso di acquistare per sua moglie una Volkswagen cabriolet, un modello uscito da poco, con il tettuccio nero apribile, l'unica spider che poteva portare l'intera famiglia.

«Così riusciamo a combinare tutte le esigenze. La mamma che vuole la macchina scoperta e, insieme, lo spazio per starci dentro tutti.»

Si voltò verso sua madre e aggiunse:

«E se ci stringiamo un po', c'è posto anche per nonna Maria».

Giuditta non l'aveva mai conosciuta quella macchina, il ricovero le aveva impedito di vedere realizzato il suo sogno e anche di misurare quanto fosse grande l'affetto dei suoi. Quando, tutti insieme meno lei, erano andati dal concessionario e avevano scelto il colore, una elegante vernice panna, Giovanni aveva dovuto firmare molti fogli rettangolari bianchi e, mentre lo faceva, ogni tanto si volgeva con un sorriso rassicurante alla famiglia attenta e partecipe. Ci sarebbero voluti quattro mesi per averla. Così pensarono di non dire nulla alla mamma.

Andrea aveva immaginato molte volte il giorno in cui l'avrebbero consegnata. Si vedeva sul balcone, mentre il padre arriva trionfale al cancello. Si pensava con la nonna e Alberto mentre con una scusa convincevano la madre a uscire. Sorrideva all'idea che i suoi occhi luccicassero di fronte a quella meraviglia. Ma ora il ricordo di quel pensiero gli faceva ancora più male.

Stava per prendere il posto che era di Giuditta, quello al fianco del padre, e lo faceva per andare da lei, in quella splendida mattinata di fine maggio. Avrebbe potuto aiutare il padre a sganciare i due fermi laterali e a ripiegare la capote dietro i sedili posteriori. Cominciava il primo lungo viaggio in auto della sua vita. Stava realizzando lui il sogno della persona che si era perduta e non poteva viverlo.

Mentre chiudeva lo sportello e metteva la sicura, dovette ammettere con sincerità a se stesso che non provava alcun senso di colpa. Anzi, se pure faceva fatica a confessarlo, l'esperienza che stava vivendo gli sembrava assomigliare all'eccitazione di una grande avventura e forse a quella cosa che chiamano felicità.

Vide la sua casa sparire dietro l'angolo e immaginò il risveglio di Alberto. Gli dispiaceva aver lasciato suo fratello ma era sicuro che nonna Maria avrebbe trovato le parole migliori per lenire la solitudine e la malinconia del bambino. D'altra parte era convinto di aver fatto la cosa giusta ed era fiero di essersi imposto. Guardava il padre e sapeva che anche a lui aveva fatto piacere cedere.

«Papà, che strada facciamo?»

«Ah, giusto, apri lo sportello davanti a te. C'è una carta stradale. Prendila. Ti nomino navigatore ufficiale di questo viaggio. Ma è la prima volta che facciamo un lungo spostamento in auto, vero? Beh, certo, con la Seicento era difficile, ma ora possiamo...» e batté le mani con forza sul volante, a indicare al tempo stesso la proprietà del mezzo e la sua solidità e affidabilità.

In effetti quella macchina era veramente speciale. Non solo a vedersi, con la sua forma tonda e robusta, ma perché la scelta del modello cabriolet aveva aggiunto un tocco di frivolezza, di modernità, di moda, che forniva ragione di evidente orgoglio ai passeggeri.

«Papà, quando tiriamo giù il tetto?»

«Caspita, non siamo neanche partiti. Aspettiamo un po'. E non cominciare a darmi il tormento, ti prego.»

Andrea si fece serio e si pentì di aver fatto quella richiesta, aveva appena vinto una battaglia e non poteva pretendere di ottenere tutto in una volta. Così si fece silenzioso. Il padre se ne accorse e gli mise una mano sulla coscia scoperta, a rassicurarlo. In verità Andrea aveva un altro desiderio, ma ritenne giusto temporeggiare, voleva arrivare alla condizione ideale, tante volte sognata, ma aveva capito che doveva farlo gradino per gradino, con una virtù che alla sua età era poco frequentata: la pazienza.

Attraversarono la città che si stava risvegliando. Gli piaceva osservare, in un giorno di lavoro e per di più il primo della settimana, il graduale prendere forma della vita quotidiana. Le saracinesche dei bar alzarsi, i ragazzi andare a scuola. Lui non era più dentro quella banale condizione e questo lo faceva sentire speciale. Come se difendendo le sue ragioni fosse di colpo cresciuto. Era privilegiato ma se lo era meritato, rischiando. E allora poteva, dal finestrino, seguire le file degli studenti con la cartella che si affrettavano, leggeri e sorridenti come si è gli ultimi giorni dell'anno scolastico.

«Non abbiamo mai viaggiato in autostrada, vero? Pensa che ora si arriva fino a Firenze e stanno finendo il tratto per Roma. Un giorno potremo arrivare fino a Napoli senza problemi.»

«E che ci andiamo a fare a Napoli?»

«No, dicevo per dire. Ma vedrai che ci andremo, anche con la mamma. È una città bellissima.»

«Papà, posso chiederti una cosa?»

Andrea si era fatto ancora più piccolo su quel grande sedile solo un po' meno chiaro della vernice del cabriolet. Se si fosse visto, avrebbe trovato le sue guance insopportabilmente rosse.

«No, Andrea, è ancora presto per il tettuccio.»

«Che cos'ha la mamma? Perché non ci dite davvero come sta? Perché non ci hai mai portato da lei? Perché ci ripeti da mesi che sta per tornare e invece non torna mai?»

Andrea quelle parole non le aveva pronunciate, le aveva espulse come una palla di cannone o come un tappo dello spumante. E ora aspettava, teso. E se avesse sbagliato di nuovo? In fondo il padre era ancora in tempo a girare la Volkswagen e riconsegnarlo a nonna Maria.

Invece sospirò, come avesse bisogno di prendere tempo.

«Hai ragione. E se stamattina ho ceduto al tuo capriccio, o alla tua impuntatura, è anche perché è giusto che tu ora sappia le cose. Sei cresciuto, puoi capirle, ti riguardano. E tu non sai quanto io abbia bisogno di parlare e di non tenermi tutto per me. Ho aspettato che tu mostrassi di non essere più solo un bambino. Stamane l'hai fatto. E ora ti racconto quello che posso raccontarti.»

Andrea avrebbe voluto buttarsi in braccio al padre. Gli aveva detto con poche parole tutto quello che desiderava sentire. Che aveva bisogno di lui, di parlargli, che era diventato grande, che davanti alla porta di casa non si era arrabbiato ma, anzi, lo aveva ammirato. Andrea era fiero, entusiasta del proprio coraggio.

«Mamma è stata male dopo la morte del padre. Nonna mi ha detto che hai capito, quella sera, cosa era successo. Da allora sta male. È caduta in uno stato di depressione, di angoscia, vede tutto nero. Ti sarai accorto, in tutti questi anni, che ogni tanto si incupiva, si chiudeva nella stanza, diceva di avere quei terribili mal di testa per i quali nessuno poteva toccarla o parlarle. Era angoscia, era mal di vivere.»

Avevano intanto imboccato via Washington mentre Giovanni raccontava, selezionando le parole e gli episodi, la vita di sua moglie. Cercava di alternare momenti tristi e circostanze buffe. Descrisse in modo appassionato la indicibile gioia per la nascita di loro due e confessò di avere sperato che la maternità potesse trasformare l'umore di lei. Ammise che, tra alti e bassi, così era stato. Fino alla sera di quella telefonata. Quando da madre era precipitata nel ruolo di figlia e la sua vita si era accartocciata. Il suo passato era una presenza costante e non riusciva a rimuoverlo non solo dalla mente, ma persino dagli occhi.

Fu a viale Cassala che Giovanni si liberò di quelle parole che gli sembravano un ingiusto mistero nella sua casa, con i suoi figli.

«Ti ho raccontato cosa sono stati i campi di concentramento. L'uomo può produrre l'orrore, può rinunciare a essere uomo, ad avere un cuore, un cervello, una pietà. Stampavano sulle braccia delle persone un numero, come fossero degli oggetti da archiviare.»

«Sì, questo l'ho visto al cinema e ce lo ha spiegato anche la professoressa di storia.»

«Bastava essere ebreo o avere idee contrarie a quelle di chi era al potere per essere deportati e uccisi. I nazisti si consideravano superiori. Erano bestie, assassini.»

«Ho visto su un libro che i deportati erano come degli scheletri e che dormivano tutti insieme su delle tavole di legno. Anche nonno?»

«Da quello che abbiamo saputo, quando i genitori e la nonna di mamma sono arrivati al campo sono stati selezionati. Facevano così, c'era un ufficiale che guardava queste povere persone che scendevano dai treni piombati e, mentre i nazisti urlavano ordini e i cani abbaiavano, lui muoveva il pollice in su o in giù. Voleva dire, tu e io ne abbiamo parlato un giorno, andare o no nelle camere a gas. Per le donne della famiglia il pollice si voltò in giù, per il nonno in su. E lui, dopo essersi separato dall'unica figlia, vide portare via i suoi amori più grandi. È rimasto nel campo più di un anno, sfidando il freddo e le punizioni dei nazisti. Fu liberato dai russi. Era ridotto pelle e ossa, non si reggeva in piedi. Fu curato e per tornare fece un lungo viaggio, un altro viaggio che non finiva mai. Arrivò a Roma quasi due anni dopo la deportazione e stentava a riconoscere la città.

«Quel pomeriggio ero solo in casa con tua madre, stavamo studiando insieme. Leggevamo e ripetevamo Carducci, quando sentimmo delle grida provenire dalla piazzetta. Pioveva forte, quel giorno. Ci affacciammo alla finestra e vedemmo il nonno inginocchiato a terra che guardava verso di noi e gridava. Era un urlo disperato, ripeteva il nome di mamma, ma era irriconoscibile. Lei si precipitò giù per le scale e io le corsi dietro. Lo abbracciò ma lui sembrava non vederla. Continuava a lanciare quel suono quasi disumano. Il rumore della pioggia non riusciva a coprirlo. Lei si distese su di lui. Per farlo tacere gli schiacciava la guancia sulla bocca dicendogli: "Papà, dammi un bacio, ti aspettavo". Rimasero così, sdraiati a terra, fradici. Finché lui non disse, semplicemente: "Ce l'ho fatta, amore mio. Sono tornato da te. Però scusami, sono solo. Perdonami, non le ho salvate".

«Furono le uniche e ultime parole che disse a proposito del campo di concentramento. Non ne avrebbe mai più parlato, per il resto dei suoi giorni. Se c'era un programma televisivo o radiofonico, o se qualcuno a cena sfiorava l'argomento, lui trovava una scusa per andare in un'altra stanza. Silenzio, silenzio generato da un dolore che non riusciva a spiegare a se stesso.

«Quando siamo dovuti venire a Milano, lui è voluto restare a casa sua. C'era sua sorella, arrivata dalla Grecia. È lei che ci ha telefonato quella sera. Era il 16 ottobre. Tuo nonno quella mattina si era vestito di tutto punto. Aveva messo la camicia e la cravatta migliori, aveva preso un elegante bastone e il suo cappello a tesa, il Borsalino che gli aveva regalato la nonna Maria. Però al posto della giacca aveva indossato la parte superiore della divisa da deportato. Era sceso nel quartiere e aveva camminato così, facendo anticipare i suoi passi dal bastone e levandosi il cappello a mo' di saluto. Portava su di sé, all'altezza del petto, un numero scritto che interrompeva le strisce orizzontali. Un numero, il suo numero.

«La sera non era rientrato a casa e la sorella, preoccupata, aveva avvertito la polizia. Lo hanno trovato davanti al Collegio Militare, dove li avevano condotti prima di farli salire sui treni. Era lì, appoggiato al portone, sembrava dormisse, seduto. Non si sa se sia morto di dolore.»

In quel momento Giovanni non stava mentendo a suo figlio. Stava dicendo l'essenza della verità. Il resto, le modalità del gesto, non erano importanti. Era solo importante che lui capisse che grande uomo era quell'uomo e che grande dolore portava con sé ed era costretto a condividere con gli altri. La sera stessa la sorella aveva trovato, in un mobile di cui lui custodiva gelosamente le chiavi, un foglietto giallognolo incorniciato. C'era scritto a macchina:

1°) Insieme con la vostra famiglia e con gli altri ebrei appartenenti alla vostra casa sarete trasferiti.
2°) Bisogna portare con sé :
a) viveri per almeno 8 giorni
b) tessere annonarie
c) carta d'identità
d) bicchieri
3°) Si può portare via:
valigetta con effetti e biancheria personale, coperte ecc.
denaro e gioielli
4°) Chiudere a chiave l'appartamento, risp. la casa e prendere con sé chiavi
5°) Ammalati, anche casi gravissimi, non possono per nessun motivo rimanere indietro. Infermeria si trova nel campo.

6°) Venti minuti dopo presentazione di questo biglietto la famiglia deve essere pronta per la partenza.

Quando erano stati presi lui aveva nascosto il biglietto nel retro di un quadro e ora la sorella lo teneva in mano. Il vetro della cornice era stato rotto, forse da una martellata.

E, sul tavolo, un libro appena uscito, aperto alla pagina che conteneva questi versi: «Sognavamo nelle notti feroci / Sogni densi e violenti / Sognati con anima e corpo / Tornare; mangiare; raccontare».

«Ecco la storia» riprese Giovanni. «Ora sai molto della tua famiglia e credo tu possa essere orgoglioso. Anche del dolore di mamma. E vedrai che non vi avevo ingannato. Ci siete voi e questo per lei sarà più forte di quel selciato fradicio, di quel foglietto e di quella giacca indossata perché nessuno dimentichi.»

Andrea disse solo:

«Grazie, papà».

Ci fu un lungo momento di silenzio, finché il padre accostò la macchina e guardò il ragazzo.

«Fa caldo. Mi aiuti a tirare giù la capote?»

Ora Andrea sapeva e per lui, mentre lasciavano la città e si dirigevano verso l'autostrada, cominciava non un nuovo viaggio, ma un nuovo tempo della sua vita.

Fu durante la sosta in fila al casello che Andrea provò l'affondo. Mancava ancora una cosa, una sola, per poter completare questo giorno perfetto. Forse era il momento giusto, entrare in autostrada significava per loro un inizio, magico ed eccitante come tutti gli inizi. Gli sembrava infatti che quel casello fosse uno spartiacque. Non solo tra la città e il viaggio, ma tra il passato e il futuro, tra quello che conosceva e l'ignoto, tra l'assenza della madre e il suo imminente ritorno. Oltre quel casotto grigio c'era una vita a parte, speciale. Per lui misteriosa, quasi inimmaginabile. E allora, mentre aspettavano che il casellante consegnasse al padre l'agognato cartoncino grigio, Andrea provò. Aveva visto che il coraggio pagava. Non c'è due senza tre, pensò.

«Posso accendere il mangiadischi?» azzardò. Quando l'auto era stata acquistata Giovanni aveva voluto che fosse installato anche un Philips Mignon Ga 101. Aveva firmato qualche cambiale in più, ma ne sarebbe valsa la pena. Mentre scriveva il suo nome sui moduli, immaginava un istante preciso, con sua moglie.

Un tramonto di prima estate, con la cabriolet parcheggiata di fronte a un lago, in un luogo isolato. Avrebbe preso, dal sedile posteriore, una piccola valigia con dei dischi a 45 giri. Le avrebbe detto di chiudere gli occhi. Due semplici tocchi alle cerniere del tettuccio e un altro per far ingoiare al Philips il piccolo vinile.

«Apri gli occhi, amore.»

Avrebbe trovato il cielo come tetto e, nell'aria, le note della sua canzone preferita: «Che cosa c'è, c'è che mi sono innamorato di te, c'è che non me ne importa niente di tutta l'altra gente, di tutta quella gente che non sei tu».

«Certo, Andrea, fai pure. I dischi sono dietro» rispose Giovanni al figlio. Fu un caso, certamente un caso, pensò Giovanni mentre sentiva le prime note uscire dalla scatoletta azzurra. Gli accordi iniziali coincisero con la sosta davanti al casellante che li guardò e accennò con un sorriso: «Sapore di sale, sapore di mare...».

Andrea ripose il foglietto con i nomi di tutte le uscite nello sportellino. Il padre gli aveva infatti raccomandato di stare attento, era facile che il vento si portasse via il tagliando. Lui aveva immaginato la scena di quel pezzetto di carta, così prezioso, che cominciava a volteggiare nel cielo come un palloncino impertinente o un aquilone imbizzarrito.

«Andrea, tieni d'occhio le Seicento.»

«Perché papà?»

«Dicono ci sia un meccanico, appassionato di velocità, che ha modificato una macchina come quella che avevamo noi. Ha tolto un fanale, sostituendolo con un vetro, e ha cambiato il sedile mettendone uno che consente di sdraiarsi. Così dicono viaggi a grande velocità una Seicento che sembra non avere il guidatore. Lui è nascosto sotto, che guarda dal fanale. Insomma, se vedi una macchina senza guidatore avvertimi, è quella del pilota misterioso.»

Il ragazzo non capiva se il padre lo stesse prendendo in giro ma non gli importava nulla, proprio nulla. Era felice, e non se ne vergognava. Sì, pensava alla madre, ma ora voleva vivere questo incanto. Davanti a lui sfrecciava una campagna immensa, come non l'aveva mai vista. Gli piaceva da morire che, a parte l'asfalto e le auto, non ci fosse null'altro all'orizzonte. L'autostrada era bellissima, dava un senso magnifico di potenza e solitudine, come una freccia puntata verso la destinazione. Ma Andrea cominciava a pensare che quel nitido nastro grigio che scorreva sotto le loro ruote non era già più il mezzo ma il fine del loro viaggio.

«Che ne dici se ci fermassimo? Così chiamiamo casa e sentiamo se ci sono novità.»

«E dove ci fermiamo?»

«Ah già, per te oggi le sorprese non finiscono mai. Tra un po' di chilometri guarda all'orizzonte e dimmi se vedi niente.»

Andrea tacque e fissò con attenzione la strada di fronte a sé. Finché non scorse, lontano, una specie di ponte che sembrava un arcobaleno tra i due rami di autostrada, qualcosa che li univa rendendo i doppi destini dei passeggeri, dal Sud e dal Nord, come sospesi nel vuoto, interdipendenti.

Quando arrivarono all'uscita per l'autogrill Pavesi di Fiorenzuola d'Arda, Giovanni mise la freccia e guardò gli occhi sbarrati di suo figlio. Entrarono nell'area di servizio per fare il pieno. Andrea era sbalordito dalle tute colorate dei benzinai, dalle pubblicità, dalla quantità di pompe di benzina e di automobili che si fermavano e ripartivano: una Giulietta Sprint, una Mercedes Benz 190. E anche una NSU Prinz, "la macchina più brutta della storia", diceva il padre. Sul suo libro *Automobili: ieri, oggi, domani* avrebbe segnato tutte quelle che aveva visto. Dopo che ebbe pagato il benzinaio lasciandogli una piccola mancia per la pulizia del vetro, Giovanni rimontò e riaccese il motore, ma la macchina non rispose. Faceva un rumore strano, come una tosse secca e sincopata. Fecero vari tentativi. Il benzinaio decretò un guasto al carburatore. Spinsero l'auto fino all'officina del meccanico, che per fortuna si trovava nella stessa stazione di servizio. L'uomo confermò la diagnosi e fece una prognosi abbastanza infausta: ci sarebbe voluto un giorno intero per la riparazione. Proteste, richieste, la spiegazione della ragione del viaggio non servirono a nulla. L'uomo scuoteva la testa e confermava la previsione. Il benzinaio, che si era mostrato premuroso e gentile, si offrì di portarli a un albergo, dove potessero fermarsi fino al mattino dopo.

Giovanni era furioso, ma non vedeva alternative. Ringraziò l'uomo e concordò la consegna per l'indomani, di buon'ora. Era urgente trovare un telefono e chiamare il fratello a Roma, per avvertirlo.

La piazzola era piena di gente. C'erano tante auto e alcune famiglie con bambini piccoli che giocavano nella zona riservata ai pedoni. Giovanni e Andrea si diressero verso l'ingresso dell'autogrill. Era una costruzione nuova di zecca e, mentre salivano le scale, dal transistor di un pullman in sosta che aspettava una comitiva di studenti in gita risuonava una musica familiare: «Sono contento perché stasera me ne andrò al cinema con Milena, le scarpe nuove, lei con me, sarò felice più di un re». Due ragazzi ballavano, altri giocavano a piastrelle con dei dischi di plastica colorati che dovevano essere lanciati più vicino possibile a uno minuscolo.

Quando entrarono, ad Andrea sembrò di sognare. In uno spazio enorme, tra mille luci e richiami, su lunghi scaffali, uno accanto all'altro, c'erano tutti gli oggetti del suo desiderio. Cioccolata di ogni tipo, gusto e formato, una varietà incalcolabile di confezioni di biscotti, bibite e dolciumi in un assortimento spettacolare. Persino la pasta e i formaggi, persino il prosciutto e il pane. Qualsiasi cosa pensasse di voler avere era lì. In un reparto vendevano anche giocattoli e vestiti. E poi c'era il ristorante self-service, che Andrea aveva conosciuto grazie ai film americani. Ed era lì che il padre gli stava dicendo di andare, mostrandoglielo con l'indice. Ma Andrea non sapeva come si faceva, da dove cominciare. Giovanni lo guidò in quello che al ragazzo sembrava il più bel luna park che avesse mai visitato.

Quel giorno Andrea capì che la grande ambizione dell'uomo è poter scegliere. Qualsiasi cosa, dalla cotoletta alla milanese che campeggia sul banco dei secondi, al lavoro, agli amori, alle amicizie, ai luoghi in cui abitare. E non necessariamente la possibilità di scegliere è legata alla ricchezza. È in primo luogo la libertà di vedere, selezionare, scartare e preferire. Per questo, l'avevano detto in tv, in America ci sono i supermercati, si guarda la merce, si confrontano i prezzi, si mette nel carrello. È chi compra a optare tra dieci tipi di margarina o di formaggio. È lui, in quel momento, il responsabile unico. Nessuno lo consiglia, lo condiziona, lo sostituisce. È lui che esercita il potere discreto e affascinante di scegliere.

Andrea aveva deciso, dopo le tagliatelle alla bolognese e la cotoletta, per un budino al cioccolato. Che però non aveva il sapore di quello della nonna né era stato preceduto dal magico rituale. Eppure di quei dolci, quelli che qualcuno aveva selezionato, era il migliore. Allora, pensò, in fondo anche qui la scelta era condizionata. Si poteva individuare il preferito, ma solo in una rosa stabilita da altri che, in realtà, avevano compiuto una scrematura preventiva al suo posto. Si perse insomma in uno di quei pensieri che gli facevano girare la testa, uno di quelli senza fine, come scatole che si aprono una dentro l'altra, e ce n'è sempre una più piccola.

Si erano seduti a un tavolino vicino a una grande vetrata dalla quale potevano guardare le automobili sfrecciare sotto di loro. Era come quando il padre lo aveva portato sulla terrazza dell'aeroporto di Roma a vedere gli aerei partire. Andrea aveva la sensazione di poter controllare quelle automobili in movimento, proprio come faceva con i modellini che conservava nella scatola Alemagna.

Stavano attaccando la pasta quando il padre si accorse che non avevano il parmigiano. Lo chiese a una coppia seduta al tavolo vicino. Erano due persone che ad Andrea sembrarono anziane ma forse non lo erano. Lui fu gentile, porse la formaggiera e restò a guardarli.

«Di dove siete?»

Giovanni ingoiò il boccone, si pulì la bocca con il tovagliolo e rispose.

«Siamo di Roma ma abitiamo a Milano. Lavoro alla Soprintendenza alle Belle Arti e mi hanno trasferito al Nord da due anni».

Seguirono le domande convenzionali sull'età del bambino di turno. Su quanti fossero in famiglia.

A Giovanni sembrò ineducato non replicare con i medesimi interrogativi. Scoprirono così che i due erano di Parma e che lui era un imprenditore nel settore degli elettrodomestici.

«Lei non ha idea, questo è un periodo eccezionale. Per noi, ma un po' per tutti. La gente sembra impazzita. Ha voglia di comprare, di vivere meglio. Sembra che la guerra sia finita davvero solo ora. I figli vanno a scuola, le madri smettono di consumarsi nei lavatoi sul terrazzo comune, il capofamiglia non deve più uscire di casa all'alba per andare al lavoro. Ma la vede questa meraviglia qui?» e indicò quello che accadeva sotto i piedi dei commensali. «Con questa cambia tutto. Pensi per noi che dobbiamo far muovere le merci, pensi per i nostri rappresentanti, pensi per il turismo. Meno di venti anni fa l'Italia era un cumulo di macerie. Oggi alla lira hanno assegnato perfino l'Oscar della moneta. Sa quando avremo finalmente l'Unità d'Italia? Grazie al maestro Manzi che insegna a leggere e scrivere anche ai braccianti e a questa autostrada che farà sentire vicine Milano e Napoli. Poi arriverà in Sicilia. Altro che Garibaldi...»

E scoppiò in una fragorosa risata che contagiò solo la moglie.

«Guardi, io non ho studiato. Mio padre era andato in guerra ed eravamo in tanti. Ma mi sono fatto un...» unì le due mani in un gesto che anche Andrea a scuola aveva imparato a interpretare. «Ma ora i nostri ragazzi sono andati all'università. E io mi sento felice. Ho torto?»

«No», rispose Giovanni «proprio no. Abbiamo sofferto tanto, tra il fascismo e la fame, tra le bombe e i razionamenti che ora abbiamo diritto a un po' di gioia e di serenità. È la prima volta che mi sembra di vedere l'Italia che sognavo mentre gli aerei ci bombardavano.»

«Le voglio dire una cosa» e intanto si guardava intorno come per accertarsi che orecchie curiose non ascoltassero. «Io ho fatto la Resistenza, sono stato sui monti. All'inizio non gliel'ho detto, non si sa mai, ci sono ancora dei nostalgici in giro. Ma visto che mi sembra la pensiamo allo stesso modo, voglio essere sincero fino in fondo. Io ho rischiato la vita, i miei amici sono stati fucilati, mi hanno messo a soqquadro la casa. Lo rifarei. Ero giovane e sentivo il dovere di servire la patria. E per me servirla non era far parte di un esercito che nessuno sapeva più con chi o contro chi stava, ma combattere per cacciare gli invasori, per riprenderci la libertà. Ho sparato, ho anche ucciso. Ma le assicuro che stavo male. Le assicuro che pensavo a quei poveri ragazzi tedeschi che non sarebbero tornati dai genitori per colpa mia. Però c'era la guerra e se non avessi usato io il fucile, lo avrebbero usato loro contro di me. Come si dice, mors tua vita mia.»

«Vita mea» lo corresse la moglie.

«Come ti pare. Comunque per me tutto era finito il 25 aprile. Quel giorno è stato il più bello della mia vita. Mi sembrava che si accendessero insieme tutte le luci del mondo. Che fosse arrivata la primavera e che sarebbe finito il tempo dell'odio, delle delazioni, del sangue. Il tempo in cui si vendeva un ebreo o un antifascista per qualche migliaio di lire. Mussolini era un dittatore, ha mandato a morire decine di migliaia di persone in trincea, nei bombardamenti, nei lager di quel fetente di Hitler. Io ho sparato per la pace. E per la pace ho rischiato di morire. Sembra un paradosso ma è così. È per questo che non mi è piaciuto quello che è successo dopo, da queste parti. I fascisti bisognava processarli, non passarli per le armi. Come è successo a Schio. Noi siamo quelli della giustizia e non quelli della vendetta.»

Si era accalorato. Andrea ebbe la sensazione che suo padre avesse simpatia per quest'uomo diretto e irruento.

«Ha ragione. La mia famiglia ha pagato un prezzo alto al fascismo. Ma non ho mai avuto propositi di violenza. Anzi, dopo tutto il sangue che abbiamo visto scorrere, avevo solo voglia di serenità. Chissà che non ci sia finalmente arrivato, questo nostro sfortunato paese. Ora tutto sembra sbocciare. Guardi quella famiglia. Forse un tempo sarebbe stata a faticare nei campi. Ora è in viaggio, con il canottino sul portabagagli, perché porta i figli al mare e non li manda in colonia da soli. Magari vanno alla pensione Miramare. Ma tutta la famiglia insieme. Certe volte trovo sui giornali posizioni furenti contro l'industrializzazione e la diffusione della ricchezza. Si leggono articoli pieni di nostalgia per la società agricola. Ma a scriverli sono di solito persone che hanno la casa col terrazzo e sei camerieri. I braccianti non hanno nostalgia del lavoro fatto senza trattore, gli operai non hanno nostalgia del tempo in cui i loro figli erano destinati al loro stesso destino. Io non so se durerà, so che i vantaggi vanno distribuiti nel modo più giusto ma vivaddio che siamo meno poveri, tutti.»

L'uomo si alzò in piedi con un movimento maestoso, come se l'avesse chiamato il presidente della Repubblica per una onorificenza. C'era qualcosa di solenne nel suo gesto.

«Questo è parlare. Questi sono i giovani di questa Italia nuova. Per vent'anni non abbiamo potuto lamentarci, ora il bello è che possiamo essere contenti e dirlo. E se cambieremo idea lo potremo sempre dire. Per questo abbiamo sofferto, io e la sua famiglia. La posso abbracciare?»

Andrea osservò sorpreso la scena: quell'uomo imponente che, davanti alla vetrata sull'autostrada, abbracciava con orgoglio suo padre, che sembrava sommerso e anche un po' imbarazzato.

«Siete mai stati a Parma?»

La domanda assomigliava a un invito.

Giovanni rispose:

«No, ma so che è una città bellissima. Per il mio lavoro, che è anche la mia passione, sarà una meta obbligata».

Mentre lo diceva si rendeva conto di aver come accettato l'invito. Era il contrario di quello che voleva. Perciò aggiunse immediatamente:

«Siamo diretti a Roma per una questione di famiglia. Ma non mancheremo...».

«No, mi faccia insistere. Siamo a un passo. Perché non ci onorate di una visita?»

Poi si batté una mano sulla fronte e come se lo avessero folgorato si illuminò.

«Ma che scemo, oggi a Salsomaggiore, venti chilometri da qui, arriva la tappa del Giro d'Italia. È uno spettacolo. Conosco il presidente della Pro Loco, ci facciamo dare dei posti in tribuna. Poi ci prendiamo un tè con i biscotti e ripartite.»

Giovanni stava per dire di nuovo no. Ma si fermò perché vide l'espressione di Andrea. Sapeva che era il suo sogno, lo aveva visto mille volte giocare con quelle figurine disegnate, si era fatto mostrare i quaderni con le classifiche. Così, prima di rispondere lo guardò. Teneva la testa bassa, come se si vergognasse di provare con tanta intensità quel desiderio. Sembrava aspettare una sentenza capitale.

«È molto gentile. Per noi è difficile. Ma mi faccia fare due telefonate. Tu, Andrea, resta qui.»

Il ragazzo lo guardò allontanarsi e andare alla cassa a prendere una valanga di gettoni. Sparì alla sua vista in una cabina e lui si sentì perso. Sapeva che sarebbe successo quello che temeva. Successe. Il signore di Parma cominciò a fargli qualche domanda. Lui rispose arrossendo, a voce bassa. Ma poi gli chiese se gli piaceva il ciclismo. Andrea alzò il capo, lo fissò e gli disse semplicemente: «È il mio sport preferito».

Quando Giovanni tornò, trovò Andrea che dissertava di Pambianco e Defilippis con il vicino di tavolo.

«Va bene, accettiamo il suo invito. Grazie. Naturalmente se Andrea è d'accordo...»

Al padre che sorrideva Andrea sorrise come più non avrebbe potuto sorridere. L'uomo si alzò con la moglie e disse che li avrebbe attesi giù.

Quando restarono soli, Giovanni disse ad Andrea che a casa stavano bene, ma che la prossima volta lui avrebbe dovuto parlare con Alberto, perché gli era parso un po' triste. E al ragazzo venne subito in mente una immagine di suo fratello. Gli venne in mente un giorno preciso, un momento preciso. Quando Alberto a pranzo fece una battuta e tutta la famiglia era inaspettatamente esplosa in una grande risata. Il bambino aveva alzato lo sguardo come sorpreso e Andrea aveva capito che in quell'attimo il suo fratellino si era sentito, per la prima volta in vita sua, importante.

Tagliò il traguardo levando il capo, come per farsi vedere dalle telecamere. A casa la madre avrà abbracciato lo zio mentre la fidanzata sorrideva compita. I vicini saranno arrivati con il rosolio per festeggiare. Il padre avrà telefonato dal lavoro, commosso. Gli amici al bar avranno esultato guardando le immagini in bianco e nero nello schermo del televisore in alto sul bancone, appoggiato a un sostegno metallico.

Andrea era l'unico, tra tutti quegli accesi sostenitori, che poteva anche apprezzare il colore verde chiaro della maglietta con la scritta Legnano, mentre Adriano Durante tagliava per primo il traguardo. Aveva tifato subito per quel ciclista che era stato annunciato in fuga con altri quattro. Appena sentiti i nomi aveva deciso, senza neppure un dubbio, e non solo perché ammirava le grandi doti di sprinter del giovane corridore ma anche perché Durante era il solo, nel gruppo, a essere rappresentato tra i personaggi che Andrea ritagliava dal «Corriere dei Piccoli». Mentre aspettava l'arrivo in volata si era ricordato la figurina, divisa verde, ampia stempiatura e un mezzo sorriso quasi beffardo. Ma Andrea ora poteva misurare la veridicità di quei disegni meravigliosi, l'unica sua esperienza a colori del Giro, avendo davanti agli occhi la realtà di quella folla che sembrava una tavolozza di sfumature. Tra magliette, cappellini, pubblicità, divise e autorità, ogni possibile variazione di tinta sembrava essere stata chiamata a raccolta sul viale principale di Salsomaggiore Terme. Quando Durante sfrecciò, sotto lo striscione del traguardo, fu solo l'inizio del tripudio. Se infatti dietro di lui si piazzò un corridore della Carpano in una ovvia maglietta bianca e nera, fu l'arrivo del gruppo a provocare in Andrea quasi un malore. Era meglio di come l'aveva sognato mille volte. Non sapeva dove guardare, se cercare i suoi idoli tra le facce degli atleti stremati, oppure lasciarsi portare dalla bellezza di quell'arcobaleno dinamico o, ancora, scandagliare quella moltitudine fino ad arrivare al rosa del primo in classifica. Non fece in tempo a decidere, e fu il modo migliore di vivere quella scena che aveva, come colonna sonora, il rumore dei pedali e l'incitamento dei tifosi.

Sentì una mano sulla testa, era quella di suo padre che aveva percepito l'immensa emozione che il ragazzo stava vivendo.

Il commerciante di elettrodomestici, il signor Aldo, era felice come una pasqua. Salutava il sindaco e il prefetto, strizzava l'occhio a Miss Tappa. «È la figlia del medico condotto», e dava delle gran manate sulla schiena a mezzo mondo. Andrea lo vide confabulare con un uomo che aveva sulla camicia la targhetta con scritto «Organizzazione» e voltarsi verso Giovanni che alle sue parole annuiva, sorridendo un po' imbarazzato. Poi chiamò Andrea e gli disse:

«Segui questo signore, ti porterà in un bel posto».

Il ragazzo si voltò verso il padre che assentì. L'uomo gli chiese come si chiamava, commentò anche lui che mostrava più anni di quelli che aveva e lo guidò fuori dalla tribuna. Passando davanti a un chiosco si fermò e prese un lapis e un piccolo bloc notes, uno di quelli che avevano in copertina una penna con la piuma e una riga.

Li porse al ragazzo mentre gli faceva attraversare un

varco chiuso da una fila di transenne. Andrea ringraziò e chinò la testa per guardare il dono, per capire se ci fosse un marchio del Giro, qualcosa da far vedere a Giorgio e Alberto al ritorno. Quando rialzò il capo pensò di sognare. Era nell'area dove i corridori si fermavano dopo la corsa e di fianco a lui si stava dissetando da una borraccia Vito Taccone, con la maglia verde della Lygie. Erano in centinaia, tutti a portata di mano. L'uomo dell'organizzazione gli disse:

«Scatenati, fatti fare gli autografi da chi vuoi. Fatti un giro. Ti aspetto qui e poi ti riaccompagno dal signor Aldo».

Andrea pensò ai suoi compagni di classe, ai professori, agli amici del parco. Pensò a sua madre, alla quale avrebbe voluto raccontare tutto. Pensò, sicuro, che lo avrebbe fatto, certamente lo avrebbe fatto.

Italo Zilioli stava parlando con un giornalista e Adorni confessava al direttore sportivo Bertolazzo di avere avuto problemi sul valico dei Mille Pini. Andrea non si sentiva di interrompere quelle conversazioni. Camminava tra biciclette e sudore, meccanici e gelati dispensati agli atleti per sollevarli dall'infame caldo di quel giorno. Camminava ma non riusciva a trovare il tempo e il modo giusto per chiedere un autografo. In una parola, si vergognava.

Vide De Rosso che stava discutendo con Dancelli e Carlesi. E pensò: «Ora lo faccio. De Rosso non posso lasciarmelo sfuggire, è il mio ciclista del cuore». Tirò un respiro profondo e cominciò a fendere la folla per raggiungere il suo eroe. Ma quando arrivò non c'era più, lo vide allontanarsi con gli altri e concluse che non poteva corrergli dietro. Si spostò di lato e si trovò di fronte Balmamion, il vincitore dell'anno prima, che scherzava con il compagno di squadra Conterno. Attorno aveva un gruppo di ragazzini sfrontati che gli piazzavano in mano foglietti, anche con una certa prepotenza. Una volta ottenuto l'autografo si voltavano urlando di gioia e se ne andavano chiassosi.

Il crocchio pian piano si sfarinò e toccò ad Andrea, che era l'ultimo, avvicinarsi. Il gregario ne doveva aver detta una davvero divertente se Balmamion era esploso in una risata così fragorosa, proprio mentre un filo di voce usciva dal petto di quel ragazzo timido: «Signor Balmamion, potrebbe...». Il resto era stato involontariamente sommerso dalla sghignazzata. Il campione, nel frattempo raggiunto da un cronista della Rai, non aveva visto il ragazzo con il blocchetto in aria e un imbarazzato rossore sul viso. Andrea sperò che nessuno avesse osservato la scena e decise che era meglio finirla lì. Tornò al luogo dell'incontro con il tipo dell'organizzazione che gli chiese se aveva raccolto molte firme, se era soddisfatto. Lui rispose di sì, ringraziò e si serrò il blocchetto in tasca.

«Chi è stato il più simpatico?» insistette l'uomo.

«Zancanaro» disse a mezza bocca il ragazzo e affrettò il passo.

Solo al padre Andrea confessò la disfatta degli autografi. In fondo però era così contento di tutto quello che aveva visto e vissuto, che la cocente sconfitta era mitigata dalle emozioni conosciute, dai volti visti da vicino e da quel tripudio di maglie che lo aveva quasi fatto stramazzare al suolo.

«C'è chi si emoziona fino a svenire davanti alla Gioconda» aveva commentato Giovanni. «Tu guardando delle magliette da ciclisti. Sono i cambiamenti del tempo.»

Si erano fatte le sei del pomeriggio e la morsa del signor Aldo non sembrava allentare la sua stretta. Quell'uomo aveva un entusiasmo contagioso, una irresistibile capacità di presentare ogni sua proposta come la più razionale, ovvia, naturale. Le alternative, i problemi, erano fesserie controproducenti. Intanto di andare in albergo non se ne parlava, in attesa che in officina riparassero l'automobile per il mattino dopo, avrebbero potuto fermarsi a dormire a casa loro. E nel tempo che mancava alla cena si sarebbero potuti visitare il Duomo di Parma e il Battistero e magari vedere la camera di San Paolo del Correggio.

La tentazione per Giovanni era molto forte. Da tempo aveva in programma di vedere le opere del Correggio a Parma e ora era lì, a qualche chilometro di distanza.

«Che dici, Andrea, ti senti stanco?»

Ci sono delle volte in cui i bambini non capricciosi sono un problema.

«Per me è uguale, decidi tu.»

«Non so, in effetti ci siamo svegliati presto, è stata una giornata piena di emozioni» disse guardando il figlio «e abbiamo preso un bel po' di caldo. Non so...»

Aldo non aspettava altro, non gli fece finire la frase.

«Affare fatto. Vi accompagno io a vedere i monumenti. Intanto la Gisella va a casa e prepara tutto. Noi arriviamo per cena.»

La visita fu una meraviglia per Giovanni e una tortura per Andrea che era davvero stanco e faticava ad apprezzare i putti e la bellezza di Artemide. Il padre si fermava a ogni angolo e aveva passato decine di minuti ad ammirare la volta del Duomo. Lì, però, anche il ragazzo ebbe un soprassalto di energia e di interesse. Rimase come stregato dalla forza dell'affresco dell'*Assunzione della Vergine* che ornava la cupola. Lo affascinava la forma circolare, come una spirale di angeli in un vortice di nubi che sembrava non avere direzione ma che al centro risplendeva di una luce intensa, abbagliante. E un corpo, quello di Gesù, che Andrea non riusciva a capire se cadesse o ascendesse: si accorse di mutare idea a seconda dell'inclinazione dalla quale guardava. Ma la sensazione che provava era di uno spazio infinito, di un luogo senza limiti.

Guardare in su, cercare con gli occhi, esplorare e capire. Giovanni aveva questo desiderio di scoperta da quando era piccolo. Aveva imparato nella vita che solo il viaggio è reale, che i porti, con il loro carattere definitivo, sono miraggi, luoghi inesistenti. Che solo il viaggio della conoscenza rende la vita degna di essere vissuta. La conoscenza dei paesaggi, dei venti, delle albe, del colore del mare, della terra all'orizzonte, delle persone che incontri, dei cuori che ti seducono, dei silenzi improvvisi e delle parole che non ti aspetti. La conoscenza delle tue allegrie e delle tue tristezze, del piacere degli altri e delle storie degli altri.

Cerca sempre, cerca ancora, sistema il tuo mezzo perché possa sempre ripartire, non aver paura dei danni e delle ferite; viene sempre il giorno in cui si riparano i primi e si chiudono le seconde. Non crederti il centro del mondo, perché il mondo non ha centri o ne ha miliardi. Non essere mai soddisfatto, non essere mai desolato.

Cerca gli altri, troverai te.

All'uscita dal Duomo Andrea aveva voluto che suo padre acquistasse una guida all'opera di Correggio. L' affresco, sulle pagine, sembrava una imitazione sbiadita della meraviglia che aveva ancora negli occhi. Solo se avesse avuto le ali come gli angeli avrebbe potuto conoscerla davvero.

Anche Giovanni si fermò a lungo su quella immagine, su quella spirale di nubi. Frugò nella memoria e poi disse, come tra sé e sé,

«Figliuol di grazia, quest'esser giocondo»
cominciò elli «non ti sarà noto,
tenendo li occhi pur qua giù al fondo;
ma guarda i cerchi infino al più remoto,
tanto che veggi seder la regina
cui questo regno è suddito e devoto.»
Io levai li occhi; e come da mattina
la parte oriental de l'orizzonte
soverchia quella dove 'l sol declina,
così, quasi di valle andando a monte
con li occhi, vidi parte ne lo stremo
vincer di lume tutta l'altra fronte.
E come quivi ove s'aspetta il temo
che mal guidò Fetonte, più si infiamma,

e quinci e quindi il lume si fa scemo
così quella pacifica oriafiamma
nel mezzo s'avvivava, e d'ogne parte
per igual modo allentava la fiamma;
e a quel mezzo, con le penne sparte,
vid'io più di mille angeli festanti,
ciascun distinto di fulgore e d'arte.

Nulla sarà noto «tenendo li occhi pur qua giù al fondo». Anche quel libretto sbiadito aiutava ad alzarli, gli occhi, a cercare il senso di quegli angeli e di quelle nuvole in movimento. E di quella luce al centro delle cose.

Erano buonissimi gli agnolotti della signora Gisella. Come anche il prosciutto e la torta alla crema. Prima di cena Andrea aveva telefonato ad Alberto. Con il padre avevano concordato non una bugia, ma una verità non detta. Avrebbero sorvolato sul Giro d'Italia e su Correggio. In verità si sentivano in colpa con tutti. Ma avevano fatto, in fondo, le cose più razionali.

La serata era trascorsa parlando di frigoriferi Kelvinator e di cucine Ignis, ma era stata piacevole. Aldo era un uomo del suo tempo, fiducioso, orgoglioso di sé. Aveva sul tavolo dello studio la fotografia del giorno della laurea del figlio e si capiva che la sua vita era piena, come la sua allegria, perché per lui il negozio, l'appartamento con il divano davanti al Radiomarelli a due canali, la Giulietta sprint verde, per quanto importanti valevano poco o nulla di fronte al fatto che suo figlio fosse dottore. Diceva: «Gli ho fatto prendere la laurea» ma non sottovalutava così il talento del giovane, voleva soltanto sottolineare la fatica della sua vita, i rischi e le sfide, il sudore e le sofferenze di tanti anni.

La cena si svolse in giardino. Era una di quelle vecchie aziende agricole con i fabbricati disposti a rettangolo e in mezzo l'aia. Aldo l'aveva acquistata da un proprietario che era passato a produrre mezzi meccanici per l'agricoltura e voleva conservarla nella sua forma originaria.

«Voglio che rimanga così. Altrimenti il progresso tra un po' ci rende tutti uguali. E invece la terra, gli spazi liberi, sono importanti. Io non ce la farei a vivere in città, mi sentirei imbrigliato. Lavorarci sì, andare a teatro o al cinema sì. Ma quando sono con la famiglia o con gli amici ho bisogno di questo.»

Le ultime parole le disse allargando le braccia e facendo una piroetta, un giro intero su se stesso come a indicare i quattro lati del podere.

Alla fine del pasto gli ospiti furono fatti accomodare su sedie a sdraio simili a quelle che si trovano in spiaggia, al mare. Erano proprio al centro dello spiazzo e in una zona, diceva Aldo, sufficientemente buia da poter parlare guardando le stelle. Doveva proprio essere felice quell'uomo, uno strano impasto di spirito d'impresa, cultura contadina e valori della Resistenza. E soprattutto voleva essere al passo con i tempi.

Quando si fu sistemato su una tela che sembrava soffrire per il suo peso, sospirò e disse a Giovanni:

«Lei ha visto *Otto e mezzo* e il *Gattopardo*? Quale le è piaciuto di più?».

Non aspettò neppure che rispondesse e aggiunse:

«A me il *Gattopardo*. Quel ballo, la scena della partenza di Tancredi... C'è la storia d'Italia lì dentro, altroché. E poi secondo me il regista ha voluto parlare dell'Ottocento per parlare di oggi. Quel Tancredi assomiglia a me da giovane. Io però ero più bello di Delon, vero Gisella?».

Scoppiò in una delle sue risate. Poi si ricordò di aver fatto una domanda e ripeté a Giovanni:

«E a lei quale è piaciuto di più?».

«Il *Gattopardo* l'ho visto con Andrea e ci è piaciuto molto. Ma preferisco *Otto e mezzo*. Per me la scena finale vale un Oscar a parte. Non solo per il ballo sulla spiaggia, la musica, l'atmosfera che riesce a descrivere, ma per il dialogo. Quando il film è finito sono rimasto seduto nel cinema, per vederlo una seconda volta. Mi sono anche appuntato una frase del protagonista, che porto sempre con me.»

Tirò fuori dal taschino un foglietto.

«Dire la verità, quello che non so, che cerco, che non ho ancora trovato. Solo così mi sento vivo e posso guardare i tuoi occhi fedeli senza vergogna. È una festa la vita, viviamola insieme.»

Giovanni rimase in silenzio per un breve momento e poi aggiunse:

«L'ho visto due volte quel finale e due volte ho pianto. È meraviglioso».

«Lo hanno girato sulla spiaggia di Rimini, lo sa? Con la Gisella ci siamo andati l'anno scorso. Ha notato, in tutti e due i film c'è la Cardinale, che donna...»

Fece una pausa, si sentivano frinire le cicale e un alito di vento muoveva i capelli di Andrea. Aldo si alzò e si diresse verso la cucina illuminata.

«Stai bene?» domandò Giovanni al figlio.

«Sì, mi piace stare qui. E il signor Aldo mi sta simpatico.»

Il padre stava spiegando al ragazzo le costellazioni, gli stava mostrando l'Orsa Maggiore. C'era una tale luminosità che quella sera sembrava un catalogo di stelle.

Sentirono arrivare da lontano una musica, una fisarmonica che suonava. Sembrava avvicinarsi, e sembrava che venisse verso di loro una melodia conosciuta. Si voltarono e videro Aldo, concentrato sulla tastiera, che avanzava suonando le note del finale di *Otto e mezzo*.

«Come te non c'è nessuno, tu sei l'unico al mondo», la voce di Rita Pavone risuonava nell'abitacolo mentre oltre il finestrino Aldo e Gisella agitavano la mano per salutare la Volkswagen bianca che, alzando un po' di polvere, si muoveva, guarita dal suo male, per riprendere il viaggio. Giovanni era stato accompagnato da Aldo alla stazione di servizio per ritirarla. Avevano preso il caffè insieme, al mattino, parlando del fatto che una donna sovietica, dopo pochi giorni, avrebbe fatto un volo nello spazio.

«Che tempi meravigliosi», sospirò Aldo «tutto è possibile. Quando ero ragazzo io, non potevano neppure votare, le femmine...»

Alla prima galleria Giovanni sentì suo figlio sussurrare qualcosa.

«Che stai dicendo?»

«La galleria è una notte per gioco, è corta corta e dura poco. Che piccola notte scura scura! Non si fa in tempo ad avere paura.»

«Una delle *Filastrocche in cielo e in terra*? Ma le sai tutte a memoria?»

«No, solo quelle che mi piacciono di più.»

Ora l'autostrada aveva acquistato agli occhi di Andrea

un aspetto quasi familiare. Per occupare il tempo consultava la cartina del centro Italia e teneva d'occhio tutte le Seicento che passavano. Aveva visto piloti tanto bassi da arrivare a malapena al volante e altri che ci stavano talmente attaccati che il torace sfiorava il clacson grigio. C'erano quelli che guidavano col cappello andando a passo di lumaca e i ragazzi col gomito di fuori e la sigaretta in bocca. Ma di Seicento col guidatore fantasma non c'era l'ombra.

In compenso Andrea teneva il conto mentale di quante fossero le auto che avevano le gomme con la striscia bianca e quelle che invece no, quante quelle chiare e quante quelle scure. Ma dopo un po' aveva nostalgia di parole.

«Papà, chi è il tuo migliore amico, quello al quale racconteresti segreti e chiederesti consigli? A Milano non inviti mai nessuno che non siano i tuoi colleghi di lavoro. Io ho fatto amicizia con Giorgio e gli voglio un bene dell'anima. Di lui mi fido ciecamente, abbiamo fatto un patto con il quale ciascuno si è impegnato a dire sempre la verità all'altro.»

«Mmh, bel tema. Pensa che il mio migliore amico lo è anche perché mi ha detto una bugia.»

Così Giovanni raccontò al figlio la storia di Mario e dei loro giorni nella Roma del '43, della verità nascosta sul destino di Mowgli. Andrea sapeva che il padre aveva vissuto un bombardamento durante la guerra ma non aveva mai avuto una descrizione così dettagliata. Per lui quella parola evocava la distruzione delle cose e la morte delle persone ma non aveva mai pensato a quelli che erano restati, alle tragedie successive, alle vite spezzate. E non aveva mai immaginato che in quel putiferio potesse trovare spazio l'amicizia. E neanche aveva mai preso in considerazione la possibilità che un amico potesse alterare una verità per affetto.

In quel giorno di sole, sull'autostrada, mentre Ben E. King intonava la struggente *Stand by Me* e il vento gli muoveva i capelli, la parola bombardamento sembrava lontana mille migliaia di chilometri. Invece era ancora alle loro spalle, solamente una generazione di distanza. Pensare che suo padre aveva la sua stessa età in quel periodo tragico gli fece grande tenerezza e un po' lo consolò l'idea che non fosse solo. Che avesse una famiglia, certo, ma soprattutto un amico, suo coetaneo, con il quale era andato in bicicletta, si era sbucciato le ginocchia e aveva condiviso il terrore e l'orrore.

«E dopo avete continuato a sentirvi?»

«Sì. Anche questa è una storia strana. Mario cominciò a soffrire di asma, finita la guerra. Un medico gli disse che, a una predisposizione, si era aggiunto l'effetto di tutta la polvere respirata a San Lorenzo in quei giorni. Fatto sta che progressivamente aveva perso forza e fiato. Avevamo smesso di andare in bicicletta e di giocare al pallone. Stavamo a casa mia, con la tua mamma, facevamo lunghe partite a shangai e cercavamo disperatamente di far venire fuori dai pezzi del meccano uno straccio di gru. Non avevamo i soldi per comprare le scatole che servivano e allora aguzzavamo l'ingegno. Ma senza troppo successo.

«C'erano giorni in cui Mario cominciava a tossire e non smetteva più. Diventava tutto rosso e gli mancava il fiato. Noi lo portavamo alla finestra e gli davamo uno sciroppo che teneva sempre con sé. Quasi due anni dopo il bombardamento si aggravò. Un giorno telefonò la madre dicendo che lo avevano ricoverato ma che non migliorava.

«La nonna Maria cominciò a chiedere in giro cosa si potesse fare. Un insegnante della sua scuola le disse che una sua nipote era stata portata al lago di Misurina, nelle Dolomiti, dove si respirava un'aria particolarmente salubre. La bambina era immediatamente migliorata. Un miracolo, ma della natura.

«Fu riferito alla mamma di Mario. Ovviamente non avevano i soldi per un viaggio così lungo né per pagare il soggiorno. Ma la voce circolò nel quartiere di San Lorenzo. E la gente si diede da fare per mettere insieme quello che serviva. La trattoria di piazza dei Campani organizzò un pranzo per raccogliere i fondi. Il proprietario era un ex vigile del fuoco che il 19 luglio del 1943 aveva aiutato decine di persone a uscire dalla cantina del locale dove si erano rifugiate. Grazie ai suoi sforzi erano passate da un buco stretto stretto anche delle anziane signore assai in carne. E quel buco, venti anni dopo, è ancora lì, lo ha salvaguardato per difendere la memoria di quel giorno.

«Insomma, Mario riuscì a partire con la madre e quando arrivò lì, in pieno inverno, migliorò subito. Il lago, le montagne, la totale assenza di acari facevano di quell'aria un miracolo di purezza. E per i polmoni del mio amico l'effetto positivo fu immediato. Mi scriveva delle lettere bellissime, era rinato. Abitava in un luogo meraviglioso. Un albergo, proprio sul lago, costruito alla fine dell'Ottocento e onorato all'inizio del secolo dalla visita della regina Margherita. Era un grande edificio, devo avere ancora una cartolina da qualche parte, in una posizione incantevole, tra le montagne e il lago. Ci si arrivava passando per un bosco di pini.

«Aveva una maestosità che intimoriva. Mario mi aveva scritto che c'era la sala del trono, quella per l'ascolto della musica e persino un ascensore ad acqua che portava gli ospiti ai piani. Dopo la guerra e la caduta della monarchia diventò, come era giusto, un luogo di cura per i bambini malati di asma. Lo gestivano le suore e Mario si trovava benissimo. Lì si curava e andava a scuola. Mi raccontò anche che si era innamorato di una sua compagna di classe che si chiamava Francesca.

«Facevano lunghe passeggiate nei boschi. E si sedevano davanti al lago a parlare. Nelle lettere mi descriveva come cambiavano i colori e l'odore degli alberi a seconda della stagione. Poi guarì e tornò a Roma. Vive sempre lì. Quando arriviamo ti porto a conoscerlo.»

«E Francesca? Si sono sposati?»

«No, lei aveva ancora bisogno di cure. Mario ha sofferto molto. Per un po' si sono scritti delle lunghe lettere. Poi, col tempo, hanno smesso. Non si è ancora sposato ma credo si sia fidanzato da poco. Comunque, secondo me, non è il tipo da matrimonio.»

«E di Mowgli hai più saputo nulla?»

«No, l'ho cercato a San Lorenzo ma non sono riuscito a trovarlo in nessun posto. Sono stato alla parrocchia, alla Croce Rossa ma nessuno ne sa nulla. In quelle ore non tenevano registri, c'era una confusione totale. Sai che è tutta la vita che mi porto il rimorso di averlo lasciato? Ed è tutta la vita che mi domando perché lui avesse scelto me, un ragazzino, invece di una figura più rassicurante, qualcuno che gli ricordasse il padre o la madre. Non sai quante volte mi sono immaginato come vivesse, prima e dopo. L'ho pensato nella sua casa, quella mattina, prima delle undici. Lo vedevo mentre chiedeva il latte alla madre e si sedeva per fare colazione, mentre salutava il padre che andava a lavorare. Erano i suoi ultimi momenti di gioia o, anche, di semplice normalità. Era la sua vita, prima della bomba che forse gli ha sventrato la casa, gli ha cancellato la famiglia, lo ha fatto restare solo.

«E dopo? Come saranno state le sue notti, i suoi risvegli? Forse avrà inzuppato il pane nel latte insieme a decine di bambini sconosciuti in un orfanotrofio. Non poteva parlare, non poteva dire quello che pensava. Come avrà fatto? Non riesco a non pensarci. E quando voi mi gettate le braccia al collo sento sempre quella stretta che non finiva mai. Non sai quante volte è venuto a trovarmi in sogno. Con i suoi piedi trafitti e la sua manina che salutava. È stata la prima responsabilità della mia vita, e ho fallito. Non riesco a perdonarmelo. Mario, per affetto, mi aveva ingannato. Mowgli non aveva ritrovato i genitori, come lui mi aveva detto. Quando, da Misurina, mi confessò in una lettera la sua bugia e mi disse che lo aveva visto con quel cartello al collo mi sono sentito morire. Mowgli mi aveva scelto e io lo avevo lasciato solo. E adesso era sperduto in un mondo al quale non poteva neppure parlare. Il suo sguardo è stato compagno di tutti i giorni della mia vita. Avevo quattordici anni, cosa potevo fare di più? Tu che avresti fatto?»

«Non lo so, papà, forse quello che hai fatto tu. In fondo lo hai consegnato a un sacerdote e poi se ne è occupata la Croce Rossa, che altra soluzione potevi scegliere? Io sono un ragazzo, come lo eri tu. Avevi la mia stessa età. Ma io sono qui che ascolto Rita Pavone e corro con la Volkswagen cabriolet sull'autostrada, tu eri lì, con la bicicletta a cercare tra le bombe un tuo amico. Tu hai visto l'inferno, a me manca solo mamma per pensare che sono in paradiso.»

Andrea non disse altro e rimase per un po' in silenzio. Guardava fuori dal finestrino. Fu in quel momento che gli sembrò che avessero superato la Seicento senza guidatore. Lui almeno non aveva visto nessuno al volante. O forse era solo un gioco dei riflessi del sole, decise saggiamente.

«Papà, posso chiederti una cosa? Perché quelli che ci dovevano liberare, che dovevano far finire la guerra, bombardavano la povera gente nelle loro case e non chi era al potere?»

«Hai ragione, non è comprensibile. Ma è la razionale follia della guerra. Per far cadere un regime, per sconfiggere un nemico bisogna togliergli il consenso e neutralizzarlo militarmente. Con quelle bombe gli alleati hanno fatto l'uno e l'altro. Hanno colpito i nodi del sistema dei trasporti ferroviari e aerei e sono riusciti a creare un'onda di indignazione nella società. Pensa che quando il re si presentò a San Lorenzo, la gente lo cacciò e lui dovette scappare a gambe levate. Se lo meritava, quell'indeciso a tutto. Aveva condiviso le scelte di Mussolini, firmato le leggi contro gli ebrei, sottoscritto l'entrata in guerra. E non a caso pochi mesi dopo è fuggito abbandonando non la corona che si teneva stretta, ma il suo paese.

Rimase re ma il suo regno non c'era più. Avrebbe dovuto dimettersi, invece di andare tra la gente bombardata per colpa sua. Bisogna dire che gli alleati fecero pagare un prezzo spropositato di vite civili. Non c'era bisogno di scendere a bassa quota per mitragliare la gente che scappava. No, non c'era bisogno. Però, Andrea, se non ci fossero stati loro Hitler avrebbe vinto. E l'umanità sarebbe stata distrutta dalla follia che c'è in ogni dittatura. Pensaci sempre. Pensa a quei ragazzi americani o canadesi, che hanno lasciato le loro case per venire a liberare noi. Chi glielo faceva fare? E le loro madri, che vedevano partire i figli per l'altra parte del mondo e non tornare più? Sono morti in tanti, per colpa nostra. Alle porte di Roma ci sono i loro cimiteri, una distesa di croci bianche. Se non si fosse esultato per l'entrata in guerra e non si fossero accettate le discriminazioni contro gli ebrei, insomma se l'Italia non fosse stata fascista e alleata con i nazisti nessuno sarebbe morto, né a San Lorenzo né sulle spiagge di Anzio. La verità è che è stata colpa nostra se Clark Gable è venuto a bombardarci. Te lo ricordi l'attore di *Via col vento*? Era su uno degli aerei che sorvolarono Roma quel giorno.»

«Sai, papà, che una delle *Filastrocche in cielo e in terra* parla proprio di questo? Parla di una guerra talmente lunga che gli eserciti avevano finito il bronzo per i cannoni e il ferro per le baionette. E allora un comandante che, mi ricordo, si chiamava Stragenerale Bombone Sparone Pestafracassone aveva ordinato di tirare giù tutte le campane e di fonderle per costruire un gigantesco cannone. Pensava che così i suoi nemici sarebbero scappati sulla luna. Portò al fronte la pesantissima arma e la puntò verso l'altra parte della valle. Ordinò di sparare, si coprì le orecchie. Ma risuonò invece un grande scampanio, din don dan. Dall'altra parte i nemici avevano fatto la stessa cosa e il risultato fu il medesimo. Così i soldati in trincea, sentendo il suono delle campane a festa, pensarono fosse finita la guerra e uscirono a ballare e abbracciarsi.»

«È una favola. Ma non c'è nulla di male a sognare un mondo senza guerre. Anche perché, con la bomba atomica, la prossima guerra può essere solo l'ultima.»

«Quando torneremo a casa voglio leggerti un'altra di queste filastrocche, non la ricordo esattamente a memoria. Ma mi è piaciuta tantissimo, riguarda l'universo.»

«Ora sei rimasta sola, cerchi il mio viso tra la folla, forse sulle tue piccole mani stai piangendo il tuo passato...» La musica che si diffondeva dalla radio del benzinaio, un transistor coperto da una custodia in similpelle marrone, accompagnò Andrea mentre consultava la cartina geografica. Ora la parte più facile del suo lavoro da navigatore era conclusa. Adesso l'autostrada era finita e bisognava cominciare a districarsi fra la Cassia e l'Aurelia. Ma l'impresa gli piaceva e con la matita tratteggiò il percorso che gli sembrava più adatto. Lo mostrò al padre quando tornò dalla cabina telefonica palleggiando nel palmo della mano i gettoni rimasti. A Roma non c'erano novità, a Milano la nonna era tranquilla e Alberto chiedeva ad Andrea di portargli un ricordo del viaggio.

Giovanni controllò l'itinerario sulla cartina e decise che avrebbero fatto una breve sosta a San Gimignano, per mangiare qualcosa.

«È uno dei posti più belli d'Italia. Siamo sulla strada, voglio fartelo vedere.»

Ci arrivarono che Andrea aveva una gran fame ma quando vide il Duomo, con la Collegiata, il Palazzo del Popolo e quello del Podestà uno di fronte all'altro, pensò che il padre aveva ragione. Era rapito dal colore di quelle pietre, le stradine senza auto, ripide, che portavano come in un colpo di scena alla meraviglia di quella piazza. Sapeva che il borgo era stato in larga parte costruito nel Duecento ma faceva fatica a calcolare i secoli che erano passati da allora. E poi gli piaceva conoscere un altro tipo di città, così diversa da Roma, da Milano o anche dai piccoli comuni nei dintorni, che aveva visitato in gita. Qui percepiva la grandezza di un passato del quale anche lui, giovane italiano, era espressione. Ora capiva la passione del padre per l'arte e per la storia. Sarà stato per i libri che sfogliava a casa da piccolo o per il Dna trasmesso da Giovanni, fatto è che quando entrarono nella chiesa della Collegiata e vide il *Giudizio universale* di Taddeo di Bartolo, restò incantato e anche un po' turbato, in particolare dalla rappresentazione terribilmente realistica dell'inferno. Con i dannati che vengono sottoposti alle più orrende punizioni. Sono squartati, divorati, torturati, fustigati. I demoni hanno le ali da pipistrello e fattezze e corna animali. C'era materiale per un bell'incubo.

Ma per Andrea in quel momento valeva più l'emozione della paura. Quel viaggio stava diventando anche una conquista di nuove frontiere di conoscenza e di consapevolezza. Man mano che passavano i chilometri, che vedeva paesaggi, parlava con suo padre, incontrava altre persone, sentiva di diventare un po' più grande. Quasi gli sembrava un estraneo quel bambino che voleva a tutti i costi alzare una capote, solo trenta ore prima.

Mentre il padre era impegnato a guardare il san Sebastiano di Benozzo Gozzoli, il ragazzo era attratto dall'immagine dei Golosi nell'inferno. Si era sempre chiesto perché dovesse essere considerato un peccato amare il budino al cioccolato o i Flipper all'arancio o i cannoli con la crema. Cosa c'era di tanto grave da consegnare il reprobo, per esempio lui stesso, alla pena lì rappresentata, con il diavolo alle tue spalle che ti tiene prigioniero per le braccia?

Mentre era assorto in questi inquieti pensieri sentì la

voce di un signore che, con altri, stava osservando il dipinto e ne indicava alcuni particolari.

«Ti piace questo affresco?»

Non capì che si stava rivolgendo a lui.

«Ehi ragazzo, dico a te» e intanto si era fatto silenzio attorno. Molte cose erano cambiate in quelle trenta ore, ma non la timidezza.

«Sì, molto» e cercò con lo sguardo il padre per ottenere aiuto.

«Anche a me piace, è grave, forte, moderno per i suoi tempi. E come mai tu, così piccolo, sei appassionato d'arte?»

«Forse è colpa mia» disse per fortuna Giovanni da dietro le spalle dell'uomo. «È il mio lavoro e devo aver trasmesso ad Andrea un po' del mio amore per la pittura.»

«Piacere Andrea, io mi chiamo Gianni» disse l'altro tendendo la mano verso il basso, aspettandosi che il ragazzo contraccambiasse il suo gesto. Poi aggiunse, rivolto a Giovanni:

«Beh, in qualche modo è anche il mio lavoro. Ma forse in un senso diverso dal suo. Diciamo che io mi occupo del bello. Mi interessano la luce, la scelta delle posizioni dei personaggi e delle cose, i colori. Ma io faccio cinema, non sono una persona seria come lei» concluse sorridendo.

«Davvero lei lavora nel cinema? Io ne sono appassionato. Permetta che mi presenti, mi chiamo Giovanni Noi e ho un incarico alla Soprintendenza alle Belle Arti di Milano. Vede, sembriamo due persone allo specchio: lei lavora nel cinema e ama l'arte e io lavoro nell'arte e amo il cinema. Abbiamo anche lo stesso nome, ma qualcuno deve essersi mangiato un "ov", lei Gianni e io Giovanni.» E il suo sorriso era competitivo con quello precedente.

«E allora perché non fa da guida al suo "doppio"? Mi racconti tutto di queste meraviglie. Io le vedo ma non le "leggo", non ne capisco tutti i significati. Mi emoziono o rimango indifferente e la sfera emotiva è la misura del mio giudizio. Lei mi può aiutare a trovarne una più razionale, forse.»

«E perché mai? È così che bisogna farsi prendere dal bello. È tale perché ci scuote, perché ci fa tenerezza e orrore. Perché non ci lascia come eravamo prima. Il bello ci cambia. Come il brutto, d'altra parte. A vivere in una società volgare e priva di bellezza si diventa volgari e superflui.

«Perché la storia ci tramanda prevalentemente cose preziose? Perché settecento anni fa qualcuno decise con una legge che qui a San Gimignano non si potevano demolire case se non per costruirne di più belle? Erano agli albori della civiltà ma avevano già la coscienza della necessità di salvaguardare i frutti dell'ingegno e del talento umano. Quei nostri avi erano immersi nella meraviglia ma sentivano il bisogno di tramandarla ai posteri. Penso sia proprio per questo motivo che i nazisti bruciavano i libri e sequestravano le opere d'arte. Perché avevano paura del bello, che si produce solo con il dubbio, la ricerca, la libertà intellettuale. Ogni regime impone una sua bellezza di stato magari capace di opere magnifiche, ma quello che avviene è il genocidio della creatività. Per questo le dittature sono tutte uguali, il colore delle bandiere che sventolano non fa differenza alcuna. Uccidono la libertà e con essa l'arte. È la storia a dimostrarlo. Prenda il cinema, la sua arte. Leni Riefenstahl avrà realizzato dei capolavori ma sono cupi, cavalli imbrigliati. Guardi, ieri sera parlavo con un amico del finale di *Otto e mezzo*, quella è libertà allo stato puro. Lo ha visto?»

Gli amici di Gianni sorrisero discretamente e lui sussurrò:

«Sì, direi che l'ho visto».

Giovanni continuò la breve visita guidata, poi si accorse che si era fatta l'una e disse alla piccola comitiva:

«Non voglio tediarvi oltre. Conoscete un buon posto per mangiare rapidamente?».

Gianni indicò il ristorante «La Terrazza» sulla piazza della Cisterna, a cento metri da lì, e aggiunse:

«Anche noi stiamo andando a pranzo. Vorreste essere nostri ospiti? Così ci sdebitiamo della visita guidata. E continuiamo a parlare».

Giovanni consultò Andrea che assentì subito, anche perché era tale la fame che tutto avrebbe voluto fuorché una interminabile sequenza di convenevoli.

Attraversarono insieme quella piazza meravigliosa e in quel momento vuota. C'era solo un gruppo di ragazzi che stava ascoltando musica da un giradischi, una fonovaligia Lesa il cui filo saliva fino alla casa di qualcuno di loro. Andrea riconobbe la canzone, nonostante fosse appena iniziata. Era un suono nuovo e aveva visto in tv ad *Alta Pressione* come lo ballavano i ragazzi. Allora, quando non c'era nessuno in casa anche lui aveva provato, davanti allo specchio, a danzare il twist.

«Twist and shout» urlavano i Beatles dal lato sinistro del Lesa. Un ragazzo e una splendida ragazza, ballando, si spostavano progressivamente verso il centro della piazza. Era molto bello vedere questa scena: due giovani che danzano, come rapiti da quel ritmo moderno, in una grande piazza deserta e tutt'intorno i meravigliosi palazzi medioevali.

Mentre attendevano che il cameriere portasse la tagliata per tutti, Giovanni chiese come mai fossero lì.

«A San Gimignano siamo venuti per vedere la Collegiata, ma siamo in zona perché stiamo girando un film.»

«Un film? Che film? E lei che fa?»

L'uomo sembrò ignorare la domanda e chiese ad Andrea:

«E a te piace il cinema?».

Il ragazzo, in parte rifocillato, rispose con maggiore convinzione che non quando si trovava davanti al *Giudi-*

zio universale nella Collegiata; certo, era tra le cose che amava di più.

Gianni proseguì:

«Allora facciamo così. Una sorpresa. Non vi diciamo nulla del film. Oggi ricominciamo a girare e voi venite con noi, sarà un quarto d'ora o meno da qui. State un po', vedete come si fa un film e poi ripartite. È un'esperienza, mi creda. Il regista è un genio e anche gli attori e noi ce la caviamo...».

Poi arrivò la carne e lui aggiunse sottovoce, a testa bassa:

«Non mi sono presentato del tutto. Mi chiamo Gianni Di Venanzo e sono il direttore della fotografia di questo film. Per spiegarti il mio lavoro, Andrea, io sono quello che sceglie le luci, ne decide la tonalità e la quantità che deve impressionare la pellicola, coadiuva il regista per le inquadrature. Insomma se viene brutto, come direbbe tuo padre, è colpa mia. Allora andiamo?».

Giovanni non sapeva cosa rispondere. Guardava Andrea che lo implorava con gli occhi di dire sì. L'uomo del cinema colse l'indecisione.

«Mi gioco tutte le carte. Si ricorda quando prima mi ha chiesto se avevo visto *Otto e mezzo*? L'ho visto prima che uscisse, perché è uno dei film che ho fatto. Uno dei più belli. Forse il più bello.»

«Davvero? Incredibile. Se le rivolgo un migliaio di domande lei chiama il cameriere per farmi buttare fuori?»

«Possiamo accordarci su cento, ma solo nel tragitto verso il set, va bene? Vengo in macchina con voi.»

Andrea prese posto sui sedili posteriori. Ebbe la sensazione che il padre non volesse aprire il tettuccio per il timore che il vento si portasse via anche una sola delle parole che attendeva da Gianni.

Il ragazzo vide il padre accendere il motore e poi attendere solo il tempo necessario per cercare di non fare una brutta figura. Ma poi non resistette:

«Come ha fatto, quando sono in auto, a tenere Mastroianni al buio e la Cardinale in piena luce? E la scena del sogno col padre e la madre, tutto quel bianco?».

Andrea non udiva le risposte ma era contento, contento che suo padre facesse quelle domande.

La macchina da presa era il centro delle cose. Attorno a quell'oggetto nero, con la parte superiore che aveva la forma di un paio di orecchie, montato su un cavalletto marrone, si affollavano decine di persone. Ogni tanto un giovane sembrava smembrare quell'apparato compatto togliendone un pezzo, da sopra. Si appoggiava su un masso, aveva con sé una scatola grigia di metallo, tonda, che rifletteva il sole in maniera clamorosa, metteva le due orecchie amputate in un sacco nero nel quale infilava le mani e cominciava ad armeggiare. Poi ne usciva, trionfante, e dalle orecchie emergeva una pellicola marrone. Tornava alla macchina da presa, incastrava il pezzo nel corpo nudo e ne ricostituiva l'integrità.

Fu la prima immagine che Andrea percepì di quel gran caos, che gli sembrava magnifico. Gianni lo presentò a un signore gentile che pensò dovesse essere il capo, il regista. Aveva pochi capelli e occhi buoni sotto le lenti degli occhiali. Mentre tutti attorno apparivano intenti a preparare un momento magico, in un clima che si avvertiva di attesa, l'uomo fece molte domande al ragazzo, con un interesse che ad Andrea non apparve formale. In pochi minuti i loro mondi sembrarono sfiorarsi e poi toccarsi, come se loro due si conoscessero da sempre. Il regista, che si chiamava Luigi, aveva un tono speciale quando si rivolgeva ad

Andrea. Forse perché gli interessavano le risposte. I ruoli così si capovolsero e Andrea si sentì proiettato per una volta al centro dell'attenzione. Quell'uomo era evidentemente importante eppure stava ad ascoltare le parole di un tredicenne. Per un ragazzo è una sensazione fantastica. Con i grandi capaci di mostrare questo «tocco magico», anche per un solo momento, si stabilisce un rapporto che può restare nella memoria tutta la vita.

Giovanni un po' seguiva il dialogo di suo figlio con il regista un po' si guardava intorno per succhiare da quei minuti tutto il nettare possibile. Vide un ciak messo a terra di traverso, vicino alla macchina da presa. C'era scritto col gesso bianco «La ragazza di Bube» e poi due nomi: Luigi Comencini e Gianni Di Venanzo.

Il set era stato costruito attorno a un casale abbandonato, in piena campagna. Sembrava che quei luoghi, il loro silenzio, soffrissero tutta quella confusione. Andrea immaginava la reazione degli alberi e degli uccelli sui rami, abituati da anni alla quiete dei rumori della natura, ora interrotta da grida che si incrociavano nell'aria, ordini, disposizioni, richiami. C'era un allegro disordine che, scoprì, avrebbe preceduto un assoluto, incantevole silenzio. Una signora con dei fogli in mano e un cronometro al collo urlò: «Pronti, si gira». E piano piano il caos si compose. Ognuno sembrava raggiungere il posto di combattimento stabilito e il rumore di prima si andava spegnendo, come succede a un'orchestra che smette di accordare gli strumenti e si prepara ad accogliere il direttore. Un silenzio che sembra un preludio. Un silenzio che è musica pura.

Andrea trattenne il respiro, temeva di fare qualcosa di sbagliato. Rimase immobile, nel punto in cui Gianni gli aveva detto di fermarsi. Era preoccupato, non voleva creare problemi. Tanto che, come non faceva da tempo, cercò la mano del padre e la strinse con forza. Giovanni lo guardò e si chiese se in quel gesto ci fosse più ansia o soddisfazione, più disagio o gioia.

«Proviamo» disse il regista, in piedi vicino alla macchina da presa. Da dietro il casale apparvero due attori. Claudia Cardinale era splendida come un raggio di sole, aveva i capelli biondi ma lui l'aveva riconosciuta subito, prima che il padre desse due rapide strette alla sua mano come per segnalargliela. All'uomo invece non riusciva a dare un nome. Era un giovane bruno, bello; lo sentì pronunciare alcune frasi in inglese.

Luigi si avvicinò, diede qualche consiglio, poi si girò e indicò agli attori i due ospiti sconosciuti che li guardavano da lontano. L'attore fece il gesto dei soldati portando la mano alla tempia. La Cardinale gli regalò un sorriso dolcissimo e mosse la mano, con eleganza, per salutarli. Andrea rispose con un cenno timido e uno sguardo adorante. Giovanni sembrava più distaccato ma il figlio sapeva che non era così.

Forse il ragazzo si innamorò di lei quel giorno, per quel saluto. L'aveva vista nel *Gattopardo* e gli era sembrata meravigliosa, una grande attrice. Ma quel sorriso, il modo in cui si sistemava i capelli sulla fronte, la sua voce roca e dolce gli fecero perdere la testa. E per la prima volta capì che cosa potesse significare prendere una «cotta» per una donna.

Quando ripartirono, scusandosi con Gianni Di Venanzo e gli altri perché si stava facendo tardi, Andrea infilò nel mangiadischi un 45 giri di Sergio Endrigo che sapeva piacere al padre. Ma che ora, quasi d'improvviso, sentiva in sintonia con il suo stato d'animo. «C'è gente che ha avuto mille cose, tutto il bene e tutto il male del mondo. Io ho avuto solo te e non ti perderò io non ti lascerò per cercare nuove avventure.»

Giovanni spiegò al figlio che l'attore si chiamava George Chakiris e che lo ricordava con indosso una bellissima camicia rossa mentre ballava in *West Side Story*. Se non sbagliava, era anche uno degli interpreti di *America*, un allegro motivo che ora, mani sul volante, cantava dondolando a ritmo la testa.

Alla partenza Andrea aveva convinto il padre a tirare giù il tettuccio. E così, mentre Giovanni fischiettava ed Endrigo si doleva, il ragazzo chiuse gli occhi. Avvertiva il vento sul viso, gli piaceva sentire la velocità della macchina senza vedere dove andava. Sembrava un sogno, uno di quelli in cui hai l'impressione di cadere e lo stomaco si muove svegliandoti. Intanto faceva mentalmente il conto delle emozioni vissute in un giorno e mezzo. In fondo avevano ritardato solo di ventiquattro ore l'arrivo a Roma. E questo un po' mitigava i sensi di colpa, equamente distribuiti tra Nord e Sud. Immaginava Alberto nella sua stanza e poi lo vedeva percorrere il corridoio a passi lenti fino alla camera dove giocavano insieme. Immaginava che si annoiasse, senza di lui. Gli avrebbe comprato il regalo più bello perché lo perdonasse.

Poi pensava alla madre. La immaginava, ristabilita, mentre si fa bella per accogliere lui e il padre. Le avrebbe raccontato ogni cosa di quei momenti che aveva vissuto: il Giro, la cena e la musica nel giardino, la scoperta dell'arte, il twist dei ragazzi nella piazza vuota, le domande di Luigi, il sorriso della Cardinale.

Ma più di ogni altra cosa aveva amato le parole nel vento di suo padre. Certe volte il rumore quasi gli impediva di sentirle ma era bello lo stesso stare accanto a lui, pari a lui, vederlo muovere le mani, gesticolare, voltarsi. La bocca si apriva e le parole volavano via, era come un televisore al quale fosse stato abbassato il volume. Ma erano soli, loro due, e si stavano conoscendo come mai avevano fatto prima in casa. Un naturale pudore davanti agli altri, il rispetto dell'età di Alberto, del disagio della mamma, dei ricordi dolorosi di nonna Maria, avevano impedito che i due uomini grandi di casa parlassero dei loro problemi. Ora lo facevano. E Andrea si sentiva autorizzato a porre ogni tipo di domanda.

«Papà, mi racconti di nonno Alfredo?» azzardò. Non aveva mai fatto quella domanda per non ferire la nonna e il padre, ma ora era troppo forte la voglia di mettere a posto tutti i tasselli del mosaico nella storia della famiglia. Giovanni sorrise e finalmente parlò. Si sorprendeva di come gli sembrasse naturale non nascondersi più dietro quel riserbo che fino a qualche giorno prima, in casa, sarebbe stato necessario. Gli pareva che Andrea, quel ragazzo che parlava di cinema e di arte, che si faceva benvolere da tutti, che guidava la rotta del loro bolide bianco attraverso l'Italia, fosse pronto per sapere quello che non aveva mai saputo.

Durò chilometri il racconto della vita di Alfredo. Andrea stava scoprendo il colore grigio. Stava scoprendo che nella realtà non è tutto chiaro, netto, distinto come gli sembrava fosse tra indiani e cowboy, nordisti e sudisti, insomma tra buoni e cattivi. Il padre lo stava educando al grigio, alla conoscenza della difficoltà di far convivere principi giusti con la durezza della storia. Eppure gli sembrava sorprendente che un uomo come Alfredo, che di mestiere faceva il maggiordomo, avesse vissuto un simile travaglio interiore, avesse perso tutto e si fosse ritrovato a caricare cassette di frutta sui camion pur di salvare la sua famiglia e un modo di vivere. Però Andrea aveva capito una cosa, aveva chiaramente capito una cosa. Che la guerra era immorale. Perché costringeva gli esseri umani a dover scegliere tra i propri valori e la sopravvivenza. Decisa da altri, scagliava ogni individuo contro un muro. Lo schiacciava costringendolo a sopravvivere o a morire. Ci voleva coraggio a scegliere una delle due cose. Pensò a se stesso in guerra o sotto una dittatura. Si chiese cosa avrebbe fatto se un suo gesto fosse costato la vita ai suoi genitori o ad Alberto o alla nonna o a Giorgio. Capì perché il grigio era la somma di bianco e nero, solo questo. E confessò a se stesso che avrebbe voluto sempre vivere in un tempo che non obbligasse al grigio.

« ...Un giorno il nonno fu raggiunto da una telefonata. Gli costava sempre più fatica alzarsi alle quattro per andare a lavorare ai Mercati generali. E i soldi non bastavano più. Erano passati un po' di anni dalla fine del guerra. E così quando papà alzò la cornetta rimase di sasso. Lo vedemmo appoggiarsi al tavolo e poi cercare una sedia. Non riusciva quasi a parlare. Me la raccontò così, quella telefonata.

«"Alfredo, mi senti? – diceva qualcuno dall'altra parte del filo – stavolta mi hai risposto, eh? Non ho chiamato né per rimproverarti né per vendicarmi. So cosa sono state quelle ore, per tutti. Ti ho atteso, ero sicuro che venissi. Poi ho preso l'auto e sono scappato guidando io. Ti ho maledetto. Ma non sei stato l'unico. Sono io quello al quale ho mandato più accidenti. Il cretino dei cretini ero io. Stavo rischiando la vita mia e della mia famiglia per un regime del quale ho fatto convintamente parte per venti anni. Mentre portavo la macchina ripensavo a tutto quello che avevo vissuto. E mi dannavo per non aver avuto coraggio. Per non aver detto che le leggi razziali erano una infamia e la guerra una follia. Lo pensavo ma sono stato un codardo. E come me migliaia di altri. Ci sono stati fascisti per bene, tanti, ma fascisti coraggiosi pochi. Ce l'ho fatta a scappare con la famiglia. Essere stati potenti, conoscere qualcuno aiuta sempre nella vita, aiuta sempre nel nostro paese. Così ci siamo rifugiati in Spagna, da dove ti chiamo. Ho messo su una azienda di trasporti e ora ho bisogno di te."

«Mio padre disse le sue prime parole di quella telefonata: "Di me?" e l'altro gli confermò che aveva bisogno di un corrispondente italiano per i trasporti da e per il nostro paese. Che aveva aperto un ufficio, richiamato la segretaria e acquistato un camion, e voleva proporre a lui di guidarlo per le consegne in tutta Italia. Non potrò mai dimenticare quella scena: mio padre muto, in piedi al telefono, ad ascoltare la voce che arrivava dalla Spagna, il volto rigato di lacrime. Finché diede un gran colpo col pugno sul tavolo, come non sopportasse di piangere, come fosse risentito con se stesso. L'altro dovette aspettare un po' prima che Alfredo riuscisse a rispondere. Ricordo ancora le parole, come se fosse ieri: "Certo che ci sto. Grazie. Perdonatemi per quella notte, eccellenza". Dalla Spagna si sentì una voce incolore: "Certo che ti perdono, ho perdonato me stesso. E non mi chiamare eccellenza, e non mi dare del voi".

«Così nonno Alfredo cominciò a viaggiare col camion. Gli piaceva enormemente quel lavoro. A casa ci stava poco, ovviamente, e quando tornava era distrutto, ma la domenica aveva sempre tante cose da raccontarci. Delle mele, delle pere e dei carciofi aveva smesso da tempo di parlare. Io ho conosciuto l'Italia attraverso i suoi occhi. Ci descriveva le montagne e i laghi. Il colore dei tramonti alle Cinque Terre e il verde rassicurante delle colline senesi, come quello che abbiamo visto noi oggi. Quando doveva fare delle consegne al Sud era felice. Quante volte attraverso i suoi racconti siamo stati con tutta la famiglia a Scilla, a Positano, a Ostuni. Ma il massimo per lui era la Sicilia. Gli piaceva l'odore degli agrumi che entrava dal finestrino aperto e quel mare blu e quella terra aspra. Negli anni gli è capitato di andare a Catania più volte. Cercava di fermarsi il tempo necessario per fare un'escursione sull'Etna. E diceva che quella montagna assomigliava alla sua vita, che era stato lava e cenere, neve e incandescenza, quiete e minaccia. Una volta lassù si era sdraiato a terra. Voleva sentire il borbottio del vulcano e la terra calda. E si addormentò come cullato da quel movimento impercettibile.

«Quando tornava dai suoi viaggi arrivava sotto le nostre finestre e dava un colpo di clacson che avremmo riconosciuto tra mille. Noi ci affacciavamo e lui salutava, sorridente, dal finestrino. Una volta si era fermato dietro l'angolo e aveva affisso uno striscione di carta alla fiancata del camion. Suonò e noi vedemmo passare la scritta "Maria, ce l'abbiamo fatta". Si fermò e mentre nonna Maria diceva: “Che pazzo…” ci fece cenno di scendere. Ma solo noi figli. Mamma ci guardava dalla finestra. Arrivammo giù e lui ci disse di aiutarlo a scaricare. Aveva già aperto le scatole di cartone. Fu così che a casa Noi entrarono la prima lavatrice e il primo televisore. Non ho mai visto mio padre così felice. Guardava mamma alla finestra e si torturava il berretto tra le mani. “Ora ti riposerai un po’, amore mio”, le diceva dal basso sorridendo.

«Una volta, quattro anni fa, partì per un lungo viaggio. Doveva portare dei mobili dalla Spagna a Napoli. Ci aveva avvertito quando stava rientrando a Roma e lo aspettavamo tutti a casa sua. Era un giovedì sera. La piazzetta era semideserta. Sentimmo il camion frenare. Poi il suono del clacson. Quel suono. Che però non si interruppe. Restò nell’aria come un lamento continuato, che si ripeteva in modo straziante. Mamma capì e urlò “Alfredo”. Ci precipitammo giù per le scale e lo trovammo appoggiato a quel clacson. Era tornato, era riuscito a tornare alla sua casa. Ancora una volta aveva fatto il suo dovere.»

«Olivella?» aveva chiesto Andrea al padre.

«Olio Bertolli» fu la risposta sicura.

«Concilia?» domandò il ragazzo con un'aria furba. Giovanni batté le mani sul volante. «Ma per chi mi hai preso? Non sono mica un troglodita. Il dado Lombardi e, aggiungo, così ti stendo, "Non è vero che tutto fa brodo, è Lombardi il vero buon brodo". Tiè.»

«Va bene. Sei a cinque su cinque. Ma prima o poi trovo un Carosello che non sai.»

E intanto aveva inserito il 45 giri di *Abbronzatissima* nel Philips mignon. Procedevano a una velocità media, su una meravigliosa Cassia che ormai Andrea dominava perfettamente. Si guardarono sorridendo e cominciarono a ripetere, a squarciagola, le parole di Edoardo Vianello. A vederli dall'alto erano strani. Se un elicottero del Giro d'Italia, uno di quelli su cui saliva Giovanni Mosca per scrivere i suoi famosi reportage, fosse finito per errore in prossimità del Lago di Bolsena, il pilota avrebbe avvistato sulla statale una Volkswagen bianca decappottabile con a bordo due tipi buffi, uno grande e l'altro piccolo, che muovevano la testa all'unisono. Non avrebbe potuto sentire le loro voci che cantavano «Sulle labbra tue dolcissime un profumo di salsedine sentirò per tutto il tempo di questa estate d'amor».

Si fermarono al lago per una breve sosta e per bere qualcosa. Erano più o meno a metà del viaggio da San Gimignano a Roma. Al bar diedero ad Andrea una bibita buonissima, contenuta in una bottiglia piccola e panciuta, l'aranciata Roveta. Giovanni, in omaggio al fatto che stava per tornare nella città della sua infanzia, chiese di versargli spuma e aranciata in un unico bicchiere. Faceva così dal sor Settimio, negli anni prima della guerra, e aveva continuato a bere quell'intruglio che mischiava amaro e dolce fino a quando aveva vissuto nella capitale.

«Andrea, quando arriviamo dobbiamo assolutamente ritrovare gli Ave Roma, i wafer ricoperti di cioccolata, ti ricordi quanti ne mangiavamo? Una dimostrazione di come la vita può essere bella.»

Parlando del sor Settimio e della spuma, la sua mente tornò ai giorni del 1943. E agli anni successivi, quando con la moglie si era trasferito, poco prima che i figli nascessero, nella casa del padre di lei. La casa dalla quale guardava le finestre del suo appartamento, nella sua piazzetta, e gli sembrava di riascoltare le voci di loro cinque. Una, però, gli tornava alla mente confusa, quella di suo fratello Cesare.

Di lui non si avevano più notizie da anni. Era una delle grandi pene di Alfredo e di Maria. Il ragazzo si era arruolato nell'esercito della Repubblica di Salò, era andato al Nord e aveva preso parte, a quanto avevano saputo, agli orrori dei mesi atroci del 1944. Qualcuno diceva che già da prima si era messo a fare il delatore per i nazisti, che aveva venduto ebrei e antifascisti. E che poi era scappato. Avevano ricevuto un suo biglietto quando era morto Alfredo, lasciato da qualcuno nella buca delle lettere. Diceva di essere molto lontano, che qualcuno dei vecchi amici del quartiere lo aveva avvertito. Che il dolore gli spezzava il petto, ma non poteva tornare, abbracciava tutti e si sarebbe fatto vivo quando fosse stato possibile.

Erano passati in quei giorni quasi quindici anni dalla fine della guerra e ormai sui fascisti si facevano dei film comici come *Il Federale*, che facevano ridere a crepapelle Andrea e Alberto. Quando sentivano Tognazzi che, guidando il sidecar, diceva «Buca, buca con acqua» non potevano sapere che abisso di dolore ci fosse dentro quell'Italia che oggi li faceva divertire. Ma anche così si usciva dalla guerra e dall'odio. Da quella bestia orrenda che aveva fatto trucidare esseri umani e che era continuata anche dopo la Liberazione. Forse Cesare avrà avuto paura della giustizia sommaria. Avrà saputo delle donne rapate a zero e portate in giro per le strade, delle vendette che consegnavano le colpe dei singoli non alle aule dei tribunali ma alle esecuzioni senza processo.

Giovanni e Francesco erano antifascisti convinti. Il primo lo era diventato in mezzo alle macerie di San Lorenzo anche se già provava un amore spontaneo per il rispetto della dignità umana. Francesco fin dal primo momento aveva odiato quel regime che impediva di godere la bellezza della libertà. La meraviglia che conobbe dopo la guerra: i tanti giornali, le tante opinioni, la possibilità di manifestare, sostenere le proprie idee, aderire a un partito. Era quella nuova condizione il sogno che coltivavano quando soffrivano nell'Italia che mandava i suoi figli nelle camere a gas o li impiccava nella pubblica piazza. Giustizia, libertà. Non più odio, non più arbitrio, non più la possibilità per chiunque di uccidere un altro. E non più vendetta, non più spie che vendono la vita degli altri per il loro profitto. Non più parole di cui aver paura.

Se avessero potuto parlare con Cesare gli avrebbero detto di tornare. Avrebbe risposto alla giustizia delle sue colpe, se ne aveva di legalmente perseguibili. Gli avrebbero detto che non c'era altro da temere perché la democrazia aveva vinto davvero. E non c'era il rischio che si ripetessero gli orrori dei giorni successivi alla Liberazione. Ma gli avrebbero anche detto che non aveva il diritto di aver paura della giustizia, perché era stato lui a terrorizzare persone inermi con le sue delazioni che erano costate la vita o la prigionia a esseri umani comunque innocenti, fossero ebrei o antifascisti. Solo Giuditta aveva risparmiato.

Provavano nei confronti di quel fratello un misto di affetto e di rabbia. Perché non si faceva vivo? Dopo tanti anni di cosa aveva paura, cosa si agitava nella sua coscienza? Per loro era vivo, ma non c'era. Tutto qui, con dolore.

Giovanni seguiva questi pensieri mentre era seduto con Andrea al tavolino del bar, in quel tramonto di fine maggio. Il cinebox, una novità arrivata dall'America, proiettava su uno schermo un filmato di Roby Ferrante che cantava *La nave talpa*.

Guardavano il lago e rispettavano l'incanto di quel luogo, ora deserto. La superficie dell'acqua era mossa, attraversata con leggerezza da un gruppo di cigni; nell'aria uno stormo di gabbiani in volo. Andrea aveva quasi svuotato la pancia della bottiglia di aranciata Roveta e stava sfogliando il libro su Correggio che avevano preso a Parma. Fu colpito da un quadro, *Giove e Io*, riprodotto a colori su un'intera pagina. Una giovane donna, adagiata con grazia su un manto boschivo, sembrava abbracciare languidamente una nuvola che a sua volta pareva circondarne un braccio. Mostrò il dipinto al padre; Giovanni gli disse che in effetti quella era una delle opere più belle del maestro e gli spiegò che il quadro era la traduzione in immagini di un testo antico, le *Metamorfosi* di Ovidio, nel quale si racconta dell'innamoramento di Giove per una giovane di eccezionale bellezza. Per sfuggire al controllo di Giunone, sua moglie, Giove si fece nuvola e così poté giacere con la ragazza. Il quadro rappresenta l'attimo dell'incontro d'amore. Giovanni indicò ad Andrea in un punto in basso a destra del quadro la figura di un cervo che beve e gli spiegò che quella era una citazione dalla Bibbia. La lessero insieme, nelle note a fianco del dipinto: «Come la cerva desidera i corsi d'acqua, così l'anima mia anela a te».

Ma nuvole meno languide si stavano facendo strada nel

cielo e i due pensarono di ripartire. Andrea fissò il padre e gli disse, a bruciapelo: «Unca Dunca?». Giovanni si fermò, sembrò scrutare il vuoto e poi azzardò: «Ignis?». Il ragazzo sorrise: «Bruciatori Riello, fregato».

Giovanni guardò in alto e riprese il tema delle nuvole.

«Ho letto su un giornale tre o quattro anni fa che un pilota dell'aeronautica americana era salito con il suo aereo al di sopra di un denso strato di nuvole. Volava a quasi quindicimila metri quando ebbe una avaria. Decise di lanciarsi e, secondo il giornalista che aveva scritto l'articolo, è stato l'unico essere umano a sopravvivere a una caduta da quell'altezza attraverso la più pericolosa delle nuvole, il cumulonembo, una di quelle che producono acquazzoni e grandine. Il povero disgraziato è passato da lì. E per fortuna lo può raccontare. Quando si sganciò dall'aereo pensava di morire dal freddo e poi la variazione della pressione atmosferica gli fece uscire il sangue dagli occhi, dalle orecchie, dalla bocca. Mi ricordo che raccontava di aver guardato in basso e di aver visto il suo ventre come fosse quello di una donna in stato di gravidanza. In compenso il freddo gli intorpidiva gli arti facendogli almeno sentire meno dolore. Con la maschera a ossigeno riusciva a respirare. Dopo cinque minuti di caduta fu avvolto dal ghiaccio che sta alla sommità di un cumulonembo. Era al buio, senza alcuna possibilità di capire a che altezza fosse. Si rese conto che il paracadute si era inceppato e si diede per morto. Poi improvvisamente si aprì e siccome riusciva anche a respirare pensò di avercela fatta. Invece fu travolto da una gigantesca onda di nuvole nere, mentre la grandine lo colpiva in ogni parte del corpo. Le folate lo portavano prima in alto e poi violentemente in basso, era sballottato nelle nuvole, sbalzato dalle correnti di quel mare in tempesta. Anche la grandine saliva e scendeva con lui, ma nell'impatto con l'aria fredda si solidificava e cresceva di dimensioni. Ma il peggio il pilota lo visse quando entrò nella parte bassa di quell'inferno. Mi ricordo una sua frase: “Era un vero manicomio della natura, un’orrenda gabbia di pazzi violenti e fanatici che mi picchiavano e urlavano”. Era l’incontro con i lampi accecanti dei fulmini e il loro spaventoso rumore. Di nuovo pensò di morire. Anzi pensò di essere morto. E invece ce lo ha raccontato. Considera quante nubi diverse abbiamo incontrato oggi. Quelle celesti dell’*Ascensione* di Parma, quella innamorata di Giove e questa demoniaca del povero pilota. D’ora in poi quando guarderai in alto ti sembreranno meno banali, quei batuffoli nel cielo.»

Mentre toglieva con le unghie i frammenti di plastica circolare del tappo dell’aranciata, Andrea osservava in lontananza suo padre che gesticolava al telefono a gettoni in modo concitato. Si alzò per avvicinarsi. Giovanni era talmente preso da quella conversazione che neanche se ne accorse.

«Che stai dicendo? Siete impazziti? Quando sarebbe successo?»

Dall’altra parte Francesco, suo fratello maggiore, balbettava. A lui, stimato psichiatra, era stata affidata Giuditta. E solo due giorni prima aveva rassicurato tutti annunciando che la paziente stava meglio e chiedeva del marito. E invece ora lo stimato psichiatra doveva dire al fratello che lei era sparita, che aveva approfittato di un attimo di distrazione degli infermieri ed era uscita dal cancello della clinica. Era successo nel primo pomeriggio e loro, con la polizia, avevano battuto tutte le zone limitrofe, senza successo. Di una cosa Francesco era certo, la donna non aveva mai dato segni di voler distruggere se stessa e anzi negli ultimi tempi sembrava animata da una nuova voglia di vivere. Si sarebbero trovati a casa per fare tutte le ipotesi circa i luoghi dove secondo Giovanni la moglie avrebbe potuto andare, i luoghi della sua, della loro vita. Intanto le volanti avrebbero continuato a cercare. Ad Andrea l’idea che le auto della polizia girassero con la foto segnaletica della madre provocò una terribile stilettata di dolore. Il padre insultava il fratello con un'asprezza che il figlio non aveva mai conosciuto. Finito di parlare posò il telefono sul ricevitore in metallo grigio e appoggiò la fronte alla parte alta dell'apparecchio, poco sotto la feritoia per i gettoni. Restò così un attimo, come dovesse riprendersi. Come se dovesse capire cosa stava realmente accadendo. Il figlio era dietro di lui, con i suoi pantaloni corti e il suo tappo in mano. Lo guardava preoccupato. Disse solo, incerto: «Papà?...». Giovanni si scosse, si voltò, lo prese per mano e corsero insieme verso la macchina. Chiusero in fretta la capote, che ora gli sembrava insopportabilmente frivola. Il padre raccontò tutto ad Andrea, lo fece bene. Dicendogli la verità ma rassicurandolo sul fatto che le persone non si perdono, che la mamma evidentemente stava tanto bene da non sopportare più quel posto e aveva avuto voglia di uscire, di vedere luoghi diversi. Andrea era atterrito. Disse solo:

«E ad Alberto che gli diciamo?».

Arrivati a casa, a Roma, Giovanni si affacciò subito alla finestra. Da lì aveva visto la guerra, il 25 luglio, la deportazione degli ebrei, la Liberazione, la morte di suo padre. Era il suo osservatorio sul mondo e sulla storia. Perché in quella piazzetta, tra la gente che l'abitava o la frequentava, i marosi di quel tempo erano passati cambiando la vita di tutti e di ciascuno. Pensò che la mattina dopo si sarebbe svegliato presto, avrebbe preparato il latte con il pane e aperto la finestra per cercare di misurare, nel formarsi di un giorno qualunque, se e quanto fosse cambiata la vita della piazzetta. Essere lì, aver salito quelle scale, ritrovare i suoi mobili che avevano resistito all'usura del tempo gli dava una sensazione di sicurezza, come se fosse ancora padrone della vita di quello spazio. E gli dava orgoglio che con lui ci fosse un altro ragazzo, un nuovo ragazzo, che gli assomigliava.

Francesco gli raccontò nei dettagli la fuga di Giuditta, le ricerche che avevano fatto, i contatti con la polizia. Passarono in rassegna tutti i possibili luoghi nei quali avrebbe potuto rifugiarsi, fecero un elenco preciso che comprendeva anche quelli già battuti in quelle ore. E si divisero le zone. Domani avrebbero setacciato a ritroso la vita di Giuditta, sarebbero andati in tutti i posti in cui lei aveva posato i suoi occhi per capire cosa stesse cercando, nel suo dolore.

Prima di andare a dormire Giovanni chiese ad Andrea di seguirlo. Salirono le scale e arrivarono al terrazzo condominiale.

«Vedi, questo era il posto dei miei sogni. Durante la guerra non potevamo mai venire qui a guardare le stelle né a osservare le luci della città che dorme. Era un paradiso perduto. Con tua madre, dopo, qui abbiamo passato ore e ore a parlare. È qui che eravamo soli davvero. Forse è qui che ci siamo accorti di amarci. O, meglio, io l'avevo sentito dal primo momento. Dopo la deportazione non riuscivo a capire se lei si appoggiava a me per solitudine o perché sentiva qualcosa nel cuore.

«D'estate la sera ci portavamo due sedie quassù e ci sentivamo i padroni di tutto. Era la nostra casa. Non aveva tetto o forse il più bel tetto di tutte le case del mondo. Pensavamo all'umanità in pace e non riuscivamo a immaginarla. Quando vedevamo passare le luci di un aereo ci promettevamo di viaggiare in luoghi lontani. Una sera mi chiese se l'uomo sarebbe mai arrivato sulla Luna. Sembrava una favola, un sogno irrealizzabile. Ora dicono manchino pochi anni. Quel giorno voglio essere con lei, qui.

«Ora il mondo è cambiato, la gente sembra voler usare la scienza non per distruggere ma per scoprire. Le persone sorridono, non hanno più paura. Hanno voglia di vedere il futuro, ma non per scappare dal presente. Noi avevamo fretta, perché ci lasciavamo dietro il fuoco dell'inferno che ancora ci inseguiva. Forse quella voglia di vita, di pace, ha fatto ora il mondo così com'è.»

Andrea ascoltava il padre e guardava il cielo. Dopo il tuono, una minaccia passeggera, tutto era tornato nitido. Ora riconosceva le grandi costellazioni e cercava la stella Aldebaran, della quale aveva letto a scuola la meravigliosa luminosità. La sua attenzione fu però richiamata da una luce diversa. In una stanza del palazzo di fronte un ragazzo e una ragazza ballavano, abbracciati, alla musica di *Quelli della mia età* di Françoise Hardy. La finestra era aperta e nello strano silenzio di quella sera romana si potevano quasi sentire le parole che si scambiavano. Prima che la musica finisse cominciarono a baciarsi, sulla bocca. Il ragazzo infilò le mani sotto la maglietta di lei, per carezzare i suoi piccoli seni. Andrea non sapeva cosa fare: era attirato da quell'immagine che lo stregava ma non voleva sbirciare nella intimità altrui e, al tempo stesso, lo avrebbe molto imbarazzato che il padre si fosse accorto di tutto. Si tirò indietro, il volto in fiamme per l'emozione e deglutì, in modo che il padre non avvertisse il suo respiro strozzato.

Francesco gli aveva preparato la stanza di Alfredo e Maria. Lui si sarebbe spostato in quella di Giovanni bambino. Prima di dormire Andrea aveva chiesto al padre di fargli vedere dalla finestra il luogo preciso in cui i nonni materni erano stati prelevati dai nazisti. Giovanni indicò con il dito tutto il tragitto, la posizione dei camion neri, la collocazione delle SS che avevano chiuso il quartiere ai lati.

Si misero a letto e spensero la luce. Fu dopo un po', quando si era girato su un fianco per prendere sonno, che Giovanni sentì la voce del figlio:

«Papà, ma allora Dio non esiste».

Non era una domanda, sembrava una affermazione, incerta forse, ma una affermazione.

«Perché lo dici, Andrea?» disse Giovanni riportandosi supino.

«Perché se esiste è cattivo. E se è cattivo non è Dio.»

«Cioè?» e questa volta a deglutire fu il padre.

«Cioè mi avete sempre detto che tutto dipende dalla sua volontà. E allora perché ha consentito che succedesse tutto questo? Perché ha lasciato che degli innocenti fossero sterminati? Perché la nonna e la bisnonna hanno dovuto morire in quel modo? E perché tanti bambini sono stati portati nelle camere a gas? Me lo avete detto voi, l'ho letto sui libri di scuola e l'ho visto in tv. Perché Dio è cattivo?»

La voce di Andrea sembrava sull'orlo del pianto. Come se avesse appena scoperto di essere più solo, come se avesse capito per la prima volta che oltre i genitori non c'era nessuno che si prendesse cura di lui, di lui e degli altri esseri umani della terra.

«No, Andrea, sarebbe troppo facile per noi umani. Se noi potessimo fare ogni cosa e poi attribuirne la responsabilità a Dio. Siamo noi, con i nostri gesti quotidiani, con le nostre scelte, che facciamo la vita nostra e degli altri. Siamo arbitri del nostro destino. Dio ci ha dato la possibilità di vivere, ci ha fornito i principi in base ai quali orientare la nostra esistenza, ci garantisce un premio per la correttezza dei nostri comportamenti. Ma Dio non è responsabile della follia di Hitler né di quella di Mussolini. Come non è responsabile dell'uomo che uccide la moglie o delle malattie che tanto dolore ci provocano. Siamo noi i registi del destino sulla terra. Dio ci ha fatto e ci giudica.»

«Ma non è onnipotente? Lo dicono anche le preghiere. E non è infinitamente buono? Per quei bambini lasciati morire lì, Dio non è esistito.»

«Anche Gesù, suo figlio, è morto sulla croce. E anche lui disse: "Dio mio, Dio mio perché mi hai abbandonato?". Però hai ragione: Auschwitz è l'inferno della storia dell'umanità. L'uomo ha prodotto un tale abisso di dolore che niente sarà più come prima. È come se gli artefici di quei campi di sterminio avessero voluto dimostrare di cosa l'uomo è capace quando perde proprio quei valori che Dio ha fatto scrivere sulle tavole. Le camere a gas non dimostrano che Dio non c'è. Dimostrano che è stato sconfitto. La sua onnipotenza non arriva a fermare la mano dei criminali. Forse dopo Auschwitz dobbiamo sentirci ancora più in colpa con lui. E forse dobbiamo ripensare il concetto di onnipotenza. Anche Dio può perdere.»

Ci fu un lungo momento di silenzio. Giovanni sentiva che Andrea stava pensando alle parole che erano volate, da una parte all'altra del letto, in quella stanza buia. Quel silenzio lo emozionò. Si ricordò di quanti pensieri analoghi, quanti interrogativi terribili sulla vita e sul futuro snocciolava con se stesso di notte, nella stanza che era oltre il corridoio. Pensò che è in quei momenti, buio e solitudine, che si fanno vive le paure più rimosse. Ma pensò anche che è in quei momenti che si cresce, che si costruiscono le difese e si rafforzano le certezze dei valori in base ai quali ciascuno decide il corso della propria esistenza. Quei dubbi fanno fondere corazze notturne, che non lasceranno mai chi le ha costruite e indossate. Per questo il silenzio di Andrea, come i suoi interrogativi, gli facevano amare ancora di più quel figlio che cresceva.

Ma il silenzio si spezzò, come un vetro crepato.

«Io penso allora che Dio, durante Auschwitz, pregasse. Me lo immagino inginocchiato, davanti alla foto di un bambino impiccato, mentre prega. Ma noi preghiamo Dio. Lui pregava gli uomini. Che non lo hanno ascoltato. Onnipotenti, nell'orrore, sono stati gli uomini. Lui soffriva e non gli restava che pregare.»

«Sì, è una bella immagine. In fondo il fatto che Auschwitz ci abbia mostrato la fragilità di Dio ci fa capire che solo se gli uomini si faranno davvero a somiglianza della sua bontà eviteranno la fine del genere umano.»

Ci fu ancora un silenzio.

«Papà?»

«Sì, Andrea, dimmi.»

«Grazie, buonanotte.»

«Buonanotte a te, figlio mio.»

«Domani ritroviamo la mamma, vero?»

«Sì, la ritroveremo, te lo prometto.»

In lontananza si sentiva una musica nella notte, ancora una volta, «Quelli che hanno la stessa mia età fanno insieme progetti d'amor, quelli che hanno la stessa mia età han negli occhi la felicità».

«Andrea?»

«Sì, papà?»

«Ti voglio bene.»

La mattina dopo, mentre Francesco setacciava ancora una volta il quartiere, padre e figlio andarono al Giardino zoologico, nel cuore di Villa Borghese. Giuditta amava passare il suo tempo in quel luogo. Le piaceva passeggiare in mezzo ai recinti, mangiare al ristorante Mascagni, di fronte alla grande gabbia in cui uccelli di tutti i colori incrociavano il loro volo. Porgeva timida la nocciolina alla giraffa che veniva a prenderla sul palmo della sua mano, si divertiva con le acrobazie delle scimmie e con il nuotare elegante dei pinguini. C'era solo un posto dove non voleva andare, la gabbia dei gorilla, proprio all'ingresso dello zoo. C'era stata una sola volta ed era uscita piangendo; l'aveva molto scossa la tristezza di quegli animali rinchiusi in uno stanzone con le sbarre e il vetro, seduti in un angolo senza nulla da fare, con gente rumorosa che scattava le foto e rideva di loro.

Così Andrea e Giovanni decisero di seguire il medesimo itinerario: si cominciava dagli elefanti e si finiva con la piccola giostra di legno, dopo le gabbie delle scimmie. Era una giostra deliziosa, spinta a mano da un vecchietto gentile. Poco lontano, su una panchina, si potevano fare le foto con un leoncino. Da qualche parte a casa dovevano esserci i loro ritratti, pose un po' imbarazzate vicino a un amichevole cucciolo di felino.

Avevano guardato ovunque, senza trovare tracce di Giuditta. Fuori dall'ingresso principale Giovanni aveva preso con decisione la direzione a sinistra e, uscito dal cancello di viale del Giardino zoologico, aveva ancora svoltato a sinistra sul proseguimento di via Aldrovandi. Poi, tenendo Andrea per mano, aveva attraversato la strada. Era una giornata meravigliosa, calda ma senza afa. Arrivarono all'angolo di una stradina e si fermarono sotto la targa di marmo; c'era scritto «Via dei Tre Orologi».

«Qui tua madre e io ci siamo dati il primo bacio. Ti porto a vedere il posto preciso. Magari ha pensato di tornarci.»

Andrea si guardava attorno estasiato. I muri della piccola via senza uscita erano completamente ricoperti di edera rampicante, c'era solo verde. Nessuna macchina e uno straordinario silenzio. Non aveva mai visto nulla di simile.

«Qui, vicino a questo piccolo portone, le ho preso la mano. Ti giuro che il cuore mi sembrava uno squadrone di cavalleria all'attacco. Ma fu lei a baciarmi. Forse aveva capito quanto ero imbranato, avrà pensato che con i miei tempi ci saremmo sfiorati dopo tre anni. Allora mi stampò sulle labbra quella meraviglia delle sue. Durò un'ora, dieci ore, un giorno intero. Eravamo appoggiati a quest'edera e non smettevamo più. Siamo tornati tante volte. Guarda quella casa sulla destra, dove la strada finisce. È la casa più bella del mondo. Ci dicemmo che se mai fossimo stati ricchi saremmo andati a vivere lì. Ma erano sogni di ragazzi. Ora mi basterebbe entrare una volta per vederla. Ma questa è la strada del nostro cuore. Forse senza via dei Tre Orologi non ci sareste né tu né Alberto» concluse sorridendo.

Fecero un lungo giro di Roma, seguendo una specie di itinerario del cuore che Giovanni aveva fissato su un foglietto. Ogni luogo che potesse avere un significato veniva raggiunto ed esplorato. Francesco aveva telefonato a tutti gli amici, senza successo. La mattinata passò invano. Si erano dati appuntamento a casa per pranzo, in modo da scambiare le informazioni eventualmente raccolte. Mangiarono rapidamente e Giovanni chiese dieci minuti per andare in cantina. Ne tornò con una cartella, sembrava quella di scuola, e disse che era pronto per ripartire.

In quei giorni si era diffusa la notizia di un grave peggioramento della salute di Giovanni XXIII, il papa che Giovanni amava enormemente e che affascinava anche Giuditta. Erano stati per caso a Roma con i bambini nei giorni in cui si apriva il Concilio Vaticano II e il capofamiglia aveva convinto tutti ad andare quella sera in piazza San Pietro. Andrea ricordava l'emozione di tante persone con le fiaccole che illuminavano la piazza. Poi si era aperta una finestra lontana e da quel piccolo punto di luce avevano sentito un uomo buono pronunciare parole che nessuno di loro avrebbe mai dimenticato:

«Cari figlioli, sento le vostre voci. La mia è una voce sola, ma riassume la voce del mondo intero. Qui tutto il mondo è rappresentato. Si direbbe che persino la luna si è affrettata stasera – osservatela in alto – a guardare questo spettacolo. Gli è che noi chiudiamo una grande giornata di pace. Di pace». E poi: «La mia persona non conta niente, è un fratello che parla a voi diventato padre per la volontà di nostro Signore, ma tutti insieme, paternità e fraternità, è grazia di Dio. Tutto, tutto! Continuiamo dunque a volerci bene, a volerci bene così, guardandoci così nell'incontro: cogliere quello che ci unisce, lasciar da parte quello, se c'è, qualche cosa che ci può tenere un po' in difficoltà. Niente. *Fratres sumus*».

A Giovanni, che aveva vissuto il tempo dell'odio e della guerra, erano sembrate le parole di un mondo nuovo. E anche Giuditta si era commossa. Lei, da ebrea, aveva colto in quel *Fratres sumus* un invito a trovare una nuova unità, capace di rispettare le differenze e di riconoscerle. La sua gente era stata sterminata in nome di una diversità che neanche la Chiesa era stata in grado di tutelare negli anni delle leggi razziali, o quando definiva Mussolini «l'uomo inviato dalla divina Provvidenza». Ora si veniva annunciando un tempo nuovo, un tempo di incontro, una tensione a trovare quello che unisce. Quel piccolo punto di luce rappresentava una rivoluzione, per tutti.

Ora nella piazza c'erano fedeli che pregavano per quel vecchio pontefice in agonia. Tra loro, dietro le colonne, divisi da una parte e dall'altra della piazza, Andrea e il padre cercavano la loro donna perduta.

«Dove sei, mamma?» ripeteva tra sé e sé Andrea mentre passando veloce guardava i volti di tutte le donne che incrociava. Si fermava a osservare quelle che pregavano inginocchiate, un velo sulla testa, e scrutava anche le suore immaginando, chissà perché, che sua madre si fosse camuffata. Con il padre si scambiavano uno sguardo ogni volta che superavano una colonna, come marciassero in parallelo. Andrea vide persone che parlavano mille lingue diverse, persone con tratti somatici e colori della pelle che a lui erano noti solo dai libri. Sentì parole in polacco e in filippino e pensò che se sua madre aveva deciso di andare lì era perché voleva sentirsi cittadina del mondo. Perché dopo essere stata solo tra persone come lei, con problemi come i suoi, voleva conoscere gli infiniti spazi della diversità. Aveva vissuto mesi di un solo colore, voleva ritrovare l'arcobaleno.

Si fermarono al Borgo, il dedalo di viuzze bellissime che si stende vicino al Vaticano, ricordo di ciò che quella parte di Roma doveva essere prima che il piccone di Mussolini le togliesse, con le demolizioni, un pezzo di memoria. Sulla strada Andrea vide negozi che vendevano Bibbie e articoli religiosi. Uno proponeva offerte speciali di camicie per sacerdoti e un altro dichiarava la sua particolare, ricca fornitura di materiale battesimale. Il padre aveva voglia di un caffè. Andrea si fermò nella libreria di fianco al bar. Sfogliò un libro illustrato per ragazzi che raccontava la genesi del mondo e descriveva con immagini e testo come circa duecento milioni di anni prima un gigantesco meteorite avesse colpito una zona non lontana, l'interno della Francia. Era un asteroide con un diametro tra gli 800 e i 1500 metri, una massa di miliardi di tonnellate e una velocità, all'impatto, tra i 20 e i 50 chilometri al secondo. L'impatto sprigionò l'energia equivalente a quattordici milioni di volte la bomba di Hiroshima. Milioni di anni dopo, la caduta di un'altra cometa, nello Yucatan, produsse una temperatura molto superiore a quella del sole. Il disegno era quello di un dinosauro che si voltava, inconsapevole, all'arrivo della grande massa grigia. Quell'immagine colpì molto Andrea e lo fece pensare al padre, bambino, a San Lorenzo.

Cercarono un locale pubblico che avesse all'esterno il segnale tondo del telefono a gettoni. Passando videro una pubblicità nella vetrina di un negozio di elettrodomestici che stava chiudendo. Reclamizzava una nuova macchina fotografica, semplice, adatta per tutte le età. Andrea la guardava con evidente interesse. Quell'interesse che significa desiderio. Giovanni gli disse, sbrigativo: «Aspettami qui» ed entrò piegandosi nel locale che aveva già la saracinesca a mezz'aria. Andrea sperava che succedesse quello che stava succedendo. Il padre uscì con una scatola in mano. «Scusa se non è incartata.» Mentre lui andava a telefonare, il ragazzo aprì l'involucro e cominciò a rigirare tra le mani quell'oggetto e soprattutto il rullino che era tanto semplice nell'uso da apparire un gioco.

Fu in quel momento che dall'interno della tabaccheria sentì un urlo.

«Mi dica dove, la prego.»

Giovanni scattò fuori dal locale, lasciando pendere la cornetta e trascinandosi dietro il figlio in una corsa a perdifiato fino alla Volkswagen.

Saliti sull'auto, mise subito in moto e intanto spiegò ad

Andrea che dallo studio dello zio gli avevano riferito che Francesco era partito per Ostia lasciando detto di avvertirlo, quando avesse telefonato: una loro conoscente aveva incontrato Giuditta, le era sembrata confusa e aveva avvertito la polizia.

Giovanni spinse a tavoletta l'acceleratore sulla via del Mare. Per fortuna era un giorno di metà settimana e non c'era grande traffico. Arrivarono al pontile di Ostia, dove era l'appuntamento, prima che facesse scuro. Ad aspettarli una volante della polizia, che gli fece strada. Posteggiarono davanti a uno stabilimento, Andrea aveva il cuore in gola. Guardava in ogni direzione. Quando scesero, si avviarono verso la spiaggia dove alcuni poliziotti parlavano con una donna seduta sulla sabbia.

Con un solo gesto Giovanni chiese a tutti di allontanarsi. Andrea seguiva il padre, vedeva la donna solo di spalle, non sapeva ancora se fosse davvero la sua mamma. Quando le fu davanti la riconobbe. Era lei, bella come sempre. Aveva lo sguardo vuoto, come se gli occhi fossero ripiegati all'interno di sé. Giovanni cominciò a parlarle ma lei non manifestava alcuna reazione, neppure un segno. Poi si voltò verso Andrea e al ragazzo sembrò che un'emozione le passasse davanti agli occhi. Ma non si scosse dal suo niente. Padre e figlio le parlavano e lei non rispondeva. Guardava il mare, muta.

Giovanni disse qualcosa al ragazzo, con tono assolutamente normale. Andrea si mosse verso la macchina ostentando una calma inesistente. Prese dal sedile posteriore la cartella da scolaro e tornò dal padre. Lui l'aprì ed estrasse un foglio di carta. Era il ritratto di una bambina con i capelli ricci. Era un bel disegno. Giovanni glielo appoggiò sulle gambe dicendo solo: «Sei tu, amore mio». La donna portò lentamente, stancamente, lo sguardo sul suo grembo. Quando gli occhi si fermarono su quel volto di bambina, Giuditta ebbe come un fremito.

Non cambiò espressione, ma tutto il resto cambiò. Andrea riconobbe una lacrima e sentì un sussurro, «Giovanni». L'uomo la abbracciò dolcemente, mettendo il suo viso sul collo di lei. Intanto i curiosi scemavano, quasi delusi, e i lampeggianti della polizia si allontanavano.

Andrea li guardava. Suo padre e sua madre avevano cominciato a ritrovarsi. E ora erano lì, di nuovo l'uno parte dell'altra.

«Le strade piene, la folla intorno a me, mi parla e ride e nulla sa di te, io vedo intorno a me chi passa e va ma so che la città vuota mi sembrerà se non ci sei tu.» Dallo stabilimento vicino un jukebox iniziò a diffondere una musica che invase gli ombrelloni chiusi, i pattini sulla riva, quei due innamorati ritrovati. E quel ragazzo che stava osservando tutto. Dal mirino di una nuova, fiammante Kodak Instamatic.

1980

L'autunno

«Non ti basto io?» chiese Andrea. Monica alzò lo sguardo, nei suoi occhi stalattiti di ghiaccio. Al marito parve persino che lì dentro ci fosse qualcosa che somigliava all'odio. Il sorriso che precedette la risposta era beffardo e insieme raggelante.

«No che non mi basti tu. Non sappiamo più che dirci, non te ne sei accorto? Passiamo ore davanti alla televisione senza scambiarci una parola. Tu dici che è perché siamo stanchi. Hai ragione, ma siamo stanchi l'uno dell'altra. Tu non hai nessun interesse per la mia vita, per il mio lavoro. E neanche più per il mio corpo. La mattina potrei mettermi addosso un gonnellino di banane e neppure te ne accorgeresti. Siamo ancora qui, dormiamo nello stesso letto e mangiamo allo stesso tavolo perché c'è Luca. Non sai quante volte, quando spegni la luce per dormire, mi è capitato di pensare: "Ecco, questo è il momento. Ora vado. Apro la porta e sono nello spazio libero, padrona del mio tempo, delle mie parole, dei miei baci, dei miei orgasmi, dei miei sogni". Ma non l'ho mai fatto. Perché insieme, eravamo ancora ragazzi, e forse un po' stupidi, siamo diventati responsabili della vita di nostro figlio. L'abbiamo fatto troppo presto. Siamo passati dal liceo ai pannolini. E in mezzo, l'occupazione dell'università. Mentre gli altri giocavano a calcetto in corridoio, Cina contro Cuba, tu mi sei entrato dentro. Io ti ho lasciato fare, non immaginavo che due adolescenti potessero mettere al mondo un figlio. Tutto troppo presto. Come ogni cosa della nostra generazione. Volevamo assaltare il cielo, che imbecilli.»

Spostò la tenda e indicò oltre i vetri.

«Eccolo, solo che è sempre grigio e carico di pioggia. E se avessimo vinto, senza accorgercene? Abbiamo conquistato il cielo, ma infilando le nostre belle bandiere nelle nuvole forse lo abbiamo bucato e ora ci grandina addosso.»

Andrea la guardava senza trovare il coraggio di interrompere quel fiume in piena. In fondo era importante sapere cosa si nascondeva dietro quel volto severo, che aveva mantenuto la bellezza degli anni in cui si erano scelti ma che nel tempo sembrava essere diventato impermeabile alle emozioni. Che si sfogasse, dunque. Che rompesse quel muro, tanto più che le era tornato, come d'incanto, il rossore e il lieve fremito della bocca che lui aveva conosciuto e amato durante le assemblee universitarie più infuocate.

Ma il fiume stava per frantumare gli argini.

«E poi posso dirti la verità? Non mi piaci più. Eri un ragazzo divertente, pieno di fantasia, disordinato ma vitale. Coltivavi diecimila progetti al minuto, molti dei quali assurdi. Una volta volevi persino che ci trasferissimo tutti in non so quale posto del pianeta a coltivare bachi da seta. Ma correvi incontro alla vita. Adesso scappi, sembri non aver accettato quello che ti ha dato, che poi è quello che ti sei costruito da solo. Tu sei convinto di essere rimasto quello che eri. Il dramma è che temo sia vero. Per consolarti dici a te stesso che il mondo non ti ha cambiato, che la tua purezza è incontaminata. E allora continui a fare, fingendo che siano nuove, le stesse cose di sempre. Ti danno due lire per raccontare da un telefono a gettoni il sangue che cola dalla testa delle persone prese a manganellate o a colpi di spranga. È il nuovo giornalismo, dici. Da tre anni ti sbatti per tutti i cortei, le assemblee, i morti ammazzati perché pensi di essere come un reporter di guerra o come John Reed che racconta la rivoluzione, l'ennesima. A me invece sembrate dei frustrati che sperano di rivivere, dieci anni dopo, la loro giovinezza. Ma non lo vedi, il rosso che è restato non è più il colore delle bandiere dei proletari, è quello del sangue dei morti. Cosa c'era scritto nell'aula sesta di Lettere a Roma? "Amore amore, fammi venire con la rivoluzione." E come dicevamo alla Statale? "La rivoluzione o sarà una festa o non sarà." Non è stata. Sui gradini delle facoltà c'era il sangue dei professori uccisi, altro che festa.»

Ci fu una pausa, come se lei avesse detto più del necessario e lui ascoltato più del necessario. Come se in quel momento la soluzione migliore per tutti fosse il silenzio.

Andrea pensò alle parole di una canzone di Lucio Dalla che in quei giorni sentiva di frequente: «Cosa ho davanti, non riesco più a parlare, dimmi cosa ti piace, non riesco a capire dove vorresti andare».

Poi avvertì che toccava a lui. Non ne aveva voglia, era stanco. Cominciò quasi sussurrando.

«Vuoi dire che sono un fallito? O che hanno fallito le nostre idee? Sono due cose diverse, se permetti. E comunque erano anche le tue idee. Non scordartelo. Stasera sei stata dura e sincera, meglio così. Ma ora ti posso dire la mia? Anche tu stai parlando di te stessa. Io forse sarò rimasto troppo uguale ma tu ti sei trasformata troppo. Ti ricordi *C'eravamo tanto amati*? "Volevamo cambiare il mondo e il mondo ha cambiato noi." Che ti è successo? Noi vorremo forse ritrovare il passato ma tu invece sembri la nemica della tua giovinezza, sembra che usi argomenti per giustificare la rinuncia a quei sogni e a quei pensieri. Come se volessi dire a te stessa che sei un'altra persona. E forse questo ti fa odiare tutto quello che ha popolato finora la tua vita, me compreso.

«È vero, porti a casa più soldi tu di me. In fondo, però, questo è anche uno dei grandi meriti di quelle idee che oggi ti fanno ribrezzo. Prima non sarebbe successo. Tu sei una donna in carriera e io un idealista che usa il gettone del telefono. E se fosse questo il Sessantotto, per tutti? Tutti sputano su quella data e quello che è stato, ma ciascuno ha goduto della rivoluzione che ha prodotto nei costumi. In politica uno schifo, ma quanto a libertà personali, un tripudio. Tu ti occupi di pubblicità, ma lo puoi fare perché non si va più a letto dopo Carosello. Perché è cambiato il modo di vivere, di consumare, sono cambiate le ambizioni. Questa tua nuova televisione, la neonata di questi giorni, che per te sembra quasi contare più di Luca...»

« Non dire cretinate...» lo interruppe Monica.

«... questa tua nuova televisione, è anche lei il prodotto del Sessantotto, pure se è fatta dai nuovi ricchi. La tua carriera di esperta di marketing è diventata l'unica ragione della tua vita. Non credo siano i soldi, credo sia la magica eccitazione che dà il potere, l'adrenalina che evidentemente si sprigiona quando si ottiene una promozione o quando un tuo collega inciampa. Questa è la tua vita oggi e io per te rappresento una anomalia. Lavoro in una radio privata, guadagno poco, ho una 124 spider di otto anni fa, mi diverto andando al cinema e viaggiando, più che alle tue cene incravattate. Di' la verità, ti vergogni quando ti accompagno? Eppure ho i capelli corti, non ho baffi, non ho barba, sembro un bravo ragazzo. Ma non porto quelle orrende cravatte con i nodi grandi come un pugno che dovrebbero farti orrore né quelle tremende giacche doppiopetto nelle quali si infagottano i tuoi amici dell'ufficio. Sembrano tanti John Travolta di serie B. Posso dirtelo? È un mondo che mi fa schifo. Parlano solo di soldi, io non li capisco e se li capisco mi stufano.»

«Pregiudizi, i tuoi. Giudichi il prossimo per come si veste? Meglio gli eskimo? Meglio le camicie di un solo colore delle guardie rosse? Non dire cretinate, rispetta chi è diverso da te. Forse il tuo mondo è in estinzione e il mio è quello che nasce sulle ceneri del tuo. Ti fanno schifo i soldi? E come faremmo a permetterci il lusso del tuo hobby giornalistico? Io cerco i clienti, pianifico gli spazi degli spot, vado a cena con quelli dei cravattoni per dare a te la possibilità di fare l'aedo della rivoluzione che non c'è. Buffo, no? Con i soldi dei palazzinari tu vuoi cambiare il mondo.»

«Monica, non esagerare. È facile umiliarmi. Prendo uno stipendio modesto ma regolare. Potevo guadagnare di più facendo un lavoro in cui non credo, che non mi appassiona. Invece ho scelto. Meglio meno, ma meglio. Mi sento appagato, racconto quello che succede, lo faccio onestamente, non invento. La realtà la descrivo sinceramente, non ci speculo. E la sera vado a dormire tranquillo. Mi interessa quello che mi succede intorno. È reato? Tu parli solo di palinsesti e di audience, di network e di syndication. Io almeno da vecchio potrò dire, come Omero, "Ho raccontato".»

«E io dirò, "Ho fatto". Se tu non ci sei, le cose accadono comunque. Grazie alla mia attività si produce qualcosa che, in piccolo o in grande, consente a molte persone di avere un lavoro e cambia la loro vita. Chi emancipa di più dallo sfruttamento: le tue chiacchiere o il mio farmi in quattro?»

«Ma cosa sei diventata? Non ti riconosco. Sei la stessa persona che era disposta a rinunciare a tutto pur di non scendere a compromessi con la propria coscienza? Ti ricordi quando ci offrirono di lavorare in quella azienda se solo tuo padre avesse speso una buona parola con un cavolo di sottosegretario? Allora sbattesti il telefono in faccia a chi te lo proponeva. Ora sono sicuro che accetteresti. E questo mi fa paura e tristezza.»

«Forse sì. Tanto lo fanno tutti. Se non lo faccio io, lo fanno gli altri...»

«Dimmi che scherzi, vuoi che chiami l'esorcista? Non insegnare a Luca queste cose, ti prego.»

«Non dirmi tu cosa devo fare con mio figlio. Ci passo il doppio del tempo di te. Avevo vent'anni e a lui e a te ho regalato i miei anni migliori. Ed è per lui, solo per lui, che non ti chiedo il divorzio...»

Eccola la parola. È arrivata. È rimasta sospesa nell'aria, si è nascosta nelle frasi più aspre, ha ispirato i toni più velenosi e goduto delle inutili cattiverie di quel dialogo. E ora è lì, sfrontata, come se avesse le braccia sui fianchi e un'espressione da impunita e sfidasse quell'uomo frastornato, costringendolo a fare i conti con il suono sordo e solitario di quelle otto lettere.

Andrea pensò molte cose insieme. Immaginò il letto vuoto, i pranzi da solo, i weekend con Luca al luna park, le malattie da affrontare senza un conforto. E pensò al silenzio che avrebbe invaso i luoghi della sua vita, a cominciare dalla nuova casa nella quale sarebbe andato, esule, a trascorrere l'inverno alle porte. Poi pensò che, in fondo, anche quella parola era figlia del Sessantotto: sembrava un paradosso ma sua moglie doveva minacciare una conquista per cui avevano lottato insieme, proprio per liberarsi di lui che a quegli ideali era restato fedele. Ma una sola immagine gli stracciava il cuore, gli frantumava l'ordine del pensiero.

«Davvero vuoi divorziare? E Luca? Luca non sa niente dei nostri problemi. Per lui siamo la famiglia serena che ogni bambino vorrebbe. È figlio unico, tu non ne hai voluti altri. Pensa che dolore sarebbe per lui. È vero che litighiamo ogni tanto e forse anche troppo. Ma siamo una coppia e quando il sabato lo andiamo a prendere a scuola lui ci guarda come se fosse orgoglioso di noi, insieme.»

«Ma come, non dicevamo che per i bambini è meglio il divorzio dei genitori che non la loro convivenza forzata? Meglio due genitori separati ma sereni piuttosto che infelici insieme? Luca ha undici anni, ma è un bambino intelligente, capirebbe, stanne certo. Comunque ti ho detto che è per lui, solo per lui che non ti chiedo di farlo. Tra noi è finita, è bene che tu lo sappia. Cerchiamo di convivere fino a che possiamo. E cerchiamo di non far pesare tutto questo su di lui, che non ha colpe. Se non quella di essere figlio di due irresponsabili che lo hanno messo al mondo ventenni. E, per tornare alla tua domanda di prima, ora credo tu abbia capito perché non mi basti. E perché ho deciso di cominciare a fare terapia. Pagherò qualcuno perché mi ascolti, perché si prenda cura di me, perché abbia interesse per quello che mi succede, perché mi faccia sentire meno sola. Pago per quello che non ho. Compro ascolto.»

Monica ora aveva gli occhi umidi e la voce strozzata in gola. Teneva una mano sul cuore, come se le facesse male lì.

Andrea si coprì il volto e dalla poltrona si lasciò scivolare sul tappeto. Rimase in silenzio, si rannicchiò, come se non volesse sentire più nulla.

Erano nella giusta posizione per essere visti dallo spiraglio della porta. Le voci perfettamente chiare, senza alcun disturbo. Ora Luca poteva spegnere il registratore a cassette. Lo fece, piano piano. Aveva seguito ogni parola e ogni gesto senza fiatare, come in apnea. Si appoggiò con le spalle al muro, seduto a terra. Guardò ancora una volta i suoi genitori, in quelle strane posizioni. Erano una macchia di colore, in quel cono di luce circondato dal buio e dalla pioggia.

Io ho paura. Ho paura del buio. Ho paura del silenzio. Ho paura dei piccoli rumori che non riesco a spiegarmi. Ho paura che qualcuno entri dalla porta di casa. Ho paura che mi portino via. Ho paura che un serpente strisci sotto il mio letto e si infili tra le coperte. Ho paura della pioggia che sbatte sulle finestre. Ho paura del sangue che vedo in televisione. Ho paura che succeda qualcosa ai miei genitori. Ho paura che se gli succede qualcosa io venga portato in collegio. Ho paura del collegio. Ho paura di quelli più grandi. Ho paura che un giorno i miei genitori si separino, come quelli di Matteo. Ho paura di questa casa vuota. Ho tanta paura che avrei voglia di urlare. Ma ho paura delle voci gridate. Io ho paura.

Luca rigirava tra le mani quella carta color oro. Ne aveva appena leccato l'interno in modo da asportare i frammenti di wafer e cioccolato insieme. Gli Urrà Saiwa erano la sua passione. Ne avrebbe mangiati dieci, cento, mille al giorno. Ogni tanto li inzuppava anche, massimo di voluttà, nel caffellatte obbligatoriamente tiepido. Quella mattina era restato a casa. La sera prima aveva sfregato a lungo il termometro sulla coperta e, per sicurezza, lo aveva persino appoggiato sul termosifone. La madre gli aveva sentito la fronte e aveva detto che era molto strana una febbre così alta. Ma senza approfondire, forse intuendo che il bambino aveva bisogno di un giorno per sé. Sapeva perché Luca era agitato, perché fingeva una inesistente influenza, perché voleva tempo aperto.

Oggi a pranzo sarebbe andato a trovarlo lo zio Alberto, la sua passione. Lo zio che lo faceva parlare, giocare, cantare, ballare. Lo zio che lo faceva sorridere e ridere. Lo zio che lo aiutava a diventare grande parlandogli delle cose dei grandi e che si faceva piccolo con lui. Avrebbero mangiato loro due, soli.

Luca aspettò che i genitori uscissero e che Silvana, la tata, portasse via il caffellatte e le carte d'oro appallottolate. Poi prese dal suo armadio dei giochi la scatola del Subbuteo e dispiegò sul vassoio i giocatori in miniatura. Scelse le squadre e immaginò le formazioni che di lì a poco avrebbe fatto scendere in campo. Lo zio era interista, come il papà, e Luca era diventato per reazione milanista. Ma la squadra era retrocessa in serie B per una storia di scommesse della quale lui non aveva capito molto e che però gli era dispiaciuta tanto. E allora per poter continuare a giocare con il padre e lo zio si era convertito alla Juventus. Con la paghetta messa da parte aveva comprato i giocatori in maglia bianconera e ora li battezzava a uno a uno, seguendo l'ordine delle sue passioni: Tardelli, Cabrini, Scirea, Zoff, Brady, Marocchino, Fanna, Verza... Vicino al letto c'era il comodino. E lì sopra una radio marrone, imponente. Il padre gliela aveva sintonizzata sulla frequenza della emittente dove lavorava. Ma Luca era diventato bravissimo a orientarsi tra quei numeri e tra le onde medie e corte. La sera, prima di addormentarsi, accendeva la radio e teneva il volume al minimo. La luce dello schermo illuminava appena la stanza e questo al bambino non dispiaceva. Ma quello che lo rassicurava e lo accompagnava verso il sonno erano gli avvisi ai naviganti. Quando cominciavano, annunciati da una voce grave, Luca immaginava i marinai al buio, sotto le stelle, mentre si raccoglievano attorno a un transistor o a una radio di bordo per ascoltare il loro futuro. Per conoscere la forza delle onde e capire se domani avrebbe soffiato un vento favorevole. Una notte aveva deciso che da grande avrebbe fatto il guardiano del faro. Ma la sera dopo, in verità, aveva optato per il pilota d'aerei, spinto dalla irresistibile necessità di sapere come fossero davvero «Bari Palese» o «Napoli Capodichino».

Video Killed the Radio Star risuonò mentre il bambino appoggiava il vassoio ai piedi del letto, stando bene attento che nessuno dei giocatori cadesse ingloriosamente. Allungò le gambe un po' intorpidite, si sistemò il cuscino, guardò l'ora e decise che aveva tutto il tempo di entrare in collegamento col mondo. Cominciò a muovere con cura la manopola, sfiorò *Radio anch'io* che iniziava in quel momento e planò sulla voce di Lucio Battisti che cantava *Arrivederci a questa sera*. Si fermò, era una canzone che gli piaceva, ma poi riprese l'esplorazione. Qualcuno parlava del dollaro che aveva raggiunto 915 lire, non capì bene e passò oltre. Arrivò alla stazione di suo padre. Trasmettevano una canzone che il conduttore presentò come *Romeo and Juliet* dei Dire Straits. Poi Luca sentì la voce di Andrea che, dopo la sigla del radiogiornale, disse: «Oggi è un brutto giorno per l'America e per il mondo, Ronald Reagan è stato eletto presidente» e proseguì raccontando storie che a lui sembrarono troppo complicate per essere interessanti.

Si alzò dal letto, si vestì e riaprì il suo piccolo armadio. Aveva una passione speciale: amava documentare quello che vedeva, gli piaceva fermarlo e conservarlo. Quando aveva compiuto dieci anni il padre gli aveva regalato un registratore a cassette con un biglietto «Per il piccolo reporter di casa. Perché diventi più bravo di papà (non ti preoccupare, non è affatto difficile)». Da quel giorno aveva cominciato a registrare ogni cosa: i programmi televisivi, le voci dei compagni di classe, l'audio dei film quando andava al cinema, le sue cronache delle partite di Subbuteo, i rumori della strada. E a ogni persona che conosceva chiedeva di incidere un saluto, una specie di presentazione. Aveva cominciato con i genitori e lo zio, poi aveva costretto tutti i suoi amici a prestarsi a questo gioco. E tutte le cassette erano disposte in un rigoroso ordine cronologico su un ripiano. Sì, sarebbe diventato più bravo di suo padre.

Lo zio suonò al citofono verso l'ora di pranzo. Fuori pioveva, come sempre. Luca si mise davanti alla porta di casa e il tempo dell'ascensore gli sembrò infinito. Era già sul pianerottolo quando la cabina si fermò. Alberto gli fece un cenno da dietro i vetri e lui ricambiò impaziente. Gli gettò le braccia al collo e si ritrovò completamente fradicio della pioggia accumulata sull'eskimo verde dello zio. Che con sé aveva la custodia di una chitarra e un pacchetto.

Entrarono insieme in casa, Alberto salutò sorridendo Silvana e chiese: «Cosa c'è di buono da mangiare?». Luca non aveva nessuna voglia di pranzare, voleva giocare. E Alberto si rese subito disponibile. Distesero sul tavolo il panno verde, montarono le porte, schierarono i giocatori e iniziarono. Due o tre screzi per contrasti sulla interpretazione delle regole, un litigio autentico per presunto tocco in più di Prohaska e poi il fischio finale. Un pareggio, equo. Luca avrebbe voluto tirare i rigori ma Alberto si oppose, anche per rispetto al risotto allo zafferano che stava per diventare immangiabile.

«Sai che mamma e papà litigano?»

«Capita, Luca, capita in tutte le famiglie»

«Sì, ma loro hanno parlato di divorzio, li ho sentiti io ieri sera.»

«Luca, non c'è coppia che non ne abbia parlato una volta almeno. Sono tanti anni che stanno insieme, è normale che abbiano dei momenti di stanchezza o che bisticcino.»

«No, zio. Secondo me è più grave. Sembravano odiarsi. Sembrava che volessero farsi male con le parole.»

Alberto tacque. Quel bambino gli piaceva molto. Gli ricordava se stesso, i suoi pensieri, le sue ansie. La sua solitudine lo riguardava. Assomigliava a quella che aveva vissuto nella casa di via Grancini, quando la mamma era malata, il padre al lavoro e Andrea al parco a giocare con gli amici più grandi. In quei momenti aveva capito che stava crescendo davvero. Sentiva che quelle assenze reclamavano da parte sua maggiore immaginazione e maggiore responsabilità. Sentiva che il suo cervello e il suo carattere erano l'antidoto contro il veleno della solitudine. Se il vuoto gli faceva male, lo riempiva con la fantasia. Forse anche per questo aveva imparato a suonare la chitarra e a disegnare così bene. Stava per laurearsi e già lavorava in uno studio che adattava per l'Italia i fumetti della Marvel. In particolare era uno specialista di Hulk, un tipo che quando si arrabbiava diventava tutto verde e sfoderava una potenza micidiale. Anche Hulk da bambino aveva sofferto, con la madre uccisa dal padre ubriacone. Ma Alberto non sarebbe diventato verde per le sofferenze e neanche Luca. Soffrire un po' fa diventare migliori. Un po', non troppo. Un po', mai zero.

Prese la chitarra e cominciò a suonare una canzone in inglese. Era una melodia dolce con un ritornello che ripeteva «I'm easy». Era diventata la sua canzone preferita dopo che l'aveva ascoltata in un film, *Nashville*. Luca si era accoccolato sul pavimento e la stessa Silvana, asciugandosi le mani con uno strofinaccio, si era affacciata sulla porta del salone attirata da quella voce morbida e struggente. Poi Alberto indicò la finestra e la pioggia battente, sorrise al nipote e cominciò a cantare: «Ma che colore ha una giornata uggiosa, che sapore ha una vita mal spesa». Furono portati il caffè e una confezione di Urrà Saiwa che destò vivo entusiasmo nel cantante e nel pubblico.

«Zio, sai che sono arrivato a cento registrazioni? Anche i miei nuovi professori hanno accettato di farle. Dicono che questo metodo può essermi utile anche per lo studio. In prima media bisogna cominciare a organizzarsi bene e sostengono che documentare e raccogliere sia un ottimo inizio. La professoressa di matematica dice che ho un talento particolare per i numeri e un cervello molto ordinato. Finora mi trattano bene.»

Alberto si alzò e prese il pacchetto. Le belle notizie non erano evidentemente finite. Lo zio aveva un'aria furba e un sorriso che sembrava di sfida.

«Vediamo se hai tutto questo talento logico...»

Porse il regalo che Luca aprì con una concitazione che sembrava quasi violenta. Lo scotch non si separava dalla carta e lui strappò con forza i disegni di Peter Pan che abbellivano la confezione.

Era un cubo, con le sei facce di sei colori diversi: blu, verde, rosso, bianco, giallo, arancione. Ne aveva sentito parlare a scuola e lo aveva visto in un gioco in televisione. Si diceva fosse una prova impossibile. Luca se lo girava tra le mani, interdetto. Lo zio gli spiegò che era difficilissimo trovare la soluzione che consentisse di riportare le facce ad avere ciascuna lo stesso colore: una sola combinazione su quasi quattro milioni possibili. Detto questo, lo tolse con gentilezza dalle mani del nipote e mise in disordine le diverse superfici creando un oggetto multicolore, da qualsiasi parte si guardasse.

«È quasi più bello così, dài, prova.»

Luca lo manipolò in tutti i modi, a lungo. Ma non riuscì a venirne a capo. E se anche una mezza facciata diventava monocroma, il resto era un allegro patchwork di tinte diverse. Lo zio gli sussurrò:

«Ti posso dire la verità? Me ne hanno regalato uno quattro mesi fa e sto quasi peggio di te. La notte spengo la luce, mi giro un po' nel letto e poi la riaccendo. Provo a fare un po' di manovre e poi, regolarmente, lo scaglio per terra. E mi addormento con i nervi».

Il ragazzo sembrò tranquillizzarsi e si predispose a una

lunga marcia verso la soluzione del problema. Continuò a rovistare quella plastica dura ma lo fece mentre il suo pensiero volava altrove. Pensò che non poteva esserci metodo in quella follia e che dunque bisognava solo girare e rigirare, costruire e distruggere per sperare di arrivare, con la fortuna, alla meta.

Anche Alberto, nelle sue notti insonni, pensava che quel cubo era un po' come la vita. Ci sono milioni di combinazioni possibili eppure quasi tutto è caso. La donna o l'uomo che incontri in un luogo nel quale avresti potuto non andare e finisci per sposare, lo spermatozoo che, proprio quello, incontra l'ovulo e produce un essere umano con quei lineamenti e quel carattere originale. Tutto un caso. Ma come con questo cubo, non si riuscirebbe mai a venirne a capo se non provando e riprovando, testardamente, coraggiosamente.

«Pensi che non mi faranno mai un fratello, vero?»

«Non lo so, non credo. Ora sono molto impegnati con il lavoro.»

Alberto voleva cambiare discorso. Sapeva che sarebbe bastata un'altra domanda di Luca per metterlo con le spalle al muro. Il bambino stava saggiando le sue paure, il suo timore che tutto si stesse sfasciando, che il futuro fosse un destino di solitudini. Forse aveva pensato a un fratello come all'iniezione di cemento che potesse tenere insieme quelle mura pericolanti ed evitare il tracollo.

«Non è il lavoro il problema. Aspetta, ti faccio sentire...»

Si alzò e tornò con il registratore. Fece riascoltare ad Alberto le voci concitate della notte prima. E quando la madre diceva che era solo per lui che non chiedeva il divorzio, Luca bloccò il nastro. Aveva gli occhi lucidi.

«Promettimi di non raccontargli che li ho registrati. Vedi, mamma dice che non si separano per me. Ma solo perché ci sono, io non riesco a farli stare bene, a farli essere sereni. Fingono e io ora lo so. E mi sento un verme. Mi sembra che per colpa mia non sono felici insieme e per colpa mia non sono felici separati.»

«Io non sono padre né marito. Ma so che è difficile. Luca, non devi sentire nessuna responsabilità. Ci mancherebbe. È che il tempo li ha portati a scelte diverse, a lavori diversi, a frequentare ambienti diversi. Hai sentito? È quello che dicono. Il fatto che ripetano che restano insieme per te è la testimonianza di quanto ti vogliono bene. Quando si è figli è difficile accorgersi di quale sia la profondità del rapporto con chi ci ha messo al mondo. Io nc ho parlato con tante persone. C'è qualcosa di enorme e di indistruttibile nell'amore dei genitori per i figli. Persino negli animali. Ora ti racconto la storia del pinguino e della tartaruga.

«Quando si fa inverno in Antartide le femmine dei pinguini partono per un lungo viaggio alla ricerca del cibo, stanno fuori per mesi. In quel periodo, con la temperatura a meno sessanta gradi e il vento a duecento chilometri l'ora, i maschi covano le uova. Non mangiano nulla e perdono quasi metà del loro peso. Tengono le uova al caldo, sotto la lanugine e le spostano dolcemente con i piedi palmati. Sai perché si salvano? Perché c'è la tartaruga. No, non l'animale ma un movimento che, per le sue forme, ne ricorda il guscio. Dunque, i pinguini si riuniscono anche in diecimila per superare quei mesi terribili. Un grande raduno di padri che cullano le uova con dentro i loro figli. Quando il freddo si fa più violento si stringono gli uni agli altri, facendo un cerchio. Al centro c'è più caldo, ovviamente. E allora i pinguini invece di litigare e uccidersi per raggiungere quel luogo tiepido fanno il contrario. Si muovono lentamente in modo che ciascuno, con l'uovo tra i piedi, arrivi al cuore della "tartaruga" e possa godere del tepore. Sai come si chiama questa specie di pinguini? Il pinguino imperatore. E invece questa storia è anche una fiaba della democrazia, perché qui non ci sono imperatori. Ed è una storia femminista: sono le donne che vanno verso l'ignoto e rischiano la vita nella ricerca del cibo per il marito e i figli. Per cui non ti stupire se mamma, come hai sentito, porta a casa più soldi del babbo. Succede tra i pinguini, succederà sempre più spesso tra noi umani.

«E c'è un'ultima cosa che voglio raccontarti di questa storia. I pulcini si riuniscono anche loro in migliaia. Anche loro fanno lo stesso movimento della tartaruga. Ogni una o due settimane i genitori vanno nel luogo dove sono queste migliaia di piccoli. Vuoi sapere come riconoscono il loro? Emettono un canto. Lo ripetono tante volte fino a che un pulcino non si avvicina e fa un verso di risposta. Si ritrovano, sempre. Questo è il rapporto tra genitori e figli. Almeno credo.»

Una sera la televisione in cui lavorava Monica trasmise *Anonimo veneziano*. Andrea pensò che era un involontario omaggio al loro amore. Infatti era stato il primo film che avevano visto insieme dopo la nascita di Luca. Quelle lunghe passeggiate di Tony Musante e di Florinda Bolkan in una Venezia livida, con una laguna grigia e battuta dal vento, li avevano convinti ad abbandonare per una volta il pregiudizio ideologico verso i racconti d'amore che non fossero intrecciati con spaventosi problemi sociali o politici.

Alla fine della pellicola, quando il protagonista, direttore d'orchestra, registra l'Adagio di Benedetto Marcello tra quadri d'autore e Arlecchini impiccati, si erano guardati: entrambi avevano due composti lacrimoni sulla guancia. Si sentirono ridicoli, ma insieme. Lo stesso successe due anni dopo con *La prima notte di quiete*, un'altra struggente storia di amore, dolore e morte. Alain Delon era meraviglioso nel suo cappotto beige, lo stesso colore di quello di Musante, e il mare d'inverno, stavolta quello di Rimini, era un brodo di tristezza e rimpianto. Ai loro amici e compagni non lo avevano rivelato, ma erano diventati veri appassionati di melodrammi contemporanei. Forse andavano al cinema per vedere amori tanto profondi e squassanti da sembrare veri. Tra loro sembrava tutto così semplice, ordinario. Tutto così banale.

Quando si misero davanti alla tv, Andrea e Luca si sentirono un po' soli. A Monica non era neanche venuto in mente di fare un cenno sul particolare significato che quel film aveva avuto per loro. Luca aveva capito che per il nuovo lavoro della sua mamma quella era una serata speciale e gli dispiaceva che non la vivessero insieme. Silvana aveva preparato una pizza Catarì, un po' bassa ma fumante.

Non erano abituati a vedere film usciti meno di vent'anni prima. La Rai trasmetteva opere degnissime, pellicole con Alec Guiness o Jean Gabin, quasi sempre in bianco e nero. Ma due volte Tony Musante in una settimana, prima con *Anonimo veneziano* e poi con *L'uccello dalle piume di cristallo* era un privilegio sconosciuto.

Però con le interruzioni per la pubblicità il film durava molto di più e, verso la fine, padre e figlio crollarono. Monica, rientrata tardi, li aveva trovati abbracciati, con la sola luce dello schermo a rischiarare il buio. Sul tavolino i piatti con i resti della pizza. Riconobbe quello di Luca perché aveva lasciato come sempre la cornice esterna. Prese in braccio il bambino che non si svegliò, ma dal suo pugno cadde a terra una carta dorata.

Quel sabato la pioggia era più intensa del solito. Luca era andato a scuola, dopo quella sera speciale, Andrea sorseggiava un caffè e guardava fuori dalla finestra. Aveva scelto per la sua famiglia quell'appartamento in via Savona perché voleva ritrovare una condizione simile a quella di via Grancini.

Il palazzo, all'angolo con via Orseolo, era poco distante dal parco Solari dove, nelle belle giornate, andava con Luca. Ma oggi non era giorno da pensare a nulla se non ripararsi dentro quel tepore e osservare da dietro i vetri la vita degli altri scorrere veloce. Aveva messo sul giradischi

Zenyatta Mondatta dei Police e stava ascoltando *Don't stand so close to me*, con il volume alto, come gli piaceva. Aspirava a non sentire altro attorno a sé che la musica, come se il resto della vita fossero immagini che scorrevano dentro una colonna sonora. Così quella signora che cerca goffamente di riportare alla normalità il suo ombrello rovesciato dal vento e quell'anziano che gesticola platealmente sotto la tettoia del bar erano perfetti, abbinati a «De Do Do Do, De Da Da Da».

La voce di Sting risuonava potente nella stanza quando Andrea sobbalzò. Qualcuno gli aveva appoggiato una mano sulla spalla e lui si era preso paura. Si voltò e vide Giovanni che gli sorrideva. Diede lo stop al braccio meccanico del giradischi e strinse a sé il padre.

Quando si sedettero al tavolo Andrea guardò negli occhi l'uomo che gli stava di fronte. Provò per lui una infinita tenerezza. Nelle rughe che gli tiravano la pelle agli angoli degli occhi e lo rendevano così affascinante trovava tutti i segni di una vita tumultuosa. Come se ogni ruga avesse un nome: San Lorenzo, Giuditta, Cesare... Ora, a cinquant'anni, era diventato finalmente soprintendente alle Belle Arti di Milano e continuava a vivere con Giuditta e Alberto in via Grancini.

La nonna Maria se ne era andata poco dopo la nascita di Luca. In fondo era morta serena. La nuora, che considerava come una figlia, era tornata a casa e sembrava aver ritrovato la dolcezza e l'equilibrio di un tempo. Aveva conosciuto il figlio del maggiore dei suoi nipoti e ostentava la condizione di bisnonna con grande orgoglio. Ma forse era felice e appagata anche perché suo figlio, con alcuni amici, era riuscito a organizzarle la più bella sorpresa della sua vita. Un giorno le aveva detto di vestirsi elegante perché l'avrebbe portata all'inaugurazione di una mostra da lui curata. Tutta la famiglia si fece trovare pronta davanti al cancello di casa. Andrea e Monica, con in braccio Luca, andarono a prenderli.

Era una esposizione ma non c'entravano né Lorenzo Lotto né il Bramante. Quando l'anziana signora entrò nella galleria non trovò quadri rinascimentali ma i suoi ricami, tutti incorniciati e affissi alle pareti. C'erano il magnifico airone e il melograno, il girasole e la tigre, il tulipano e la giraffa.

Nonna Maria non credeva ai suoi occhi, guardava il figlio e ripeteva: «Mio Dio, non è possibile». Si sedette su una poltrona, tutti attorno a lei. Dal basso li guardò, con gli occhi pieni di lacrime. C'erano Francesco e la moglie, venuti da Roma. Come Mario e certe cugine che non vedeva da anni. Alberto e Andrea la abbracciarono, avevano anche un regalo per lei, una gigantesca confezione di rarissimo cacao.

Fu forse quella sera che cominciò a morire. Era stata una donna forte, coraggiosa. Era stata bella, come mostravano le foto sul comodino: lei e Alfredo che ballano, innamorati, sullo sfondo l'alto getto d'acqua della fontana di piazza Esedra, e uno scatto firmato Luxardo. Li aveva mandati il gerarca nello studio di via XX Settembre a Roma, tutti e cinque, sarà stato il 1935 o giù di lì. Avevano messo il vestito migliore e Alfredo era andato dal barbiere per l'occasione. È la nostra foto ufficiale, aveva detto con tono autorevole.

Di quello scatto furono tirate una decina di copie distribuite all'intera famiglia. «Perché così ci ricorderemo sempre come eravamo belli, Noi» scherzava Maria che però faticava a nascondere la fierezza di aver raggiunto lo scopo della sua vita.

Morì di mattina, senza disturbare nessuno. In tutti i mesi in cui era stata in cura, Giovanni non aveva mai capito se la madre avesse consapevolezza della gravità del suo male. Le davano delle medicine eliminando d'abitudine dalla confezione il foglietto delle indicazioni. Una volta dimenticarono di farlo e lei chiamò nella sua stanza la nuora.

«Qui c'è scritto che questa medicina è contro il cancro. Dimmi la verità.»

Avrebbe voluto farsi d'aria, Giuditta. Riuscì a imbastire una assurda spiegazione sul carattere multiuso di molti farmaci moderni e di come quello fosse particolarmente adatto per l'anemia di cui soffriva. Aggiunse, per rendere più credibile il tutto, che anche una sua amica li prendeva regolarmente. Maria la guardò, in silenzio. Giuditta esibì una inesistente sicurezza e le sorrise.

«Che fanno i ragazzi di là?» tagliò corto l'anziana donna, lasciando aperto per sempre il dubbio.

Non fu mai lamentosa, mai disperata, mai parlò di una morte che non poteva non sentire vicina. Fu generosa anche in quel momento. Quella mattina Giovanni sentì un grido strozzato, in mezzo a una tosse la cui violenza aveva imparato a conoscere in quei mesi. Corse nella stanza di Maria, la tirò su per aiutarla a respirare, le fece ingoiare la pillola indicata dal medico per queste emergenze.

Per un attimo si placò e lui la rimise sdraiata. Le strinse la mano, forte. Lei lo guardò, spossata. Disse solo, con un filo di voce: «Cesare, che hai fatto?». Poi diede un colpo di tosse che fece a Giovanni l'impressione dello scoppio di una bomba e chiuse gli occhi. Sentì la mano della madre allentare la presa e poco dopo il lieve rumore delle urine rilasciate.

Si piegò su di lei, come per proteggerla da tutto quello che aveva vissuto e come per ringraziarla di tutto quello che aveva vissuto.

Giovanni rifiutò distrattamente il caffè di Silvana, sembrava agitato, emozionato.

«Andrea, non ci crederai. Non ci credo neppure io. È

una delle cose più belle che mi siano successe. Forse me lo sono meritato.»

Aveva gli occhi rossi e un sorriso che faceva fatica a restare negli angoli della bocca. Tirò fuori dalla tasca una lettera sgualcita. La aprì ma prima di leggerla si fermò un attimo, come volesse far capire al figlio che quel momento, proprio quello, era una pietra miliare della sua vita.

Caro Giovanni,

scusami se ti do subito del tu. Mi sento di farlo perché ci siamo conosciuti quando eravamo bambini. Sono stato contattato da un tuo amico che si chiama Mario. Abitava anche lui a San Lorenzo, durante i giorni del bombardamento. È lui che mi ha dato il tuo indirizzo. Mi ha detto che non farai fatica a ricordarti di me. Sono rimasto molto colpito da quello che mi ha raccontato. Dal fatto che tu abbia continuato a pensare a me in tutti questi anni. Immaginavo che nessuno si ricordasse di quel bambino la cui vita è stata inghiottita dalle bombe. Immaginavo che in quel macello il mio destino fosse del tutto irrilevante per gli altri. E che dopo la fine della guerra ci fosse stata una generale rimozione di quel sangue e di quell'orrore. Che ricordare fosse una tortura, visto che per la prima volta potevamo sperare. Quel giorno la mia vita è stata presa a calci, stracciata, gettata in una discarica.

Ti ricordo benissimo, come fosse adesso. Ricordo che avevi una maglietta gialla e una bicicletta che tenevi stretta vicino. Forse ti ho scelto perché in quel momento eri il più simile a me. Piccolo, smarrito, solo. Come me. In quel momento eri mio fratello, ti stavo attaccato al collo perché tutto il resto mi era sconosciuto, ignoto. Tutto il resto mi metteva paura. Tu eri la persona più simile a quelle che avevo perduto improvvisamente in pochi minuti. Gli altri ricordi sono confu-

si. I preti, i pasti in chiesa, le signore della Croce Rossa, i passanti che mi esaminavano come fossi un marziano. E quelle notti terribili. Io non sapevo cosa fosse la solitudine, ero un bambino. Non ho mai parlato, dalla nascita. Ma proprio per questo non sono mai stato solo, neanche un attimo. In quei giorni non ricordavo nulla della mia vita prima di quella bomba. E non ricordavo neanche la bomba. Nulla. Ero una creatura senza passato e perciò non avevo futuro. Non ricordavo dove abitavo, come mi chiamavo, chi erano i miei genitori, nulla. Mi ero piano piano convinto anche io di quello che avevano scritto sul cartello che portavo al collo. Pensavo di essere diventato muto per lo scoppio della bomba.

Finché un mattino, forse dieci giorni dopo il bombardamento, mi hanno portato per caso a via dei Campani, lì ho stretto la mano della signora che mi accompagnava e mi sono piantato. Mi sono inginocchiato e ho cominciato a piangere. Era lì che abitavo, insieme a mia madre, mio padre, mio fratello più grande.

Eravamo arrivati da poco dall'Abruzzo. Papà era ferroviere. Non avevamo altri parenti a Roma, per questo nessuno mi cercava. Mi identificarono e chiesero alle prefetture notizie di zie e nonne, che lavoravano i campi dalle parti di Avezzano. Non so perché ma alla fine decisero di mettermi in un collegio alla Garbatella. Lì c'erano altri bambini orfani di guerra. Mi ricordo una gran tristezza, dei pasti in cui tutti parlavano dei genitori e della loro vita prima. Prima dei bombardamenti, prima del colpo di mortaio, prima delle fucilate in battaglia. Io ascoltavo e non potevo dire. Un po' mi prendevano in giro. Qualcuno pensava fossi anche sordo e così ne ho sentite di terribili sul mio conto. Ma questo era persino divertente. Feci amicizia con un altro bambino e insieme imparammo l'alfabeto dei sordomuti. Facevamo così delle lunghe chiacchierate, e anche delle grandi risate. Gli altri guardavano il nostro gesticolare e improvvisamente i ruoli si erano rovesciati, erano loro che non riuscivano a intendere e decifrare le nostre parole.

Una volta ci portarono al Verano, il giorno dei morti. Io feci capire, attraverso il mio amico, che volevo rivedere la mia strada. Era passato poco tempo dal bombardamento e a piazza dei Campani, in un cortile, c'era ancora un ordigno inesploso. Era una grossa supposta con un'aria severa e cattiva. Sul muso aveva scritto in giallo Detroit e una sigla, MAC-SA-3334. Quei numeri mi hanno accompagnato per tutta la vita. Pensai che un oggetto identico aveva distrutto me e la mia famiglia. L'immagine di quella bomba conficcata a terra, silenziosa e minacciosa, è ancora oggi nei miei sogni.

Mario mi ha detto che mi hai soprannominato Mowgli. Mi ha fatto molto ridere. Ho rivisto qualche foto di quegli anni, quando ero al collegio, e in effetti capisco che ti abbia potuto ricordare quel ragazzino scarmigliato. Se mi vedessi ora ti sembrerei Baloo.

Mario mi ha ritrovato per caso. Una domenica pomeriggio era da Fassi, la gelateria a corso d'Italia. Il cameriere gli indicava l'orchestrina che si disperava per far ballare i clienti. Gli parlò del clarinettista: «Pensi, è muto dai tempi del bombardamento di San Lorenzo, ma suona come un dio». Un'informazione sbagliata, una specie di leggenda che mi porto appresso da quel cartello, fu in fondo provvidenziale. In verità era stato Luigi, che suonava il piano, a valorizzare il mio talento e non escludo che sia stato lui a «colorare» in giro la mia storia. Fatto sta che il tuo amico impallidì e cominciò a fissarmi. Devo confessarti che mi ero anche un po' preoccupato di quello sguardo insistente. Ma ero portato a escludere un colpo di fulmine per Baloo. Così, mentre noi attaccavamo il nostro cavallo di battaglia, La voce del silenzio, *e le coppie un po' anziane si stringevano ai fianchi nel ricordo di mattonelle calpestate in gioventù, vidi quell'uomo avvicinarsi a Luigi. Che con le mani batteva sui tasti e con il capo assentiva alle domande di Mario.*

Alla fine Luigi mi disse delle cose confuse. Io posai il cla-

rinetto, mentre i vecchi amanti tornavano ai tavoli, e mi avvicinai al tuo amico. Mi raccontò di te, voleva essere sicuro. E fu sicuro. Perché il nostro incontro era l'unica cosa che ricordassi perfettamente, come in diretta. Mi abbracciò e poi mi fece sedere. Era eccitato e felice. Mi disse che tu in tutti questi anni ti eri sentito in colpa per me. Che pensavi di aver fallito la tua prima prova di responsabilità. Che eri inquieto per il mio destino.

Eccomi qui, Giovanni. Suono il clarinetto, faccio ritrovare l'amore a coppie attempate, ho una moglie che insegna musica alle medie, un figlio che sembra Mowgli jr. e una bambina che è una meraviglia. Ho un amico del cuore che non mi ha mai lasciato in quasi quarant'anni. Sono felice, insomma.

Per questo ti devo abbracciare. Sono Baloo e non posso starti al collo. Ma sentiresti la stessa stretta di allora. Quella era per paura, questa per gratitudine. Tu mi hai cercato in tutti questi anni. Anche io, non sai quanto. Mi sono informato ovunque, ma chi poteva dirmi qualcosa di un ragazzo gentile con una maglietta gialla e una bicicletta al seguito?

Ci siamo ritrovati, finalmente. Chissà come siamo, quasi quarant'anni dopo. Domenica pomeriggio suoniamo tutto Celentano, vieni? Ti aspetto. Ti lascio il mio telefono di casa. Non ti preoccupare, risponde mia moglie.

Altro che senso di colpa, devi avere. Hai fatto l'unica cosa giusta. E io sono qui a dimostrartelo. Mi raccomando, vieni. E arriva in bicicletta, così ti riconosco subito.

Ciao Giovanni,

tuo Mowgli (in arte Franco)

P.S. Tanti anni fa, pensando al nostro incontro, ho composto un piccolo brano per te. Quando ci vediamo te lo faccio sentire, spero ti piaccia.

P.S.2 Mario non ti ha voluto dire niente. Voleva che questa lettera fosse una sorpresa assoluta. Quella sera poi sia-

mo andati a cena insieme e siamo rimasti a parlare fino all'alba al Gianicolo, con Luigi che faceva da interprete. Abbiamo anche sentito le voci dei carcerati e dei parenti che si chiamavano. Era una scena fantastica, nel giorno che cominciava.

Monica prese nelle mani il cubo di Rubik, cercò con qualche mossa di riportare un ordine impossibile, si rassegnò e lo rimise sul comodino vicino al letto di Luca. La domenica mattina era un rito che mamma e figlio si coccolassero un po'. Lei si sdraiava vicino a lui e parlavano. Era il loro momento, quello in cui il mondo non esisteva, o era tutto compreso tra quelle quattro mura. Restavano così, ancora al buio con la tapparella abbassata, e si raccontavano le cose vissute, le cose pensate. Andrea sapeva che la sua presenza sarebbe stata inopportuna e rispettava quel dialogo intimo. Andava in soggiorno a leggere i giornali controllando che il flusso delle parole scorresse regolare.

«Ieri pomeriggio lo zio mi ha portato al Dal Verme a vedere un film fantastico. Promettimi che ci torniamo insieme.»

La madre assentì, in attesa dei dettagli.

«Si chiama *Countdown dimensione zero*. È bellissimo. È la storia di una portaerei americana di oggi che comincia una tranquilla traversata al largo di Pearl Harbor. Ma improvvisamente arriva una violenta tempesta magnetica dopo la quale tutto sembra uguale. Sennonché quelli della portaerei non hanno più contatti con l'esterno e si accorgono che c'è qualcosa che non va. L'unica radio con cui riescono a collegarsi trasmette le comiche di Stanlio e Ollio e un match di pugilato di un campione dell'epoca, un certo Joe Louis. Poi avvistano degli aerei giapponesi. Insomma piano piano si rendono conto che la tempesta li ha scagliati nel giorno che precede l'attacco a Pearl Harbor. E si chiedono cosa possono fare, se possono sovvertire la storia oppure no.»

Luca si alzò dal letto e prese dal tavolo il suo fedele registratore a cassette. Disse alla mamma di ascoltare. Monica lo precedette.

«Oh no, lo hai fatto di nuovo. Ma nessuno ti dice nulla?»

«No, mamma, che male c'è? Ormai ho più di dieci film di cui ho registrato le parti più importanti. Senti qui.»

La madre si accoccolò con le gambe incrociate. Tutti e due guardavano il piccolo apparecchio dal quale uscivano voci impostate e sconosciute. Era un dialogo tra un ufficiale e un civile ospite a bordo, premise Luca.

> «Si aprono davanti a noi possibilità incredibili. Possiamo sovvertire il futuro, il futuro che sarebbe il nostro tempo.»
>
> «Suppongo che la storia sia più difficile da sovvertire di quanto lei immagini, Signor Lasky.»
>
> «La storia è fatta di grandi e piccoli fatti nel tempo. Pensi per esempio se io tornassi indietro nel tempo e conoscessi mio nonno prima che si sposasse e avesse figli. Litighiamo e io lo uccido. Se ciò accadesse io come potrei nascere? E se non posso nascere come posso tornare indietro e incontrare mio nonno?»
>
> «Io non sono un teorico come lei, signor Lasky. Per la mia formazione culturale le cose accadono soltanto una volta e se sono già accadute non c'è nulla che possa farle cambiare, né dobbiamo cambiarle.»
>
> «Ma come farà a evitarlo? Stanno già cambiando e noi siamo coinvolti.»

Il bambino premette il pulsante dello stop e guardò la mamma.

«Non ti racconto la fine del film ma tu che avresti fatto? Avresti modificato la storia, con il rischio che il mondo potesse avere un altro destino? Oppure avresti lasciato andare le cose, senza impedire la morte di tanti soldati e civili? È da ieri sera che ci penso. Lo zio sostiene che la vita di qualche migliaio di persone non vale l'incertezza per l'umanità intera. Io immagino i figli di quei soldati e non ne sono così sicuro. Tu che dici?»

«Io dico che per fortuna il problema non si pone. Come dichiara quell'ufficiale, le cose accadono una volta sola e il loro destino non si può sovvertire. Comunque l'idea che si possa viaggiare nel tempo è sempre suggestiva. È uno dei grandi sogni dell'uomo. C'è una leggenda musulmana che racconta che il profeta Muhammad decise di fare una visita in cielo. Andò lassù, esplorò tutto a lungo e poi riscese. Giusto in tempo per prendere al volo un otre che il suo cavallo aveva lanciato in alto con un calcio nel momento in cui lui era asceso.»

«Che vuol dire?»

«Vuol dire che il tempo è un fatto preciso, scandito dalle lancette di un orologio. Ma è anche un fatto psicologico. Quante volte un viaggio ti è sembrato più lungo all'andata e più breve al ritorno? E davvero ti sembrano uguali dieci minuti passati a vedere una partita di calcio o davanti a un muro bianco? Il nostro tempo è il prodotto di tanti fattori.»

« Pensi che un giorno si potrà viaggiare nel tempo e tornare indietro?»

«Chissà, forse. Ma non ti interesserebbe di più andare avanti? Non ti piacerebbe vedere come sarà il mondo, come sarà la nostra vita? La scienza progredisce ogni giorno. Ho visto a casa di un collega un piccolo computer che ha regalato al figlio, si chiama Commodore Vic 20. Ormai un ragazzino della tua età può usare un piccolo cervello elettronico. Solo dieci anni fa chi lo avrebbe immaginato? Credimi, Luca, il futuro è più interessante del passato.»

«Sì, ma mi fa più paura. Sai, qualche volta vorrei incontrare i miei avi, vedere come era questo quartiere cento anni fa, come parlavano nel Cinquecento. Vorrei anche sapere come facevano a vivere senza gli Urrà Saiwa.»

Monica sorrise e si sporse per afferrare il rettangolo dorato che Luca teneva ogni giorno sul tavolo, con meticolosa precisione.

«Poi, mamma, vorrei vederti bambina. Se vado nel futuro ti vedo vecchia.»

Rimase un attimo in silenzio, ponderò le parole che aveva voglia di pronunciare e poi le espulse, tutte di un fiato.

«Ma se vado nel futuro, vi trovo ancora insieme, tu e papà?»

Monica cercò di non mostrare alcun turbamento. Ebbe un lieve fremito all'angolo destro della bocca e rispose, con una voce che si sforzò di mantenere ferma:

«Ma certo, che ti viene in mente».

Luca decise che, avendo gettato il cuore oltre l'ostacolo, doveva andare a riprenderselo. Deglutì e disse:

«Mamma, non mi prendere in giro. So che tu e papà non andate d'accordo. Me ne sono accorto. Sono un bambino, non uno scemo. Litigate sempre e vi parlate poco. Spesso sembra che usiate me per dirvi le cose. Tu mi parli come se volessi far sentire a papà una cosa che non hai voglia di dirgli. E viceversa. Io non ce la faccio a pensare la mia vita senza voi due. Già sono solo, senza fratelli o sorelle, se uno di voi se ne va io che faccio?

«Giurami che non divorzierete. No, giurami che tornerete ad andare d'accordo. Sono mesi che non facciamo qualcosa tutti e tre insieme, te ne sei accorta? Per fortuna che zio Alberto mi porta al cinema e mi viene a trovare, altrimenti sarebbe dura, davvero. Con i nuovi compagni di classe non ho ancora confidenza anche se ce n'è qualcuno che mi piacerebbe tanto diventasse mio amico. Ci riuscirò, vedrai. Ma nulla è come stare con voi, insieme. Vi prego, non vi lasciate».

«Stai tranquillo, non lo faremo. In una coppia è normale che dopo tanti anni ci sia un po' di logoramento, un po' di fatica. Facciamo due vite molto diverse e ci vediamo poco. Nei rapporti importanti più si sta insieme e meglio si sta. Io poi ora sono travolta da questa nuova avventura di lavoro. A proposito, voglio che una volta tu venga agli studi, magari al programma di Mike Bongiorno.»

«Mamma, non cambiare discorso. Fammi questa promessa. Ma non per me, per voi. Tornate allegri. C'erano sempre risate in questa casa. Ora solo silenzio e un po' di urla. Quasi preferisco le urla. Non vi ignorate più.»

Monica rassicurò Luca e lo abbracciò in un gesto che il bambino sentì familiare, portando la sua testa sul petto e carezzandogli i capelli.

«Ora andiamo di là e tu dai un bacio a papà.»

«No, Luca, non mi chiedere questo, sarebbe falso. Lascia fare al tempo. E vedrai che prima che tu riprenda l'otre le cose saranno tornate al loro posto» concluse sorridendo.

Questa risposta non piacque al bambino, gli sembrò grigia. Lui voleva che il nero fosse sostituito dal bianco. Lei invece semplicemente che scolorisse nel grigio. A proposito di chi aveva fretta di futuro e di chi si faceva imbrigliare dal passato.

Giuditta si schiarì la voce, per lei parlare in pubblico era sempre una sofferenza. Davanti aveva una platea di insegnanti e di rappresentanti della comunità ebraica di Milano. Il centro studi presso il quale lavorava ormai da anni le aveva affidato una ricerca sui bambini di Bullenhuser Damm. Giuditta aveva trovato nel lavoro sulla memoria della Shoah il senso della sua vita. E così era tornata serena, dolce, motivata. Era un paradosso, ma più affondava i suoi occhi nell'abisso che le aveva frantumato l'esistenza più le sembrava di corrispondere al compito che quella tragedia aveva assegnato ai superstiti, tra i quali lei sentiva di essere. Perché ogni giorno ricordava a se stessa che se non ci fosse stata Maria sarebbe finita anche lei sui vagoni piombati diretti a Birkenau e lì il suo destino sarebbe stato segnato dal movimento del pollice di un ufficiale tedesco, con i cani lupo che ringhiano e gli ordini urlati in una lingua sconosciuta. Si era chiesta mille volte se l'avrebbero mandata subito nelle camere a gas oppure indirizzata alla baracca dei bambini, la numero 11a.

Bullenhuser Damm: uno dei possibili esiti della sua esistenza, se Maria non fosse stata Maria. Quando parlava di quei venti bambini sapeva che lei avrebbe potuto essere una di loro.

Sarebbe partita da qui, per tutte quelle buone persone

che avevano deciso di trascorrere una domenica mattina di pioggia ascoltando il fondo oscuro della storia e che ora attendevano che lei iniziasse, sistemando le sedie e tossendo compostamente. Nell'aria, prima delle parole di Giuditta, erano risuonati i versi di una famosa canzone di Herbert Pagani contro la deportazione: «Divenne scriba e poi dottore, poi violinista e professore, ed Archimede nucleare. Ma quanti sono sant'Iddio, come ti volti c'è un giudio, come bollare questa peste, gli cuciremo sulla veste la sua stella d'oro».

«Buongiorno, mi chiamo Giuditta Anticoli in Noi che è il cognome di mio marito. Abitavo a Roma, a via del Tempio. Il mio numero di telefono era 561581. Se aveste chiamato prima del 16 ottobre 1943 vi avrebbe risposto mia madre. Mio padre era sicuramente a cercare qualcosa da mangiare e mia nonna in cucina a fingere di avere qualcosa da preparare.

«Io era già in un'altra casa, perché una donna cattolica decisa e buona aveva convinto, o forse è più giusto dire costretto, suo marito e i suoi figli a tenermi con loro. Erano persone semplici, poi è diventata la mia nuova famiglia. I miei sono stati portati tutti ad Auschwitz. È tornato solo mio padre, che dopo è morto. Di dolore, diciamo.

«Se io fossi stata con loro, quasi sicuramente ora non sarei qui. Forse sarei diventata cenere dispersa nel vento, come i duecentomila bambini che sono stati messi in fila per essere uccisi con il gas. Duecentomila, duecentomila.

«Oppure sarei stata rinchiusa nella baracca dei bambini. Ce n'erano circa trecento alla fine del 1944. Dovete immaginare cosa poteva essere la vita lì dentro. Cosa deve essere stato per quelle creature dormire sui tavolacci di legno, non conoscere la lingua degli altri dunque non poter comunicare né con i piccoli né con i grandi. Qualcuno dei sopravvissuti ha raccontato cosa era vedere le deportate adulte che tornavano dal lavoro, quando stravolte venivano fatte mettere in ginocchio sulla ghiaia, con le mani che reggevano dei mattoni sulla testa, così che le SS potessero picchiarle e umiliarle. Soffrivano di tutte le malattie possibili, a cominciare dal tifo. Una di queste era un vero flagello, si chiamava "noma" ed era una stomatite cancerosa.

«I bambini vivevano senza la carezza di un genitore del quale spesso ignoravano il destino. Molti di loro hanno odiato la mamma o il papà perché pensavano li avessero abbandonati. Invece erano già stati passati per un camino, erano diventati fiamme o polvere.

«Un giorno in quella baracca entra il dottor Mengele. Dice ai bambini: "Chi di voi vuole rivedere la mamma si metta in fila qui davanti". Perché lo avrà fatto, perché quella intollerabile cattiveria inflitta alle più deboli creature della storia dell'umanità?

«Fermiamoci un attimo su questo momento. Prendiamo il racconto del comandante di Auschwitz, Rudolf Höss. È un documento magnifico e agghiacciante. Il sangue dei miei è in quelle pagine. Sentite come descrive la vita della sua famiglia. Abitavano ad Auschwitz, non potevano non sapere, non vedere, non respirare con i loro polmoni l'aria piena di quella morte. Ecco cosa dice: "Ogni domenica i bambini mi costringevano a fare lunghe passeggiate per i campi, a passare in rassegna le stalle, né potevo trascurare i canili. Un affetto particolare dedicavamo ai nostri due cavalli e al puledro. In giardino avevamo sempre qualche animale, dono dei prigionieri... D'estate i ragazzi sguazzavano nella vasca del giardino, o nel fiume Sola. Ma la loro gioia più grande era poter avere con sé al bagno il paparino. Purtroppo, questi aveva poco tempo da dedicare ai giochi infantili".

«Fermiamoci qui, alla assoluta banalità del male, come l'ha chiamata Hannah Arendt. Chiunque avrebbe potuto applicare i protocolli di Wannsee, quelli con i quali i nazisti decisero la Soluzione finale della questione ebraica, chiunque, come Eichmann, avrebbe potuto diventare l'esecutore di uno sterminio. Chiunque, compreso Höss che si duole perché i suoi figli non potevano fare il bagno con il paparino. Non potevano giocare con lui perché era troppo impegnato a mandare bambini a morire con lo Zyklon B. Si svegliavano la mattina per uccidere. E uccidevano nel modo più efferato, più crudele.

«Si saranno riuniti e avranno studiato il modo migliore per ingannare quegli angeli senza ali che erano nella baracca. Cosa di meglio che riaccendere in loro il desiderio di vedere la madre? Non c'è orco cattivo, non c'è diavolo che potrebbe immaginare nulla di più spregevole. È successo, lo hanno fatto degli uomini. In nome della propria superiorità.

«È toccato a noi ebrei, domani può toccare ai cattolici, ai musulmani, ai buddisti. C'è sempre stato nella storia qualcuno che ritiene di essere superiore agli altri. Non che siano superiori, come lo sono, la libertà e la democrazia che ci sono costate tanto sangue; ma che siano superiori le nostre convinzioni religiose, le nostre culture, le nostre identità. Insomma noi, insomma io.

«Il dottor Mengele si sentiva superiore ai bambini che ingannava. La storia ha detto il contrario. Lui li ha visti mettersi in fila, avrà visto nei loro occhi la luce della speranza.

«Due bambine che sono sopravvissute, le sorelle Bucci, hanno raccontato che erano state avvertite da una *blockova*, una delle guardiane delle baracche, di non rispondere a quell'appello. A loro volta lo avevano detto al loro cuginetto Sergio che stava per compiere sette anni. Ma quando sentì la biscia parlare, Sergio lasciò la mano delle bambine e si mise in fila. Lo ricordano mentre parte, con il treno che portava via il carico dei bambini. Lo ricordano mentre sorride loro e fa un piccolo cenno con la mano.

«Io avrei avuto l'età di Georges-André Kohn o di Jacqueline Morgenstern. Prendete le storie di queste venti creature, ricostruite il percorso dalla loro casa, dai loro giochi fino a quella strada di Amburgo, Bullenhuser Damm, e avrete la prova di cosa è stata la Shoah. Bimbi francesi, olandesi, polacchi, italiani, jugoslavi, come si saranno parlati in quei mesi orrendi? Avranno trovato una lingua di Dio, una lingua dei bambini. Si saranno abbracciati, i più grandi avranno aiutato i più piccoli...»

Si fermò. La voce le si spezzava. Non riusciva più a vedere gli appunti.

«Proprio il giorno del compleanno di Sergio, il 29 novembre 1944, i venti bambini sono portati al lager di Neuengamme. Arrivano di notte, dopo due giorni di viaggio. Possiamo immaginare in che condizioni. Una dottoressa che li accompagnava ha poi raccontato che i prigionieri politici rinchiusi lì piansero quando videro quei bambini in fila. Vanno nella baracca 4a, i vetri sono oscurati, il filo spinato la isola dalle altre. Arriva un assurdo Natale, che passano in qualche modo, con un prigioniero austriaco che si traveste da Babbo Natale e porta dolci e biscotti preparati per loro dagli altri deportati.

«A gennaio cominciano gli esperimenti. Quel criminale voleva usare i bambini per preparare non so che vaccini. Il dottor Kurt Heissmeyer, medico nazista, fa incidere la pelle dei bambini sotto l'ascella destra, in forma di X, e inietta loro i bacilli della tubercolosi. Un mese dopo farà la stessa operazione con l'ascella sinistra, introducendo altri virus.

«Guardate questa foto e portate questa immagine sempre con voi.

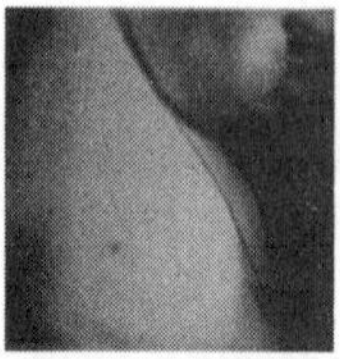

Mania Altmann, 5,
aus Radom

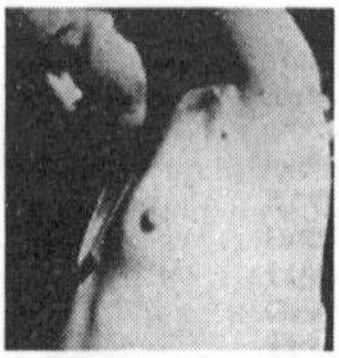

Lelka Birnbaum, 12,
aus Polen

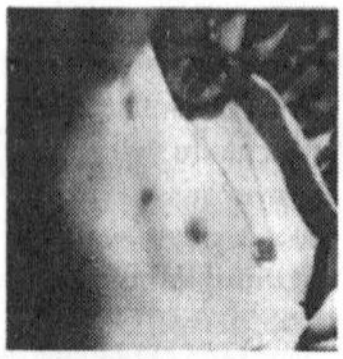

Surcis Goldinger, 11,
aus Polen

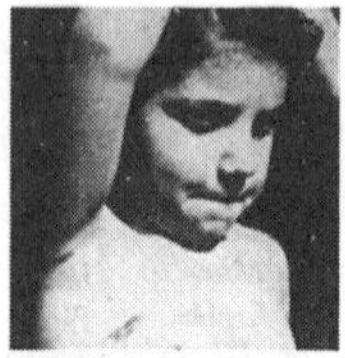

Riwka Herszberg, 7,
aus Zdunska-Wola

Alexander Hornemann, 8,
aus Eindhoven

Eduard Hornemann, 12,
aus Eindhoven

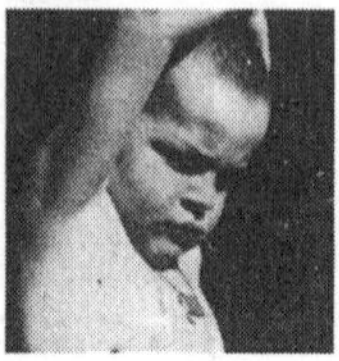

Marek James, 6,
aus Radom

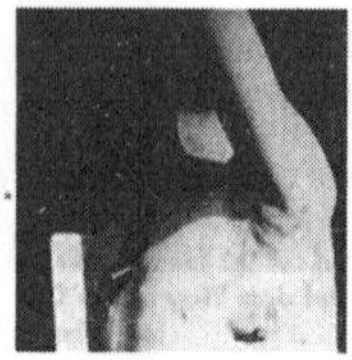

W. Junglieb, 12,
aus Jugoslawien

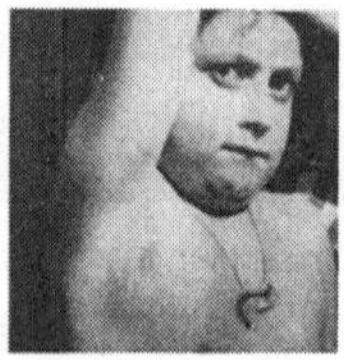

Lea Klygerman, 8,
aus Polen

Georges André Kohn, 12,
aus Paris

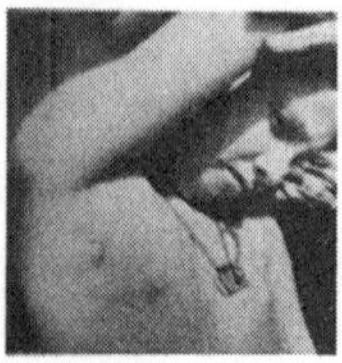

Blumel Mekler, 11,
aus Polen

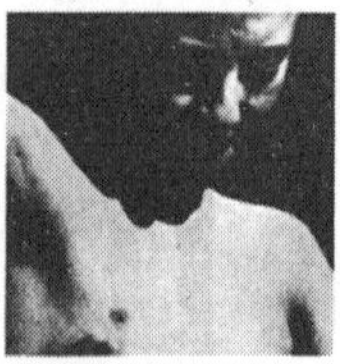

Jacqueline Morgenstern, 12,
aus Paris

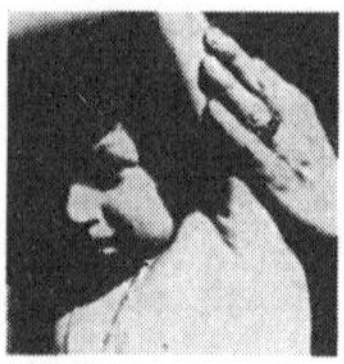

Eduard Reichenbaum, 10,
aus Kattowitz

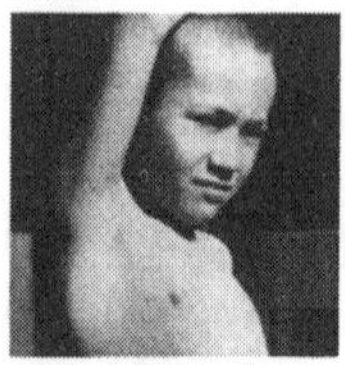

Sergio de Simone, 7,
aus Neapel

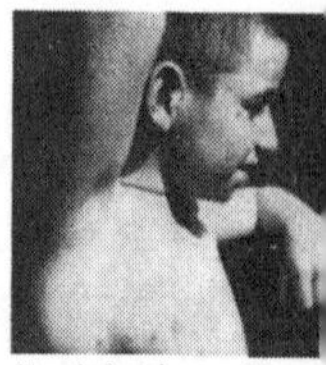

Marek Steinbaum, 10,
aus Polen

H. Wassermann, 8,
aus Polen

Eleonora Witonska, 5,
aus Radom

Roman Witonski, 7,
aus Radom

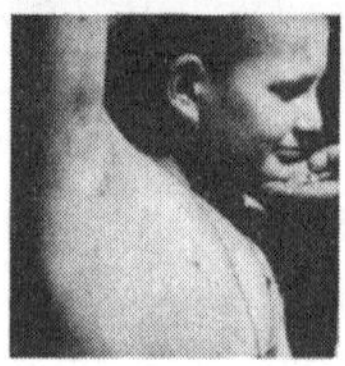

Roman Zeller, 12,
aus Polen

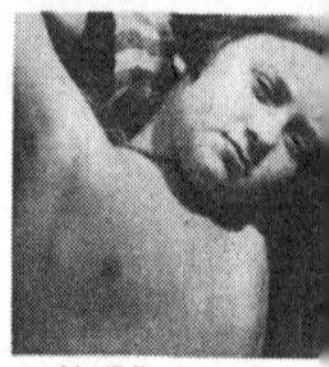

Ruchla Zylberberg, 9,
aus Zawichost

«I bambini stanno male, soffrono, non si reggono in piedi, hanno la febbre alta. A marzo li operano, gli fanno un taglio di circa cinque centimetri, gli tolgono le ghiandole ascellari e le mettono in vasetti con la formalina. Come etichetta il nome e il numero che hanno tatuato su quelle piccole braccia.

«Il 20 aprile del 1945 i bambini vengono svegliati. Stanno sempre peggio, sono intontiti. Vengono vestiti di corsa e di nuovo ingannati. Dei prigionieri medici gli dicono che forse rivedranno i genitori. Qui è la pietà che fa parlare il linguaggio del diavolo.

«Arrivano in una scuola, in una strada di Amburgo. Gli alleati si stanno avvicinando, bisogna far sparire le prove delle più orrende responsabilità degli aguzzini.

«La scuola di Bullenhuser Damm è stata colpita dalle bombe e il tetto è per una parte bruciato.

«Sentite come descrive la scena una delle SS presenti: Johann Framm. "I bambini dovettero svestirsi in una stanza della cantina. Alcuni sembravano malati. Poi furono portati in un'altra stanza, dove il dottor Trzebinski fece loro una iniezione per farli addormentare. Quelli che dopo l'iniezione davano ancora segni di vita furono portati in un'altra stanza. Fu messa loro una corda intorno al collo e furono appesi a un gancio, *wie Bilder an die Wand* (come quadri alla parete)".

«Al processo fu chiesto conto al dottor Heissmeyer dei suoi orrori. Lui rispose così: "I prigionieri del lager di Neuengamme e anche i bambini messi a mia disposizione nell'autunno 1944 li consideravo degli oggetti. Per me non c'era nessuna differenza fra persone e cavie, anzi tra ebrei e cavie".

«Anche io potevo essere come un quadro alla parete, anche io potevo essere come una cavia. Perché sono ebrea.

«Ora conoscete la storia dei venti bambini di Bullenhuser Damm. E ora ogni anno, il 20 di aprile, offrite un fiore a un bambino.»

«Sistemati, sei comoda? Come sei bella.»

Prima di avviare il motore si era fermato a guardare la moglie. Vedeva il suo profilo, mentre si assestava sul sedile, il finestrino oltre lei. Oltre ancora la pioggia che cadeva fitta. I suoi capelli ricci, i suoi occhi grandi sembravano più intensi in quell'abitacolo, in quel riparo dalla furia delle nuvole. Giuditta era ancora eccitata dalla conferenza, aveva dentro di sé l'appagamento di chi ha portato a termine un compito, per di più doloroso, tremendamente doloroso. Non c'era in lei nessun desiderio di protagonismo. Erano prove terribili, che per quella donna già segnata erano state la più coraggiosa delle terapie. Dolore per scacciare dolore. O forse comprensione del dolore per rimuovere l'abisso del proprio. Per molto tempo, dopo la deportazione dei suoi, Giuditta aveva disegnato ombre. Ombre senza persone. Ombre immobili.

Quando era più piccola, figlia unica, giocava con la sua ombra, le confidava segreti. Le piaceva perché era sé ma era anche altro da sé. Le piaceva perché l'accompagnava, discreta, e perché era il suo «doppio». Come fanno tanti bambini che si creano, nei momenti di solitudine o di riflessione, un amico immaginario col quale confidarsi, così Giuditta aveva scelto quella figura tanto simile a lei, a lei così intima. Ma quella notte, la notte del 16 ottobre, nel lungo tempo passato sotto il letto, nel suo rifugio d'emergenza, l'ombra non c'era. L'aveva cercata disperatamente, non l'aveva trovata. Ora che ne sentiva la necessità, era sparita. Come fanno certe persone grandi, che fuggono e abbandonano il prossimo quando ha più bisogno, così la sua inseparabile amica l'aveva semplicemente piantata lì, in quel buio senza eccezioni.

Per questo Giuditta, dopo quella notte, disegnava solo l'ombra, e non la persona che la generava. Era una specie di innocente vendetta, come a far provare all'ombra quella sensazione di tradimento e di solitudine totale che lei aveva sentito sul pavimento freddo di casa Noi. Quella non era ancora la sua nuova famiglia e quella vera si era disintegrata in mezzo alle urla dei nazisti che avevano cancellato la nonna e i genitori. E persino un'ombra, l'ombra di Giuditta.

Erano le undici, sarebbero arrivati a Roma giusto in tempo per il concerto di Mowgli. Era un viaggio lungo, Giovanni lo sapeva bene. Ma farlo insieme a Giuditta lo rendeva una piccola passeggiata. Si ricordava un altro compagno di quel percorso. Era partito piccolo, era arrivato grande. Allora era in viaggio per Giuditta, ora era in viaggio con Giuditta. In fondo avevano vinto insieme la loro battaglia. Non avevano fatto come l'ombra. Erano sempre rimasti attaccati. E allora che la Lancia Delta grigia cominciasse a macinare chilometri. Giovanni diede un colpo allo Stereo 8 e fece partire una voce intelligente che cantava: «A guardare nei ricordi sembra ancora ieri che salivo su una sedia per guardare i treni. Da dietro una finestra un cortile grande. Un bambino, un bambino. Mio fratello che studiava lingue misteriose, in ginocchio su una sedia coi capelli corti. Eravamo forse solo nel '56, un bambino, un bambino. E tutto mi sembrava andasse bene, e tutto mi sembrava andasse bene tra me e le mie parole, tra me e le mie parole e la mia anima».

Erano passati insieme per la cruna dell'ago, avevano trattenuto il respiro nelle onde più scure e violente che si potessero conoscere ma ora erano lì, insieme. E stavano andando a conoscere Mowgli. I lembi delle loro vite stavano combaciando. Come quando due persone piegano insieme un lenzuolo e alla fine si devono avvicinare per ripiegare il telo. A Giovanni quel gesto era rimasto in mente dopo che aveva visto *Una giornata particolare*, quando Mastroianni e la Loren, sulla terrazza condominiale, sembrano svolgere la più banale delle operazioni domestiche e invece sono catturati in una passione erotica che, per motivi diversi, li stupisce, li travolge, li cambia.

Ora aveva voglia di baciare Giuditta. Lamentò l'improvvisa accensione della spia dell'olio e si fermò, preoccupato, nella prima piazzola di sosta. Si mise nel luogo meno accessibile e scese. Pioveva, ma non forte. Pioveva, da bagnare la testa. Giuditta lo guardò aprire il cofano e poi lo vide sparire ai suoi occhi. Se lo ritrovò improvvisamente sul sedile di dietro, fradicio. La baciava sul collo, sui capelli. C'era una gran nebbia, in quella macchina.

Mangiarono a Fiorenzuola d'Arda, Giovanni aveva insistito. Aveva scelto con cura il tavolo e si era guardato intorno, come cercasse qualcuno.

Avevano deciso di andare al cinema in coincidenza con l'inizio delle partite. Andrea e Luca non avrebbero sopportato la tortura di *Tutto il calcio minuto per minuto* che iniziava alla fine dei primi tempi e trasmetteva solo ansia, con quelle interruzioni dai campi, «Scusa, Ameri…». Oggi c'era Juventus-Inter, la loro partita. Si erano proposti di non conoscere il risultato fino alle diciannove, quando il primo canale della Rai avrebbe trasmesso un tempo della partita di cartello del campionato. Avevano pregato gli amici di non telefonare a casa e programmato tutto come fosse un delitto o una cerimonia importante. Pranzo in un ristorante, film e poi casa con simulazione al Subbuteo della partita. Il tutto in una bolla di silenzio che si sarebbe infranta solo con la voce di Nando Martellini. Così avrebbero potuto simulare la diretta di un evento che volevano vivere con la giusta emozione, quella dell'ignoto.

Luca si sentiva molto fiero di essere seduto da solo a un tavolo di ristorante con suo padre. Però c'era qualcosa che non andava, anche se non capiva cosa. In quel locale andavano spesso, il gestore era un amico che si intratteneva volentieri a parlare con loro conferendo, così sembrava al bambino, un'aura tutta speciale alla loro presenza. Erano di casa, non degli avventori occasionali. Tanto di casa che potevano fermarsi più a lungo degli altri. Come quella domenica di pioggia. Padre e figlio sarebbero rimasti al ristorante fino a pochi minuti dall'inizio del film, alle tre al cinema Apollo, cento metri di distanza, non di più.

Monica era partita. Quella sera aveva un appuntamento di lavoro ad Amalfi con un suo cliente, un industriale della pasta. Gli avrebbe magnificato le virtù della pubblicità per la sua azienda e, in famiglia ne erano certi, avrebbe fatto firmare un buon contratto. Sarebbe tornata a casa contenta. Sul sorriso in verità non avrebbero giurato ma avrebbero scommesso sulla sua capacità di motivare ed entusiasmare gli interlocutori con il racconto di questo tempo nuovo.

C'erano ancora i resti della crème caramel nei piatti quando Luca si fece coraggio. Stavano parlando di come fosse cambiata la vita della mamma con il lavoro alla nuova televisione. Il padre si sforzava di dire che, certo, passava meno tempo a casa con loro ma la sentiva soddisfatta di sé, al centro delle cose. Aggiunse poi sorridendo che così arrivavano un po' più di soldi in famiglia e avrebbero potuto comprare la squadra del Liverpool di Subbuteo. Ma Luca non rise alla battuta.

«Papà, ma voi state per divorziare?»

Andrea era stato avvertito da Monica del colloquio al risveglio e riuscì a non mostrare emozioni.

«No, Luca, no. Come ti viene in mente?»

«Una sera vi ho sentito litigare e mamma diceva che voleva lasciarti e non lo faceva solo per me. Ma io non voglio che voi siate infelici per colpa mia. Ma non voglio neanche che stiate in due case diverse, che abbiate due vite diverse. E che io non vi possa avere insieme.»

Ecco cosa c'era che lo disturbava in questo pranzo. Era bello stare con il papà, fare un pomeriggio da grandi. Ma ora si rendeva conto che stava vivendo esattamente la condizione che Matteo gli raccontava. Quei fine settimana con il padre, soli. I primi, gli aveva detto il suo compagno di banco, erano stati bellissimi. Come se tutti e due i genitori dovessero farsi perdonare qualcosa e si superassero per stupire, divertire ed entusiasmare il figlio. Ma col tempo quei giorni di festa erano diventati una noia mortale. Matteo si era convinto che il padre, in particolare, li vivesse come una prigionia. Che non vedesse l'ora di riportarlo a casa. Come se, liberatosi di lui, potesse ritrovare una libertà confiscata per quarantotto ore. Matteo gli aveva detto sinceramente la verità: dal punto di vista dei regali e delle concessioni, il divorzio dei genitori era una pacchia. Dal punto di vista del calore e dell'affetto, un inferno. Anche perché il suo amico sentiva tra i genitori una tensione devastante e spesso era lui il tramite di piccole vendette, di informazioni velenose che l'uno voleva far arrivare all'altro, di ripicche acuminate. Ma lui si sentiva non messaggero ma bersaglio, avrebbe potuto dipingersi la spirale sul petto e vedere chi, con le frecce scagliate, arrivava più vicino al suo cuore.

Matteo gli aveva raccontato che una volta, mentre era a casa del padre per il weekend, aveva risposto al telefono. Una voce di donna, giovane, chiedeva del suo papà. Avvertì un certo imbarazzo in quella ragazza che gli dava del lei, come fingesse di non sapere che lui era il figlio. Il padre era nella doccia, appena uscì glielo disse e cercò di seguirne la reazione. Dopo un po' si accorse che stava facendo una telefonata dal salotto. Matteo si avvicinò a piedi nudi, per non far rumore. Sentì il padre che parlava con un tono che non ricordava di avergli mai sentito usare con la mamma. Era seduto al tavolo, con le spalle alla porta socchiusa, ancora in accappatoio. Il bambino ascoltava senza respirare, dallo stretto spazio tra le due ante. A un certo punto Matteo aveva persino avuto la sensazione che il padre lo stesse guardando, nel riflesso del vetro della fotografia della loro famiglia al mare, che era esposta tra le carte di lavoro. E sembrava non fosse sorpreso di vederlo né che per questo stesse cambiando tono. Ma a Matteo era rimasta sempre la curiosità di sapere se era stata una illusione ottica, il frutto della sua immaginazione.

«Luca, io e tua madre siamo insieme da dodici anni. Io ne avevo diciotto, lei venti. Eravamo due ragazzi. Siamo cresciuti insieme. Ogni giorno ci siamo visti diventare grandi. Sei arrivato tu, forse troppo presto...»

«Ma non è colpa mia» disse fermo il bambino.

«Certo che no. E non è davvero una colpa. È così bello per me avere ora un figlio col quale condividere tante passioni. E quando tu sarai grande io non sarò vecchio. Spero che anche a te piaccia.»

Luca fece cenno di sì con la testa, compunto.

«Ora è chiaro che crescendo si cambia. Ed è chiaro che possono esserci momenti nei quali ti sembra di aver voglia di vivere quello che un legame così solido nel tempo ti ha anche sottratto. Il desiderio di stare un po' per conto proprio. Ma sono pioggerelline, nel caso nostro. Il rapporto tra tua madre e me è forte e durerà per sempre.»

«Sì, ma non vi divertite più. Non ridete mai. Non avete voglia che stiamo tutti insieme. Sembra come al Subbuteo quando la palla butta giù i giocatori. Si spargono in tutte le direzioni, ma rimangono a terra. Anche noi sembriamo ormai sparsi e non riusciamo a stare tutti e tre insieme.

Qui, al cinema, al parco Solari, dove vuoi. Certe volte mi sembra che siate già separati, in casa.»

Luca sentì di aver detto, quasi involontariamente, qualcosa di forte, di troppo forte. E gli sembrò che il padre fosse come indifeso. Gli apparve fragile, smarrito, e sentì un gran senso di colpa per aver pronunciato quella frase. Pensò che forse proprio lui, con le sue domande, la sua pressione, stava allontanandoli l'una dall'altro. Forse avevano ragione loro, era un annuvolamento passeggero. Non come questa pioggia che da settimane non cessa di battere e che gli mette addosso più tensione che malinconia.

«Mi racconti di quella volta che hai volato con l'aliante? Mi piace tanto...»

Era una storia che Andrea gli narrava prima che lui si addormentasse. Era qualcosa di cui suo padre andava molto orgoglioso e che a comando ripeteva, sempre perfettamente uguale. Luca si era accorto però che ogni volta a lui sembrava diversa. Perché era lui che cambiava. Gli era capitato con il fumetto *Il canto di Natale di Topolino*. La prima volta che lo aveva letto gli era sembrato una storia come le altre. Dopo qualche anno si era commosso e quel giornaletto era divenuto compagno fedele di comodino e delle sue solitarie riflessioni sulla vita e sugli altri.

Allo stesso modo quel volo del padre, che quando era più piccolo gli sembrava una semplice fiaba vissuta, ora gli appariva in tutto il suo fascino. Il grande spazio, la scoperta, la natura. Pensava che forse crescendo si perde in innocenza e spensieratezza ma si guadagna in profondità. Una cosa che prima sembrava piatta, man mano che passano gli anni diventa una galleria lunghissima, una grotta da esplorare. Chissà se quando si diventa vecchi se ne conosce la fine, si domandava.

Andrea sorrise, scansò la tazza del caffè con il dorso della mano e si sentì come sollevato dal fatto che Luca avesse cambiato discorso. Non credeva di averlo convinto, ma si illudeva di averlo rassicurato. Almeno per quanto pensava fosse onesto fare, non sapendo neanche lui cosa sarebbe davvero successo.

Mentre stava per cominciare, Luca estrasse dalla tasca il cubo di Rubik. Lo prese tra le mani, con il desiderio di far coincidere due cose belle: il racconto del padre e il gioco che gli aveva regalato lo zio. D'altra parte faceva così nei suoi momenti preferiti. Quando vedevano le partite della nazionale, quelle sì in diretta anche se con l'esclusione della zona nella quale si giocava, Luca si riforniva di ogni ben di Dio. Gli immancabili Urrà Saiwa, in quantità industriale, i Flipper all'arancio, i biscotti Trésor e Togo e soprattutto una intera divisione di Carrarmato Perugina, preferibilmente al latte, e Ciocorì a volontà. Vedere la partita o un film o leggere un fumetto era per Luca, senza discussione, il modo migliore di pensare che la vita è bella.

In quel ristorante, mentre i camerieri sollevavano le sedie sui tavoli a gambe per aria, lui ora si sentiva felice. Aveva il cubo di Rubik da girare e rigirare, dello zucchero in bustine da far scivolare nella bocca e suo padre che stava per raccontare le sue gesta. Tra venti minuti, un film. Si poteva sperare di più? Sì, pensò, sapendo chi gli mancava. Ma allontanò da sé il pensiero, perché voleva godersi quell'istante di felicità.

«Erano i giorni della Luna. Erano i giorni del mare. Erano giorni felici. Tu eri nella pancia della mamma. A noi sembrava di toccare il cielo con un dito. I nonni, tutti e quattro, ti avevano dato il benvenuto prima che nascessi, avevano preso bene la gravidanza di tua madre, nonostante fossimo due ragazzi. La mattina al mare, il pomeriggio a studiare in giardino, la sera all'arena a vedere film dei quali poi si discuteva con gli amici in pizzeria. Discutere, che meraviglia. Ciascuno si sentiva costretto a ragionare su ogni cosa gli capitasse perché sapeva che sarebbe venuto il momento in cui lo sguardo di tutti si sarebbe posato su di lui, in attesa del suo parere. Ogni cosa era meditata. E tutto era una scoperta. Come la possibilità che l'uomo andasse sulla Luna. In quei giorni tutti, aspettando l'evento, alzavamo gli occhi, la guardavamo e pensavamo che tre di noi erano arrivati fin lì. Che l'uomo stava dimostrando la sua massima potenza, che la scienza, la stessa che poco più di vent'anni prima aveva inventato la bomba atomica, ora consentiva all'umanità di scoprire lo sconosciuto e non di distruggere l'esistente. Per darti un'idea, quelli erano anni in cui tutto sembrava possibile. Le persone si vestivano in un modo nuovo, ascoltavano musica nuova, i rapporti tra gli esseri umani si semplificavano. La scienza ci sembrava in grado di risolvere ogni problema. Con una vaccinazione aveva debellato la poliomelite e, grazie alla tecnologia, nelle nostre case arrivavano immagini da tutto il mondo. Sentivamo di avere l'infinito come nostro spazio naturale. L'odio e il sangue erano un orrendo ricordo. Era il tempo della speranza e del sogno. E vedi, Luca, com'è strana la storia? I giorni di luglio della scoperta della Luna sono esattamente gli stessi del bombardamento di San Lorenzo. Ma è un altro mondo.

«Pensa che due anni prima c'era stata la prima trasmissione televisiva che collegava il mondo intero. Le stesse immagini viste da 350 milioni di persone, nello stesso momento. In quel programma c'erano i Beatles, cantavano una canzone che tu conosci, si chiama *All you need is love*. Sai che diceva il testo ? "Non c'è nulla che tu possa fare che non sia possibile fare. Non puoi conoscere nulla che non sia noto, non puoi vedere nulla che non sia visibile. Basta solo un po' d'amore." Era una ricetta semplice con una gran verità dentro. Se non si amano gli altri si odia se stessi.

«Però i geni che cantavano quella canzone dopo un po' sciolsero il loro gruppo. Per rancori, dissapori. E capimmo che non tutto era così facile.

«Quell'estate, la prima passeggiata sulla Luna rappresentò la vetta e insieme la fine di quel tempo fantastico. Poche settimane e quel senso di speranza, quella sensazione di cavalcare liberi e felici verso il futuro, si infranse. Ad agosto una banda di fanatici, una setta satanica, uccise in modo orribile un'attrice americana, Sharon Tate, che era incinta. Ci fece una grande impressione. Forse perché anche ciò che accadeva lontano cominciava a sembrarci molto vicino. A dicembre in Italia misero una bomba in una banca, l'inizio di una lunga serie di stragi che è arrivata fino a quella di quest'anno alla stazione di Bologna.

«Comunque quella notte di luglio, la notte dello sbarco sulla Luna, portammo il televisore in giardino, collegandolo alla presa con una sofisticata prolunga. La sera l'avevamo passata all'arena, proiettavano uno straordinario film uscito l'anno prima, *2001 Odissea nello spazio,* sapientemente programmato dal gestore. Un giorno devo fartelo vedere. Io lo so a memoria. C'è una scena verso la fine, che allora ci tolse il fiato. È un viaggio verso l'infinito attraversando colori che ancora non avevo mai visto ma che sentivo essere i colori di quel tempo, il mio tempo. Eravamo tutti seduti sulle sdraio a discutere sulla identità filosofica del monolite. Un po' guardavamo la tv, un po' guardavamo la luna.

«Quando Neil Armstrong mise il piede sul suolo lunare, la tua mamma dormiva. Era crollata poco prima. La svegliai. Pensavamo a te, in quel momento. A che meraviglia di mondo avresti conosciuto. Un mondo senza guerra, un mondo in cui si scopriva l'infinito e non ci si nascondeva nei rifugi. Il mondo dei bambini felici.

«Quella notte le chiesi di farmi realizzare un sogno. Non le dissi quale. Lei mi rispose di sì.

«Tre giorni dopo ero su un aliante. In mezzo al cielo, portato dal vento. Volavo nel silenzio assoluto. Nessun motore, nessun rumore. Solo il volo sospinto dalle correnti. Con il pilota eravamo andati vicino a un monte, perché lì l'aria impatta e crea un circuito nel quale si può salire. Ci si muove a spirale, seguendo il vortice, accompagnandolo con il movimento delle ali. Una meraviglia, Luca. Sembrava di stare in braccio a Dio, di essere cullati dolcemente. Una sensazione unica. Ho volato, mi sembrava anche quella una prova che l'intelligenza dell'uomo può dialogare con la natura. Non il fiato pesante della benzina che si scarica tra le nuvole, ma la virata leggera di un gabbiano solo un po' più grande degli altri. Ma che, come gli altri, ha la sapienza della storia acquisita per generazioni. Domina il vento, perché lo conosce e lo rispetta.»

Quando tornarono a casa dal cinema, Luca ripose il registratore. Prima aveva estratto la cassetta sulla quale aveva registrato la voce del protagonista di *Oltre il giardino*. Gli era molto piaciuto quel film, gli era piaciuta l'idea che un uomo che conosceva solo due cose, la televisione e il giardinaggio, potesse diventare in breve tempo un candidato alla presidenza degli Stati Uniti. Peter Sellers aveva dato il suo volto a un personaggio incapace di leggere e scrivere, privo di ogni esperienza sociale. Ma candido, in un mondo di intrighi. Il suo linguaggio, pause e natura, appariva una forma di comunicazione straordinariamente efficace. Insomma, il cretino non era il povero giardiniere, ma tutti i potenti che lui incrociava. Invitato in televisione a parlare di economia, in un gioco di equivoci verbali, esprimeva il suo giudizio ottimista sul ciclo economico.

Luca voleva risentire alcune battute e fece scorrere il nastro fino a trovare il punto giusto: «C'è tanto tanto posto per nuovi alberi nuovi, fiori di tutte le specie».

Oppure:

«Sì, un giardino ha bisogno di tante cure e di tanto amore. Se tu dai al tuo giardino tanto amore le cose crescono. Ma prima certe cose devono seccare e certi alberi morire».

A Luca sembrò che fosse la natura ad aver ragione, più che Chance il Giardiniere. E che gli uomini avessero perduto quell'antica sapienza. E gli sembrò anche che la vita vera fosse in definitiva quella della tv e l'altra una finzione, spesso non ben riuscita. E questo non gli piaceva. Non gli piaceva che a un certo punto non fosse più distinguibile il confine tra finzione e realtà. Tra quello che era fatto per la televisione e quello che aveva a che fare con la vita. L'una doveva raccontare l'altra. Non il contrario.

Andrea lo chiamò, stava per cominciare la partita. Erano le diciannove, l'ora che aveva atteso tutto il giorno.

Monica si stava sistemando i capelli, un po' imbarazzata. Non le piaceva aspettare da sola. Amalfi era bella anche con la pioggia e la vista dal ristorante dell'Hotel Luna era mozzafiato. Le sarebbe piaciuto tornarci d'estate, con i colori giusti. L'albergo era stato ricavato in un convento francescano, aveva soggiornato lì anche Henrik Ibsen che in quel luogo d'incanto aveva scritto *Casa di bambola*. Un posto per meditare, con questo golfo davanti agli occhi che fa innamorare, anche quando è uggioso come stasera. Purtroppo avrebbe passato la serata a parlare di spot e audience, non di trascendenza. Ma il commendatore era un cliente «strategico», uno che avrebbe potuto acquistare spazi in misura tale da far lievitare la posizione di Monica nel gruppo.

Controllò di nuovo l'orologio, erano passate da poco le sette e si era fatta l'ora dell'appuntamento per l'aperitivo. Proprio in quel momento l'ospite arrivò. Era sudato, infagottato in un cappotto troppo grande per lui. Le baciò la mano, si scusò del ritardo e le propose subito un gin tonic.

Lui pensò a quanto lei fosse bella. Lei pensò che lui la guardava con una grande intensità. Ma fin qui non c'era nulla di nuovo.

L'uomo si rivelò molto diverso da come l'aveva immaginato. Inchiodata agli stereotipi, pensava di trovarsi di fronte un uomo semplice, arricchito velocemente, magari spregiudicato. Invece lui le raccontò la storia della sua azienda come fosse una saga, il sogno di tanti italiani che diventa realtà. Famiglia di contadini, emigrati all'inizio del secolo in America. Tornati nel dopoguerra con l'idea di diventare pastai. Lui era nato nel Michigan e questo gli era servito molto una volta diventato il numero uno dell'azienda. Parlava perfettamente l'inglese e sapeva come trattare gli americani. Un loro zio, rimasto lì, aveva una catena di ristoranti. Era stato lui ad aprire la strada allo sbarco della pasta di famiglia negli Stati Uniti. Tanta fatica, tanto sudore e ora tanta soddisfazione.

«A mio figlio ho fatto prendere la laurea» aveva dichiarato con orgoglio, tra le prime cose che le disse di sé.

«Ma non so se lo faccio restare qui» aggiunse preoccupato. «Non lo vede che questo paese va alla malora? Ieri con i miei collaboratori analizzavamo le cause delle attuali difficoltà di mercato. Per investire, sì, anche per comprare delle fettuccine più buone e più care delle altre, bisogna avere fiducia. Pensi a questi ultimi mesi: la strage di Bologna, Ustica, gli scioperi alla Fiat, il terrorismo che continua a uccidere ogni giorno, il governo che sembra sempre sull'orlo di una crisi. Che fiducia può avere un italiano? Quei mascalzoni ammazzano Tobagi o Bachelet e i miei operai rischiano il posto. Cara signora, se non c'è fiducia il cavallo non beve. E se non beve moriamo tutti di sete con lui. Ecco perché mi interessa la vostra offerta. Io l'ho visto in America cosa significa la pubblicità. Lì sono dei maestri. Mi racconti tutto.»

Quell'uomo le risultava simpatico. Era diretto, parlava il linguaggio che le piaceva di più e aveva un modo affascinante di gesticolare: grandi movimenti delle mani, mani belle, che si aprivano e chiudevano come fossero una fisarmonica.

Lui aveva sorriso, pronunciando l'ultima frase. Ora toccava a lei. Si scoprì confusa, nel cercare i dépliant con l'offerta degli spazi.

Giovanni non resistette. Arrivati con la Lancia Delta all'altezza di via Salaria, guardò l'orologio e decise che sì, c'era tempo. Il concerto sarebbe iniziato alle sette e mezza. Svoltò a destra, invece di tirare dritto. Giuditta dormiva, stanca di quasi sette ore di auto. Prese via Po, proseguì in via Allegri e si diresse verso il luogo al quale aveva pensato fin dal momento in cui avevano deciso di fare quel viaggio insieme. A via Aldrovandi svoltò in una stradina sulla destra. Fermò l'auto, spense i fari e il motore. Non disse nulla. Si fermò a guardare quella donna che dormiva, come l'aveva vista dormire la prima volta in casa sua, quando era bambina, impaurita. Una creatura senza famiglia, braccata dai nazisti.

Aprì la portiera e scese. Girò intorno alla macchina e si inginocchiò vicino al finestrino della moglie. Picchiettò piano con le dita, più polpastrello che unghie, sul vetro. Lei ci mise un po'. Si svegliò, guardò verso il posto di guida e poi dall'altra parte. Trovò Giovanni con la faccia appoggiata al cristallo, come se ce l'avessero schiacciato sopra, tutti i lineamenti alterati. Fece un urlo ma subito scoppiò a ridere. Lui le aprì la porta e con un cenno regale la invitò a scendere. Lei si guardava intorno, un po' intontita, per cercare di capire dove fosse. Giovanni l'aveva presa per mano e la stava conducendo verso un portoncino incastonato in una cornice di edera rampicante, dove la strinse cingendole i fianchi e la baciò.

«Come allora, come allora» ripeteva sorridendo, mentre le bocche sembravano quelle di due adolescenti appassionati.

Era stato il modo migliore per prepararsi all'evento che attendeva da quasi quarant'anni. Man mano che si avvicinavano a corso d'Italia il cuore gli batteva sempre più forte. Pensò a come anche Mowgli si fosse preparato a quel momento. Lo immaginò emozionato, proprio come lui. Nella mente gli rimbalzava l'immagine, chissà perché, di un clarinettista che faticava ad allacciarsi il colletto della camicia e si faceva aiutare dalla moglie.

Fassi era un posto magnifico. Giovanni lo ricordava bene perché era uno dei luoghi in cui i suoi genitori, da ragazzi, venivano a ballare. Con parsimonia, perché bisognava consumare al tavolo. D'estate si stava all'aperto, in uno spazio pieno di ghiaia, con una pista centrale asfaltata. Uno dei camerieri era identico all'onorevole Ugo La Malfa e sembrava invecchiare con lui. Sulla sinistra, entrando, c'era un piccolo albergo di grande fascino: l'Hotel Washington. Era frequentato da stranieri, soprattutto inglesi, amanti di luoghi bohémien.

Da ottobre la sala interna diventava il luogo ideale per ballerini tristi, un po' invernali. Arrivavano con aria spavalda, sicuri dei propri mezzi, accompagnati da donne truccate in modo troppo vistoso. La musica interessava poco, era la fluidità liquida del movimento a meritare ammirazione. Movimenti senza interruzioni, come un piano sequenza del ballo. Mentre varcava il cancello e cominciava a sentire il rumore della ghiaia sotto i piedi, Giovanni volle controllare di essere perfettamente in ordine. Si strinse il nodo della cravatta, si lisciò la giacca e si ravviò i capelli. La moglie gli disse che se continuava ancora sarebbe diventata gelosa.

Entrarono sottobraccio nella sala. C'era legno dappertutto, tanti specchi un po' ossidati e un'aria di fumo e di caffè. Giovanni osservò l'orchestra. Con lo sguardo, come fosse un laser, selezionò tutti i componenti. Registrò mentalmente un pianoforte, una batteria, una tromba, un contrabbasso, una vocalist col vestito sgargiante, sembravano esserci tutti, meno il clarinetto. La moglie non fece in tempo a stringergli il braccio per avvertirlo. Alle loro spalle partì una musica dolce, malinconica, epica. Era il suono di un solo strumento, il clarinetto. Gli sembrò di impiegare un secolo a voltarsi, divincolandosi dal braccio di Giuditta. Mentre girava il viso vedeva gli avventori sorridere sorpresi, guardando in un punto che lui ancora non era riuscito a raggiungere. Poi se lo trovò davanti, Mowgli. Era un viso che sorrideva, un occhio che si strizzava. Era un uomo attaccato a una musica tenera, accattivante, tanto era riuscita a far silenzio nella confusione di quei ballerini in attesa.

Era il suo saluto, era il suo modo di dire, con la voce che aveva imparato a usare: «Bentornato Giovanni, siamo di nuovo insieme». Ma quel saluto Mowgli lo teneva pronto per lui da anni e per questo lo aveva tradotto in un brano musicale. Il brano del quale gli aveva scritto nella lettera. Una musica che sembrava una carezza, un saluto con la mano, due braccia strette al collo. Per Giovanni forse solo ora, forse solo con quella musica, la guerra era finita davvero.

Monica stava ridendo, la testa all'indietro, quando vide il lampadario oscillare e sentì quell'orrendo rumore: tutto si frantumava, i piatti, il vetro dei bicchieri che brindavano non richiesti, il legno delle sedie che sbattevano tra loro, le urla dei camerieri e quelle dei clienti. Riabbassò la testa in tempo per incrociare lo sguardo terrorizzato del commendatore. Urlava una parola lunga che, con il rumore, non riuscì a decifrare.

Giovanni aveva abbracciato Mowgli, a lungo, e Mario che lo accompagnava sornione. Poi, con Giuditta, si erano seduti a un tavolo per godersi il concerto. Dopo sarebbero stati a cena tutti insieme, avevano quarant'anni di vita da raccontarsi. L'orchestra aveva appena attaccato *Una carezza in un pugno* di Adriano Celentano, e la voce della cantante aveva intonato quelle splendide parole, «A mezzanotte sai che io ti penserò, ovunque tu sarai sei mia. E stringerò il cuscino tra le braccia mentre cercherò il tuo viso che splendido nell'ombra apparirà».

Le prime coppie, le più audaci, si erano fatte avanti verso il centro della pista. Giovanni avvertì un sobbalzo nello stomaco, come se avesse preso una buca con la bicicletta. Ma era fermo al tavolino. Si guardò intorno, vide qualche persona che faceva lo stesso. Gli orchestrali si cercavano con gli occhi. La cantante col vestito esagerato rallentò la strofa. Il batterista andò fuori tempo. Finché una donna in vestaglia non spalancò la porta della sala da ballo e fece entrare una folata di vento gelido e un urlo incomprensibile: «*Earthquake*!».

Andrea aveva appena detto a Luca di smettere di mangiare Ciocorì che stava per venire ora di cena. In quel rimprovero il figlio sembrò scorgere il segno della delusione e della rabbia del padre. La trasmissione era iniziata da cinque minuti e già Brady aveva segnato su un rigore per il padre inesistente e per il figlio palese. Poco dopo Scirea aveva accompagnato la palla nella porta dell'Inter, col tripudio di Luca che aveva fatto cadere, nell'occasione, tutte le carte della cioccolata che aveva mangiato. Così il bambino si era acconciato a sopportare ubbidiente il secco rimbrotto del padre. Mancavano dieci minuti alla fine della partita quando per l'Inter segnò Ambu. Andrea saltò per aria facendo scivolare a terra i giornali che intanto aveva cominciato a sfogliare simulando indifferenza al risultato. Squillò il telefono. Il padre si era riavvicinato allo schermo, voleva quasi entrarci dentro. Fece un gesto con la mano, come a dire a Luca: «Vai tu».

«Papà, è la radio. Ti vogliono, dicono che è urgente.»

«Che palle, che è successo?»

Andrea si alzò continuando a tenere lo sguardo sul teleschermo. Ma poi il figlio vide che lo abbassava, come se non gli interessasse più null'altro se non le parole che stava ascoltando al ricevitore.

«Va bene, arrivo.»

Abbassò la cornetta e disse a Luca:

«C'è stato un terremoto forte in Campania. Vado in radio. Sembra che l'epicentro sia ad Avellino, non dove è andata la mamma. Se chiama, avvertimi. Ti telefono io tra un po'. Sai cosa fare per cena, vero?».

Luca seguì in silenzio gli spostamenti veloci del padre nelle varie stanze della casa. Poi lo accompagnò e gli chiuse la porta alle spalle. Si ritrovò solo. Questa volta i giocatori del Subbuteo, tutti, erano sparsi. Sparsi in tutta Italia, comunque distanti, separati da lui. Che almeno con gli occhi, fece in tempo a vedere gli eroi della sua Juventus abbracciarsi in mezzo al campo. Si sentì un po' come Chance il Giardiniere, solo in quella casa, davanti al televisore.

«Mi rendo conto» disse tra sé.

La voce del padre arrivava disturbata. Luca spostò un po' la manopola delle frequenze, in modo che le stazioni vicine non interferissero con la cronaca concitata che Andrea stava facendo da Avellino. Era partito da casa la mattina, proprio mentre Monica tornava. Sembrava si dessero il cambio, come sempre.

Avevano fatto colazione insieme, lei raccontando del terrore, della gente che cercava riparo sulla spiaggia, del freddo e della totale assenza di aiuto. Il cliente di Amalfi l'aveva accompagnata quella stessa sera in auto a Roma e lì l'aveva ospitata a casa sua. In auto avevano progressivamente messo a fuoco le dimensioni di quello che era accaduto. Da una stazione di servizio Monica aveva telefonato a Luca per tranquillizzarlo e dirgli che avrebbe preso il primo volo per Milano all'indomani.

«È stato spaventoso. Non hai idea che sensazione terribile. Sembra di avere il mal di mare. E Amalfi era abbastanza lontana dall'epicentro. Devono esserci paesi interamente cancellati e un macello di morti.»

Andrea aveva posato la macchinetta del caffè sul tavolo. Gli avevano prenotato un aereo per Napoli. Avrebbe fatto i servizi dalle zone colpite per un pool di radio che si erano unite per fronteggiare la spesa. Durante la notte si era capito che il terremoto era peggiore di quello in Friuli e che agli ascoltatori non si potevano dare solo le notizie delle agenzie. La scelta era caduta su di lui, il più brillante e il più esperto, non si poteva mandare un ragazzino alle prime armi.

Mentre era in piedi e si passava il tovagliolo sulle labbra, Andrea pensò se fare la domanda che da qualche minuto gli sbatteva violentemente nel cervello. Ma decise che la gravità della situazione avrebbe reso ridicola la sua richiesta di sapere qualcosa di più della notte a casa di quell'estraneo. Era rimasto in silenzio, anche per un'altra ragione, che percepiva con infinita amarezza. Non riusciva a confessare a se stesso che non si sentiva neanche più in diritto di chiederle conto di ciò che faceva. Chance l'avrebbe detta così: «Due piante giovani di edera rampicante crescono intrecciandosi, come se la vita di una dipendesse dall'altra. Poi un giorno una smette di trovare superficie per attecchire e raggiunge il limite di crescita. Da quel momento cambia aspetto, genera germogli che possono diventare cespugliosi e si separa dall'altra. Il difficile è capire se resisteranno, se cresceranno almeno vicine o se prenderanno direzioni diverse. A vedersi, prima era una sola pianta. Ora sono palesemente due. Valutate voi se è un vantaggio o no».

Ora la voce di Andrea arrivava chiara, disturbata solo dal rumore dei gettoni che scendevano nel ventre del telefono. Luca la ascoltava con attenzione, mentre si congratulava con se stesso per aver quasi completato una faccia del cubo di Rubik.

«Qui la situazione è sconvolgente, ci sono migliaia di morti. Quelli recuperati sono poco più di mille ma c'è chi parla di cinquemila. Ci sono paesi interi nei quali i soccorsi non sono ancora arrivati. E sono i luoghi dell'epicentro del sisma. I comuni colpiti sono più di seicento. Ma la cosa più impressionante è il numero delle persone che sono ancora sotto le macerie. Quando siamo arrivati, con altri colleghi, a Teora, in provincia di Avellino, la gente era convinta che fossimo i soccorsi. Uno ci ha detto: "Ci sono trecento persone sepolte vive. Aiutateci" e poi ci ha portato in un luogo che era un cumulo di travi spezzate e di calcinacci. Si sentiva la voce di una bambina che urlava: "Aiuto. Non mi fate morire. Vi prego". Non ci sono brandine, coperte, pasti, acqua, medicine. E soprattutto non ci sono i soccorsi. Si muovono con una lentezza esasperante e allora la gente qui fa come ha sempre fatto, prescinde da uno Stato assente. Gli abitanti diventano vigili del fuoco e medici. Il parroco, i militanti dei partiti, il dottore del paese sono lo Stato, per queste terre martoriate.

«Oggi è arrivato il presidente Pertini, una persona che gli italiani rispettano. Era con il capo del governo, Arnaldo Forlani. A Potenza gli hanno urlato: "Ti prego, presidente, fai qualcosa per noi". A Balvano una donna sdraiata sulle macerie lo ha supplicato piangendo: "Non ci lasciare soli"...»

Luca si rese conto che aver quasi completato una sola faccia del cubo gli rendeva tutto più difficile. Perché quell'enigma non si poteva risolvere per parti. Non c'era nulla di graduale. Ogni movimento condizionava l'assetto complessivo. Esisteva una specie di destino comune tra tutti quei quadratini. Sarebbero tornati a posto, tutti o nessuno.

Il giorno dopo, al mattino presto, Alberto suonò alla porta. A Silvana che gli aprì chiese del nipote, se era pronto per andare a scuola. Luca arrivò con lo zaino sulle spalle.

«Zio, come mai sei qui?»

«Sapevo che Andrea è fuori e ho pensato che ti facesse piacere se andiamo a scuola insieme. Poi io ho lezione in facoltà alle nove e trenta.»

«Ok.»

Nel tragitto parlarono del terremoto e della partita della Juve, per il bambino quei due eventi erano indissolubilmente legati, forse per la loro totale diversità.

«È il 6 dicembre il tuo compleanno, vero? Con i nonni ti stiamo preparando un regalo fantastico. Loro sono ancora a Roma, mi hanno incaricato di pensarci. E io ci ho pensato» concluse Alberto con un sorriso tenero.

Luca era deciso a organizzare una bella festa per i suoi undici anni. Sarebbe stata una buona occasione per stare un po' con i suoi nuovi compagni di classe. Anzi oggi, alla ricreazione, si sarebbe fatto coraggio e avrebbe invitato quella meraviglia del primo banco, Daniela. Dal primo giorno di scuola aveva perso la testa per lei. Proprio ieri, durante la lezione di disegno, quella ragazza gli aveva chiesto il temperamatite. Il che era sembrato a Luca un chiaro segnale di uno spiccato interesse per lui. Lo poteva domandare ad altri. Invece aveva chiesto il permesso al professore e si era alzata dal banco per andare al suo, il terzo nella fila accanto.

L'aveva seguita con lo sguardo. Quando aveva capito che si stava dirigendo verso di lui erano successe tre cose. Il cuore sembrava Cabrini in fuga sulla sinistra, la saliva gli aveva invaso la gola come fosse una diga saltata, aveva abbassato la testa sul libro per nascondere il volto in fiamme, rosso come quella gigantesca pubblicità della Coca-Cola, vista a Piccadilly Circus a Londra. Quando lei aveva detto: «Luca, scusa, hai il temperamatite?» lui aveva sollevato il capo ma solo a metà, restando ridicolmente chino sul banco. Aperta la zip dell'astuccio che conteneva penne e matite, aveva cominciato a rovistare. Ma non riusciva a guardarci dentro. Teneva gli occhi posati su di lei, che lo osservava con un sorriso dolce. Forse la ricerca durò troppo. Però il temperamatite galeotto sbucò quasi saltando dalle dita di Luca. Lui glielo porse sfiorandole la mano. Quel contatto lo stordì e mentre lei tornava al suo banco fu preso da una indicibile agitazione. Attenuata solo dall'impegnativo pensiero della strategia migliore da scegliere per la restituzione di quell'oggetto. Al quale si sentiva legato ormai da imperitura gratitudine. Poi era suonata la campanella, era l'ultima ora, e lei, come meccanicamente, lo aveva riposto nel suo astuccio rosa. Luca era restato interdetto. Aveva fretta di comunicare di nuovo con lei e magari sfiorarle la mano. Ma pensava anche che forse Daniela aveva voluto trattenere qualcosa di suo, magari per stringerlo sul cuore a casa. E comunque non gli dispiaceva che fosse in debito con lui di qualcosa, che la prossima volta dovesse cominciare a parlargli chiedendogli scusa della sua dimenticanza.

Quel mattino arrivò a scuola poco prima che suonasse la campanella, aveva perso qualche minuto chiacchierando per strada con lo zio Alberto. Mentre stava per entrare in aula si accorse che lei stava appendendo il cappotto all'attaccapanni nel corridoio. La professoressa non si vedeva, i compagni erano già in classe. Prese un'invisibile rincorsa e in uno stato di confusione totale le disse, tutto d'un fiato:

«Hai per caso il mio temperamatite? Verresti alla mia festa?».

Luca sistemò il registratore. Sulla cassetta, una Basf da novanta minuti, aveva scritto con il pennarello nero «Terremoto», poi la data e una parola che stonava con le altre: «Papà».

Prima delle notizie la radio trasmetteva una musica bellissima, che lo faceva pensare a Daniela. Era un suono di sassofono quasi straziante. Luca notò con disappunto che faceva buio sempre più presto. E che anche oggi pioveva, come sempre pioveva. «Ma cos'è questa nuova paura che ho? Ma cos'è questa voglia di uscire, andare via? Ma cos'è questo strano rumore di piazza lontana, sarà forse tenerezza o un dubbio che rimane?»

«Oggi voglio iniziare facendovi ascoltare le voci dei terremotati. Le ho registrate all'arrivo in elicottero di Pertini a Laviano.»

Luca sorrise all'idea che stava registrando qualcosa che a sua volta era stato registrato da suo padre tanto lontano. Voci al quadrato.

Si sentiva un gran trambusto, urla concitate e poi, come fosse improvvisamente in primo piano:

«Non passeggiate, non è uno spettacolo, merde, merdacce, io tengo mia moglie lì sotto, sono due giorni che urla».

Subito dopo una voce di donna:

«Ieri mattina non c'era un elicottero per trasportare i feriti, siete bestie, bestie».

Quelle urla gli facevano impressione. Sentì di nuovo la voce del padre:

«Qui continua a mancare tutto. Meno le macchine blu di ministri, sottosegretari, assessori e faccendieri. La gente non ce l'ha con Pertini, ce l'ha con il potere sordo e sempre uguale a se stesso. I volontari chiedono che gli mandino l'antitetanica perché la gente scava con le mani tra le macerie e si ferisce. Gira voce che ci sia anche un mercato nero delle bare. Ci sono sepolti vivi dovunque. La rabbia sale e con essa la disperazione. Quando l'elicottero del presidente si è alzato dal campo sportivo di questo paesino di duemila anime lo spostamento d'aria ha divelto una tenda dei soccorsi. Sembrava un film di René Clair o di Fellini, era una metafora del disinteresse del potere per la gente. Ripeto, non del presidente che è l'unico davvero rispettato, insieme a qualche deputato della zona che non dorme da tre giorni. Ma i ritardi dello Stato sono intollerabili e stanno costando la vita a migliaia di persone...».

Il servizio era finito da poco e da poco Luca aveva spento il registratore. Era rimasto a pensare a quelle parole, a suo padre che era nel cuore di quel disastro. Squillò il telefono. Luca rispose e sentì la stessa voce che aveva appena registrato, con gli stessi gettoni che scendevano lenti. Si sentì importante, come uno spettatore ammesso dietro le quinte. Luca gli disse che lo aveva sentito alla radio. Il padre gli confessò che aveva detto molto meno di quello che vedeva. Che aveva taciuto le cose più orrende. Che stava pensando molto a lui. Gli confessò che la sera prima, chiudendo le persiane della stanza d'albergo, si era fermato a guardare la luna. Era la stessa che undici anni prima sembrava annunciare solo tempi sereni e un futuro aperto. Si era reso conto che ormai, a raccontare la realtà, descriveva solo le tragedie delle stragi e il sangue sparso dai terroristi. E ora anche la ribellione della natura. Altro che il mondo dei bambini felici. Gli disse, e gli sembrava avesse la voce rotta:

«Luca scusami, scusaci. Ma non bisogna smettere di pensare che sia possibile. Quando torno ricordami di leggerti una delle *Favole al telefono*. Riguarda l'universo. È bellissima».

Nei giorni in cui Andrea era lontano per seguire il terremoto, Alberto passava ogni mattina a prendere Luca. Arrivava verso le sette e tre quarti, posava il cappotto, si faceva offrire un buon caffè da Silvana mentre il ragazzo si preparava. Scambiava due parole con Monica che al risveglio aveva una sensuale aria arruffata, con i lunghi capelli biondi in disordine sulle spalle, spesso nude. Per quanto cercasse di non ammetterlo, Alberto era turbato dalla bellezza della moglie di suo fratello. Quel mercoledì avevano parlato delle paure di Luca, del timore di un divorzio imminente dei genitori. Dal colloquio Alberto non era uscito rassicurato. Monica gli aveva trasmesso la sensazione che si fosse logorato qualcosa di profondo tra lei e Andrea. Ma la discussione fu interrotta da Luca che chiedeva a Silvana se gli aveva messo gli Urrà Saiwa nello zaino.

Quella mattina Alberto si fece trovare anche all'uscita di scuola.

«Ho finito presto all'università e ho pensato che potremmo mangiare insieme. Passiamo da casa, posiamo la tua cartella e andiamo al ristorante.»

Il programma era molto piaciuto a Luca che però aveva un'aria guardinga.

«Che c'è?» gli chiese lo zio. Il ragazzo fece un movimento con gli occhi, come a indicargli qualcosa o qualcuno. Alberto seguì la traiettoria di quello sguardo fino a una bambina che in quel momento stava scendendo i gradini della scuola. Era molto carina, i lineamenti fini, i capelli castani raccolti dietro le orecchie. Alberto sorrise e fece per prendere la mano di Luca, che scartò, infastidito.

«Ti piace? È una mia compagna di classe. Mi ha detto che viene alla mia festa. Non sai quanto sono contento.»

L'ossobuco con la polenta era ottimo. Alberto aveva il maglione color vinaccia con il collo a V. Tutti dicevano che era bellissimo e al nipote sembrava vero. Aveva uno sguardo particolare e un sorriso dolce che splendeva quando suonava la chitarra e cantava le sue canzoni preferite, a cominciare da *Father and Son* di Cat Stevens.

Un giorno gli aveva tradotto il testo di questo dialogo sull'impazienza tra un padre e un figlio e Alberto gli aveva fatto notare una frase: «Dal momento in cui potevo parlare, mi fu ordinato di ascoltare». Per Luca evidentemente non era ancora arrivato quel momento. Nessuno glielo imponeva ma era biologicamente naturale che ascoltasse anche il più vicino a lui d'età, quel ragazzo con gli occhi azzurri che ora stava manovrando, come un bambino, il cubo di Rubik di suo nipote.

«Non ci sei riuscito, è troppo difficile. E non è di quelle cose che i grandi sanno come si fanno. Proprio no. Potrei stare un anno a non fare altro e non ci riuscirei. E pensa che invece so fare un sacco di cose. Ti ho mai raccontato di quando con tuo padre andavamo a fare le scalate?»

Luca capì il momento, prese il cubo che intanto lo zio aveva posato vicino alla Coca-Cola e si preparò a uno di quei viaggi della sua famiglia nel tempo e nello spazio che gli piacevano tanto. Constatò che avrebbe sovvertito l'ordine che aveva raggiunto, con sei noni di blu su un unico lato, ma non poteva fare diversamente. Aveva bisogno di superare quella condizione parziale per puntare a uno stato definitivo.

«Parlo di sette, otto anni fa. Tu eri piccolo e ogni tanto lui e io andavamo a fare lunghe passeggiate nei boschi. Era magnifico in autunno, con il rosso e il giallo delle foglie e una dolce, inaspettata sensazione di calore che si avvertiva proprio mentre dalla bocca, per parlare, usciva una nuvola di vapore acqueo. Camminavamo e parlavamo, come stiamo facendo ora io e te. Lui mi raccontava la storia della nostra famiglia, le sofferenze di tua nonna, la forza di nostro padre. Non sai che rabbia mi covava dentro nel sentire quello che mia mamma aveva sofferto. Ma quegli spazi grandi, quel silenzio, l'energia serena della natura lenivano quei bollori.

«Decidemmo di cominciare ad arrampicare. Prima piccole ascensioni, poi gradualmente vie sempre più impegnative. Una volta, sulle Dolomiti, stavamo affrontando una arrampicata non semplice. C'era la neve e il vento ci sferzava. Eravamo in cordata. Io davanti. A un certo punto gli cedette un appoggio e lo vidi cadere per qualche metro. Rimase sospeso nel vuoto finché non riuscii a recuperarlo e farlo arrivare alla mia sosta. Insomma il fratello piccolo aveva salvato la vita al maggiore. Una soddisfazione che non si può neanche dire. Quando torna, domani, prova a ricordarglielo, vedrai che è ancora furioso per la mortificazione subita dal suo fratellino. Devo però riconoscere che dall'anno scorso abbiamo cominciato ad arrampicare su ghiaccio e lui è un fenomeno. Sale come un gatto. È il suo ambiente, in un'altra vita deve essere stato un pinguino o un orso bianco. Sono prove difficili ma danno fascino alla nostra esistenza. Non so quante volte ti abbia raccontato il suo volo in aliante. Gli piace arrivare più vicino possibile alle vette, al cielo, alla luce. E anche a me piace il rischio. Regala adrenalina, motivazione.»

Andrea rientrò il giovedì. Era stanco e molto affranto. Luca pensò che non era il momento di fare lo spiritoso con le «discese ardite e le risalite», come lo zio Alberto gli aveva suggerito di chiamarle per prendere in giro suo padre. Aveva poca voglia di parlare, aspettò sveglio che Monica tornasse. Anche Luca cercò di non addormentarsi e sentì che si salutavano con affetto. Non ci furono né urla né silenzi, quella sera. Solo voci che si incrociavano, curiose l'una dell'altra. Mise la mano sotto il cuscino, si collocò su un fianco e chiuse gli occhi. Se qualcuno lo avesse visto in quel momento, avrebbe avuto l'impressione che quel bambino sorridesse, dormendo.

La mattina dopo si svegliò di buon'ora. Lo zio non sarebbe passato: il giorno prima al ristorante gli aveva detto che, tornato Andrea, avrebbe ripreso i suoi orari normali, e inoltre doveva studiare per un esame. La madre era già uscita e il padre dormiva per recuperare le forze.

Luca aveva dato appuntamento al suo amico Matteo sotto casa. Stava per scendere quando sentì delle urla provenire dalla strada. Si affacciò e vide un uomo ben vestito che fuggiva, cercava di scavalcare delle transenne. Gli erano caduti dalle mani una borsa e un fascio di giornali. Dietro di lui due ragazzi, a volto scoperto, che lo inseguivano. Avevano delle pistole in mano e uno urlava all'altro: «Ammazzalo, è lui, spara! Presto!». L'uomo correva disperato, arrivò all'altezza del fruttivendolo di via Orseolo. Luca non riusciva a staccarsi da quella scena e chiamava suo padre. Ma non lo faceva a voce alta, come se avesse paura che quelli con la pistola lo sentissero. La gente attorno fuggiva, si buttava a terra, si rifugiava nei palazzi che avevano il portone aperto. I due arrivarono a mezzo metro dal loro bersaglio. Spararono. I rumori furono secchi. Lo presero al cuore, al viso. Poi Luca non vide altro perché sentì sugli occhi le mani del padre che era arrivato di corsa, in pigiama, e lo stava portando via da quel vetro, da quel film orrendo. Era durato tutto un minuto, poco più. Ora Silvana abbracciava Luca e Andrea si infilava in fretta i pantaloni. Il bambino urlò:

«Matteo! Papà, corri, avevo appuntamento con Matteo qui sotto. Speriamo non gli sia successo nulla».

Andrea si precipitò giù per le scale e trovò Matteo nell'androne. Era solo, immobile, terrorizzato da quello che aveva visto a pochi metri da sé. Balbettava solo: «Non sparate, non fategli del male». Presero l'ascensore, teneva stretto quel bambino impaurito e pensava a quella frase «Il mondo dei bambini felici». Gli veniva da piangere, come piangeva Luca e come piangeva Matteo, stretto a lui. Li lasciò tutti e due con Silvana e scese di nuovo in strada. Faceva freddo, lui aveva addosso solo la giacca del pigiama e i pantaloni. Arrivò al luogo dell'agguato. La polizia non c'era ancora. C'era il corpo di quell'uomo in una pozza di sangue.

«Oggi ho assistito per caso a un agguato delle Brigate Rosse. Ho visto un pover'uomo riverso a terra. È successo meno di mezz'ora fa, sotto casa mia. Siamo dalle parti del parco Solari. Non lontano dal luogo dove fu ucciso Walter Tobagi, in questo maledetto 1980. Ma se prendete la cartina geografica di Milano, o di Roma, o di Genova, o di Torino, non troverete un quartiere che non abbia una targa da affiggere a un portone, vicino a una fabbrica, davanti a una facoltà universitaria o a un commissariato. So che molti ascoltatori non saranno d'accordo ma i brigatisti sono delle bestie e io ho bisogno di dirlo. Non sono compagni che sbagliano, sono dei macellai che uccidono a caso. Questa volta è successo a un dirigente d'azienda. Le agenzie che mi hanno letto dalla redazione parlano del direttore di uno stabilimento della Falck di Sesto San Giovanni. Per me era un uomo, che giaceva sull'asfalto con il volto e il cuore squarciati. Lo hanno portato in ospedale e io spero che sopravviva. Comunque se c'è qualcuno che può spiegarmi cosa c'entra tutto questo con il riscatto dei proletari o con la lotta contro l'imperialismo abbia il coraggio di farlo. Io ora vado in radio e sono pronto a un confronto con gli ascoltatori che ancora non abbiano capito che questa mattanza quotidiana è una barbarie. Sparano su dei poveri cristi, su magistrati che difendono le leggi, su poliziotti che guadagnano due lire, su dirigenti aziendali che fanno solo il loro dovere. Sono in prima fila se mi si chiede di denunciare questo Stato corrotto e incapace che lascia morire la gente sotto le macerie a Sant'Angelo dei Lombardi. Ma ora sono stufo di distinguo e sottigliezze, i brigatisti ci stanno togliendo la possibilità di vivere. E stanno facendo un gran servizio alla destra. Sono come le squadracce fasciste degli anni Venti. Si sono autoassegnati il diritto di decidere chi può vivere e chi no. Non sono Dio, sono degli assassini. E se vogliono colpire anche me, lo facciano. Non ho paura.»

Andrea abbassò il telefono. Si sentiva ridicolo a pronunciare frasi così avendo addosso la giacca del pigiama, una flanella a scacchi. Ma provò anche un grande senso di libertà, come quel giorno che aveva volato in aliante.

«Le linee del telefono di questa radio sono rimaste a lungo intasate, dopo la telefonata che ho fatto a caldo da casa sull'omicidio di questa mattina. Ora da studio riprendiamo il discorso, con un maggior numero di notizie. L'uomo colpito dai terroristi è morto al Policlinico, un'ora circa dopo che due giovani lo avevano inseguito e gli avevano sparato da pochi centimetri quattro colpi addosso. Loro avevano le pistole, lui una borsa di pelle con alcune pratiche di ufficio.

«Era uscito di casa come tutte le mattine, si era fermato a prendere un caffè e a comperare i giornali. Poi, all'angolo di via Orseolo, aveva visto due ragazzi con un giubbotto nero e una lunga sciarpa attorno al collo che, secondo i testimoni, leggevano un quotidiano sportivo. Quando è passato forse si sono fatti un segno, forse hanno messo una mano in tasca. Comunque l'uomo ha capito e ha cominciato a correre. Già questo vi dice in che diavolo di tempo viviamo, quanta gente non si sente sicura neanche quando esce per andare a fare il proprio lavoro. Non aveva scorta, non era armato. Era un bersaglio che camminava, per i terroristi.

«Lui corre, in mezzo alle transenne dei lavori della metropolitana. Loro dietro si urlano di fare presto, di ammazzarlo. Lui abbatte una transenna ma scivola sul fango e finisce a terra. I terroristi si avvicinano e gli sparano in viso e sul petto. Lui è in una pozza di sangue, mentre loro scappano a bordo di due biciclette: una Frejus e una Ciclo Ceriz, due biciclette nere. Ai passanti che accorrono fa in tempo a gridare: "Aiuto, aiutatemi". Lascia la moglie e un figlio. Aveva cinquantaquattro anni, era un dirigente d'azienda.

«Ora vi faremo sentire un servizio del nostro cronista realizzato davanti ai cancelli delle acciaierie di Sesto San Giovanni. Non solo i suoi colleghi ma gli operai, per primi, lo ricordano come un galantuomo, una persona che lavorava per l'azienda anche di notte e di domenica. Hanno proclamato subito la fermata del lavoro. Contro le Br, contro gli assassini. Operai in solidarietà con il loro dirigente ucciso.

«Sparano a casaccio, ormai. Pochi giorni fa hanno ucciso un altro dirigente aziendale. E ancora prima il giornalista Walter Tobagi, un nostro collega. Sono andato a rivedere i ritagli dei suoi articoli. All'inizio di quest'anno infame le Br hanno massacrato tre agenti mentre erano in servizio sulla loro auto. Trenta proiettili per tre ragazzi. Commentando i funerali Tobagi scriveva: "Quante facce di ragazzi. Chi l'avrebbe immaginato, qualche anno o perfino qualche mese fa, che migliaia di studenti si sarebbero radunati così, spontaneamente, al funerale di tre poliziotti caduti nell'agguato brigatista?... Luca, dell'Istituto tecnico di San Donato: Volevo esserci anch'io perché la polizia è gente come noi. Due ragazze della Cattolica: Non ne possiamo più di questo sterminio. Perché uccidono?".

«I ragazzi hanno, nitido, il senso della giustizia. Capiscono chi è il potente e chi l'indifeso. E oggi gli indifesi hanno addosso una divisa, tengono nelle mani una borsa, hanno in ufficio una macchina da scrivere che li aspetta. I potenti hanno in tasca una pistola e l'arbitrio di decidere chi vive e chi muore. Come il pollice alzato o abbassato dei nazisti che facevano la selezione dei deportati ad Auschwitz. Un pezzo della mia famiglia è stato mandato a morire nelle camere a gas da qualcuno che si sentiva, in virtù delle armi nella fondina, padrone della loro vita.

«Una cosa è battersi per cambiare il mondo, una cosa è uccidere gli innocenti. I ragazzi lo capiscono. E noi abbiamo il dovere di farlo con loro. La risposta alla domanda delle due studentesse della Cattolica Tobagi la diede in un altro articolo che ho qui davanti a me. Un editoriale scritto solo quindici giorni dopo, per l'assassinio di un colonnello e di un appuntato dei carabinieri. "Perché uccidono" chiedevano quelle ragazze. Ecco le parole di Tobagi: "È il tragico paradosso dei terroristi, uccidono per dimostrare che sono vivi".

«Sapete come hanno rivendicato l'omicidio di oggi? Anche qui leggo l'agenzia. È l'Ansa, alla quale hanno telefonato appena avuta la certezza che l'uomo colpito fosse morto. "Esprimiamo la nostra solidarietà ai terremotati del Sud." È incredibile. Offrono solidarietà a dei morti innocenti uccidendo un uomo innocente. Finirà mai tutto questo? Guardate fuori dalla finestra. Anche oggi piove. Vi ricordate un giorno di sole, un giorno sereno in questo tempo infernale? Siamo in un tunnel. Ma solo noi possiamo uscirne. Una volta, in viaggio con mio padre, gli recitai una filastrocca che avevo letto in un bellissimo libro "La galleria è una notte per gioco, è corta corta e dura poco. Che piccola notte scura scura! Non si fa in tempo ad avere paura". Ma era un altro tempo, un tempo in cui si poteva usare la fantasia, e si poteva non avere paura. C'era il sole, allora.»

Dallo studio partirono le note di *Streets of Fire* di Bruce Springsteen.

A casa Luca spense il registratore. Immaginò che suo padre avesse finito di parlare e perse così le sue battute conclusive. Era tornato in salotto, i genitori di Matteo erano venuti quasi subito a prendere il figlio, ancora sotto choc, per portarlo a casa, e lui aveva pensato che la cosa migliore, per distrarsi, fosse giocare un torneo di Subbuteo, da solo.

Così le parole di Andrea volarono, dalla radio rimasta accesa, in una stanza completamente vuota.

«Ci sono decine di telefonate in linea. Sono pronto a discutere con voi. Le posizioni che ho sostenuto impegnano solo me, non la radio. Lo dico perché mentre parlavo, vedevo le facce attonite dei miei amici e compagni dall'altra parte del vetro, in regia. Vai, cominciamo.»

Monica era in auto, stava tornando a casa da Luca. Aveva chiesto il permesso al suo capo, che non sembrava convinto. Anche lei aveva sentito il marito parlare alla radio e ora stava misurando la durezza di certe reazioni. Chi lo accusava di essere un traditore, chi gli ricordava la strage di piazza Fontana o la morte di Serantini. Andrea rispondeva, reagiva, spiegava. Monica premette un tasto e si sintonizzò su un altro canale. Sentì Paul McCartney cantare *Junk* e sistemò lo specchietto.

Una settimana dopo, il giorno del compleanno di Luca, Andrea ricevette una telefonata da Enrico, un suo collega dell'Ansa col quale aveva lavorato in mille fatti di cronaca. Era una persona seria, un giornalista indipendente e coraggioso. Si occupava da anni di terrorismo. Era stato molte volte a cena a casa loro ed era un amico vero, uno di quei rapporti che tra giornalisti si costruiscono spalla a spalla, sul campo. Gli dette appuntamento in un bar. Apprezzava la posizione che aveva assunto in radio, gli disse che aveva sentito molti commenti positivi, «come un senso di liberazione», ma lo invitava a stare attento perché altri invece erano furiosi e consideravano quelle parole come una provocazione. Ma non era per quello che aveva voluto vederlo.

«Andrea, sai quella telefonata che ha rivendicato l'assassinio di via Orseolo? Quella che esprime la solidarietà ai terremotati. È arrivata quella mattina alla nostra redazione e il centralino l'ha registrata, come fa sempre. E come sempre, prima di darla alla polizia, ne abbiamo fatto una copia. Io l'ho sentita mille volte, mi sembra proprio di conoscere questa voce. È contraffatta ma mi ricorda qualcosa. Siccome frequentiamo gli stessi ambienti da sempre e conosciamo le stesse persone, vorrei che tu l'ascoltassi con attenzione. Se ti viene qualcosa in mente fammelo sapere. Può darsi che mi sbagli ma ho proprio l'impressione di averla già sentita.»

Quelle ultime parole Enrico le aveva pronunciate come se fosse imbarazzato, come se si vergognasse di chiedere al collega di arrivare a una verità che sentiva a un soffio da mettere a fuoco.

Andrea andò subito alla radio e si sedette al suo tavolo, in redazione. Si mise una cuffia. Voleva che non ci fossero interferenze esterne che lo distraessero. Fino a un minuto prima c'era un gran vociare nelle sue orecchie. Gente che si chiamava, il ticchettio delle macchine da scrivere, la musica dell'emittente che veniva diffusa nello stanzone, commenti ad alta voce sul rischio di invasione in Polonia e sull'ennesimo assassinio terrorista a Roma. Baccano, quasi un frastuono. Con le cuffie sulle orecchie Andrea poteva ora guardare i suoi colleghi come fossero personaggi di un film al quale era stato tolto l'audio. Si agitavano, ma non facevano rumore. Urlavano senza parole.

«Qui Brigate Rosse, colonna Walter Alasia. Rivendichiamo noi. Esprimiamo la nostra solidarietà ai terremotati del Sud. Abbiamo colpito il dirigente della Falck... Continua la campagna contro lo Stato e i padroni. Lavorare meno, lavorare tutti, costruire gli organismi di massa rivoluzionari...»

Sì, anche lui la conosceva quella voce. Intorno la gente si agitava come in un acquario. Forse si festeggiava un compleanno, c'erano le paste e lo spumante. Tutto senza suono, compreso il tappo che saltava dalla bottiglia. Perché nelle orecchie di Andrea c'era solo quella voce, che passava e ripassava, seguendo gli impulsi del suo dito sul *rewind* del registratore. Era contraffatta, c'erano rumori di fondo. Però lui la conosceva. Non era sicuro, ma solo perché non era possibile fosse vero quello che pensava.

Tornò a casa, come ipnotizzato dal suo pensiero, dalle sue paure. Luca era a scuola, Monica a un appuntamento di lavoro, Silvana a far la spesa. Entrò nella stanza di suo figlio, si diresse all'armadio. Lo aprì e vide le cassette in perfetto ordine. Erano divise per data, una vicina all'altra. Ciascuna aveva sul lato l'oggetto della registrazione. Lo sguardo di Andrea risalì verso le prime, quelle del tempo in cui Luca costringeva chiunque a «presentarsi» al suo Philips. Estrasse un nastro e lo mise in tasca. Richiuse l'armadio, in modo che il ragazzo non si accorgesse di nulla.

Arrivò in radio, era ormai poco dopo pranzo. Chiese di utilizzare lo studio, mentre andava in onda un programma registrato, e di restare da solo perché doveva ascoltare materiale riservato. Trasportò l'audio della cassetta su un nastro professionale. Lo sentì in cuffia, lo passò con degli effetti di cui disponeva la console della regia. Rese quella voce registrata da un bambino in camera sua il più possibile simile a un comunicato telefonico delle Brigate Rosse. Quando gli sembrò che i due nastri si somigliassero li inserì su due diversi registratori. Collegò due cuffie separate e le mise ciascuna a un orecchio.

In quello di destra sentì: «Continua la campagna contro lo Stato e i padroni».

In quello di sinistra: «Ciao Luca, sono tuo zio Alberto. Questa è la mia registrazione. Disegno fumetti, mi piace la musica, la montagna, il calcio...».

Daniela era bellissima. Dal mattino, quando era a scuola, Luca aveva immaginato il momento in cui avrebbe aperto la porta e l'avrebbe vista. Era arrivata tra i primi, con la sua compagna di banco. Insieme gli avevano regalato *Non so che darei* di Alan Sorrenti e un astuccio con pennarelli Grinta di vari colori. Lei lo aveva preso da parte, mentre l'amica consegnava il cappotto a Silvana, e gli aveva messo nelle mani il temperamatite.

«Grazie per non avermelo richiesto. L'ho tenuto, così mi faceva pensare un po' a te» disse scappando via.

Luca rimase inebetito, il pannello della Coca-Cola a Londra era sbiadito in confronto all'incendio di San Francisco che lo stava investendo. Per lui la festa era già finita; che andassero via tutti, che li lasciassero soli, avrebbero fatto un bel matrimonio al quale sarebbero stati tutti invitati, avrebbero cresciuto dei figli e organizzato dei tè al sabato pomeriggio. Insomma non si sarebbero persi di vista. Ma ora fuori, pensò mentre apriva la porta a Matteo. Il suo amico non fece in tempo ad appoggiare l'ombrello che Luca lo prese sottobraccio, lo trascinò in camera sua e gli raccontò, in preda a una inelegante concitazione, l'evento del secolo.

Nel salotto già si sentivano i dischi e i ragazzi arrivavano puntuali, ben vestiti. I maschi avevano spesso la giacca e la cravatta o un distinto maglioncino blu. Monica aiutava a fare gli onori di casa e commentava con accenti estasiati l'eleganza dei vestiti delle ragazze, che ringraziavano gentili. Ma sapeva che per lei c'era un confine, quello del salotto. La sua presenza lì sarebbe sembrata un eccesso, una sgradita ingerenza nel mondo di quei ragazzi che si muovevano nella stanza come danzassero, con una leggerezza che nessun adulto avrebbe mai potuto avere. Prima di chiudere la porta, una volta arrivati tutti, Luca interrogò la madre:

«Ma papà non viene?».

«Dovrebbe essere già qui, ho chiamato alla radio e mi hanno detto che è uscito. Arriverà a minuti, vedrai.»

Venti minuti dopo Monica sentì le chiavi nella toppa, poi capì che Andrea stava cercando di sistemare l'ombrello nel vaso, tra tutti quelli lasciati dai ragazzi. Le apparve sulla porta della cucina. Silvana era in salotto con i vassoi dei tramezzini. Era stravolto, sembrava che qualcuno o qualcosa lo inseguisse. Disse a Monica:

«Ti devo parlare, subito».

Lei, impaurita, si asciugò in fretta le mani con uno strofinaccio da cucina e muovendosi verso di lui:

«Certo, ma prima vai un attimo a salutare Luca, ha chiesto di te. Era preoccupato che tu non ci fossi».

Quando aprì la porta del salotto, fu investito da un odore particolare, quel misto di patatine fritte, caramelle e calore di bambini che ricordava da quando era piccolo. Luca stava ballando con una ragazzina molto bella e si girò quasi imbarazzato. Non sapeva cosa fare, cosa si dovesse fare in questi casi. Se lasciare la propria bella in mezzo alla pista e salutare il padre o fare solo un cenno della testa al genitore e continuare a stringere Daniela. Optò per una terza soluzione. A piccoli colpi indirizzò il movimento dei piedi verso lo spazio vicino alla porta e con una piccola pressione sul fianco sinistro della ragazza fece il resto. Andrea si trovò a parlare con suo figlio mentre ballava e non mollava la presa sulla bambina dai capelli castani. Capì che non era il momento di dargli un bacio. Gli passò una mano sulla testa e disse rivolto a tutti «Ciao, state bene, divertitevi». I ragazzi risposero in coro un educato grazie e Luca strizzò l'occhio al padre. Eppure, mentre riguadagnava il centro della stanza, si rese conto che gli era rimasta una spiacevole impressione, fotografata dall'occhio rimasto aperto nel saluto. Come la sensazione che suo padre fosse turbato e che il sorriso venduto alla platea fosse finto come i soldi del Monopoli.

«Come fai a esserne sicuro? Una telefonata e una registrazione amatoriale. Cosa ti dà la certezza che sia lui? Nessuno di noi ha mai saputo che Alberto fosse non dico un terrorista, ma neanche un estremista. Sì, i collettivi al liceo. Ma poi gli hai mai sentito fare discorsi incendiari? Io poi non riesco a immaginarlo mentre decide o peggio compie un assassinio. Te lo vedi tuo fratello sparare su un uomo indifeso? Io non ci credo. E stai attento a non farti ingannare da fantasmi.»

Andrea non disse nulla, prese il suo registratore e fece sentire, nelle cuffie, le due voci a Monica. Prima l'una, poi l'altra. Lei volle ascoltarle ancora una volta.

«Sono simili, è vero. Ma come fai a non aver dubbi? Stiamo parlando di tuo fratello. Carne della tua carne. Un ragazzo buono, per bene. Uno che non ha mai fatto male a nessuno. Per te diventa un assassino perché due voci sembrano uguali. Quante volte al telefono ti capita di scambiare una persona per un'altra? Non può essere lui, perciò non è lui.»

Andrea sembrava stanco, soprattutto stanco.

«Monica, mi hai detto che la settimana scorsa Alberto veniva a prendere Luca la mattina presto per portarlo a scuola. Che saliva verso le otto meno dieci, si fermava a bere un caffè e poi lo accompagnava.»

«Sì, e allora?»
«Non lo ha mai fatto, perché in quei giorni?»
«Perché tu eri fuori. E non capita spesso. Quindi lui si è sentito in dovere di dare una mano. Forse anche perché Luca gli aveva parlato delle sue paure a proposito di noi e non voleva che si sentisse solo. Dimmi tu se persino la sensibilità diventa una colpa. Te l'ho detto, ti stai facendo possedere dal tipico fantasma italiano, il sospetto, il complotto, l'idea che una cosa non è mai come è ma che c'è sempre un doppio fondo, melmoso.»
«Semmai è il contrario. Sei tu che stai cercando giustificazioni a qualcosa che è terribile ma evidente. Figurati se per me è facile pensare che mio fratello, la persona con la quale sono cresciuto e ho diviso i momenti più belli e più duri della mia vita, possa essere un assassino. Mi pare di impazzire, altro che complotto.»
Si fermò, toccò la maniglia della porta della loro stanza da letto per assicurarsi che fosse chiusa. Era la decima volta che faceva lo stesso gesto.
«Sai a che ora è stato ucciso quel poveretto? Esattamente dieci minuti prima del momento in cui Alberto suonava il nostro campanello.»
«Ma quel giorno non è venuto, tu eri appena tornato.»
«Appunto, quel giorno non c'era. Ma tutte le mattine prima sì. E se avesse approfittato di noi per rendere credibile il fatto che lui seguisse tutte le mattine il tragitto, le abitudini, gli orari di quell'uomo? E il fatto che non ci fosse quella mattina non ti sorprende? Forse era lì a sparare.»
«Non dire stupidaggini. Tu alla radio hai raccontato che i terroristi erano a volto scoperto. E poi Luca lo avrebbe riconosciuto dalla finestra. Ti pare che uno che deve fare un attentato si fa vedere nei giorni precedenti nello stesso posto con un bambino, in modo che poi tutti lo possano riconoscere? E va a sparare sotto casa del fratello? Stronzate. Ecco cosa sono i tuoi sospetti.»

«Monica, c'è un dato inconfutabile. Queste voci sono uguali. Secondo te io riconosco o no il tono, le inflessioni, quel misto di romano e milanese che abbiamo tutti e due? Forse non avrà sparato, non lo so. Ma la voce è la sua. E se la voce è la sua, lui nei giorni precedenti era qui non per fare compagnia a Luca ma per preparare l'assassinio. Non sai quanto vorrei sbagliarmi, come potrò dirlo a mio padre e a mia madre? Mamma, con tutto quello che ha sofferto.»

Finì questa frase e si distese sul letto. Aveva le braccia sopra la testa e lo sguardo sul soffitto.

Luca si era raccomandato con Matteo che nessuno gli portasse la scopa mentre lui ballava con Daniela. Non aveva alcuna intenzione di lasciare la sua futura moglie in mano al primo venuto. Più ci parlava, più la sentiva vicino, più le stringeva i fianchi e più avvertiva che quella persona era stata creata per lui. Mentre Fabrizio De André cantava «Ricordi, sbocciavan le viole, con le nostre parole: non ci lasceremo mai, mai e poi mai», lei gli chiese di fermarsi un attimo. Voleva stare un po' a parlare con le sue amiche. Dai movimenti, dalle risatine che il gruppetto faceva girandosi a guardarlo, il ragazzo si convinse che Daniela le stava informando di quel fidanzamento, di quel prossimo matrimonio, della futura maternità. Lui aveva bisogno di un po' d'aria e voleva salutare meglio suo padre. Uscì dal salone e si avviò, lungo il corridoio, verso la stanza dei suoi. Sentì da lì che discutevano, che avevano dei toni gravi, che volavano saette. «Anche oggi, no. Oggi è il mio giorno. E non permetterò a nessuno di sciuparlo.» Girò sui tacchi e tornò verso la festa. Al prossimo ballo, glielo avrebbe detto.

«Ok, mettiamo che sia come dici tu. Mettiamo che Alberto abbia fatto quella maledetta telefonata. Cosa pensi di fare, di denunciarlo? Pensi di denunciare tuo fratello? Sei pazzo?»

«Sono ore che ci penso. Penso a cosa sia più giusto. Tu sai quanto gli voglio bene ma proprio per questo credo che io debba fare qualcosa. Chi può escludere, se ha fatto quella telefonata, che possa fare il passo successivo? O che magari l'abbia fatto prima? Che possa sparare? E se qualcuno lo uccide? Non riuscirei mai a perdonarmi di non averlo fermato. E se lo arrestano e gli danno l'ergastolo? Io sarei responsabile, con il mio silenzio, del suo destino.»

«Ma che diavolo dici. Non lo vedi com'è questo paese? È tutto una schifezza. Ognuno si fa la legge come vuole. Ognuno la viola come vuole. Guardati intorno, principe della purezza. Non vedi che dovunque è sporco? Non c'è bisogno di cercare i complotti perché tutto è alla luce del sole. L'infinito marcio di questa Italia di oggi. Nulla è mai come dovrebbe essere. Nulla è giusto. Tutto è furbo. Allora sai che ti dico? Ti ricordi quando noi, poveri illusi, pensavamo di cambiare il mondo? Quante volte ne abbiamo parlato. Io ci ho provato, senza successo. Allora il mondo me lo rubo. Lo faccio come voglio io. Decido io cosa è giusto e cosa non lo è. Chi lo deve decidere, Andreotti? Ora voglio fare carriera, voglio fare i soldi, voglio essere rispettata, voglio avere una bella casa e fare le vacanze in barca. Va bene? Ora è questa la mia Città del Sole. E allora ti dico che tu stai per consegnare tuo fratello, sulla base del sospetto di una telefonata, al marciume di Stato. Cosa pensi di fare, l'eroe? Distruggerai la tua famiglia, ucciderai tua madre di dolore e poi? Chi ti dirà bravo? Ad Ambrosoli chi ha detto bravo? Getta quei nastri, dammi retta.»

«I nastri non li posso gettare. Quel collega dell'Ansa secondo me ha voluto parlarmi perché sa benissimo che quella voce è di Alberto, che lui conosce da anni. Non c'è altra spiegazione. Anche se non lo faccio io, qualcun altro dirà la verità. E poi che modo di ragionare è il tuo. Ambrosoli non doveva fare quello che ha fatto perché sapeva che nessuno gli sarebbe stato riconoscente, anzi? E se tutti pensassero così in che diavolo di società ci troveremmo a vivere?»

«Quella in cui viviamo, uno schifo.»

«Perché nessuno reagisce. Le tue sono le cose che dice chi si adatta alla mafia, chi anzi ne trae giovamento per sé. Troppo comodo, con la scusa che tutto fa schifo ognuno fa come gli pare. Io no, io non ce la faccio. Pensa se durante il fascismo nessuno avesse detto no. Pensa se, con i nazisti in casa, qualcuno non avesse deciso di rischiare e perdere la vita per consentire ad altri di essere liberi. Che imbecilli, eh? Sono morti impiccati o fucilati perché tu possa dire quello che vuoi. Anche le follie che stai dicendo ora.»

«Allora vai, cosa aspetti? Denuncia tuo fratello. Passerà i migliori anni della sua vita in un carcere con i topi e tu sarai contento. Sai che contributo a un paese migliore! Non ti fare illusioni. Quando anche il terrorismo sarà finito, le cose qui rimarranno sempre uguali. Mi sembra in piccolo il caso Moro. Nessuno voleva trattare perché tutti volevano che morisse. Sai che cambiava se dalle galere usciva un prigioniero. Un terrorista in più o in meno...»

«Sbagli anche qui. La differenza di quello di cui stiamo parlando con il caso Moro è una, grande come un grattacielo. Lui era una vittima. Mio fratello è un terrorista.»

Solo dieci ore prima questa frase gli sarebbe sembrata una barzelletta. Ora era cambiato tutto. Era anche lui nel tunnel. Anche lui vittima dei terroristi. «È una piccola notte scura scura, non si fa in tempo ad avere paura» pensò mentre prendeva in mano la cornetta del telefono.

Forse Baglioni è il più adatto. Decise di sì. Tolse la copertina e mise il disco sul piatto. Questa pausa gli serviva a pensare la frase giusta, a costruire l'ordine delle parole in modo da non fare, in ogni caso, una figuraccia. C'era chi parlava seduto sui divani, chi scambiava figurine, chi mangiava una fetta di panettone facendo pettegolezzi. Due o tre coppie ballavano. Luca volle dare uno sguardo d'insieme, come per fissare quel momento per lui storico.

Dall'inizio della festa facevano coppia fissa. Lui era solo andato un attimo in bagno per lavarsi i denti e mettersi a posto i capelli. Aveva attribuito al termosifone la ragione del suo rossore, si era sistemato la camicia nei pantaloni, aveva riempito faccia e ascelle di acqua di colonia ed era tornato in mezzo agli altri. Doveva solo stabilire il momento migliore. Avrebbe detto che era emozionato come un bambino, se non lo fosse stato. Ma era quasi un ragazzo e doveva prendersi le sue responsabilità. Era stato a lungo indeciso se scegliere *Sabato pomeriggio*, in omaggio al giorno in cui il grande evento accadeva, o la imbattibile *E tu*. Aveva scelto la seconda e ora sentiva i capelli di Daniela sulla sua spalla. Gli sembrava anche che lei stringesse un po' di più dell'inizio della festa e immaginò il momento, il giorno in cui avrebbe potuto tenerla tanto serrata da poter intrecciare le dita delle due mani all'altezza dei suoi fianchi.

«E adesso non ci sei che tu, soltanto tu e sempre tu che stai scoppiando dentro il cuore mio.» Pensò che un buon inizio fosse cantare il più vicino alle sue orecchie i versi della canzone che stavano ascoltando. Ecco, questo era il momento, lo sentiva. Scostò il viso dalla guancia destra di Daniela. Si portò esattamente in posizione centrale, in modo da poter controllare le sue reazioni. Deglutì e si disse: «Vai, ora». Ma non gli uscì la voce, venne fuori un gorgoglio incomprensibile che nelle sue intenzioni doveva suonare più o meno come: «Vuoi che diventiamo fidanzati?». Lei lo guardò interrogativa e gli disse, sincera: «Che hai detto?». Luca si sentì come quando a Battaglia Navale gli affondavano l'ultima nave, una da due. Però ebbe un moto di fierezza e ripeté, esattamente ripeté, la formula precedente: «Vuoi che diventiamo fidanzati?». Lei lo guardò, in silenzio. A lui sembrò passasse un tempo interminabile, come una partita con i supplementari. Temeva anche di avere un sorriso da fesso stampato sul viso. Improvvisamente Daniela scoppiò a ridere, prima con uno sbuffo, poi proprio piegata su se stessa. Il ragazzo pensò: «Ecco, frittata fatta». Gli veniva o da piangere o da scappare, o tutte e due. Ma lei si ritirò su. Si fece seria e gli disse: «Scusami, eri così buffo...» Poi, giusto prima che lui avesse un mancamento, lo guardò fisso negli occhi e, con una sapiente pausa, gli rispose: «Sì, certo che voglio».

Quella sera a casa di Andrea Noi si fecero le ore piccole. Nella sua stanza Luca raccontava alla madre le emozioni del più bel giorno della sua vita. Gliele raccontò tutte, compreso il suo fidanzamento. Le parlò di Daniela e della storia del temperamatite. Poco prima lo zio Alberto era entrato e gli aveva dato il regalo suo e dei nonni che erano ancora a Roma: una meravigliosa cinepresa Super 8 Canon con lo zoom e due pellicole Agfa per cominciare a girare. Sul biglietto c'era scritto «Dal suono al cinema. E pensa quando combinerai le due cose... Tanti auguri dalla tua famiglia seconda». Erano stati un po' a parlare, poi era entrato Andrea che aveva dato un bacio al figlio e si era portato via lo zio, prendendolo per mano. A Luca era rimasta quella sensazione, l'impressione che suo padre fosse triste, preoccupato. «Stanchezza» aveva tagliato corto la madre, con una risposta che non lo aveva affatto convinto.

Nella stanza con suo fratello, Andrea non sapeva da che parte cominciare. Gli aveva detto che gli voleva parlare, nulla di più.

«Che c'è, problemi?» disse Alberto, quasi distrattamente. Volgeva le spalle al fratello, stava guardando i dischi della festa di Luca. Sentì una voce registrata: «Continua la campagna contro lo Stato e i padroni....». Posò il disco sul coperchio del giradischi e si girò, lentamente.

Andrea si svegliò a fatica. Erano stati giorni difficili. Anzi, erano i giorni più difficili della sua vita. Quella mattina cercò nel letto il corpo di Monica, senza trovarlo. Guardò l'orologio e decise di alzarsi. Sua moglie era in cucina. Luca già a scuola e Silvana, avendo lavorato fino a tardi sabato per la festa, aveva chiesto un giorno di riposo. Erano soli, non gli capitava da molto tempo. Avrebbero dovuto parlare, senza poter giocare di rimbalzo con altre persone. Lei stava sfogliando pigramente un quotidiano di qualche giorno prima.

«Hai visto? Ci sono delle poesie inedite di Montale. Una è stata scritta a gennaio di quest'anno, senti come è bella la conclusione:

Fummo felici un giorno, un'ora, un attimo
E questo potrà essere distrutto?
C'è chi dice che tutto ricomincia
eguale come copia ma non lo credo
neppure come augurio. L'hai creduto
anche tu? Non esiste a Cuma una sibilla
che lo sappia. E se fosse, nessuno
sarebbe così sciocco da darle ascolto.

«Già, nessuno sarebbe così sciocco da darle ascolto.»

Guardò Andrea con gli occhi stanchi.
«È oggi?»
«Sì, quando ho finito di lavorare chiamo quel mio amico magistrato per chiedergli consiglio. Te l'ho detto, Alberto ha negato tutto. Ma non basta. Lui stesso ha ammesso che le voci sono identiche. E d'altra parte se ha fatto quelle cose non è certo uno sprovveduto che si mette a piangere e chiedere scusa al fratello maggiore. Abbiamo parlato tutta la notte. Abbiamo ripassato la nostra vita, come dovessimo fare un esame su noi stessi. È stato bellissimo e doloroso. Sono venute fuori cose del nostro rapporto che non immaginavo. Ho tante colpe anch'io. Quando ti specchi negli altri vedi le rughe che il tuo specchio non ti confessa. E l'ultima colpa è stato parlargli. Ho piegato i miei principi all'affetto. E se ora scappa? Se avverte gli altri?»
«No, fatti un'altra domanda. E se è innocente? Tu hai deciso di parlare con il tuo amico. Sai benissimo che questa è una strada senza ritorno. Che lui ascolterà i nastri, li farà esaminare. È un giudice, prima di essere tuo amico. E se è tuo amico vuol dire che ragiona come te, uno della banda degli inflessibili.»
«E allora? Se Alberto è innocente sarà riconosciuto tale. Se è colpevole vorrà dire che ha usato nostro figlio, ha mentito a me, ha tradito i principi più profondi della nostra famiglia. Morirei di dolore, ma ancora di più, in questo caso, se mi comportassi come lui. Se fossi furbo e spregiudicato come vuole lo spirito del tempo. Lo so che non siamo d'accordo, ma questo è il senso profondo della mia vita, è quello che ho imparato dalle sofferenze di mia madre. Non potranno mai perdonarmi ma faccio quello che loro mi hanno insegnato. Non sono mai stato così solo, mi sento morire. È un labirinto senza uscite. Qualsiasi decisione mi provoca un dolore che non riesco a sopportare.»
Monica lo vide invecchiato e sentì che non poteva lasciarlo solo anche lei. Che gli aveva detto tutto il suo disaccordo, la diversità della sua idea della vita. Però ora era

lì, isolato, schiavo della sua coscienza. E lei aveva voglia di stargli vicino. Sentiva il dovere di stargli vicino. «Fummo felici un giorno, un'ora, un attimo. E questo potrà essere distrutto?»

Andrea accese la radio. Trasmettevano *Starting Over* di John Lennon. Cambiò canale per cercare la sua emittente e si sorprese che anche loro stessero mandando in onda una sua canzone, *Jealous Guy*. Andò in bagno e passando nella camera da letto spinse il pulsante della televisione. Mentre apriva il tubetto del dentifricio sentì *Give Peace a Chance* che finiva. Fu un attimo e la voce del giornalista continuò: «Come vi abbiamo detto, John Lennon è stato ucciso ieri sera a New York da un colpo di pistola sparato da un suo ammiratore, Mark Chapman».

Spruzzò fuori dal tubetto tutto il dentifricio e poi lo scagliò contro lo specchio. Monica si lasciò sedere sul letto e ascoltò il commento di un sociologo che diceva: «Per l'ennesima volta abbiamo perso l'innocenza. Ormai ci era rimasta solo l'idea di averla. Da oggi non abbiamo più neanche quella. Siamo tutti più vecchi e abbiamo più paura che speranza».

Andrea la raggiunse, si mise nella sua stessa posizione, seduti sul bordo, le mani appoggiate. Le dita si sfiorarono, si cercarono, si intrecciarono. La televisione trasmetteva il brano che Paul aveva dedicato al figlio di John, *Hey Jude*. Lui la prese. Fecero l'amore con violenza, come se con i corpi volessero dirsi qualcosa di definitivo. Stavano l'uno dentro l'altra ma si stavano lasciando. Forse sarebbero rimasti insieme, ma si stavano separando una volta per tutte, con quell'amore senza dolcezza.

Il pomeriggio Andrea aveva la sua trasmissione in radio. Ormai ogni volta che lui entrava in studio riprendeva, con gli ascoltatori, quel feroce dibattito che era iniziato dopo l'agguato di via Orseolo. Ogni giorno veniva riempito di insulti ma il collettivo della radio aveva deciso di far proseguire quel drammatico confronto. Se fosse per una questione di ascolti o per considerazioni etiche, lui non lo aveva capito.

Entrò, salutò il tecnico oltre il vetro e mise la cuffia. Finì la meravigliosa *Insieme a te non ci sto più* di Caterina Caselli e si accese la lampadina rossa, «On the air». La prima voce che arrivò alle sue orecchie, come un sussurro, la conosceva da sempre.

«Buonasera, mi chiamo Alberto. Ho una cosa da far sapere a tutti voi sul delitto del dirigente della Falck. Sono io che ho telefonato per rivendicarlo. Ho voglia di parlarne.»

«Anch'io, Alberto, ho voglia di parlarne con te. E grazie per aver telefonato.»

Luca era davanti alla televisione. L'uccisione di John Lennon era una delle tante cattive notizie a cui il mondo lo aveva abituato. Non migliore né peggiore di altre. Brutta, come sempre. Ma esisteva ormai per lui un mondo altro. Fatto dell'attesa di vedere quei capelli castani e di scherzare con quella bocca che un giorno, era sicuro, avrebbe anche baciato.

Per questo le note di *Imagine* ora non lo facevano pensare a una rockstar uccisa a colpi di pistola. Era solo una musica ideale per ballare con lei. Guardò fuori e vide che finalmente stava spiovendo.

Forse era stato un gesto meccanico, fatto sovrappensiero. Ma quando spostò lo sguardo sulle sue mani vide che c'era riuscito. Il cubo ora aveva sei facce, ciascuna di un solo colore.

2025

L’inverno

Nina camminava sulla spiaggia, senza molta voglia di vivere. Era mattina presto e faceva un gran freddo. Dal bavero alzato le spuntavano solo il piccolo naso e i capelli ricci e neri. Non sapeva bene perché fosse lì. O meglio sapeva che le sue scarpe ora erano piene di sabbia bagnata per amore di Silvia, sua madre. Si avvicinò al porticato, si appoggiò a un pilastro di legno che un tempo era stato il sostegno della doccia. Era il luogo che preferiva, da bambina. Usciva dal mare, con la madre che la inseguiva inutilmente con l'asciugamano pronto, e correva lì sotto a farsi picchiettare da quelle piccole strisce d'acqua attraverso le quali vedeva il volto di Silvia che si metteva il telo da spiaggia sulla spalla e le faceva il broncio, come fosse stata tradita. Se si concentrava riusciva ancora a sentire i suoi gridolini, ritrovava l'eccitazione di una bambina che stava facendo una cosa non prevista e la sensazione inebriante che quei brividi davano al suo piccolo corpo.

Da molti anni la doccia non funzionava più e tutta la casa sembrava aver seguito il destino della sua famiglia. Si era progressivamente consumata, sembrava più un museo abbandonato che un luogo vivo. Persino le fotografie sui tavoli sembravano essersi arrestate a una invisibile linea del tempo. Il giorno che Luca, suo padre, decise di andare via. Quel momento sembra essere ancora lì, una presenza permanente e inevitabile della casa. Prima era viva, poi ha cominciato a morire. E quando Silvia convince Nina a passare lì qualche weekend è come se facesse a quell'ammasso di legno la respirazione artificiale, come se quella che un tempo veniva chiamata pomposamente «la villa» rischiasse altrimenti di morire di solitudine. In fondo si andava lì come se si andasse a trovare una persona cara in una casa di riposo.

Nina sentì scricchiolare il legno del patio sotto i piedi. Girò intorno alla casa e si mise a sbirciare tra le malferme liste delle persiane della camera da letto di sua madre. Dormiva, come fosse precipitata su quel letto da un volo in caduta libera. Era con la faccia sul cuscino e i lunghi capelli biondi sparsi sulla coperta serrata fino alla testa. Doveva avere avuto un gran freddo, sua madre. Rivedeva quel letto e ripensava ai pochissimi ricordi che collocano lì la persona desiderata. Rivede se stessa mentre è tenuta dalle mani del padre, le braccia tese, e lei, sospesa nell'aria, che incrocia il suo sguardo buono e il suo sorriso sincero. Oppure, avrà avuto quattro anni, lui che la fa giocare a trovare le carte uguali. Dove era Babar e dove Flora? Aveva sempre sospettato che lui la facesse vincere. Ma le sembrava giusto così. Poi nulla. Un giorno, poco dopo aver composto tutte le coppie dell'elefantino verde, ricorda vagamente delle valige davanti alla porta di casa, valige per un viaggio che Luca non doveva fare. Ricorda la madre che scagliava un bicchiere a terra, il rumore, solo il rumore. E poi l'impressione del silenzio; fu la volta che lo conobbe, imparò quanto può essere spaventoso e ingiusto. Dopo il frastuono di quei vetri a terra incontrò la bestia muta.

Nella stanza di Silvia, in quella casa in riva al mare, c'erano foto dappertutto. C'erano foto sui muri, foto nelle cornici, persino incastrate nella spalliera del letto. Si erano fermate lì, come rese immortali da una colata di lava fatta di silenzio e di vuoto. Erano i ritratti di Silvia che Luca aveva scattato negli anni del loro lungo fidanzamento. A Nina appariva incomprensibile che due persone si fossero sperimentate per anni, in attesa di un matrimonio, per poi scoprire in un fazzoletto di mesi di essere l'una insopportabile all'altra.

Nina sapeva che essere lì, in quella casa, era un atto d'amore per una donna sola che cercava di ritrovare tra quelle pareti e quel legno il senso di una vita che le era scappata di mano.

Ogni tanto la sua amica del cuore, Giulia, le faceva compagnia. La madre era entusiasta quando veniva con loro, le piaceva che un po' di voci entrassero tra quelle mura, un po' di vita nuova che la vecchia casa avrebbe sicuramente apprezzato, nella sua gara di sopravvivenza. Silvia era una donna intelligente e sapeva quando sparire e quando farsi viva. Sapeva che doveva lasciarle sole, quando parlavano, e che doveva usare il tono più squillante che aveva, nel versare la pasta nelle scodelle. Nina era bella ma Giulia sembrava una meraviglia del mondo. Era persino inutile, anzi impossibile essere invidiose di lei, una creatura di un altro pianeta. Perché era perfetta, ma sembrava ignorare del tutto di esserlo. Indossava la sua intollerabile bellezza come fosse un paio di scarpe. Era sempre gentile, disponibile, allegra. In questo sì, Nina sentiva di dover imparare e prendere qualcosa da lei. Giulia era nata da un padre del Senegal e una madre colombiana. Era una bellezza speciale, come se i campioni del mondo del Dna si fossero dati appuntamento dentro di lei. Come l'innesto di due piante meravigliose che non si erano mai incontrate.

Una sera, a cena, Silvia aveva raccontato alle ragazze il tempo in cui le differenze erano considerate una minaccia. Il tempo in cui avere il colore della pelle diverso dagli altri incuteva paura e aveva parlato loro del razzismo.

«Oggi a voi fa la stessa impressione che a noi, quando eravamo giovani, aveva fatto l'annientamento degli ebrei.

Qualcosa di inspiegabile, di umanamente inconcepibile. Eppure è successo. Oggi nessuno è davvero straniero. Il sangue che circola nelle nostre vene è figlio di culture, paesaggi, lingue diverse. Ma ora ci sembra assolutamente normale, come a noi sembrava normale che gli ebrei andassero a scuola con gli altri bambini, come era normale che un ragazzo americano nero potesse salire sullo stesso autobus con i bianchi.»

«Sì, però voi avevate più libertà» disse un po' mesta Giulia.

«A casa tua quanti ne sono passati?»

La brutalità della domanda serviva a Nina per alleviare il peso di quello che stava chiedendo alla sua amica. Si era svegliata anche lei e l'aveva raggiunta sul patio. Si erano sedute sul pavimento e guardavano il mare.

«Io capisco mia madre, è chiaro che essendosi separata a meno di quarant'anni non poteva restare sola. Ma ormai per casa vagano persone con le quali non faccio in tempo a passare dal "lei" al "tu". Arrivano, qualche settimana di smancerie, mettono i piedi sul divano mentre vedono i film sul maxischermo e poi se ne vanno a portare il loro spazzolino da denti in un altro appartamento. Meteore, e ogni volta che quella porta si chiude mia madre invecchia un po' di più. Non ce la fa a stare sola, non ce la fa a stare con altri.»

Giulia pensò che era così anche per lei. Forse era così per tutti, ormai. La famiglia era esplosa, la società aveva spostato il suo baricentro esclusivamente lungo le ragioni e i desideri dell'individuo. I rapporti umani erano divenuti funzionali solo all'appagamento del bisogno del singolo. Il bisogno di quell'istante, fosse una settimana o un mese. E gli altri erano puramente strumentali a questo obiettivo. La vita e le relazioni tra le persone si consumavano, non si progettavano né si costruivano. Le persone si prendevano e si lasciavano con grande facilità, come in una bulimia degli affetti. Sembrava come con le porte girevoli di un albergo. La vita di ciascuno era sagomata sui propri desideri, non sulla relazione con il prossimo. Tutto era fatto per soddisfare se stessi, tutto era personalizzato.

«Ci pensavo ieri quando ho scelto sullo schermo il vestito per la festa di Agnese. Mia madre mi ha raccontato che ai suoi tempi si andava nei negozi e si sceglieva lì. Ieri, prendendoli dallo schermo, mi sono cambiata cento abiti prima di scegliere. Mi giravo davanti alla telecamera per vedere come mi stava davanti e dietro. Cambiavo i colori e aggiustavo le lunghezze. Mi arriverà dopodomani e sarà perfetto. Sul mio ultimo modello di visore arrivano solo le notizie che mi interessano, i giochi che mi piacciono, i libri dei miei autori preferiti. Tutto per me. È così anche nei sentimenti. Ognuno cerca ciò che preferisce. E se deve calpestare cuori e persone lo fa volentieri. Non può prendere dallo schermo una donna come fosse un tailleur ma la tecnica è la stessa.»

Silvia arrivò da dietro le loro spalle. Era scarmigliata e aveva in mano una tazza fumante.

«Buongiorno, ragazze» fece in tempo a dire. Il primo fiocco si sciolse annacquando il caffè e gli altri scesero copiosi e fitti come se fossero stati scagliati da un aereo. Nevicava di nuovo, forte. E il mare sembrava bianco.

La mattina dopo Nina si svegliò nella sua casa di Roma. Era il vecchio appartamento della famiglia di Giuditta, quello del ghetto. Prima c'era andato lo zio Francesco tenendolo fino alla fine del secolo. Poi era diventata la casa di Luca e Silvia. La casa nella quale lei era cresciuta.

Quel giorno non aveva proprio voglia d'inverno. Da anni ormai era diventata una stagione durissima. I primi tempi sembrava divertente l'idea, in ottobre, di scendere con lo slittino giù dal Pincio. Poi però la pioggia, la neve, il freddo avevano cambiato per i romani il modo di vivere l'inverno.

Quella mattina Nina aveva voglia di estate. Toccò il vetro della finestra, selezionò il menu delle possibilità che le si offrivano e scelse una spiaggia bianca e un giorno nitido di sole. Poteva optare, lo avrebbe fatto il mattino dopo, per uno splendido prato verde all'inglese accompagnato dal rumore dell'acqua di un ruscello. «A ciascuno secondo i suoi desideri» era lo slogan della grande centrale di servizi tecnologici che consentivano di personalizzare gli odori diffusi nelle stanze, i colori delle pareti, la musica in sottofondo, il paesaggio alle finestre. A Nina questo piaceva, come a tutti, ma ogni tanto si chiedeva se non fosse stato più bello il tempo in cui si desideravano i desideri.

Quel giorno decise di non andare a scuola, non ne aveva voglia. La personalizzazione dei piani di studio consentiva a ogni ragazzo di pianificare i tempi della propria formazione. Il papà le raccontava delle tremende ore di noia, quando era ragazzo lui, ad ascoltare lezioni che non lo interessavano. Eppure, diceva, anche quelle erano state utili. Ora, a parte un piccolo nucleo di materie obbligatorie, tutto era scelto dallo studente. E questo aveva fatto saltare il vecchio meccanismo delle classi e dei compagni di banco. Come all'università, ci si trovava per i corsi e si conosceva, poco, molta gente. Luca le aveva raccontato dei suoi compagni di classe, di Matteo con il quale era stato allo stesso banco fino al terzo liceo. Si ricordava il nome di tutti e spesso anche il loro numero di telefono. Si fermava e diceva sì, Duccio era all'8446012, ed erano passati un fiume di anni.

Nina a mala pena sapeva nomi e cognomi, le persone le passavano davanti nella vita veloci come ghepardi. Erano rapporti di amicizia che potevano essere anche molto intensi, ma per brevissimi periodi. Poi si era portati in altri luoghi, altri ambienti e tutto ricominciava da capo. In realtà nulla di diverso dai brucianti rapporti d'amore dei loro genitori. Sentiva di vivere in una società veloce e solitaria. In fondo il suo tempo aveva raggiunto tre grandi obiettivi: la convivenza di etnie e religioni diverse, la possibilità di «fare la propria vita» a immagine e somiglianza dei propri desideri e soprattutto la piena sicurezza di ogni individuo.

Nina era cosciente, come chiunque altro, che ogni suo movimento e ogni sua azione erano controllati, ma questo era il sacrificio richiesto in cambio della totale tranquillità della propria esistenza. D'altra parte il padre le aveva spiegato che questo era stato il segno dell'evoluzione della società. Già quando lui era giovane le carte di credito, che si erano totalmente sostituite al denaro liquido, consentivano di monitorare in tempo reale ogni spesa dei cittadini. I telefoni cellulari garantivano l'immediata individuazione del luogo nel quale una persona si trovava. Così, quando fu proposto di inserire sotto la pelle della spalla un minuscolo chip, a tutti parve normale, come le vaccinazioni di un tempo. Ma il nuovo potere non voleva ridurre le libertà e così la società si strutturò in una totale indipendenza nella scelta dei comportamenti privati, nessuno dei quali destava ormai scandalo pubblico, e in una ferrea capacità di individuare e colpire duramente eventuali responsabili di delitti. Tutto era consentito, tutto era controllato.

«Vivi ora, vivi per te» cantavano i ragazzini che andavano a scuola, in fila per due. Nessuno glielo aveva né ordinato, né imposto. Gli veniva spontaneo, quel motivetto accattivante che mille volte avevano sentito sul grande schermo della loro casa. A cantarlo, con uno sguardo che sembrava puntare lo spettatore in qualsiasi parte della stanza egli si spostasse, era un giovanotto vestito da joker che ostentava un sorriso sul quale si sarebbero potute svolgere le stesse discussioni che si erano fatte su quello della Gioconda. A Nina era sempre sembrato più inquietante che divertente. Quella campagna promozionale del governo, così invasiva, le metteva addosso un disagio, qualcosa che assomigliava alla paura. Ma doveva certo sbagliare se i bambini ne avevano colto il lato giocoso.

«I grandi non capiscono mai niente e i bambini si stufano a spiegar loro tutte le cose tutte le volte» si era ripetuta nella mente, usando le parole di uno scrittore che amava molto.

Nina aveva incrociato i bambini e ora stava per aprire la porta a vetri del bar di fronte alla scuola. Avrebbe avuto una mezz'ora per stare con Giulia, che la aspettava seduta al tavolino, con il suo sorriso da esposizione e due tazze di caffè bollente.

«Che fai, Noi?» si sentì chiedere da dietro le spalle. Era

la professoressa di materie umanistiche che le sorrideva mentre scuoteva la neve gelata dalla sciarpa. Era una bella donna, che non aveva voglia di invecchiare. Come tutte, o quasi, le persone, maschi o femmine, che avevano superato i cinquant'anni, aveva fatto ricorso al body design e dunque era perfetta: pelle levigata, seni grandi e forti, un nasino incantevole. Se Nina girava lo sguardo intorno a sé tra i tavolini di quel locale vedeva una umanità quasi senza differenze. Lo stereotipo della bellezza era rispettato e la scienza aveva dischiuso al genere umano la possibilità di essere, all'esterno, impenetrabile dal tempo.

«Professoressa, si vuole sedere con noi?»

«Perché no, mi fa piacere. Io prenderei uno yogurt. Voi venite spesso qui?»

«Sì, veniamo prima della scuola, dopo e anche il pomeriggio. La sera, se lei non ci fa studiare troppo, andiamo nei pub» disse sorridendo Giulia.

«Certo. D'altra parte che alternative avete? Io non sono mai stata d'accordo con la proibizione degli eventi pubblici, delle manifestazioni collettive. Penso che impedirvi di andare a concerti, di farli, di partecipare a incontri, dibattiti, manifestazioni, sia sbagliato. So bene che ormai ognuno ha il film che vuole e la musica che vuole nella sua casa e nel suo auricolare, ma viverlo insieme è un'altra cosa.»

Nina seguiva con il dito il bordo della sua tazzina.

«Mio nonno mi ha raccontato che nel secolo scorso c'era un posto chiamato Woodstock dove centinaia di migliaia di giovani si sono riuniti per sentire la musica che anche noi amiamo. Jimi Hendrix che suonava l'inno americano! E poi una volta mi ha mostrato le immagini dell'ultimo concerto dei Beatles, quello tenuto sul terrazzo di Abbey Road. Mi veniva da piangere nel vedere un elegante signore con la pipa che sale imperturbabile la scaletta di un tetto per osservare più da vicino John, Paul, George, Ringo. E le ragazze che si affacciavano dagli uffici e dalle case? Quelle che stavano in strada con la minigonna e il naso all'insù? Non posso pensarci che quel giorno, le vie e le piazze dell'intero quartiere, si siano riempite delle note di *Get Back*. Ora noi possiamo sentire tutto, anche *Hey Jude*, ma solo nelle cuffiette quando camminiamo o al massimo in casa, in compagnia di qualche amico. Mai più di dieci, altrimenti i chip avvertono e qualcuno arriva per farti smettere.»

La professoressa arricciò il nasino.

«Il presente, da soli. Nulla prima, nulla dopo. Nulla con altri, nulla per altri. Viviamo in un tempo di prosperità, viviamo di più, viviamo meglio. La scienza ci ha fatto potenti come mai l'essere umano è stato. Pensate a quante malattie che prima uccidevano sono state affrontate con successo, a cominciare dalla leucemia o dal cancro. Ormai si muore quasi solo di vecchiaia, una vecchiaia che si fa fatica a vedere sui corpi delle persone. Oppure di quegli strani virus ai quali la medicina corre appresso, come quello che sta dilagando in Africa. Comunque, pensate ai tempi in cui c'erano le guerre, c'era il razzismo, c'era tanta fame, in cui si viveva meno e peggio di oggi. Non lamentiamoci sempre.»

Giulia non era d'accordo.

«Sì, viviamo di più. Ma per cosa? Io non sono felice, professoressa. Non capisco il senso dei miei giorni. Troverò un lavoro, forse farò carriera, avrò un figlio da un marito che si stancherà presto. E poi? La mia vita serve solo a me stessa. Non c'è nulla che possa fare con gli altri. Nulla che mi faccia sentire davvero utile. Corriamo tutti come pazzi. Ma per andare dove? Io ho la sensazione di essere come i cavalli delle foto di un tempo. Non vogliono che guardiamo attorno a noi. Non vogliono che vediamo gli altri che corrono e gli diciamo: "Fermati un attimo, diamoci la mano". Questa immagine del paraocchi mi perseguita. Certe volte sogno di essere in un tunnel, con gli occhi costretti a fissare un buio che non finisce mai.

Corro disperata perché ho coscienza che oltre il mio sguardo c'è un mondo meraviglioso. Ci sono persone che mi guardano, su prati verdi, e aspettano che io incroci le mie parole con le loro, la mia vita con la loro. Viviamo di più, viviamo meglio, ma siamo soli.»

Nina venne in aiuto della sua amica.

«E poi, perché deve essere quasi un reato ricordare? O meglio è un reato se ricordi con altri, se condividi esperienze, se ti scambi le vite vissute. Puoi archiviare la tua esistenza, puoi usare persino i dati del soul catcher che ti racconta come il tuo cervello ha vissuto dal punto di vista emozionale ogni momento della tua esistenza. Puoi fare tutto. Ma da solo. Non dare, perché c'è il rischio che tu riceva.»

La professoressa guardò l'orologio.

«Ora dobbiamo andare. È bello che voi viviate questi dubbi. Mi dispiace solo che non possiamo parlarne al corso» disse sistemando il cappello sulla testa e rimirandosi nel riflesso della vetrina.

Nina aveva trovato tra i libri di casa un saggio del suo bisnonno Giovanni Noi. Era un'opera scritta verso la fine della sua vita, dedicata a Giuditta e Oloferne nella pittura. Si esaminava criticamente la rappresentazione evasiva, eccessivamente distaccata, che fino a una certa epoca i pittori avevano fatto della tragedia biblica della decapitazione dell'invasore assiro da parte dell'ebrea Giuditta, che voleva difendere la libertà del suo popolo. Le rappresentazioni fino al Seicento erano di maniera, ammorbidite.

Ma alla fine di quel secolo, regnante Clemente VIII, un evento clamoroso scosse Roma. Nina seguiva la descrizione che ne faceva Giovanni.

«Li immagino. Caravaggio e Orazio. Li immagino muovere dalle loro case, mischiarsi alla folla e arrivare a ponte Sant'Angelo, sulla piazza e attendere, forse accertandosi di avere con sé la matita e i fogli per fissare le emozioni di quel giorno. Forse Orazio Gentileschi aveva per mano sua figlia Artemisia, ancora bambina. C'era tutta Roma quel giorno. La città non voleva mancare a un evento che aveva seguito per mesi col fiato sospeso.

«I Cenci andavano al patibolo. Ci andava Beatrice, viso d'angelo e carattere di ferro. Ci andava la matrigna Lucrezia, con le sue fossette sulle guance e il prepotente corpo da matrona. Ci andava il giovane Giacomo, superstite della strage dei maschi di famiglia e ci andava anche il piccolo Bernardo, quindici anni, graziato all'ultimo momento dal papa ma costretto, per punizione, ad assistere alla decapitazione di ciò che restava dei suoi affetti.

«Faceva un gran caldo, quel giorno di fine estate. La gente si affollava e alzava la testa per vedere meglio il momento in cui il capo di ricci biondi della magnifica Beatrice sarebbe rimbalzato sul pavimento del patibolo. C'era stato un lungo processo che aveva condotto alla condanna. Francesco Cenci, il padre, era stato ucciso dalla figlia in concorso con il fratello, la matrigna e altri. Lo avevano stordito con l'oppio e gli avevano conficcato due chiodi negli occhi e nella gola. Avevano poi tentato di dissimulare il fatto gettandolo da un terrazzo, in modo che sembrasse un incidente. Incidente al quale nessuno credette. Una catena di morti e di casualità condusse all'arresto dei familiari, poi le torture, con l'uso di quella atrocemente efferata della corda, spinsero i colpevoli a confessare. Preferirono la fulminea brutalità della scure alla lentezza esasperante di una morte centellinata dalla crudeltà degli aguzzini. Erano queste le scelte prima che la civiltà si facesse strada tra le religioni e nel vivere civile.

«Beatrice aveva ucciso il padre. Ma il padre l'aveva uccisa mille volte. Costringendola, fin da bambina, a giacere con lui. A condividere il letto con la matrigna, a partecipare a orge. Il padre l'aveva stuprata mille volte, con una ferocia impensabile. La stessa che quell'uomo orrendo applicava a tutti i membri della sua famiglia. Alexandre Dumas ha così descritto, nel suo reportage storico sui Cenci, la filosofia di questo padre e padrone. "Come se avesse dovuto ignorare ogni sentimento naturale, Francesco detestava i suoi figli, e non si dava pena di nascondere quell'odio. Un giorno, mentre stava facendo costruire nel cortile del suo magnifico palazzo vicino al Tevere una chiesa dedicata a san Tommaso, disse all'architetto, facendogli disegnare il piano di una cripta mortuaria: è là che spero di metterli tutti. L'architetto raccontò spesso che era rimasto agghiacciato dal ghigno che accompagnava quelle parole e che se non avesse guadagnato tanto lavorando con Francesco Cenci, avrebbe rifiutato di continuare la sua opera".

«Immagino Caravaggio guardare verso Lucrezia, la goffa e pudica donna costretta alla vergogna della nudità del suo grosso corpo di fronte agli occhi spietati di migliaia di romani assiepati su malferme gradinate. Quando il boia mostrò la testa al popolo, prima di avvolgerla nel taffetà nero e deporla nella bara la folla ondeggiò e, come scrive ancora Dumas, "una parte delle gradinate piene di gente sprofondò causando feriti e morti".

«Sembra una costruzione letteraria, una vendetta di un dio deluso, la morte degli spettatori di una morte. Così Beatrice dovette attendere che tornasse un po' di tranquillità. Quando le fu mozzata la testa accadde ancora qualcosa di strano, in quella giornata stregata.

«Così la racconta la relazione ufficiale del tempo: "Subito, che le fu spiccata la testa, alzò ella con tanta furia le gambe, che quasi rivoltò tutti i panni a rovescio, ed il busto si retirò addietro più di un palmo. Fu indi levata la testa e mostrata al popolo e poi accomodata come l'altra, ed avendo i confrati legato il corpo sotto le braccia con una corda, lo calarono giù per farlo mettere intrò il cataletto con la matrigna; ma sfuggita ad uno la corda da mano diede il cadavero un gran stramazzone per terra, onde le saltarono fuori tutte le zinne per questa caduta, e così tutta impiastrata di sangue e polvere bisognò perdere gran tempo in lavarla".

«Chissà Caravaggio e Orazio Gentileschi cosa avranno appuntato nella loro mente, chissà da quali angolazioni avranno visto questa epifania di sangue, questi corpi che si muovono dopo la morte. Chissà se Artemisia era lì, sollevata per vedere meglio il "gran stramazzone a terra" di quella donna senza più testa. E chissà se i due pittori si sono messi le mani davanti agli occhi guardando il corpo squartato in pubblico di Giacomo, ventisei anni vissuti nella paura.

«Fu un giorno particolare, a Roma, quell'undici settembre del 1599.»

Ora Nina era alla Galleria nazionale di arte antica a palazzo Barberini. Guardava il quadro di Caravaggio con altri occhi. Il testo di Giovanni le aveva spiegato perché il gesto di Giuditta non fosse più ipocritamente ingentilito. Oloferne era Francesco Cenci, lo sguardo smarrito della giovane donna mentre affonda la spada nella gola dell'uomo forse assomigliava a quello di Beatrice mentre uccideva il padre.

Nina prima di uscire di casa aveva chiesto allo schermo di mostrarle il quadro che Artemisia aveva dedicato al soggetto biblico. Sangue a fiotti su un lenzuolo bianco, una mano serrata sull'impugnatura della daga, un omicidio liberatorio, senza paure e pentimenti. Perché Artemisia in Oloferne vedeva Agostino Tassi, l'uomo che l'aveva stuprata ragazza.

Ora finalmente una morte violenta era rappresentata nella sua orrenda verità, con il suo seguito di fluidi vitali che uscivano da corpi spaccati, da vite stracciate.

Ci aveva pensato molto, Nina. Si era anche consultata con Giulia. Aveva pensato all'incontro casuale con quel testo, alla storia dell'undici settembre di Roma, ai Cenci, al coraggio femminista di Artemisia Gentileschi, alla forza espressiva di Caravaggio.

Fu un gesto furtivo, appoggiò ciò che aveva portato da casa sul ripiano interno della finestra più vicino al quadro di Giuditta. Già, Giuditta, il nome della sua bisnonna. Era a lei che il libro di Giovanni era dedicato. Presto sarebbe andata a trovarla. Non le piaceva che fosse sempre sola.

Enrico era uscito velocemente. Non aveva voglia di passare il sabato parcheggiato a casa di suo padre. Perciò approfittando del prolungarsi del sonno della madre aveva imboccato la porta di casa. Nevica anche oggi, si era detto calandosi quasi sugli occhi il berretto di lana. E aveva scartato così la prima scelta fatta svegliandosi. Avrebbe voluto camminare per le strade di una città, la sua, che stava scoprendo nelle mille meraviglie che racchiudeva. Sul grande schermo aveva diviso Roma in zone e costruito degli itinerari. Un piano preciso che certamente non sarebbe stato rispettato. Gli capitava anche nello studio, si costruiva diagrammi rigorosissimi, con la divisione di ore e materie. Poi bastava che cedesse al suo desiderio di musica ed era finita. Enrico avrebbe passato ore davanti al grande schermo a scegliere tutte le musiche del mondo. E quando era solo si divertiva a costruire una vita immaginaria, giocando sulle mille possibilità che le tecnologie un po' offrivano e un po' imponevano a ogni famiglia. La mamma, impiegata precaria in un laboratorio di ricerca sul genoma, era fuori per molte ore al giorno. Enrico era figlio unico, come quasi tutti i suoi coetanei. Qualche volta invitava gli amici a casa, mai più di nove. Più spesso organizzava il suo tempo seguendo percorsi di fantasia e i milioni di itinerari della «mappa dei desideri», come si chiamava la guida che la grande centrale dei servizi tecnologici aveva disegnato esattamente come la carta delle vecchie metropolitane. Ognuno poteva scegliere dove andare, con quali percorsi, con quali incroci di linee. Ricorda come uno dei giorni più belli della sua vita un pomeriggio in cui scelse, per le finestre, i mille riflessi di una aurora boreale, per odore una forte combinazione di anice e menta e per colonna sonora Keith Jarrett che suonava *Heartland.* Sul suo lettore portatile di libri e notizie aveva selezionato *Disordine e dolore precoce* di Thomas Mann e a portata di mano c'era il gelato che la madre aveva fatto in casa secondo i suoi gusti, cioccolato bianco con scorze di arancia. Era solo ma si sentiva felice. Era felice ma si sentiva solo.

Quella mattina faceva troppo freddo e allora decise che avrebbe dedicato il suo sabato alla visita di un museo. Aveva voglia di vedere dal vero un quadro che lo aveva molto affascinato. Quando a scuola la professoressa del corso d'arte antica, scelto da lui, aveva mostrato sul grande schermo l'immagine della Fornarina di Raffaello, Enrico era trasalito. Si era innamorato di quella bellezza ed era come turbato da quelle due mani, poste l'una addosso a seni solo in parte coperti da un velo e l'altra in mezzo alle gambe, all'altezza del pube. E poi era attratto da quel bracciale che stringeva il braccio, poco sotto la spalla, con inciso il nome del pittore. Non capiva se quello fosse un modo bizzarro di firmare l'opera o il segno di una proprietà su quel corpo, quegli occhi, quella sensualità.

I visitatori della galleria, in quel sabato mattina di fine febbraio, sembravano degli scampati a un cataclisma. Il calore dei locali rendeva rubizze le gote e ruvide le mani. Enrico si fermò a lungo davanti al «suo» quadro. Ma fu catturato da un'opera di terribile forza. Una donna, assistita da un'orribile vecchia che sembra controllarla, infila la spada nella gola di un uomo i cui occhi vogliono dire che è già morto ma i cui muscoli sembrano abbrancati ad una vita ancora non spenta. Lo sguardo della donna è incerto, ambiguo. Enrico stava capendo quanto ogni grande opera dell'ingegno umano sia attraversata dal dubbio. E se avesse potuto vedere le analisi e le radiografie della sua opera preferita si sarebbe trovato di fronte a una sequenza di quelli che in storia dell'arte si chiamano «pentimenti». Raffaello disegnava sui suoi disegni, perché, come tutti i geni, era sempre alla ricerca, mai sentiva di essere approdato e di poter ammainare le vele.

Come era sua abitudine nei musei, Enrico guardò anche oltre i quadri. Gettava un occhio apparentemente distratto ai sedili al centro delle sale, passava indifferente vicino ai davanzali interni delle finestre. Ma il suo sguardo sembrava guidato da un periscopio. Fu lì, vicino al quadro di Caravaggio, che lo vide. Era, come da invisibile protocollo, appoggiato al bordo sinistro della superficie. Enrico si avvicinò come se volesse guardare fuori e con un gesto furtivo lo prese e lo mise in tasca.

Quando tornò a casa sua madre non c'era. L'aveva tranquillizzata sulla sua sorte e le aveva detto semplicemente che preferiva restare solo a casa due giorni piuttosto che dover sopportare gli sbuffi del padre annoiato di lui. Così sarebbero stati più contenti, tutti. Lei in campagna col suo nuovo, ennesimo fidanzato. Il padre in casa con la donna che nel weekend di quindici giorni prima era in carica, anche se non sembrava in auge. Una donna dall'età inafferrabile, sembrava un'adolescente precocemente invecchiata o un'anziana che aveva fatto l'abbonamento al body design. Enrico avrebbe occupato il suo tempo a capire chi fosse la misteriosa persona che aveva riempito quel minuscolo chip con mille cose, dalle immagini della passeggiata di Fanny Ardant in *Finalmente domenica* alle parole delle poesie di Alda Merini: «Amore, getta la lenza nel cuore degli anni profondi, dove c'è stagno di sogni e vento di bramosia». Dalle riproduzioni di

Rooms by the Sea di Edward Hopper, una porta che si apre sul mare e sembra l'ingresso alla felicità, alla voce dolce di Mick Jagger che canta *Ruby Tuesday*. E poi l'Alice di Lewis Carroll.

Una barca vaga sognante
E dondola come sfinita...
Tre bimbe mi guardano affrante:
la favola è finita

Ma si stringono intorno a me
E ansiose mi chiedono: «E poi?»
Ma io non rispondo, perché
La sera è discesa su noi.

Ormai tanto tempo è passato,
quel giorno di luglio è svanito.
Il cielo si è tutto oscurato
E il sole d'estate è finito

È l'autunno. Ma ancora quante
Volte, come chiusa in un velo,
scorgo una figura tremante:
è Alice che passa nel cielo.

Intanto tre piccole figlie
Dormono e viaggiano in sogno
Nel mondo delle meraviglie.
La vita non è forse un sogno?

Deve essere una ragazza, pensò Enrico.

Il Memory Crossing, piccolo irriverente gioco eversivo dei ragazzi del suo tempo, aveva come regola il non disvelamento. Si dovevano indicare, in forma non diretta, dei luoghi per il reperimento dei chip. Chi trovava casualmente la Memory Card valutava se il racconto di sé che l'altro aveva fatto usando i linguaggi creativi gli era entrato nel cuore. Se era così, allora il gioco continuava. In quel modo i ragazzi potevano far circolare la merce pericolosa della memoria, alimento sedizioso per un potere che sconsigliava, non proibiva, ma vigilava. Il rapporto poteva non essere a due. Anzi, spesso, il Crossing era un modo per costruire una rete di persone con gli stessi interessi, gli stessi gusti, lo stesso modo di intendere le cose. Quando la rete si estendeva ed eccedeva il numero fatidico di dieci, si doveva decidere se rischiare o no. Molti, ad esempio, facevano dei rapidissimi, adrenalinici concerti in piena campagna o nelle vecchie fabbriche abbandonate. Dieci minuti, tre canzoni. Oppure dieci minuti per sentire una parte dei *Quattro quartetti* di Eliot recitati da qualcuno della rete. Poi tutti via, prima che arrivasse la polizia. Ma la sera, a casa, uno sentiva di aver fatto ciò che sembrava impossibile, aveva annodato dei fili. Fili, in un mondo di spaghi spezzati. Un mondo in cui ciascuno si doveva obbligatoriamente convincere che il suo pezzo di spago, troncato e sfilacciato in cima, fosse più bello degli altri. Un mondo di persone spiazzate dalla solitudine, che parlano solo di sé, per sentirsi vive. Invece, pensava il ragazzo, ascoltare gli altri è l'atto più rivoluzionario che ci sia dato di compiere.

È una ragazza, confermò a se stesso Enrico, quando vide sul grande schermo il luogo che il realizzatore del chip stava indicando per il secondo appuntamento, quello in cui lui avrebbe dovuto lasciare pezzi di sé in silicio. Le lettere erano scritte con un carattere colorato di verde: «Entro martedì, nel luogo in cui abitava il giornalista di *Vacanze romane*».

Salendo le scalette interne al comprensorio di via Margutta 51, Nina sentiva una grande emozione nel petto. Perché quel luogo le ricordava che avrebbe voluto essere come Audrey Hepburn e vivere una storia d'amore come quella del film, e perché non sapeva se il suo chip fosse stato preso da qualcuno o fosse precipitato ingloriosamente in un tritarifiuti. E, ancora, perché ignorava se quel qualcuno avesse apprezzato i frammenti di sé che lì aveva raccolto e, di più, se avesse voglia di proseguire. Era piccolo il ballatoio davanti alla porta d'ingresso dell'appartamento del film. C'era dell'edera rampicante e Nina passava dolcemente la mano su quelle foglie ingiallite. A sinistra della porta sentì qualcosa di metallico. Il cuore le si fermò, era la prima volta che tentava, spinta da Giulia, di provare il brivido del Memory Crossing e della rete. La prima volta, e qualcuno aveva tanto amato il suo mondo interiore da arrivare fin lì, salire quelle scale strette e depositare qualcosa che aveva fatto per lei. Le sembrava già di essere meno sola, in quel mondo contento di sé.

Le piaceva l'universo del suo sconosciuto partner. Si era infatti convinta che fosse un ragazzo. Le citazioni – *I Blues Brothers* e *Kill Bill* – erano quelle tipiche dei suoi coetanei che coltivavano la memoria. Così come *Pastorale americana* di Philip Roth e i quadri di Warhol e di Haring rimandavano a una passione per l'America che per Nina era un buon segno, visto che lo spirito del tempo ondeggiava verso i paesi arabi o asiatici. Allo stesso modo si era convinta che lui appartenesse al genere di esseri umani che preferiva: le persone lievi e dunque intense. Le ultime parole del chip proiettate sullo schermo di casa Noi furono tanto sorprendenti che Nina si dovette fermare a riflettere. Si tolse le scarpe, piegò le gambe sul divano, bevve un sorso del succo di albicocca che mostrava il suo colore, non meno incerto del sapore, in una grande caraffa trasparente.

«Io credo che tu sia una ragazza. Io no. Sono un ragazzo. Ora non ti dico nulla di più, anche perché potresti non credere a quello che ti sto scrivendo. Però mi piace il tuo universo. E mi piace il luogo nel quale mi hai dato appuntamento. Io vivo in periferia e non frequento troppo il centro. Tu non so. Comunque si chiama centro perché è più raggiungibile di quanto siano due periferie tra loro. Allora ho pensato a un film che mi è molto piaciuto. Un film di più di cinquant'anni fa. Un film di Elio Petri. Me lo ha fatto amare mio padre, che faceva il poliziotto. Vai al portone della casa dove si consuma il delitto di *Indagine su un cittadino al di sopra di ogni sospetto* e lasciami lì la tua risposta. Entro venerdì. Ciao.»

Andare in via del Tempio 1 non era difficile per Nina. Due passi, da casa sua. Però per trovare il luogo aveva dovuto richiamare il film dal grande schermo e guardarlo. Le aveva lasciato dentro una grande inquietudine e si era ripromessa di parlarne al nonno Andrea. Mentre preparava il suo nuovo messaggio, Shakespeare e Woody Allen, Leonard Cohen e Man Ray, decise che avrebbe fatto un passo in più. Avrebbe scritto il suo nome e che era disposta a incontrarlo, se lui avesse voluto. Rispondesse con un chip da lasciare dove abitava la chiromante di uno dei film preferiti da suo padre, *Ladri di biciclette.*

Si chiamava Nina. Aveva una gran voglia di vederla, di conoscerla, di prendere una cotta per lei. Si era innamorato del suo mondo, cioè di lei. Se fosse stata simile anche un po' a quanto gli aveva raccontato, attraverso le parole degli altri, allora Enrico si sarebbe innamorato davvero e si sarebbe messo con lei. E poi forse sposato. E poi non avrebbero fatto come i suoi. Avrebbero passato delle notti intere a vedere film e parlare delle cose del mondo. Se Nina gli aveva fatto il regalo di dirgli il suo nome lui le avrebbe confessato, con i filmati, di aver organizzato dei concerti a sorpresa. Forse rischiava, ma aveva voglia di farle vedere la sera in cui, ai capannoni delle vecchie industrie di telefoni cellulari, aveva eseguito alla pianola elettrica, davanti a un centinaio di ragazzi riuniti attraverso la rete del Crossing, le tre canzoni dei Beatles che amava di più *She's Leaving Home*, *Here, There and Everywhere* e *A Day in the Life*. Al prossimo appuntamento Nina non avrebbe trovato solo un chip. E, in omaggio al suo nome, l'incontro è a mezzogiorno di sabato prossimo nella piazza dove si trova l'albergo del film di Vincent Minnelli che si chiama come lei, si chiama con quel nome che già gli riscalda il cuore, *Nina*.

Era la prima volta che Nina andava con Enrico nella casa in riva al mare. Erano arrivati la sera, fidandosi di previsioni del tempo che annunciavano una domenica con il sole. Ma quella notte pioveva. Pioveva, da far paura, se Nina non avesse sentito forte dentro di sé quel ragazzo con i lunghi capelli ricci che le sembrava la scaldasse, la riempisse, la proteggesse. Lei lo amava da quando lo aveva visto a piazza Mattei, davanti alla fontana delle Tartarughe, il luogo dove lui le aveva dato l'appuntamento in un modo che già le aveva fatto perdere la testa. Per una settimana, prima di arrivare a quel letto in quella notte da lupi, avevano intrecciato le loro vite, le avevano messe una nell'altra, come prima le loro labbra e ora i loro corpi. Ora lei lo guardava dormire, al suo fianco. Guardava quel corpo nudo, la muscolatura asciutta, le gambe raccolte verso il torace, come fosse in posizione fetale. Ripensò alle parole che lei gli aveva sussurrato mentre cominciavano a baciarsi, «Portami altrove, portami ad aspettare la felicità». Le ripeteva a se stessa mentre si alzava dal letto, piano piano, e si avviava, dopo aver chiuso la porta, verso la cucina. Lì prese un bicchiere che aveva stampata sulla superficie l'immagine di Apollo e Dafne. Si disse che la madre doveva averlo acquistato alla Galleria Borghese. Il rumore della pioggia la accompagnava mentre si spostava nel salotto. Prese una coperta, sotto la quale stava il suo corpo nudo, e si sedette sul divano.

Guardò lo schermo e disse: «31 Dicembre 1999. Archivio personale». Dopo qualche secondo apparvero le immagini un po' sgranate che suo padre aveva girato nella loro casa di Roma la notte in cui cominciava il nuovo millennio. La telecamera inquadrava una tavola imbandita. Si vedevano i piatti fumanti e mani che toccavano le posate, i tovaglioli, che spezzavano il pane. Erano tante, erano di donne e di uomini, avevano le macchie sul dorso delle persone anziane o la purezza totale della pelle di bambini. Come in un piano sequenza Luca cominciava, muovendo lo zoom, ad allargare il campo. Fino a comprendere l'inquadratura di tutti gli ospiti della serata, una dozzina di persone, che tacevano sorridendo al cameraman. Poteva sembrare una foto, tanto erano tutti immobili e silenziosi. Poteva sembrare una foto, se Giuditta non avesse improvvisamente messo il tovagliolo davanti agli occhi e non si fosse alzata veloce per attraversare quella porta che Nina conosceva bene perché ora portava alla sua stanza, quella con il poster del ragazzo della piazza Tien An Men, due buste di plastica contro i carrarmati.

L'immagine si mosse scompostamente, come se la telecamera stesse cadendo sul petto dell'operatore, e si sentì la voce di suo padre dire preoccupata «Nonna...» e quella di suo nonno Andrea dire preoccupata «Mamma...».

Nella ripresa successiva tutto sembrava tornato normale. Era la festa di persone anziane, persone che avevano vissuto buona parte di quel secolo che a Nina appariva concitato e misterioso.

Suo padre, un giorno, forse un paio di anni prima, aveva voluto stare con lei nella casa in riva al mare. Avevano passato ore a parlare e Nina lo ricorda come uno dei momenti più belli della sua vita, ore intense in cui il tempo scorreva dolce. Ricorda quando lui le preparò il primo caffè che lei avesse mai bevuto e quando, sfruttando uno sprazzo di sole, si misero seduti sulla riva, al confine labile della sabbia umida, e si strinsero in un abbraccio il cui calore non avrebbe mai dimenticato.

Le raccontò la storia della loro famiglia. Le parlò come se le stesse narrando una favola, come faceva quando era bambina e aveva paura del buio e dei suoi stessi pensieri. Ogni tanto le faceva mettere la testa sulla sua spalla e le carezzava i capelli, in un gesto che aveva qualcosa di teneramente familiare. Le aveva raccontato anche dello zio Alberto, Luca pensava fosse il momento giusto per farlo. E le aveva detto del suo hobby, quando era bambino. Delle presentazioni al registratore, tutte ordinatamente archiviate. Delle trasmissioni alla radio del babbo, tutte ordinatamente archiviate.

Non le aveva raccontato di quando aveva scoperto che ne mancava una. Non le aveva raccontato di quando aveva capito che proprio a causa di quella registrazione il suo piccolo, adorato zio aveva passato dieci anni in prigione. Non le aveva raccontato di quanto aveva odiato suo padre per questo. Non le aveva raccontato del grande falò che aveva fatto con quei nastri, al parco Solari. Non le aveva raccontato di quanto avesse amato suo padre quando, crescendo, si era reso conto che aveva avuto ragione, una ragione incompatibile con il cuore e perciò ancora più grande. Non le aveva raccontato di quel grande terremoto che gli aveva fatto cadere tutte le costruzioni interiori, quel sisma violento che aveva affrontato in solitudine. Non glielo aveva raccontato perché in quei lunghi pomeriggi nei quali aveva una disperata voglia di parlare e di sfogarsi con qualcuno che gli volesse bene davvero, in quelle ore bastarde aveva giurato a se stesso che se fosse diventato padre non avrebbe mai avuto un figlio unico ma una nidiata, una cucciolata, una selva di bambini da sentir parlare sottovoce, nei loro letti a castello, quando si chiude la porta dopo la buonanotte.

Nina amava vedere e rivedere quel filmato. Perché c'erano i volti e le voci di quella storia che le era apparsa grande e che riguardava il suo sangue, i suoi capelli, i suoi occhi, i suoi pensieri. Nina amava sentire dentro di sé il segno di questo lungo cammino. Era abbastanza raro, tra i suoi coetanei. La società sembrava organizzata per far vivere tutti in un presente senza ieri. Coltivare la memoria era fuori moda, era qualcosa del secolo scorso, era una inutile concessione ai sentimenti. E poi, non essendoci quasi più le famiglie, di che memoria si doveva parlare? Il nuovo regime democratico non aveva piacere che si ricordasse ciò che lo aveva preceduto. Non che lo proibisse ma sembrava deridere la fragilità di chi rubava tempo a se stesso e alla competizione con gli altri per assaporare un passato che era tanto lontano quanto inutile.

Invece a Nina si stringeva il cuore quando vedeva quelle immagini. Ecco, ora c'era la sua preferita.

«No, Luca. Ti prego, non ricominciare.»

«Sì, ti tocca. È il momento giusto, la fine del secolo, del millennio, l'inizio del duemila. Ti serve altro?»

L'uomo sbuffò, si passò una mano sui capelli brizzolati e cominciò a parlare, come stesse pronunciando una formula di rito.

«Mi chiamo Andrea Noi, ho quasi cinquant'anni e sono il padre di questo sciagurato che mi tortura con le sue registrazioni da quando era bambino. Ammesso che abbia mai cessato di esserlo. Nel Novecento ho lavorato alla radio, ho insegnato giornalismo radiofonico, ho fatto un figlio e ho contratto un matrimonio giovanile che non è proprio andato bene. Se Daria, la mia nuova compagna è d'accordo (*panoramica su una bella ragazza molto più giovane del dichiarante che assente sorridendo*) io vorrei inviare un saluto a Monica. So che è lontana, che ha sostituito l'indifferenza all'odio. È stato faticoso ma bello, crescere con lei. Ora è una manager di successo, ha ottimi rapporti con tutti i potenti d'Italia e credo sia ricca. Spero anche felice. Buon secolo, Monica.»

Ora il volto di Daria era meno allegro e la sua testimonianza fu breve, imbarazzata, un po' banale.

La telecamera proseguì il suo percorso. Stava inquadrando il volto di una giovane donna che a Nina sembrava bellissima.

«Mi chiamo Silvia e sono la fidanzata di Luca. Sono da anni insegnante momentaneamente precaria e penso che se mi impegno ce la farò a salvare il mio non-posto di lavoro. Spero che presto il cameraman mi sposerà e che nel nuovo millennio faremo un figlio.»

Si sentì una voce da dietro l'obiettivo.

«Uno? Dieci, cento, mille.»

«Tanto siamo noi donne a farli e li cresciamo noi, loro ci giocano. Insomma almeno uno. E se sarà maschio si chiamerà Giovanni» disse voltando lo sguardo dolce verso la sua sinistra.

Il successivo testimone aveva un sorriso a metà tra il triste e il beffardo. Stette un attimo in silenzio. Anche gli altri si erano fatti muti. Si sentiva solo, in lontananza, il rumore nervoso dei clacson delle auto evidentemente bloccate nel traffico.

«Mi chiamo...» quasi si fermò, sembrava volesse interrompere quel gioco. «Mi chiamo Alberto Noi e questa tua mania mi ha già fregato una volta» ora sorrideva, lo sguardo triste, ma sorrideva. «Sono tuo zio. Ti ho insegnato quasi tutto della vita. Con me hai imparato a suonare la chitarra e a fare il cubo di Rubik. A proposito, grazie per avermelo mandato in quel luogo dove ho avuto il tempo di riuscire pure io a venirne a capo. All'inizio maledicevo la tua inconsapevole complicità con quel delatore di tuo padre. Poi ti ho benedetto, come ho benedetto tuo padre. Aveva ragione lui. Ho passato dieci anni orrendi. Ma non era la terribile solitudine del carcere a farmi star male. Era il pensiero di essere lì, vivo, mentre quel padre di famiglia era polvere. Non avevo premuto io il grilletto, ma avevo preparato e motivato quell'assassinio. Anch'io lo avevo ucciso, quell'uomo. Mi hai condannato e mi hai salvato, Andrea.

«Ora sono un art director di successo e questa è mia moglie Francesca. Non chiederle di parlare perché, come sai, è timidissima e si vergogna di tutto. Quell'oggetto con le dita infilate nella Nutella è invece mio figlio Alfredo, ha cinque anni ma ne dimostra settantacinque, tanto è renitente a ogni regola di buona convivenza.»

Il bimbo, a confermare il giudizio del padre, si alzò dalla sedia e corse in braccio ad Alberto. La telecamera inquadrò da troppo vicino un muso di bambino sporco agli angoli di quel meraviglioso nettare che anche Nina, venticinque anni dopo, guardando la scena stava spalmando su una fetta di pane in cassetta. Alfredo si era aggrappato alle gambe di Luca e aveva spiaccicato il suo viso contro la lente dell'obiettivo. Era un modo per farsi notare, visto che da un po' non era al centro dell'attenzione e dunque si annoiava.

L'operatore si divincolò dalla piccola belva e proseguì la sua panoramica verso sinistra. L'uomo inquadrato sorrideva, senza parlare. Fece cenno di aspettare, mise una mano sotto il tavolo ed estrasse un clarinetto. Cominciò a suonare il *Tema per Giovanni* che tutti in famiglia conoscevano. Era una musica dolce, epica, malinconica. Se Luca in quel momento avesse fatto un totale della scena sarebbe stato assai difficile far credere che quella era una festa per l'anno nuovo. Una donna anziana con un sorriso rotondo prese la parola.

«Sono Lucia, la moglie di Franco, insomma di Mowgli. Voglio solo dire grazie a tutti voi. Siete stati con me e con mio marito tutta la vita, anche prima che vi ritrovassimo. E sono proprio contenta che stasera passiamo insieme questa fine d'anno. Noi non siamo tipi da Duemila. Siamo già contenti di essere arrivati fin qui. Grazie. La musica di Franco era un omaggio di Mowgli al suo amico più caro...» concluse mentre cercava qualcosa nella sua borsa.

Anche Nina cercava un fazzoletto di carta sul tavolo. Ogni volta questa sequenza le faceva pensare alla sua bisnonna che, novantaquattrenne, stava in un ospedale, come una lavagna bianca il suo cervello. Non riconosceva, non sapeva, non ricordava. L'Alzheimer le aveva distrutto la scatola nera della sua esistenza e lei era semplicemente appesa, come una foglia di edera rampicante o come una macchina arrugginita senza volante e senza pedali.

«Sono Francesco, ormai, senza dubbio, il capofamiglia. E se non la smetti ti caccio. Sono il più vecchio qui e dunque mi dovete tutti rispetto. Sono rimasto solo io, dei vecchi Noi.» Smise il sorriso col quale aveva cominciato e si ravviò i capelli bianchi. «Nessuno di quelli con i quali sono cresciuto è arrivato a vedere il nuovo secolo. Sono qui con mia moglie Adele, non la inquadrare che si vergogna, e con mia cognata Giuditta. Mia figlia è all'estero e penso che ormai la sua vita sia lì.

«Mi mancano tutti, troppo. Se mi permettete vorrei ricordare Cesare. L'ho ritrovato quando stava per morire. Sua moglie mi ha scritto dalla Spagna e io sono andato da lui. Era mio fratello, non importava quello che aveva fatto. Era mio fratello, ce l'avevo con lui ma lo amavo immensamente. Siamo stati a parlare, io gli stringevo la mano. Ci siamo raccontati le nostre vite e i nostri dolori. Lui sapeva che erano i suoi ultimi giorni. Stava in una casa in campagna, c'era un fantastico odore di limoni che entrava nella sua stanza. Ha sbagliato quasi tutto ma aveva gli stessi occhi di mia madre. Eravamo gemelli ma lui gli occhi li aveva rubati a lei.

«E Giovanni, il mio fratellino? Voglio farvi vedere una cosa. È una sorpresa che vi ho preparato in segreto. Neanche Giuditta sa nulla. Lei vive qui, ma non si è accorta di niente. Aspettate...»

La telecamera lo seguì mentre usciva dalla stanza. Ma non riusciva a oltrepassare il buio del corridoio. Buio dal quale riemerse Francesco con appoggiata alla gamba destra una lucida, splendida Bianchi Viaggio.

«Era nella cantina della casa dove abitavamo da bambini. Quando andammo via da lì, Giovanni la diede in consegna al negozio di biciclette del quartiere. La settimana scorsa gliel'ho richiesta, quasi per gioco. Il proprietario mi ha portato nel magazzino. Era ancora lì, incredibile.»

La telecamera si spostò su Giuditta che aveva le mani sugli occhi e poi su Mowgli che piangeva e le lacrime gli facevano calare sul labbro un rigagnolo della tinta dei baffi.

Andrea e Alberto si erano alzati e stavano guardando e toccando la bici. Francesco riprese.

«Giovanni era il migliore di tutti Noi» e sorrise. «E questa donna meravigliosa lo ha fatto perfetto, per tutta la vita.»

Nello schermo apparve il volto di Giuditta. Lo zoom strinse sul suo primo piano che lentamente veniva messo a fuoco.

«In questa casa si sono consumati i momenti più belli e più brutti della mia vita. È giusto che qui giriamo pagina tutti insieme su questo secolo di odio e di follie. Se Giovanni ci vedesse sarebbe entusiasta. I suoi ultimi pensieri sono stati per la sua famiglia, per Mowgli, per Mario che non c'è più. Ha vissuto una vita intensa e piena. Ha conosciuto l'abisso del dolore e la meraviglia della speranza. Prima di morire mi ha guardata, ha intrecciato le sue mani con le mie e mi ha sussurrato una frase che non dimenticherò mai: "Grazie, non mi sono mai sentito solo". Era felice di aver vissuto. E anche noi dobbiamo esserlo. Ora che comincia un nuovo secolo dobbiamo essere pessimisti sul passato e ottimisti sul futuro. Brindiamo, attraversiamo questa notte insieme. Vuol dire che abbiamo vinto.»

La telecamera inquadrò l'orologio sul polso dell'operatore. Un minuto a mezzanotte. L'ultima immagine nitida di quella sera è Andrea che stappa lo spumante. L'ultimo suono, quello del clarinetto di Mowgli che attacca *Moonlight Serenade*.

Con una mano il cameraman ostinato continuava a riprendere, con l'altra porgeva il suo bicchiere per il brindisi. Tutto era sfuocato, ma si capiva che c'era festa, che i calici si toccavano. Anche Nina alzò il suo bicchiere di aranciata verso lo schermo. Era un modo di essere lì, con la sua famiglia.

Il canale meteo aveva ragione. C'era il sole e come al solito il cambio di temperatura era stato repentino. Nina si svegliò presto e assaporò il caldo dei raggi che battevano sulla spiaggia e sentì su di sé quell'odore inedito e intenso delle ore passate abbracciata a Enrico. Si sentì completa, come se la vita le avesse svelato ancora una parte delle sue meraviglie. Passeggiò sulla spiaggia, con l'acqua fredda che le sfiorava i piedi. Aveva addosso un lungo maglione, che le arrivava a metà delle cosce. Un maglione e basta. Il vento caldo le scompigliava i capelli e lei teneva una mano nella tasca di lana. Non per scaldarsi. Tra le dita faceva passare e ripassare un piccolo oggetto. Lo aveva preparato per Enrico. Se non fosse venuto quel giorno, se non lo avesse amato come lei già sapeva di amarlo. Passò vicino a uno stabilimento diroccato, dove andava a prendere il gelato da bambina. C'era un vecchio jukebox abbandonato lì da chissà quanto.

Nina prese il rettangolo di silicio e lo appoggiò lì sopra.

Qualche mese dopo, un gruppo di otto ragazzi scese al tramonto sulla spiaggia scivolando sulle piccole dune di sabbia. Avevano tutti gli auricolari. Uno di loro se li tolse e fece capire agli altri che non dovevano aspettare, che il mare li attendeva. L'estate torrida stava cominciando e fare il bagno in quell'ora di sogno era una meraviglia alla quale non aveva senso rinunciare. Si sfilarono le magliette che coprivano i costumi e corsero verso la riva. Uno solo di loro non partecipava a quel fracasso. Era un bel ragazzo, con splendidi occhi azzurri che sembravano scintille sulla pelle abbronzata. Era seduto su un rialzo della sabbia. Aveva separato le sue orecchie dagli auricolari solo per un momento. Il tempo di ascoltare le grida e le risate stridule dei suoi amici che entravano in quell'acqua fredda e giocavano a schizzarsi. Rimise la musica e si isolò. Guardava il sole rosso e il cielo di una miscela di colori che nessuna finestra digitale avrebbe potuto riprodurre

Si alzò, con la musica che lo schermava dal resto del mondo. Fece due passi, le mani nelle piccole tasche del costume da bagno grigio. Vide la struttura del bar. Gli fece tristezza il suo abbandono. Pensò che il tempo nel quale viveva era fatto di tecnologie potenti e di uno spaventoso abbandono di tutti i luoghi pubblici. Degrado e gadget. Ma erano lì per divertirsi. Non per immalinconirsi in un bar da spiaggia abbandonato. Si mise a guardare i nomi dei dischi che un tempo avevano suonato dal jukebox superstite. Non ne conosceva uno, doveva essere roba dell'altro secolo. Alzò lo sguardo e vide una Memory Card. La prese e tornò sui suoi passi. Una del gruppo aveva il suo computer portatile nella borsa da mare.

Lo accese. Sullo schermo apparve una bella ragazza con i capelli ricci. Che cominciò a raccontare la storia della sua famiglia. Gli occhi azzurri del giovane riflettevano le immagini che scorrevano sul monitor: il disegno a colori di una bambina, la foto di un uomo che abbracciava una donna sulla spiaggia, l'immagine di un gruppo di creature con il braccio alzato, un video con persone che parlavano di sé attorno a una tavola imbandita.

Dal mare i suoi amici lo chiamavano festosi. Lo chiamavano col suo nome, che andava molto di moda.

«Ego, dài, vieni a fare il bagno.»

Invece Ego era come stregato da quelle storie che non conosceva, come attirato in un gorgo che gli sembrava pieno di strane sorprese. Provava le emozioni di un bambino che si è perduto nel bosco. La paura e la voglia di andare avanti, intrecciate come fossero la stessa cosa.

Comparve sullo schermo un uomo che disse così:

«Cara Nina, nipote mia, voglio che tu conosca queste parole, che mi hanno dato energia per tutta la vita. Sono parole per bambini, parole che ho letto per la prima volta negli anni Sessanta dell'altro secolo. Ero più piccolo di quanto tu sia oggi. Tienile con te, e nei momenti in cui tutto ti sembra sia finito ricordati di questa piccola favola».

Non aveva bisogno di leggere. La sapeva come si può sapere una preghiera laica.

«In principio la Terra era tutta sbagliata, renderla più abitabile fu una bella faticata. Per passare i fiumi non c'erano ponti. Non c'erano sentieri per salire sui monti. Ti volevi sedere? Neanche l'ombra di un panchetto. Cascavi dal sonno? Non esisteva il letto. Per non pungersi i piedi né scarpe né stivali. Se ci vedevi poco non trovavi gli occhiali. Per fare una partita non c'erano palloni: mancava la pentola e il fuoco per cuocere i maccheroni, anzi a guardare bene mancava anche la pasta. Non c'era nulla di niente. Zero via zero, e basta. C'erano solo gli uomini, con due braccia per lavorare, e agli errori più grossi si poté rimediare. Da correggere, però, ne restano ancora tanti: rimboccatevi le maniche, c'è lavoro per tutti quanti.»

Mentre l'uomo diceva queste parole, si sentiva in sottofondo un motivo dolce e malinconico. Ego si accorse che gli veniva voglia di piangere. Guardò il computer, lo spense e sussurrò, rivolto al mare, al tramonto, ai suoi amici:

«Eccomi, sto arrivando».

Ringraziamenti

L'idea di questo libro mi è venuta anni fa. Una notte, a Cracovia, i ragazzi delle scuole di Roma che partecipavano al viaggio ad Auschwitz si fermarono a parlare fino a notte fonda con i sopravvissuti che, a loro volta, avevano la più rara, la più bella delle doti umane, la voglia di raccontare. È in primo luogo a loro che questo libro è dedicato: Goti Bauer, Tatiana e Andra Bucci, Enzo Camerino, Giuseppe Di Porto, Mario Limentani, Ida Marcheria, Sami Modiano, Piero Terracina, Shlomo Venezia. E poi a quei magnifici ragazzi che li inondavano di domande. Volevano sapere, volevano capire, forse volevano cercare più in profondità un senso al loro tempo. Volevano ascoltare, erano dunque dei rivoluzionari.

Ho disturbato molte persone, in questi mesi di lavoro. Tutti voglio ringraziare. Da ciascuno ho cercato di carpire un ricordo o una conoscenza che mi consentissero di raccontare l'atmosfera degli anni nei quali si svolge la storia del libro. La conversazione con Vittorio Sermonti, quelle con Italo Insolera, Luciana Castellina, Giuseppe Tamburrano, Carlo Lizzani, Rosario Bentivegna, Piero Ostilio Rossi, Francesco Maselli mi hanno fornito elementi fondamentali per ricostruire nella narrazione eventi, oggetti, luoghi, sensazioni del tempo che non ho vissuto. Per il bombardamento di San Lorenzo devo molto a due fonti: il meraviglioso libro di Cesare De Simone *Venti angeli sopra Roma* e un pomeriggio piovoso trascorso in una mitica trattoria romana, Pommidoro, nella quale ho incontrato alcuni dei sopravvissuti al bombardamento del quartiere: Gaetano Bordoni, Aldo Bravi, Adele Fratini, Marcello Moroni, Urbano Papa.

Umberto Gentiloni , Marcello Pezzetti e Alessandro Portelli, tre storici ai quali mi lega una profonda stima e amicizia cementata nei viaggi con gli studenti ad Auschwitz, mi hanno confortato con consigli e conferme.

Come fonti essenziali, talvolta con citazioni quasi testuali, devo segnalare: Marco Innocenti, *L'Italia del 1943*, Mursia; Corrado Augias, *Quella mattina di luglio*, Mondadori; Jeffrey M. Masson, *L'abbraccio dell'imperatore*, Baldini Castoldi Dalai; Gavin Pretor-Pinney, *Cloudspotting*, Guanda; Gianni Rodari, *I cinque libri*, Einaudi; Lewis Carroll, *Il mondo di Alice*, Bur Rizzoli; Dante, *La Divina Commedia*, Paradiso, canto XXXI; Eugenio Montale, *Altri versi e poesie disperse*, Mondadori; Primo Levi, *La tregua*, Einaudi; Giuseppe Gioachino Belli, «Campidojo»; Pascal Acot, *Storia del clima*, Donzelli; Michael Pollan, *La botanica del desiderio*, Il Saggiatore; Giovanna Pimpinella, *Il fantastico quartiere Coppedè tra simboli e decorazioni*, Caramanica; Rossana Bossaglia e Mauro Cozzi, *I Coppedè*, Sagep, Charlotte Beradt, *Il terzo Reich dei sogni*, Einaudi; Alexandre Dumas, *I Cenci*, Sellerio; Antoine de Saint-Exupéry, *Opere*, Bompiani; Alda Merini, *Fiore di poesia*, Einaudi. E gli articoli bellissimi di Antonio Padellaro pubblicati sul «Corriere della Sera» a proposito del terremoto. Ringrazio gli autori per le suggestioni che mi hanno regalato.

Mi sono concesso poche licenze alla fedeltà della ricostruzione storica, tra queste lo spostamento di un giorno della tappa del Giro d'Italia e l'anticipazione di qualche mese della canzone di Mina *Città vuota*.

Tra i «Giusti» dei quali parlava Borges in una bellissima poesia dedicata alle persone che, con il loro lavoro e le loro passioni, «Stanno salvando il mondo», io vorrei fossero collocati i magnifici studiosi o i funzionari di talento che consentono a questo paese di avere e tramandare una memoria. Ringrazio Paola Carucci che dedica tutta la sua vita alla cultura della conservazione. Grazie a Mariapina Di Simone, direttrice della Sala Studio dell'Archivio Centrale dello Stato per aver messo a disposizione i rapporti di polizia del 1943. E a Giovanna Cordani della Biblioteca Nazionale di Roma, con Sergio Marchini della Biblioteca Nazionale centrale di Firenze. Il personale della sala studio della succursale dell'Archivio di Stato di Via Galla Placidia ha collaborato per i dati sul bombardamento del 19 luglio 1943.

Quasi nulla sarebbe stato possibile senza il fondamentale aiuto di Renata Giannella, responsabile dell'Emeroteca parlamentare. Con lei voglio rendere omaggio al lavoro di Filippo Proietto, Giancarlo Rada, Enrico Zanzotto.

Alla gentilezza di Gianfranco Mastrangelo della Biblioteca del Ministero della Pubblica Istruzione e alla direttrice Stefania Rosa devo la indicazione precisa di date e modalità dello svolgimento degli anni scolastici durante il 1943.

Chiara Ottaviano della Cliomedia Officina mi ha fatto conoscere una autentica miniera di ricordi, l'archivio della Seat, che ho visitato a Torino e che raccoglie gli elenchi del telefono del Novecento. Fabrizio Canato, che lo dirige, insieme a Ezio Bertino responsabile della comunicazione esterna, mi ha dato la possibilità di consultare quelle pagine, nelle quali i numeri ricordano vite.

La casa editrice Proedi ha messo gentilmente a disposizione l'immagine che compare nel terzo capitolo. L'ho trovata in un libro, molto bello, curato da Maria Pia Bernicchia: *Chi vuole vedere la mamma faccia un passo avanti... I 20 bambini di Bullenhuser Damm.*

Anna Mura Sommella ed Eugenio La Rocca, due persone che hanno dato molto a Roma e alla conservazione dei beni culturali più importanti del mondo, mi hanno confortato con suggerimenti a proposito della statua di Marco Aurelio e della sua storia. Con loro ho condiviso uno dei momenti più belli, tra i tanti, della mia esperienza di sindaco: quando aprimmo la nuova ala dei Musei Capitolini progettata da Carlo Aymonino nella quale portammo l'originale della statua dell'imperatore romano, in salvo per sempre.

Alberta Campitelli, la «Mamma di Villa Borghese», mi ha fornito, con la competenza e l'amore che hanno sempre segnato il suo lavoro, riferimenti storici precisi su una delle protagoniste del libro. Villa Borghese è infatti presente in ogni capitolo, perché è presente in ogni giorno della mia vita.

Claudio Strinati mi ha fornito indizi su un tema che poi non ha trovato posto nella storia, non per questo non devo ringraziarlo per la sua gentilezza e per il proverbiale senso dell'umorismo che dà alla sua competenza un significato particolare. Carolina Terzi, dell'Istituto Luce, ha cercato in tutti i modi di ritrovare una copia di *Quarta pagina*. Ma anche quello è uno dei film scomparsi, un male per la cultura e per la storia.

Claudia Cecchet del Museo della bicicletta di Cesio Maggiore e Paolo Barbieri della Bianchi mi hanno consentito di essere preciso sui modelli in uso negli anni in cui persino le biciclette spaventavano i nazisti. Luigi Saso, un fantastico pensionato siciliano, raccoglie da anni le collezioni delle figurine dei soldati o degli sportivi uscite sul «Corriere dei Piccoli» e le mette a disposizione degli altri su Internet. Lo fa per passione, è anche lui un «giusto», come i «due impiegati che in un caffè del Sud giocano in silenzio agli scacchi».

Enrico Menduni studia da anni tutte le comunicazioni, da quelle televisive a quelle su ferro e su asfalto. È un grande conoscitore della storia dei tram romani e dei treni. A lui devo le informazioni sulla rete autostradale italiana nel 1963. Sergio Scicchitano mi ha fornito una utilissima piantina della rete autostradale del 1963. Il vicedirettore di «Quattroruote», Marcello Minerbi, mi ha offerto solo un piccolo saggio della sua incredibile conoscenza della storia delle auto. Gaetano Blandini, direttore generale del cinema presso il Ministero per i Beni e le Attività culturali, mi ha procurato notizie, con l'aiuto di Pier Luigi Raffaelli, sui film che furono girati nel 1963.

Cristina Mencaroni, direttore del Museo Perugina, ha guidato le mie ricerche tra i dolciumi che sono passati tra le mani e nei palati di diverse generazioni di bambini.

Il sindaco di San Gimignano Giacomo Bassi e Antonello Mennucci, direttore del Museo della città, mi hanno fornito materiale per me importante su quella autentica meraviglia italiana che è il loro comune.

Con Vincenzo Mollica, il primo essere umano a fumetti, abbiamo incrociato i ricordi tra Charles Dickens e Carl Barks. Con Gianni Borgna, invece, abbiamo condiviso ricordi musicali. Materia nella quale, si sa, è un maestro riconosciuto. Come Sandra Petrignani per i giocattoli, ai quali ha dedicato uno dei suoi libri più belli.

A Leopoldo Machina e Ugo Chiti, allora aiuto regista e attore di *La ragazza di Bube*, ho chiesto notizie sul film. Il direttore dell'Hotel Luna di Amalfi, Antonio Liguori, mi ha raccontato come fosse quello splendido luogo quasi trent'anni fa.

Il questore di Milano Vincenzo Indolfi e il capo della Digos Bruno Megale mi hanno consentito di capire meglio la dinamica dell'uccisione del dottor Manfredo Mazzanti. Sono stato sul luogo, in via Orseolo, per cercare il punto preciso in cui quella barbarie è stata eseguita. Mi ha stupito che non ci fosse neanche una targa, nulla. Come se non fosse successo.

Ho incontrato Vito di Bari, docente universitario e collaboratore del quotidiano «Il Sole 24 Ore» e autore di numerosi saggi sulle prospettive del futuro. Una persona che ha una idea positiva del tempo che ci attende. Positiva, non acritica.

Un pensiero affettuoso a due persone che non ci sono più: Gianni Rodari e Bruno Munari. A loro devo le parole e i colori che mi fecero amare i libri e la fantasia da bambino e che ho voluto citare con gratitudine in questo testo.

Infine grazie di cuore a Claudio Novelli e a Eleonora Santi per le ricerche e a Silvia Decina e a Paola Moretti, per l'aiuto di sempre, come a Luca Di Bartolomei e Giovanni Belfiori. Grazie a Giovanna Cau, per l'affetto con il quale segue il mio lavoro e la mia vita. Rosaria Carpinelli è stata una specie di angelo che ha vegliato su questo testo. Massimo Birattari un lettore attento, colto, intelligente. Come i suoi consigli.

Paolo Zaninoni ha condiviso con coraggio ed entusiasmo l'idea di questo libro fin dal primo momento. Ed è stato vicino a ogni parola di questo testo. Gli sono molto grato per l'aiuto costante e per la passione che mette nel suo lavoro.

Le prime persone che hanno letto questo libro sono la mia vita. Una donna che ascoltava la lettura delle pagine su una sedia a dondolo davanti alla mia scrivania, una ragazza che stava preparando un esame di maturità, un'altra che stava lontano, dall'altra parte del mondo, e mi scriveva delle meravigliose lettere elettroniche.

A loro, tutto.

Indice

CITAZIONI DA OPERE LETTERARIE

Hannah Arendt, *L'umanità in tempi bui*, Raffaello Cortina 2006.
Florida Scott-Maxwell, *La misura dei miei giorni*, Marietti 1998.
Giuseppe Gioachino Belli, «Campidojo», 10 settembre 1830.
Charlotte Beradt, *Il Terzo Reich dei sogni*, Einaudi 1991.
Gianni Rodari, *Filastrocche in cielo e in terra*, Einaudi 1960.
Primo Levi, *La tregua*, Einaudi 1963.
Dante, *Paradiso*, XXXI, 112-132.
Rudolf Höss, *Comandante ad Auschwitz*, Einaudi 1960.
Chi vuole vedere la mamma faccia un passo avanti... I 20 bambini di Bullenhuser Damm, a cura di Maria Pia Bernicchia, Proedi Editore 2005 (da questo libro proviene anche la fotografia di p. 252).
Eugenio Montale, *Altri versi e poesie disperse*, Mondadori 1981; la poesia «Finché la vita fugge» apparve sul «Corriere della Sera» del 7 dicembre 1980.
Antoine de Saint-Exupéry, *Il piccolo principe*, Bompiani 2000.
Alexandre Dumas, *I Cenci*, Sellerio 2004.
Alda Merini, *Fiore di poesia. 1951-1997*, Einaudi 2005.
Lewis Carroll, *Il mondo attraverso lo specchio*, in *Il mondo di Alice*, BUR Rizzoli 2006.
Gianni Rodari, *Favole al telefono*, Einaudi 1962.

CITAZIONI DA CANZONI

Parlami d'amore Mariù (Bixio-Neri), 1932.
Notte e dì (Redi-Nisa), 1943.
La strada nel bosco (Bixio-Rusconi-Nisa), 1943.
Rosamunda (Vejvoda-Nisa), 1942.
Che cosa c'è (Paoli), 1961.
Sapore di sale (Paoli), 1963.
Sono contento (Morandi), 1963.
Come te non c'è nessuno (Polito-Vassallo-Migliacci), 1963.
Sei rimasta sola (Gianco-Del Prete), 1962.
Io che amo solo te (Endrigo), 1962.
Abbronzatissima (Vianello-Rossi), 1963.

Quelli della mia età (Hardy-Samyn-Pallavicini-Leonardi), 1963.
Città vuota (Cassia-Pomus-Shuman), 1963.
Cara (Dalla), 1980.
Una giornata uggiosa (Battisti-Mogol), 1980.
La stella d'oro (Pagani), 1969.
Il '56 (De Gregori), 1978.
Una carezza in un pugno (Santercole-De Luca-Beretta-Del Prete), 1968.
Modena (Venditti), 1979.
Canzone dell'amore perduto (De André), 1966/1974.
E tu (Coggio-Baglioni), 1974.

Finito di stampare nel mese di agosto 2009 presso
Grafica Veneta - via Malcanton, 2 - Trebaseleghe PD

Printed in Italy